THE SUN GODS
JAY RUBIN

日々の光

ジェイ・ルービン

柴田元幸｜平塚隼介 訳

新潮社

目次

Cover Objects by Tomomi Irago
Photography by Tatsuro Hirose / Shinchosha
Design by Shinchosha Book Design Division

Illustrations by Deborah Bluestein

日々の光

PROLOGUE:

1953

プロローグ　一九五三年

いつもとおなじ息苦しい夕食を済ませたあと、ビルはガレージに抜け出して父親のシボレーに乗りこみ、シフトレバーを前後に動かした。それから自分の部屋に戻ったが、宿題には取りかからずに窓の外を眺めた。切り立った岬を樹皮の剝がれかけたマドロナの木が縁取り、そのむこうにピュージェット湾が見える。ベインブリッジ島にぽつぽつと灯る光が島の形を暗い水面に際立たせていた。オリンピック山脈のぎざぎざの縁は赤い空を真横に切り裂いている。「ブラザーズ」の双子の峰の上を、三機の爆撃機が編隊を組んでボーイング・フィールドの方角へ南下していった。轟く闇をカモメのか細い声が貫いた。

その翌朝は冷えこみ、細かな雨が降っていた。いかにもシアトルらしい天気だ。ビルは黄色いポンチョを着て家を出て、学校へ向かった。ベインブリッジ島も山脈も霧に隠れて見えなかった。入江に立ったさざ波が、かろうじて差しこむ朝日に照らされて鈍い銀色に光っていた。

岬の端の通りの向かい側に、濃い緑色のデソートが一台停まっていた。前輪後ろのフェンダーにクロムめっきの短い筋が二本入っているから、きっと四九年製だ。四年前の車だがまったくの新車に見えた。ぴかぴかの車体を雨粒がうっすら覆っている。ビルは一、二度それをふり返って見ながら、岬沿いの通りを急いだ。たぶんあれは、近所のエルウィンさんが最近購入したのだろう。しょっちゅう中古のいい車に買い替えていて、きちんと手入れもできる人だった。

バスより先にジェフのフォードが通りかかってくれないかと期待しながらビルは道端に立っていたが、じきにさっきの緑のデソートがマグノリア大通りをゆっくりやって来た。そして歩道に寄ってきて、彼の目の前に停まった。曇った助手席のガラスの奥に、窓を開けようと伸びる腕が見えた。エルウィンさんが彼を学校まで乗せていってくれるのだ。

ビルは車の中を覗こうと腰をかがめ、ドアに手をかけた。しかし窓が下がった瞬間、ハッと息を呑んだ。

乗っていたのは、険しい表情をした三十代前半のアジア人の男だった。茶色いフェルト帽のつばの下から、黒く細い目がビルの顔を睨みつけている。男もビルも、言葉を発さなかった。

かなり長いあいだ、二人はそうして固まっていた。ビルは男の怒りが自分に向けてのものでないことを祈ったが、心のどこかではそうに違いないと感じとっていた。

「ビリー?」男はまるで懺悔を引き出そうとするような口調で訊ねた。「ビリー・モートン?」

彼は頷いた。どこかで会ったことがあるのか?

「君に……会いたかった……」その声は深く、穏やかだった。

さっきまで燃えるようだった目の光も和らいでいた。ビルは何か言おうとしたが、その前にもう一度男の手が伸びて、窓が閉まっていった。そのとき初めて気づく――男には左腕がないのだ。ベージュのレインコートの袖は折り畳まれて、肩口にピンで留められていた。雨の縞が流れる窓がせり上がってきて、男を異世界からの亡霊に変えてしまった。

車はその場から急転回して走り去っていった。入れ替わるようにして市内バスがやってくる。ビルはバスに乗り、後方窓際の席にそっと腰を下ろした。バスはけたたましい音をたてて発車した。入江のむこうの、雨をたっぷり含んだ灰色の空にビルは目を向けた。バスと並んでカモメが一羽、嘴を大きく開けて飛んでいたが、その金切り声は聞こえなかった。

PART ONE:

1959

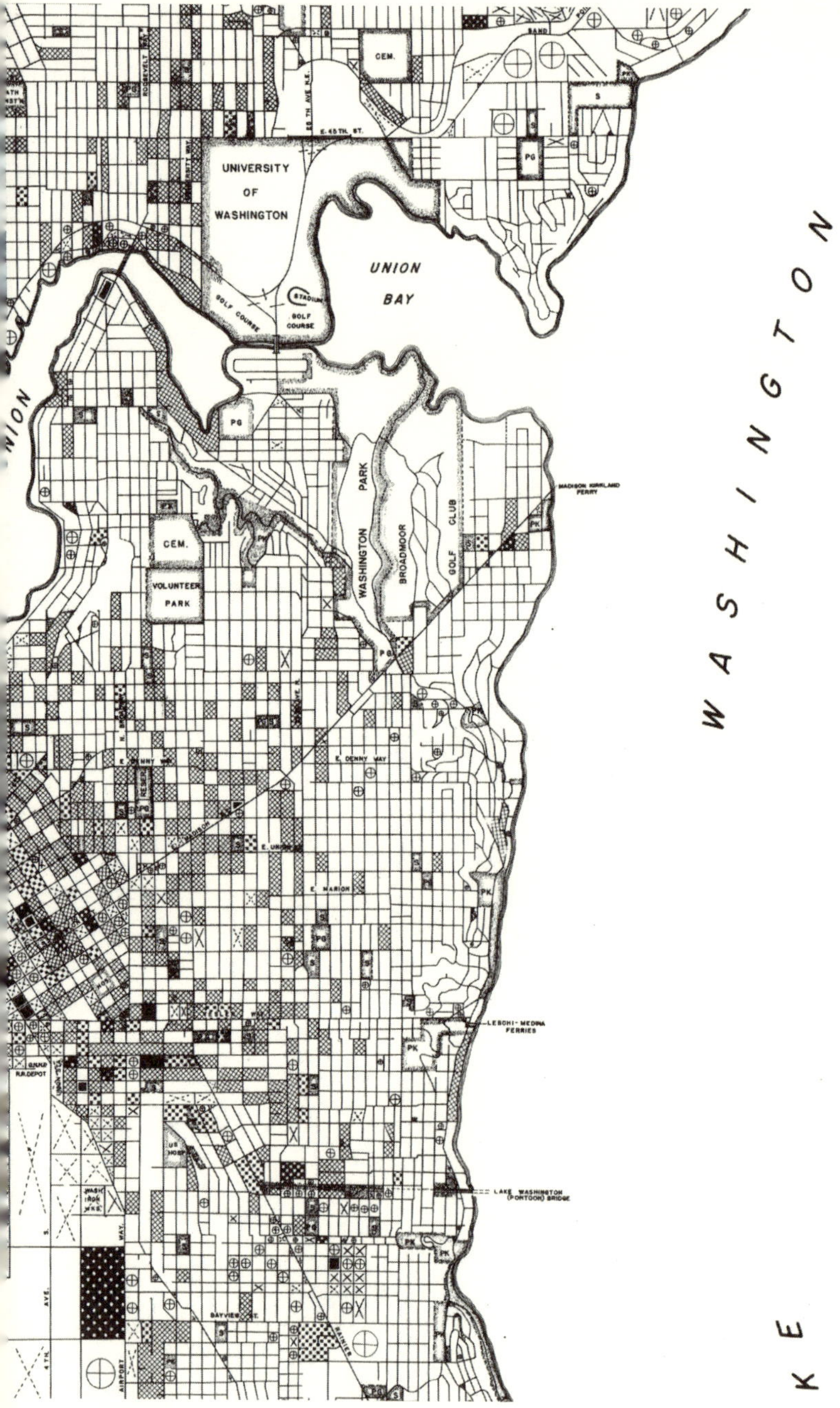

UNIVERSITY OF WASHINGTON
UNION BAY
STADIUM
GOLF COURSE
CEM.
E. 45TH. ST.
WASHINGTON PARK
BROADMOOR GOLF CLUB
VOLUNTEER PARK
MADISON KIRKLAND FERRY
E. DENNY WAY
E. MARION
LESCHI-MEDINA FERRIES
LAKE WASHINGTON (PONTOON) BRIDGE
BAYVIEW ST.
RAINIER
AIRPORT
4TH. AVE.
R.R. DEPOT
US HOSP.
WASHINGTON
KE

FORT LAWTON
WOODLAND PARK
SALMON BAY WATERWAY
MARKET ST.
LEARY
LAKE WASHINGTON
AURORA AVE.
28TH AVE. W.
GEM.
PK
PG
S
QUEEN ANNE AVE.
W. GALER ST.
ELLIOT AVE.
PORT OF SEATTLE
CIVIC AUD.
BELL ST. TERMINAL
C.P. R.R. TERMINAL
PIER 8
PIER 6
SOUND
ALKI POINT LIGHT HOUSE
ADMIRAL WAY
GEN. PET. CORP.
TODD DRY DOCKS INC.
EAST WATERWAY

第一部　一九五九年

1

登山靴を履いていても、半ズボンの下から見えるクレアの脚は素晴らしかった。イサクア川沿いの山道で彼女の後ろを歩いているビルは、その動きに目を奪われて何度も下生えに足を引っかけた。

そっと「主よ、我に力を与えたまえ」と呟く。

「なあに?」クレアが大声で聞き返した。

「僕が先に歩く。これじゃあ前がよく見えない」

「見るって?　木しかないのに?」と言いながらクレアは脇へ寄る。

「じきにわかるよ」ビルは追い越しざま彼女の唇に軽くキスをした。「もうすぐ浅瀬だ」

大きな岩を飛び越え、大股で先へ進んでいった。

「そんなに急がないでよ!　だいたい、なんで私が荷物を持つの?」

「本格的な山登りがしたいって言ったろ」ビルは笑った。

川沿いの砂利を厚い靴底で踏み鳴らしながら、クレアは後をついて来た。

「ねえ、ビル？」

改まった言い方だ。冗談が面白くなかったのだろうか。やはり荷物を持ってやるべきだったか。

「なんだい？」

「あなたの脚、素敵よね」

ビルはぽかんとした顔でさっとふり返った。

「真面目に言ってるの。あなた、美しいわ」

ビルは目をぱちくりさせ、髪をなでつけたが、クレアは笑わなかった。

「ほらほら、立ちどまらない」

ともかく先を行く。

「考えてもみて。あなたの半分も見た目がいい子、うちのカレッジの女子にだっていないわよ。男子はもちろん」

「止してくれ。恥ずかしいよ」

「ううん、本当。そういう赤みがかった金髪になれるなら何でもするっていう女の子、周りに何人もいるもの。あなた、ニキビなんて生まれてこのかたできたことなさそうだし、眉もそのままで整ってるし。リタ・ヘイワース（ハリウッドのセックス・シンボルと言われた女優）に似合いそうな大きくて甘い目。ターザンみたいにがっしりした体」

「よかったあ」ビルは大げさに顔を煽いで苦笑した。「ジェーン（「ターザン」のヒロイン）みたいな体じゃなくて」

「私の言ってること、わからない？　私じゃあなたと釣り合わないわ。どうしてあなたみたいな人が私なんかと結婚するの？」

「もういいよ、クレア。危うく騙されるところ……」向き直って水面を指さす。「川の中、覗いてごらん。泳いでるだろ、たくさん」

「どこ？　全然見え——あっ！」

暗い底の奔流で、長い影がいくつも動いた。三匹、五匹、二匹とまとまり、音は聞こえぬ流れに逆らって扇形の尾ひれをゆっくりはためかせながら通りすぎていく。

「こんなにいるのね」何かの秘儀に遭遇したかのように、クレアがささやく。

「まだまだ。こんなの序の口だよ」

ビルは垂れ下がった大枝を脇にのけて、先の方を身ぶりで示した。

ここまで来ると渓流もどんどん浅くなっていき、ところどころ黒く見える部分も水が深いわけではなく、よく見れば魚——一メートル近い巨大なキングサーモン——がぎっしり群がって、水流に抗いながら位置を保っているのだった。

「太平洋からピュージェット湾まで来るんだ。船舶用の運河を通ってね。そこからさらに上ってくる」

「でも運河ってワシントン湖まででしょ。どうやってここまで来たの？　山の中じゃない！」

「よくわからないけど、そのワシントン湖がサマミッシュ湖に繋がっていて、この川はサマミッシュに流れ込んでるんだ。なんで正確に道がわかるのか、驚きだけど」

すこし上流で岩が突き出していて、川のなだらかな水面を割っていた。と、何かがパシャンと跳ねて水しぶきが上がる。一匹の鮭が浅い砂利底を突進してきて、黒光りする体を水上に晒し、小型のモーターボートみたいに尾ひれで水をかき回した。カモメの群れが落ちつかない様子で浅瀬に立っていたが、ばたつく鮭が近くに来るたびにぴょんぴょん逃げていった。

仲間と離れ、川底の窪みの砂地でじっとしている鮭もいた。何匹かは岩や天敵に赤黒い肉を抉りとられ、そこが白くくすんだ傷跡になっている。縄張りにほかの魚が迷い込んでくると、その鉤状の顎で猛然と食らいつく。川床にはピンク色の卵が散らばり、岸には巨大な魚の灰色の腐った屍骸が打ち上げられ、色褪せたはらわたを鳥に啄《ついば》まれていた。

「これでお終い?」クレアが言った。「ただ卵を産んで、死んじゃうの?」

ビルは秋になると毎年、鮭の産卵を見に来た。生まれた水場まで鮭たちを連れ戻すのと同じ、致命的な確信ともいうべきものに惹かれて。彼は孵化場をクレアに見せないことにした。そこでは作業員が雌鮭の腹を裂き、中に詰まった大量の濃いオレンジの卵を大きなバケツに空け、それに雄鮭の体から絞り出したどろどろの白子をかけて受精させるのだ。

渓流をさらに遡り、小さな日溜りに出た。クレアの後ろにそっと近づいて、背中のリュックを取ってやる。

「ふう、楽になった!」

ビルは暖かい地面に足を組んで座り込み、リュックを開けた。クレアも同じようにして彼の正面、膝が当たるくらい近くに腰を下ろしてから、手渡された水筒を受けとる。たっぷり喉を潤すと、それから目を閉じビルの方へ体を寄せてきて、二人の唇がそっと触れ合う。

「また思い出した」体を離してクレアが言う。「どうしてあなたみたいな人が私なんかと結婚できるの?」

「馬鹿なこと言うなよ。君はすごく綺麗さ。でも一番大事なのは、神様への愛とおたがいへの愛情だよ。これから人生を共にして、二人で福音を広めていくんだったら、まず僕たち同士心から信じ合わなきゃ、そうだろう？」。父さんがこれを聞いたら喜ぶだろうな、とビルは思った。

二人は繋いだ手をビルの剝き出しの膝の上に乗せ、じっと見つめ合った。聞こえるのは小川のせせらぎと、木々を通り抜ける風のそよぎだけだった。ときおり、枝のなかから響いてくる鳥のガーガー鳴く声、そして羽ばたきの音がそれに混じる。九月中旬の風はビルが思っていたよりすこし冷たかったが、開けた草地には暖かい日の光がたっぷりと注がれていた。

「もっと上流まで行こうか」しばらくしてビルが口を開く。

「ううん、今日はいいわ。そこまで死んだ魚を見たいとも思わないし」

「君の担当してるスカウトたちに聞かれたら笑われるぜ。この夏ずっと、僕だって君についていくのは一苦労だったのにね。まあとにかく、まだカレッジに戻るには早過ぎるね」

「もうちょっとここで話さない？」

「じゃあそこの上着を取ってくれ」ビルはクレアの後ろに置かれたリュックを指さした。

二人並んで寝転がり、風にそよぐ木々の梢に丸く切りとられた空を眺める。

とつぜん冷たい風が吹きつけてきて、ビルは膝を立てた。

「それ、怪我の跡でしょ？」クレアが右腿の膝よりすこし上を指して言った。

彼は傷に目をやってからそっぽを向く。「まあね。古傷だよ」

「で？　その話はしてくれないの？　かなりひどかったみたいだけど」

「うん、たぶんね」

「弓矢でも突き通したみたい」

ぽっかりとした夜の感覚が彼を襲う。彼は、走っていた。

「何があったかよく知らないんだ。まだ四歳か五歳だったからね」

「私は自分が四、五歳の頃のことってけっこう覚えてるけど」

「どうなのかなあ。父さんが言うには、狩りの最中の事故だったらしい。カンザスの叔母さんのうちに行ったときの」

だがそう話しているあいだにも、ビルの頭の中に何棟かの巨大な黒い家屋の像が浮かびあがってきた。大きな食堂にアジア人たちがひしめき、怒鳴り合っている。口や目に砂が入っている感触。建物の外で列車のような金切り音をたてる風。それとは別のすごく大きな部屋に満ちた、湯気と水しぶきと笑い声と裸の女たち。

「ビル？　答えてくれないの？」

「ごめん。何か訊いた？」

「私の話、ぜんぜん聞いてないのね。いつもそう」

ビルは起き上がってクレアの肩に手を回したが、クレアはそれを無視した。

大きな雲の塊がいくつも西から流れてきて、澄んだ青空が灰色に覆われていった。

「もう行きましょう」クレアが言った。

山の下り道、そして町へ帰る車の中で、二人はほとんど口を利かなかった。ビルはまだ高校生だったときの、雨の日の奇妙な朝のことを思い出していた。片腕のアジア人の男が彼を睨むように見て、名前を呼んだ。ここではないどこかに、ビルのことを知っている人たちがいる。彼自身以上に、彼のことを知る人たちが。そして彼らはビルと違う色の肌をしている。

「黙りこんじゃうとき、あなたはどこに行っているの？」レーニア街で信号を待っているときにクレアが訊ねた。

「わからない……」ビルは剥き出しの膝に手を這わせ、指で傷跡をなぞった。

これまでずっと、彼は子供の頭のなかで暮らし、自分がいったい誰でどこから来たのか、聞かされた話をぜんぶ鵜呑みにしてきた。今こうして二十一歳という自立すべき年齢に差しかかり、結婚まで考えているにもかかわらず、自分の心の奥に眠る真実を、小学生でもわかる地理の知識と突き合わせてみようとさえしなかったのだ。

アジア人だらけのカンザスの町？　それにそのアジア人のうちの誰が一緒に過ごした「叔母」だと言うのだろう？　ミツと呼ばれていた女性か？　その人は本当は彼の母親だったのか？　だが、母親は死んでいたはずでは？

すぐ近くでクラクションが鳴った。

「ねえ！　信号、青よ！」

慌ててアクセルを踏み、交差点を抜ける。

「何に悩んでるか、教えてくれないの？」寮の前で車を停めると、クレアが口を開いた。「おたがいを信じ合おうとか綺麗ごと言っておいて、何か問題があると私は除け者なのね。家族のことだってそう。いったいいつ紹介してくれるのよ？　お父さんとお母さんと弟が二人いるって言ってたけど、それだって本当かどうかわかったもんじゃないわ」

クレアの言うとおりだった。ビルはまだ心の中に、彼女とどう分かち合えばいいかわからないものを抱えている。自分ですらその姿をかすかにしか捉えられていない、暗い空白。まずはひとりでこの深い闇を探らなければならない。「ごめん、クレア。説明できないことなんだ」

クレアは溜息をついて首を振り、車を降りて歩き去っていった。

2

月曜の朝九時半からの授業の課題を提出してしまうと、一日屋内にこもってノートを取るなんて耐えがたいと思えた。ビルはとっさに登山靴を車に放りこんでまたイサクアに鮭を見に行こうかと思ったが、そんなことをしてもなんの解決にもならない。教会に出向いて父と会うべきか。実の母が死んでから義理の母が来るまでの漠とした時期について、きちんと訊ねるべき時が来たのかもしれない。モートン家でその話題が上がったことはこれまで一度もなかった。

彼はシボレーに乗り、行く先も決めずに車を転がした。ほどなくチャイナタウンの方に向かっていることに気づく。エッソのスタンドに車を停め、レギュラーを一ドル分入れてもらっているあいだ店内に入り、金網ラックに市街地図を見つけた。シアトルには詳しいつもりだったが、市内のその東洋人街にはカレッジの友人と街を歩いていてたまたま迷い込んだ経験が一、二度あるだけだった。もちろん父に連れられて行ったことはない。

運河沿いを走ってから南に曲がってオーロラ街に入り、広告板がずらりと並ぶ道を通って市の中心へ向かい、混雑した道路をくぐり抜けると、スミス・タワーの白く巨大な姿が迫ってくる。それは来世への門のように見えた。

ジャクソン通りに入ると、そこはもう外国だった。店の看板は半分が異郷的な文字で、残り半分も負けずと異郷的な音訳で書かれている。ミン・ヒン雑貨店、アサヒ印刷、チョン・ワー土産物店、チュン・キュウ社、ナカゾノ青果店、ヒゴ10¢ストア。自動車が流れていく後ろを、クシャッと丸まった新聞紙が漂っていく。緑や白のガラス片がアスファルトに散らばっていた。この荒廃した地区は「チャイナタウン」と呼ばれているが、店名のいくつかはどう見ても日本語だ。中国人の名前は「チャン」や「ウォン」などだが、日本人は「ヤマモト」とか「タナカ」といったふうだから。「ミツ」も日本人の名前に違いない。ビルは八番街で折れてキング通りをあてもなく走り、レストランや、店先に家鴨《あひる》やソーセージの並ぶ市場を眺めた。

急に空腹に襲われて、昼時だということを思い出す。クレアがじきに学食のいつもの席で、彼はどこかとそわそわしはじめるだろう。ひどく申し訳なく思ったが、それでもカレッジに戻る気にはなれなかった。

道路脇に車を停め、日本語ふうの名前の店を探しながらキング通りを歩き出した。ワー・ヤン雑貨店の二つの窓に、どぎつい赤の磁器のカップと、竹の把手のついた金属製のざるがそれぞれ飾られていた。さらに隣の窓では頭を切り落とした鶏が何羽か吊され、そのこんがり焼かれた表面が黒光りしていた。

六番街の角で右手に目をやると、ジャクソン通りの先の上り坂の途中に日本語らしき看板があった。薄汚れた灰色が広がっていて、その上部に赤い字で「マネキ」とある。悪名高いジェネラル・トージョーの名前、「ヒデキ」と韻を踏んでいる。

看板の真下まで来て、ようやく店名の下のかすれた部分に描かれている物の正体が判明した。長年風雨に晒された、猫の絵だ。ボーイスカウトの宣誓で挙げる手を間違えたといった具合に、座ったまま左前足を挙げている。絵は彼にとって奇妙なようにも、また不思議と懐かしいようにも感じられた。

レストラン自体はあまり期待できそうには見えなかった。埃まみれの窓ガラスに木格子か何かが張られているせいで店内の様子はまったく見えず、扉の金文字もほぼ剝げてしまっている。だがとりあえず扉枠には、〈OPEN〉の小さな札が掛けてあった。彼は扉を押した。

　店に入って最初に目に入ったのは、様々な小物が置かれた、木造りの黒い飾り棚だった。さっきとおなじ片足を挙げた猫をかたどった、高さ三十センチほどの磁器がその中心に据えられている。こんな猫を見たことがあるという思いは、すでに彼の中で確信に変わっていた。

「お一人？」ほっそりした上品な日本人の女がやって来て訊ねた。

「ええ、僕だけ」

　無言でくるりと背をむけた彼女のあとについて左に曲がる。レストラン部分は直方体の二辺にそってL字形を成し、店全体の茶色い高天井の下にもうひとつ板葺《ぶ》きの屋根がついている。まるで家の中に家があるみたいだった。その「家」の壁にある小さな窓から、鍋やグラスのガシャガシャ当たる音が響いてきた。

　左の壁に沿って、真っ赤な模造革が張られたブース席が十ほど並んでいる。女は手振りで一つだけ空いているブースにビルを案内し、音もなく去っていった。ウェイトレスはもう一人、三十代くらいのふくよかな女が窓とテーブルを忙しそうに行き来していた。

　担当の女があちこちへこんだアルミの薬罐を手に戻ってきて、把手のないずんぐりしたカップに薄緑の液体を注いだ。液体の中にある緑色の葉がゆったりとカップの底に沈んでいく。それから女はグレーの合成樹脂テーブルの向こう端を指して「メニュー」と言う。ビルはナプキン立ての後ろからプラスチックのフォルダーをひとつ取り、女に見守られながらそれを開いた。

「すこし時間かかるかもしれません」と言ったが、女は微笑むだけで動こうとしなかった。メニューに目を落とすと、四隅にあの猫の絵が描かれている。日本料理に対する英語の説明文はひどく素っ気なく、注文を決める参考にはならなかった。ずっと脇に立たれているとどうも気が散るし、厨房の音もうるさい。厨房はどうやら二人で回しているらしく、その片方がひっきりなしに日本語で何かわめき、もうひとりはそれにうなり声や英語らしき音で答えていた。

　メニュー二頁目の下に、聞き覚えのある言葉を見つける。「オニギリ」。説明書きには、オニギリとはライスを丸めて海藻で包んだものとある。まったく食欲をそそらない。

「これにします、オニギリ」と言うと女はくすくす笑って鉛筆を嚙んだ。

「何か変ですか?」

「驚きました。あなた言い方、すごくきれい。ハクジン……アメリカの人、ふつうオニギリ知らない」

「じつは僕も知らないんだ。でも試してみようかなって」

　一瞬怪訝な顔をした相手が、にわかに活気づく。「わかった。あなた、ＵＷ〔ワシントン大学のこと〕で日本語勉強してる。コンニチワ。オゲンキデスカ?」

　女は小首を傾げ、どうやら彼からの返答を期待しているらしい。

「いや、日本語はまったく」と苦笑する。

「ほんとうにオニギリでいい?　たぶんあなた好きじゃない。スキヤキ、牛肉入ってる」

「大丈夫。物は試しだから」

　女はにっこり笑って去ろうとした。

「ちょっと待って。ひとつ訊いていい?　この猫は何?　どうして前足を挙げてるの?」ビルはメニューの隅の絵を指して訊ねた。

「ああ、それマネキ・ネコ。マネキ・レストランと同じ」。それだけで十分伝わると言わんばかりの笑顔だ。

「えっ？」

「ようこその意味。猫、こっちおいでしてる」。女は自分の左手で宙を掻いた。

「さよならしてるみたいだ」

「ちがいます。日本人、手をこう振る、こっちおいでの意味」

　女が注文を伝えにいなくなったあと、ビルはカップの中身に口をつけてみた。苦いが嫌な味ではない。底に溜まった葉を呑み込まぬよう気をつけながら飲み干して、もう一杯注ぐ。ややくすんだ黄色いアルミの薬罐の持ち手の下には「Made in Occupied Japan〔占領下日本製〕」と刻印されていた。

　蓋から湯気の洩れている小さなボウルと一緒に、注文した料理が出てきた。黒緑色の紙みたいなものではさんだ、ずんぐりとした三角形のライスの塊が三つ。

「どうやって食べるの？」彼はウェイトレスに訊いた。

「かんたん、こう持って――」彼女は空っぽの手の中身をぱくぱくと嚙んでみせた。

　女が別のテーブルに行ってしまってから、右端の塊を手にとる。歯を当てると黒い紙がクシャリと音を立て、ずっと記憶の底にしまわれていたひそかな喜びが湧きあがってきた。僕はこいつを食べたことがある！　このツンと来る海臭い塩味に覚えがあった。だがそれは快感と同時に、ずっと昔の恐怖も呼び起こした――怪物が彼の腹を引き裂き、そこに隠れているものを引き出そうとしているかのような。

3

寮の郵便受けに一枚のメモが入っていた。なぜお昼に来なかったの、というクレアからの書き置きだった。ビルは日本人街に出かけた理由をまだ自分でもよく説明できずにいたので、図書館で彼女に会ったときも「車にガソリンを入れていた」とだけ言ってごまかした。すくなくとも嘘は言っていない。

「何か隠してるでしょ。わかるんだから。新しいガールフレンドができたの？」

「まさか。誓ってもいい。そういうことじゃないんだ」

「ほら、やっぱり何かあるんじゃない。どうして打ち明けてくれないの？　私、あなたの妻になるのよ。私で駄目なら、いったい誰に打ち明けるっていうの？」

誰に？　現時点でこの悩みを分かち合うべき人間は一人しかいない。父親だ。だがそれにはまず、話を切り出す取っかかりが要る。クレアが西欧史の講義に飛んでいくと、彼はすでに何度も足を運んだカレッジの伝道課に出向いた。「同盟基督教団」の会報はすぐに見つかる。その日本支部を運営しているアイリーン・ウェブスター＝スミスというイギリス人女性が、戦後廃墟となった東京を目にしたときの体験を書いていた。今は大きな学生センターの隣に事務所を構え、日本の新しい世代に福音を広めようと尽力しているらしい。父に相談するにはうってつけの話題だった。

ビルは寮のロビーの電話ボックスに座り、ごつごつした金属壁を指でなぞりつつ、もう片方の手でポケットの中の五セント貨をいじった。それから意を決してそれをコイン口に投入し、父の教会の番号を回す。

トマス・モートンは意外にも上機嫌で、ビルが自分の伝道計画を話したいと言うとあっさり承知してくれた。父自身もその件については考えがあるらしく、明日の昼二時にビルが教会に来られるなら、一時間ほど時間を作れるということだった。

*

ドラバス通りは、シボレーのギアをローにしてようやく昇れるほど起伏の激しい坂道だった。車にまだ愛着はあったものの、いっそこの場で壊れてくれたら、とビルは思ってしまった。目的地に近づくにつれて、二人のあいだでずっと触れられずにきた話題をとうとう口にすることへの怖れが募る。小箱のような木造住宅のあいだを、エンジンが難儀そうな音を立てるなかゴトゴトと抜けていくと、マグノリア地区の頂点へ近づくとともに煉瓦造りや漆喰塗りの家がいっぺんに増えてくる。その屋根の連なる稜線よりさらに高く、父の教会の赤煉瓦の尖塔が、灰色の雲間からわずかに射しこむ光に照らされていた。

教会の前に車を停め、しばらくそのまま降りずに、来週の説教予定案内板の黒いフェルト地にはめ込まれた白文字をじっと見る。「主任牧師　トマス・モートン」の文字はほかよりずっと目立ち、自分が父親を通して神と特別な関係にあることをビルに否応なく思い出させた。父はビルを聖なる門へ押しやるようでありながら、同時にその門の前に立ちはだかって彼に入る資格があるか疑義を呈しているようでもある存在なのだ。

腕時計を覗く。きっかり二時一分前。父は時間にうるさかった。

トマス・モートンはビルを殺風景な執務室に迎え入れた。彼を肱掛け椅子に座らせ、自分はどっしりした黒机の横に備えた回転椅子に座って、くるりとこちらに向き直る。天井の明かりが反射して、一瞬トムの八角形ワイヤーフレームの眼鏡が光った。ビルは父親と話をしに来た息子というより、牧師に個人的な悩みを打ち明けに来た信徒のような気分だった。

「最近、僕が伝道の仕事を考えてることは知ってるよね」とビルは切り出した。

「もちろんだ」トムはにっこりして、組んだ膝の上で両手を合わせる。その肌は肌というより、角張った顎骨の表面にぴんと張った革のように見えた。それはトマス・モートンがいつも発する、晴れ晴れとした力強い声に似合ってはいたが、五十一歳という年齢より老けた感じも与えた。三十九歳の妻が傍らにいる近頃は、そういう印象がなおさら深まった。

「それからこの夏以来、僕がある人とよく会ってることも」

「特定の人と付き合っているような気配はあったが、その点についてははぐらかされてきたからな」

「僕たち、その、結婚を考えているんだ」

「ほお。だがすぐにというわけじゃないだろうな？　結婚は若い者が急いで決めていいことじゃないぞ」

「そろそろうちに招待して父さんと……二人に紹介したいと思っていてさ」。ルーシーを「母さん」と呼ぶのはためらわれた。

「かまわんぞ。その子の名前は？」

「クレアだよ。クレア・コーヴァルド」

「おお、バラードの子だな！」。トムの革の顔がほころんで、深い溝ができた。バラードは運河の北にある、北欧系住民の多い地区だ。

「もちろん」ビルも笑顔を返そうとする。「親がノルウェー出身なんだ」

「つまりルーテル教会か」

「いや、それがバプテストなんだよ。きっとそれも移住してきた理由なんじゃないかな。お父さんはボーイングに勤めてる」

「それで当人はお前と同じカスケード＝パシフィックに通ってるわけか？」

「そう。卒業してから僕が神学校に入る前に、一、二年くらい二人で伝道の仕事をしたいと思ってる。クレアはノルウェーに行きたいんだって」

「文句なしだな。綺麗な子か？」

「たぶん。すごく綺麗だと思う」

「よし、善は急げだ。さっそく今週末はどうだ？　こっちは大歓迎だぞ」

ビルはまだ具体的な予定をたてる決心がついていなかった。「じつはその……ノルウェーのことで相談したいと思ってさ」。口をついた言葉に自分でも驚く。父もやはり驚いているようだった。

「その国のことならお前の方が詳しいんじゃないかな」

「いや、つまり、ノルウェーの話をしたいんじゃないんだ」

「なんだ、違うのか」

「つまり、ノルウェーに行くのはあんまり気が進まなくて」

「それじゃあ、どこに行きたいんだ？」

ビルは一瞬、ためらう。それから父親の目をまっすぐに見ながら言った――「日本」。

トムの革のような顎が濃い紫にまでくすみ、目がガラスのように曇った。「そんな所に用はないはずだ」。自分たち二人の意志に乖離など有り得ないと言わんばかりの断定だった。

「どうして日本じゃ駄目なの？」ビルは何気ない風を装って聞く。

「どうしていいと思うんだ？　あそこには異教徒しかいない。真珠湾を見てみろ」

「だからこそ、彼らが誰よりも主の教えを必要としてるんでしょう？　あんな目に遭った人たちに、イエスの癒しの言葉を与える義務がこの国にはあるんじゃないかな」

「自分たちで招いたことだろう」

「そういう言い方はあんまり――」

「クリスチャンらしくない、か？」

「すこし寛容さに欠けると思う。最近読んだんだけど、イギリス人の女性が東京で伝道活動をしているらしくて――」

「あんなのは時間の無駄だ。お前が行っても同じだ。日本人のクリスチャンなんてものは存在しないんだ」

「どうしてそんなことが言えるのさ？　毎年大勢が改宗してるのに」

「嘘。欺瞞。全部そうだ。イエスを心に迎えるすべを知っている者など一人もいない」

「なんでそう決めつけられるの」とビルは食い下がる。

「信じなさい」トムはきっぱりと言った。「私は知っているんだ」

「どうして？」

姿勢を変えようとしているトムの顎の筋肉がピクピク動いていた。

「私を疑うのか！　お前はやっと二十歳を過ぎたばかりの、何も知らない子供だろうが。私は長く生きてきた。これは自分の体験から話してるんだぞ」

「そうさ、僕は今日それを聞きに来たんだ。父さんの体験してきたこと！　僕がどう間違ってるのか教えてよ！」

「お前が聞く耳を持たないんじゃないか！」

「聞いてるじゃないか。なぜ日本に行くのがいけないのか教えてほしい。父さんがこれまで何を経験してきたか。どうしてある国民全体を、救済の余地がないと言って切り捨てるのか」

トムは無言で彼を睨みつけた。

「いいよ、じゃあひとつだけ聞かせて」父の感情を激しく揺さぶったことでビルは大胆になっていた。「母さんが死んだあと、僕がカンザスで一緒に暮らした『叔母さん』って本当は誰のこと？」

自分が爆弾に火をつけてしまったことはわかっていた。狙いは的中した。トムは立ち上がり、目の前に立ちはだかった。ビルは肱掛けをぎゅっと摑む。トムはこぶしを振り上げたが、それからまたどさっと椅子に沈み、両腕が左右に力なく垂れた。

「今まで『叔母さん』から一度も便りがないのはどうして？　叔母さんの手紙は？　写真は？　何ていう名前だったの？」

「そのことと日本での伝道になんの関係がある？」

「わからない」ビルは正直に答えた。「だからそれを教えてほしい」

「その二つにはなんの繫がりもない。まったく別の話だ」

「嘘だ！　父さんは嘘をついてるんだ！　今まで僕にずっと！」

「誰に口を利いているつもりだ、この若造が！」

「わかってるよ！　あなたは僕の父親だ。その父親が僕に本当のことを隠してる！　僕はミツのことが知りたいんだ。その人が僕にとって、そして父さんにとってどんな人だったのか！」

「出ていけ！」トムのあまりの大声に窓ガラスが揺れた。「出ていけ！」

フッと、トムの力が尽きたように見えた。顔を背けて、ドアの方にむけて弱々しく手を振った。

ビルは握りしめていた肱掛けを放し、ふらふらと立ち上がった。それから体を引きずって部屋を横切り、廊下に出てドアを閉めた。

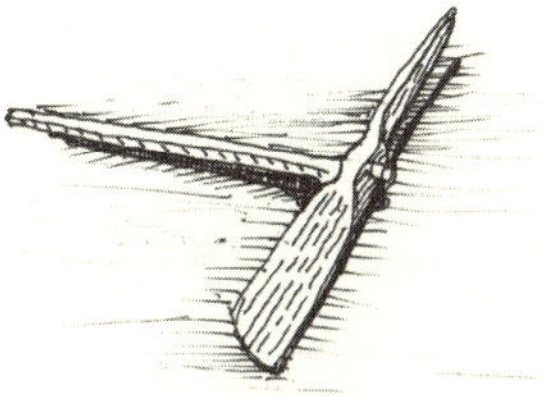

PART TWO:

1939

第二部　一九三九年

4

まだ朦朧としているビリーにコートを着せようとトムが悪戦苦闘するのをよそに、当のビリーは小さな茶のネクタイの端を嚙んでいた。一歳の誕生日から五か月が経ち、セアラが亡くなって一年が過ぎたいま、ビリーはどんどん扱いにくくなり、トム一人の手には負えなくなってきていた。

今日は年配の信徒たちに話をするため、テラス通りの日系キリスト教会に一時間半早く行かないといけない。英語の礼拝のための自分の説教はもう出来ているが、「日語《ニチゴ》」礼拝の前には花森牧師と最低十分は打ち合わせが必要なのだ。

眠そうに目をこすっているビリーをハドソン・コーチの後部席に下ろし、サミット街からユニオンを下ってブロードウェイへ向かった。日曜日はこの大通りも、カエルのように目の飛び出た黒い箱形の車が数珠つなぎになってもおらず、ふだんよりずっと快適だった。歩道に目をやっても、果物や野菜がうずたかく積まれた荷馬車が並ぶ代わりに、人々が歩いているのを見ることができる。いつもならあちこちに散乱する馬糞の山さえ、主の日に敬意を表してか、綺麗に片付られていた。

レーニア山の巨大な白い円錐が、挽きたての小麦粉を盛ったように街の上空にそびえている。トムの目に、このシアトル一有名な景観は美しくもなんともなかった。何しろかつて、ギラギラ照りつけるカンザスの太陽の下、家畜の餌にする穀粒を何時間も挽いていたのだ。この山を見るたび、粉挽き器が上げる白い埃が汗ばんだ腕や顔にこびりつくのがほとんど実感できる思いだった。

エンジンがぶるっと大きく震え、プツプツ音を立てるなか、トムは赤煉瓦の教会の前に車を停めた。ブロードウェイのにぎやかな往来から四つ角ひとつ越えていないのに、ここは世界から離れて閉じられた場所のように思えた。特にいまのように、春になって狭い道路の両側に並ぶオークの並木が葉を広げ、煉瓦の壁やコンクリートの階段に影を落とすときはなおさらだった。

眠っているビルをトムは中に運びこみ、内田夫人に託した。皺くちゃの羊皮紙みたいなこの年配女性の皮膚は、骨が突き出た箇所がどこも垂れ下がり、あたかも顔全体が大文字のUで出来ているように見えた。トムは階段をのぼって、二階にある花森牧師の執務室に行った。天井から床まで棚にぎっしり日本語の本が詰まり、湿った紙の匂いがいつも漂っている。

小柄な銀髪の日本人牧師が、誰に対しても見せる温和な笑顔をトムにも向けると、鼻の横にある大きな茶色いほくろに皺が寄った。

「おはよう、トム」彼は静かに言った。「今日は早いね」

案の定、花森牧師は忘れているのだ。

「遠足です」トムは言った。

「え?」

「遠足ですよ、花森牧師。私、日語の皆さんを自分で招待したいんです」

老いた日本人牧師の完璧な丸顔に、ああそうだったという光がじわじわ浮かんできた。

こうして毎回、意思が伝わるのにかならず遅れが生じてしまうのは、単に言葉が違うせいなのか? アメリカ生まれの二世《ニセイ》と、彼ら日本生まれの世代とは、本当に大きく隔たっている! 日語の信徒たちにむかって話すときは、あらかじめ牧師に相当教えこんでおかないと、自分の話が正しく日本語に訳されることは望めない。トムはそのことをもうずっと前に学んでいた。こっちとしては伝えたつもりになっていても、日語の聖歌隊メンバー全員が間違った時間に練習に来るとか、トム自身が行なう礼拝に子供世代が出ている者たち以外はハンツポイントの遠足に現われなかったとか、何度も痛い目に遭っていたのである。

ああ、その子供たち! 日曜の朝、彼らの希望に満ちた顔が自分を見上げているのを見るのはなんと大きな神の恵み、励ましだろう! 日本人ばかりの信徒団を導くよう送り出されたときに感じた憤りを思うと、顔が赤くなった。いまでは毎日、かくも大きな収穫を刈りとる任を与え給うた神に感謝していた。

そして今朝、年配の牧師に用件をもう一度伝えたのちに、トムは彼のあとについて暗い拝廊《ナルテックス》を下り、高い窓の三つある礼拝堂に入っていった。信徒たちのまなざしが、花森牧師からだんだん自分の長身の方に移ってきて、皆が自分と目を合わせるのをトムは見守った。彼の目の刺すような青さ、彼の髪の小麦畑のような黄色に、人々はどうしても慣れないようだった。トムは思わず、上着のボタンが掛かっているか、チョッキはまっすぐか、手を触れて確かめた。

花森牧師のかたわらに立ち、スタッカート気味の日本語を耳に入れていると、トマス・モートンの視線はいつしか教会内をさまよっていた。長年太陽の下で働いてきたせいで、たるんだ皮膚のあちこちにしみの浮かぶポール森川――イーストサイドの農場からえんえん歩き、フェリーに乗ってこないといけないのに、日曜の礼拝を彼は決して欠かさなかった。そして、未亡人のミセス田村――日本から苦労して海を越えてきた「写真花嫁」たちを彼女が受け容れたことは、一九二四年の移民法により門戸が閉ざされて十五年経ったいまも語り草となっていた。年配者の多い日語の信徒のなかでは若々しく元気な部類に属す野村夫妻――二人とも実に熱心な信者で、日本から帰ってきて日曜学校を創立した宣教師テシー・マクドナルド女史が引退した際に学校を引き継ぎ、その生徒数を四百名以上まで増やしたほどだった。野村夫人はトレードマークの大きな帽子を今日もかぶっている。

野村夫人の隣に座っている女性も、やはりつば広の帽子をかぶっていた。膝に何かを置いて読んでいるようだが、つばのせいで顔は見えなかった。トムが目をそらしかけた瞬間、女性が顔を上げ、両脚から力が抜けるのをトムは感じた。

驚くほど美しい女性だった。彼女の目がしばし彼の目と合ったままとどまり、それから、帽子の広いつばが降りてきてふたたびその顔を隠した。それでもトムはすでに、この女性と野村夫人がよく似ていることを見てとっていた。二人とも頬骨が高くて唇は厚く、目も細い一重ではなく彼好みの二重瞼。だが、野村夫人は中年特有の顔色の悪さが現われはじめている一方、この女性はいまだ若さの輝きを保っていた。下を向いたいまも、肩の突き出し具合に、ここに集った者たちがとっくの昔に失ってしまった活力が表われている。シアトルに最初に住みついた日本人たちは現在五十代、若い世代はたいていいまだ十代である。でもこの女性はもうすっかり大人だ。二十五か、もう少し上か。移民法のせいで生じた大きな年齢差のちょうど中間の、不在の世代に属している。

「……パスター・トムをお迎えください」と、花森牧師があたかもずっと遠くで言っているような声が聞こえ、そっちを向くと、相手は期待に満ちた目でトムを見上げていた。

何か言わねばならないことはわかったが、いまこの瞬間、何を伝えるつもりだったかをトムは忘れてしまった。「日語信徒の皆さん」と彼は慣れた調子で朗々と切り出した。「今日私は、あなた方に神の愛のメッセージを伝えます」

ああ、何のメッセージだったか、思い出せたら！

「詩篇一二六篇三節に、『エホバわれらのために大《おほい》なることをなしたまひたれば我儕《われら》はたのしめり』とあります。私たちの豊かな遺産に思いをはせるとき、どうして私たちは『たのしめ』ずにいられるでしょう？　一九〇〇年五月二十八日、石濱健二師を主任牧師《パスター》として私たちのささやかな教会は設立され、その後三十九年の長きにわたる豊かな歴史が、大いなる遺産を物語っているのです」

どうして何度も同じことを言ってしまうんだ？

「キリスト教徒となった、第一世代の移民者たちが払った犠牲の大きさと、信仰の篤さを思い起こすなら、この遺産が誠に豊かであることは明らかでしょう」

トムは祈った——神よ、わが目の鱗《うろこ》を取り払い、我に見させせ給え。

「蓄えも乏しく、苛酷な状況にあって、これらいち早くキリスト教徒となった人々が、いかにして土地を購入し、建物を建てたか。そこには想像を絶するものがあります。キリストを崇め、移民仲間を愛すればこそ、彼らは努力を重ねて、シアトルから半径百マイルにわたり、遠くはブリティッシュ・コロンビア州バンクーバーにまで広がっていったのです」

信徒たちの顔に満足の表情が浮かぶのを見て、トムのパニックもいくぶん収まってきた。日語の連中相手に話すときは、とにかく移民一世の苦難の記憶を呼び起こすに限る。そうすれば、あとはどこにでもついて来てくれる。「やがてこの、恒久的なる礼拝堂が打ち建てられて」と彼は先を続けた。「人々の信仰は慎ましく堅固な赤煉瓦の形をとって表明されました。さらにいっそう驚くべきことに、将来を見据えた計画の中に、体育館を入れるだけの先見の明が彼らにはありました。これが日系人コミュニティにおいて、若者たちのすべての活動の中心となったのです」

体育館！　それだ！　今日の午後、運動会とピクニック！

「彼らはまさに、キリストを敬う不屈の献身と実際的な奉仕という伝統を残してくれました。今日の世代が為すべきは、この豊かな遺産を引き継ぎ、輝かしい未来を確かなものとすることでありましょう」

みんなの顔の輝きはどうだ。今なら百ドルの寄付を求めても、きっと群がってくるぞ。信徒と、花森牧師がこっちを妙な目で見ているのが見えた。無理もない。いつものトムなら、信徒に向けた自分のささやかなメッセージを、きっちり簡潔な言葉にまとめるのに、今日はあっちへうろうろこっちへうろうろするばかりなのだ。「こうしてあなた方の前に立つとき、私はどれだけ神の愛によって心動かされることでしょう。私にはわかっています、あなた方こそ、すべてが始まったときに居合わせた選ばれし民であることを！」。実際、トムは本当に心動かされていた。キリストに出会わなかったら、この連中はどうなっていたか？　全能なる神の愛と思し召しがなかったら、彼らは今日どこにいるか？　黄金の偶像の前にひざまずいているか？　どこぞの夢見心地の仏陀の足元にひれ伏し、地獄の業火に未来永劫苛まれる運命に堕ちつつあるだろうか？　こうした未開の者たちを相手に仕事をする方が、自分自身の民族を相手にするよりずっとやり甲斐がある。自分と彼らの違い、まさにそのなかに、自分がキリストのために勝ちとった魂の数々を見てとることができるのだから。涙がこみ上げてくるのをトムは感じた。教会内の隅々から、慕る思いの波が自分の方に押し寄せてくるのがわかった。

「善き人々よ」と彼は続けた。今や声がかすれていた。「話がそれてしまったことをお許しください。あなた方を見るたび、開拓者たる一世の方々を私は思わずにいられないのです。私たちが永遠の生を生きられるよう神が自ら産ませ給うた唯一の子をお与えになったごとくに、私たちがこの満ち足りた暮らしを営めるよう、彼らもまた自分の多くを捧げてくれました」。彼は尻ポケットからハンカチを取り出し、ククッと笑って頭《こうべ》を垂れ、眼鏡の奥の目を拭いてから、紅潮し勝ち誇った顔を上げた。「花森牧師、お願いします」トムの声が朗々と響いた。「皆さんに説明してください、日語の皆さんが今日の午後ジェファソン公園にいらっしゃることが、私にとっても英語を話す信徒たち皆にとってもどれだけ大切かを。交通の手段がない方がいらしたらこちらで手配しますので、礼拝が終わったあと私に直接お申し出ください。かりにそれで出発が遅れることになっても、かならず手配しますから」

　礼拝堂に集まった全員にトムは今一度笑顔を送り出し、今回は野村夫人の連れの女性がじっとこっちを見ていることに気づいた。彼は中央の通路を大股で歩いていき、扉の外に出た。

　普通ならば、日語の礼拝が進行中、トムは自分の執務室にいて説教の細部に磨きを加えるのだが、今日に限っては広い拝廊をせわしなく行ったり来たりしながら、ぽつぽつ到着しはじめた自分の信徒と挨拶の言葉を交わしていた。それも煩わしくなってくると、奥の廊下の闇に逃れようとそちらへ向かった。

「パパ！」聖歌隊室の前を通ったところでビリーのキーキー声が聞こえた。内田夫人をすぐうしろに従えて息子が駆け寄ってくる。

「手のかかる子でしょう？」とトマス・モートンは、ビリーを抱き上げようとしている老いた女性に言った。

「とんでもない、パスター・トム」相手は息を切らしながら言った。目の下のひどく大きな隈がいつにも増して重く垂れているように見える。「おいで、ビーリー」

ビリーはキャッキャッと声を上げて父の方に手をのばした。

「お行儀よくしないといけないよ」とトムは言って、立ち去りかけた。

「パスター・トム、一緒に行ってもいいですか？」と内田夫人が訊いた。

「うーん……」トムはためらった。「まあいいでしょう」

「忙しくないですか？」と相手は訊いた。

「いいえ、今日は。礼拝が始まるまでは大丈夫です」

「おいで、ビーリー」彼女はふたたび小声で言い、トムより先に廊下を進んでいった。

ビリーは片腕を内田夫人の首から外し、指を一本自分の口につっ込んで、考えにふけるかのように目を上へ向けた。それから、にこにこ笑いながら、唾液で光る人差指で廊下の先を指した。

「ワアータア！」ビリーは要求の声を上げた。

拝廊にある水飲み器が息子は大好きで、持ち上げて飲ませてくれと、目についた誰彼構わずせがむことをトムは知っていた。気の毒に、内田夫人もたぶん、水飲み器から引き離したいばっかりにビリーを聖歌隊室に連れていったのだろう。

「ウォーーターー！」トムは発音を直した。「ウォーーターー！」

「ウォーーターー！」ビリーが真似て言った。

「そうそう」トムは気をよくして言った。内田夫人がこの子の発音に与えてしまう影響が一生残るようなことはたぶんあるまいが、できれば英語を話す信徒たちのなかから誰か若い二世を見つけてビリーの世話をしてもらいたいとトムは思っていた。

行く手を指さし「ウォーーター、ウォーーター」とわめいているビリーを抱えて、内田夫人は廊下を進んでいった。拝廊に入ると、ビリーが飲めるよう彼女は腰を屈めた。弧を描いている水をビリーはズルズル音を立てて飲んだ。ビリーが存分に飲むと、内田夫人は拝廊をぐるっと一周してから、また飲ませてやった。

そのとき、礼拝堂に通じる扉が開いて、花森牧師が出てきた。玄関広間に立って、列をなして出ていく日語信徒たちにお辞儀したり握手したりしている。トムは内田夫人からビリーを引きとり、玄関に立つ牧師仲間に合流した。

「皆さん、忘れないでくださいよ」トムは誰にともなく言った。「今日の午後、車が必要な方がいらしたら私に声をかけてくださいね。かならず来てくださいね！」

銀髪の礼拝者の何人かが、通りすぎる際トムにお辞儀し、日本語で何か呟いていった。川本信一が彼に言った言葉のなかから「フクイン」「ココロカラ」は聞きとれたが、残りはトムの耳を素通りしていき、花森牧師もほかの日語信徒たちとのお喋りに忙しくて通訳どころではなかった。

ビリーは何度か「ウォーーター」と要求したが、次の一口を飲むまでしばらく待たされるのだとわかると、両腕を父親の首に巻きつけ、頭を父の胸に寄りかからせた。

「パスター・トム」男の柔らかな声が自分にむけて発せられるのが聞こえ、ふり返ると野村氏の白髪の交った額と丸眼鏡が見えた。「私の義理の妹をご紹介します」

さっきの女性が今や彼のすぐそばに立っていた。その高い額と澄んだ表情はこの上ない落ちつきを伝えていて、トムはますます浮足立った。相手はまっすぐ彼を見ていて、ふっくらした唇にかすかな笑みが浮かんでいる。この時点で野村夫人が割って入った。彼女の英語は夫よりずっと上手である。「妹の光子です」と彼女は言った。ミーツ・コー、とトムの耳には聞こえた。「日本から来て、しばらくこちらにいる予定なんです」

「あ、そうですか」とトム・モートンは言い、相手と握手しようと手をのばした。そのせいでビリーの体を揺さぶることになり、子供は頭を持ち上げてもう一度「ウォーーター」と要求し、水飲み器の方を向いて指さした。ところが、野村夫人の妹を目にとめると、父の腕から一気に彼女の胸に飛びこんでいった。

「アブナイ！」何人かの日語信徒が一斉に日本語で叫んだ。

ビリーが飛んできて光子も危うくバランスを失いかけたが、それでもしっかり彼を受けとめ、人々の懸念の叫びはけたたましい笑いに変わった。

だがトム・モートンは笑わなかった。自分の息子が、神秘的とも言うべき執心ぶりでこの女性にしがみつくのを目にして、その意味するところを彼は考えてしまった。「悪い子だ」とトムはやっとのことで言った。「このおねえさんを怪我させるところだったぞ。さあ、もうこっちへ来なさい」

息子が来るようトムは手をのばしたが、ビリーは女性の喉に顔を押しつけ、ますます一途《いちず》にしがみついた。みんなはふたたび笑い、誰かが日本語で「スキ」と言うのがモートンにもわかった。ビリーはこの女性が気に入ったのだ。光子も彼を抱きしめ、玄関広間を行ったり来たりしながら優しくあやし、口をその耳に近づけて小声で歌い出した。

野村夫人との会話を続けようとモートンは向き直ったが、その顔に浮かぶ表情を見たとたん、言えることは何もなくなった。野村夫人は目に涙を一杯ためて、ビリーと一緒の光子の姿に見入っていたのである。ふだんは鈍感そうな野村氏まで、義理の妹と子供の姿に心を動かされた様子だった。夫人が夫の方に目をやって、二人一緒にかすかにうなずき合い、それから彼女は、悲しげな表情でパスター・トムの方に寄ってきた。

震える囁き声で彼女が話すものだから、モートンは聞きとるのに身を屈めねばならなかった。

「妹は去年、子供を亡くしたんです。あの子があなたの息子さんを抱いているのを見て、私つい……」

だが彼女はもう胸が一杯で、その先は言えなかった。トムは片腕を彼女の肩に回し、いたわるように「それはお気の毒に」と言った。実際、本気で気の毒に思ったのだ――どうしてそこまで思うのか、自分でもよくわからないほどに。

もう一度向き直って、野村夫人の妹がビリーと一緒にいる姿を見てみた。子供の小さな体からこわばりが抜けていた。まもなくビリーは彼女の腕の中で眠りに落ちた。

光子はビリーの体をずらして、自分の左腕が枕になるようにしてやった。そして優しい笑顔でビリーを見て、父親の許に連れてきた。

「すみません《イクスキューズ・ミー》」と彼女は言った。静かな、だがはっきりした声だった。

「謝る必要などありません」トムは答えた。「私がいけないんです。もっとちゃんとしつけないといけないんです」

相手はにっこり笑って首を横に振りながら、眠っている子供を父親の腕に預けた。

「この子はとても綺麗です《ヒー・イズ・ヴェリー・ビューティフル》」と彼女は言った。

「あなたもです」とトムは言いたかったが、むろん言えるはずがない。とはいえ、誰かにビリーの可愛らしさを褒められたときにほとんど考えずに口にするようになっている「母親似なんです」という言葉も今は言う気にならなかった。今は死んだ妻のことを話す気になれなかった。

結局、「ありがとう」とトムは言った。

光子は姉の方を向いて、日本語で何か言った。

「それじゃ、これで失礼します」と野村夫人はいつもの快活さを取り戻して言った。「のちほどまたお目にかかります、パスター」

「それは結構」パスター・トムも言った。「皆さんいらっしゃるんですか?」

「と思います」と野村夫人は光子の方を見ながら言い、光子はふたたび日本語で姉に何か言った。

「ビリーは連れていらっしゃいます?」野村夫人は訊いた。

「ええ、もちろん！　この子はよその子と遊ぶのが大好きですから！」

「では私たちもみんな伺います」と野村夫人は言った。

5

今日の英語礼拝は参加者が少なかった。女の子は大半、家で母親を手伝って午後の持ち寄りピクニックの食べ物を用意しているのだ。いつもならきっと出席する若い男たちまで何人か休んでいた。きっと直前の買い物やお遣いに行かされているのだろう。そのせいで、そわそわ体を動かしながら今日の説教「神の究極の愛と正義」を聞いている幼い男の子の比率が異様に多いことになった。締めくくりの言葉が口にされるころには、話しているトム本人もろくに聞いていなかった――「キリストが私たちのために多くを為してくださったおかげで、私たちはいつの日かキリストが望まれるとおりの、そのためにキリストが私たちを救ってくださったところの存在になることでしょう。その日にむけて私たちは努力を続けるのです」

教会前の駐車場からトムが車を出したときは正午までまだ数分あった。内田夫人がビリーを預かると言ってくれたので、トムは家で着替えてから二人を迎えに行ってジェファソン公園へ連れていくことにした。ブロードウェイを走っていて、白人の教会から帰宅途中の礼拝者たちがインディアンの物乞いに声をかけられているのを見ながら、彼らにかくも美しい春の日を与え給うた神にトムは無言で感謝した。

ピクニックは以前はいつも楽しかったが、セアラのいなくなった去年は一種の試練だった。そして今日は、キャッキャッと笑っている子供たちの群れや、自慢の子供を応援し駆り立てる親たちの姿を思い浮かべて、いつもとは違う興奮を彼は感じた。そして……そう、野村夫人の妹、光子もいる。そのことを自分でも認めないわけには行かなかった。彼女の夫も一緒に来るだろうか？　そもそもなぜ夫は礼拝に来なかったのか？　二人はいつまでシアトルにいるのだろう？

家に帰るとダークスーツを脱いで、明るい色のコットンパンツにはき替え、チェックのシャツを着てウインドブレーカーを羽織った。小型のズックのバッグにビリーのおむつの予備とカバーオールの替えを入れ、念のため自分用のセーターも放りこんだ。五月のシアトルの天気は油断がならない。

数分後、ジャパンタウンの湾岸側の端に並ぶ朽ちかけた建物のあいだをトムは車で走り、メインとオクシデンタルの角に建つ年代物のホテル「キャロルトン」に向かっていた。そこに内田夫人が住んでいるのだ。駐車スペースはなかなか見つからなかった。隣のエース・カフェが日曜は昼食の客を大勢引き寄せるらしい。四つ角ひとつ先の、ワシントンとの角にある小さな葉巻店の前に車を駐め、歩いてホテルに戻りながら、二人の酔っ払いを見ぬよう努めた――黒い顎ひげの男と、棒みたいに細い腕の女が、深海釣り用具を売る店の戸口で大の字に横たわっていた。

夫を亡くして以来、内田夫人はずっとここに住んでいた。部屋も日本人コミュニティのコネで見つけたのだ。湾岸地域の古いホテルのいくつかは日本人が経営している。キャロルトンも糸井という、十四番通りとワシントンの角にあるメソヂスト監督教会に通う人物が経営していた。糸井一家がこっちの信徒団に入っていたらすごく箔がついたのに！

「こんにちは」とトムは、フロントにいる痩せた日本人の娘に言った。歳は十八、十九あたりか。「ミセス・ウチダの部屋に電話してもらえますか？　パスター・トムが迎えに来たと伝えてくれれば」

娘はうなずいて電話をかけ、日本語で話した。

気まずい沈黙があとに続いた。娘が教会の活動のことでも訊いてくれたらと思ったが、相手はデスクの上の書類をぱらぱらめくりはじめた。トムは薄汚れたロビーを見回した。もじゃもじゃの赤ひげを生やしてチェックのランバージャック・シャツを着た巨体の男が、隅にある色褪せたピンクの肱掛け椅子に座っていた。片方の肱掛けの裂け目から詰め物がはみ出していて、男は眠っているようだった。トムは娘に名前を訊きかけたが、そのとき年配の女が横のドアからひょいと顔を出して彼女を呼んだ。「スミ・チャン」と女は言ってから、日本語でべらべらまくし立てた。ではこの子の名前はスミなのか。

内田夫人はなかなか降りてこなかった。トムはひどく腹が減ってきていた。と、突然ビリーがうしろから駆け寄ってきて、トムの片脚にしがみついた。向き直ると、気の毒に、老いた内田夫人が、小さな風呂桶ほどもあるピクニック・バスケットを抱えてはあはあふうふう言っている。

「こりゃすごい、ミセス・ウチダ！　いったい何人に食べさせる気です？」

内田夫人は歪んだ歯の並びをさらした。

「さ、手を貸しましょう」トムは言った。彼女が必要以上の量を持ってくることくらい、予想できたことだ。彼女だけではない。みんないつだってそうなのだ。

内田夫人とビリーをバスケットとともに歩道に残して、車を取りに行った。頭上高く、白いカモメが一羽、青空に浮かんでいる。巨大なバスケットをトランクに押しこんでから、レーニア街からジェファソン公園までの長い道のりにむけてトムは運転席に身を落ちつけた。公園に近づくにつれて、だんだん気持ちがそわそわしてきた。アクセルを踏みすぎぬよう、何度も自分を抑えないといけなかった。

まもなく灰色と黒色の街に代わって、ジェファソン公園のピクニック場の緑の芝生と、道路の向かいのゴルフ場が現われた。繁華街のビルにもはや邪魔されなくなった海風がピュージェット湾から吹いてきて、公園に並ぶ高いしなやかなポプラの木をたわませ、車の開いた窓から涼しい突風を送りこんできた。セーターを持ってきてよかった、とトムは思ったが、いざ車を降りてみると、いつになく晴れわたった昼間に照りつける陽ざしはひどく暑かった。

緑の芝生じゅうどこを見ても、彼の信徒たちの黒光りする頭が点在していた。公園の遊具には文字どおり子供たちがあふれ返っていた。家族の多くはすでに毛布やござを広げ、持ち寄りランチのために並べたテーブルにバスケットの中身を広げるのに忙しかった。「ね、パスター・トム？」と内田夫人が笑いながら言った。「そんなに大きくないですよ」

事実、比較すれば、内田夫人が用意したバスケットは実に控え目と言ってよかった。夫人がその中身を空けている最中、パスター・トムは地面に広がるカラフルな正方形や長方形のあいだを回って、信徒たちに挨拶しては、テーブルに山と積まれた食べ物に目をとめた。米を円盤状に固めて、中に緑やピンクの具を入れ、外に黒緑の海藻を巻いたものがあちこちで見受けられた。彼らはこれをマキ＝ズシと呼び、お弁当にはかならず持ってきた。トムも一度だけ食べてみたことがあったが、パサパサの海藻が喉に貼りついた感触がいまも残っていた。

宮本家の人々が誇らしげに、ハイウェイで潰されたヒキガエルのはらわたのように見える、何かがズブズブ滲《し》み出た赤い物体を指差した。有難いことに、フライドチキン、ポテトサラダ、ハムサンド、固茹で卵なども、そうした代物に混じって置かれている。そして幸い、アスピリンの苦みを思わせる緑茶ではなくレモネードが飲めるだろう。

皆に知らせた予定開始時間はもうとっくに過ぎ、ほとんど全員が来たようなので——だが野村家の人々はまだだ——パスター・トムの主導で食前の祈りが行なわれ、食事が始まった。

トムはもう食欲を失くしていた。内田夫人の毛布に戻っていったが、座りはせず、そわそわと落ちつかずに、車がさらに公園に入ってくるのを見ていた。野村家が来たらわかるはずだ。彼らの青いビュイックは、信徒団の中でも一番贅沢な自動車なのだ。だが、さらに十五分が過ぎても、彼らはまだ現われなかった。今朝、教会の玄関で言ったのは単なる社交辞令だったのだろうか。彼ら野村氏が教会の活動を差し置いて、勤務先の銀行の会合に出席したことも一度ならずあった。彼らが熱心な信徒であることは間違いないが、それでも……

青いビュイックが公園に入ってきて停まったことで、パスター・トムの内なる議論に終止符が打たれた。ほぼ最後の到着とあって、駐車スペースに選択の余地はほとんどなく、ビュイックが駐まった場所はトムが立っているところから百メートル以上離れていた。フロントガラスに陽がぎらつくせいで、中に何人乗っているかは見えず、乗っている人たちが降りてくるまで永遠に時間がかかるように思えた。やっとのことで四つのドアが全部開き、それぞれから人影が現われたのが見えたように思えた。それからトランクの蓋が持ち上がって、車の後方に動きが集中した。やっとトランクが閉じて、影のような姿の人々がこっちに歩いてくる――もう間違いない、四人いる。

野村夫妻が前方を固め、誰かかなり長身の男が妹と一緒に後ろを歩いている。ぎらつく陽にトムは目を凝らしてその顔に焦点を合わせようと努め、まもなくそれが誰なのかを認識した。イーストサイドの老農夫、ポール森川だ。なんでこの男が野村家と一緒なのか？　と、農夫が歩みを止め、手で目の上にひさしを作って、人の群れを見回しはじめた。左側遠くで叫び声がいくつか上がり、森川はそっちへむけて手を振った。そして向き直って野村家の三人にお辞儀し、預かっていた包みを野村夫人の妹に渡して、自分の家族に合流すべくいそいそと先を行った。なるほど！　フェリーでベルビューまで戻る代わりに森川は野村家の車に乗せてもらい、家族は別に食べ物を持ってきたわけか。

パスター・トムは嬉しくもあり、あわててもいた。野村家はふたたび三人組になって、空いた地面を必要としている。トム以外は誰も、妹が今や倍の荷物を抱えていることに気づいた様子はない。トムは何も考えずに、彼らの方へ跳ねるように駆けていった。野村氏は女たちより一歩先を歩き、高価そうなカメラを首からぶら下げていた。

「ようこそ！　ようこそ！」トムは叫んだ。「さあ、お手伝いしますよ」と野村夫人の妹の光子に言い、二つの大きな風呂敷包みを彼女の両手から受けとった。相手は黙ってうなずき、それらをトムに委ねた。両手を一杯にしてしまうと、実は野村夫人の方がもっとずっと重い荷と格闘しているのが目に入ったが、もはやあとの祭りである。「さあ、こっちへ」トムは言った。「スペースはたっぷりありますから」

自分とビリーも共有している内田夫人の毛布のそばに、トムは三人を連れていった。老いた女性はさも嬉しそうな笑顔を浮かべてフライドチキンから白い肉を細く裂いては一本ずつビリーに渡していて、ビリーはビリーでそれを食べるのに手一杯で新しく来た人たちに気づくどころではなかった。トムは野村夫人が毛布を広げるのを手伝ってから、自分の毛布に引っこんだ。内田夫人はトムにもいろんな食べ物を次々差し出したが、彼の食欲はいまだ戻っていなかった。そこに立って、信徒たち全員を見渡しているふりをしながら、広いピクニック場全体に目を走らせつつ、隣の毛布に頻繁に視線を戻していた。

素朴なブラウスとスカート姿の光子はさっき以上に美しく、わずかに色黒の顔も陽光を浴びてきらめいていた。大きな束髪《シニョン》を見て、あの髪はさぞ長いにちがいないとトムは思った。彼女全体に、生気に満ちた感じ、彼女を他人とは違う次元に据えている輝きのようなものがあった。野原全体に何度も視線を巡回させた末に、トムはようやく、彼女の左手薬指を点検することを思いついた。指輪はなかった。心臓がどきんと強く打つのがわかった。でもこれはどういう意味か？ひょっとしたら日本では女性が結婚指輪をつけたりしないのではないか。あるいは右手につけるとか。光子の右手は目下トムから遠い側にあって、巻き寿司を摑んでいる。日本語でものすごい勢いで喋りまくっている姉に向かって光子はにっこり笑ってうなずいたが、自分は何も言わなかった。

じきにビリーが食べ終えて、毛布の上をごろごろ転がりだした。今回光子を見たらビリーはどう反応するだろう。内田夫人がビリーをじらすようにゴム紐のついたボールを操っていて、ビリーはいっこうに野村家の人々の方を見なかった。逆に彼らの方が子供の活発な動きに惹かれ、ビリーがクスクス声を漏らすたびに声を上げて笑うようになった。野村夫妻に子供はいない。日曜学校をあれだけ熱心に支援してくれるのもそのせいかもしれない。

とうとう、野村氏がお楽しみに加わろうと決めたようだった。「やあ、ビリー」と彼は呼びかけた。「これ、見てごらん！」。そしてカメラを、ビリーにあげようとするかのように宙にかざした。

ビリーは気をそそられて内田夫人から目を離し、青い眼をキラキラ光らせた。毛布の上を元気一杯転がったせいで、白金色《プラチナブロンド》の髪がてんでの方向に立っていた。彼は両手両膝をつき、目を見開いている野村氏の方ににじり寄っていったが、いまにもカメラを取ろうと手をのばしかけたところで野村氏が彼をつかまえ、肋骨のあたりをくすぐり出した。最初はビリーも笑っていたが、じきにさも苦しげに身をよじらせはじめた。トムが不安な思いで光子の方をチラッと見ると、光子の笑顔はもはや消え、姉と何とか目を合わせようとしていた。だが野村夫人は夫と同じくらい激しくゲラゲラ笑っている。光子は眉に皺を寄せてトムを見たが、トムが動かないと見るや、立ち上がって野村の手からビリーを奪いとった。ビリーはすぐさま身を振りほどき、父親の方に駆けていきながら後ろをふり返り、涙に濡れた目で、己を苛んだ者を睨みつけた。

と、光子の姿が目に入り、ビリーはぴたっと立ちどまった。それから、そうするのが世界でもっとも自然なことであるかのように光子の許に戻っていき、手をつないで引っぱり、一緒に毛布の上に座ってほしいという意思を伝えた。彼女はそれに従って、毛布の上に座り両脚を後ろに畳んだ。ビリーは落ちついた顔で、手をつないだまま彼女の膝の上に座った。

「マキ」と彼は命令を発し、周りの大人たちは戸惑いの視線を交わしたが、一人内田夫人だけは理解してバスケットからもうひとつ巻き寿司を取り出し、ビリーに渡した。ビリーはがつがつ食べはじめた。みんなが笑い、野村氏は光子の膝の上に乗ったビリーの写真を撮った。

トムは教会ボーイスカウト親睦アワーの様子を見に行き、その後、花森牧師を手伝って信仰歌合唱会を実施した。これでいよいよ児童運動会である。

二人三脚の真っ最中、自分が今日はどれだけ楽をしているかにトムは思いあたった。ビリーを光子に任せたきり、彼の顔も見ていないのだ。いつもならビリーは、いずれ内田夫人に耐えられなくなって、そうなるともう落ちつかず、父を求めて泣きだすのだった。

ポプラの木々が野原全体に長い影をのばし、涼しい風も肌寒くなってくると、祝祭の最後に神をたたえる短い礼拝が行なわれた。「神に導きを仰ぎなさい」静まりかえった群衆の前でパスター・トムは締めくくった。「私たちは一日一日、神の民としてもっと密になれるよういっそうキリストのごとく生きねばなりません。分かちあい、世話し、たがいの重荷を背負いあうのです。神をたたえよ、神の目に我らも加わらんがため」

「神をたたえよ」信徒の何人かがくり返すと、全員がその叫びを引き継いだ——「神をたたえよ！」。手と手が触れあい、頭《こうべ》が垂れた。夕暮れが深まるなか、トムが道路の向こうに目をやると、ゴルファーたちが見えた。彼と同じ人種の男たちが、眉に皺を寄せ、この日本人の集まりを露骨な嫌悪の目で見ている。日陰に立つ、緊密に結ばれたコミュニティに目を向けたパスター・トムは、あらためて確信した。自分は彼らのため、この特別な人々のために神に呼ばれたのだ。

皆は最後の片付けに取りかかった。毛布が畳まれ、男たちが動きだしてテーブルと地面から紙切れや食べ残しを取り除いていく。ふだんはそういう卑しい仕事に手を出さない野村氏まで袖をまくって手伝った。光子とビリーは二人でひとつ買い物袋を持って、散らばったゴミを拾っては袋に投げ入れていた。

「ビリーを見てくれてありがとうございます」トムは光子に言った。「とても助かりました」

彼女はお辞儀をして、彼をハッとさせる澄んだ声で「私も楽しみました《アイ・エンジョイド・マイセルフ、オルソー》」と言った。

彼女がこれだけまとまった言葉を話すのを聞くのは初めてだったし、英語もしっかりしているようだった。

「英語はどこで覚えたんですか？」とトムは訊いた。

「ミッションスクールで」

「そうですか」トムはさらに言うべきことを探しながら言った。「そのうちに……お話ししましょう」

「はい」かすかに微笑みながら彼女は答えた。深い落ちつきが、目の奥のどこかから発しているように思える女性だ。

「さあ、もう帰るぞ」と彼はビリーに言った。

子供は紙袋を摑んだまま、父親をまったく無視し、ゴミを探しつづけた。

「ビリー……」

ビリーは首を横に振った。

「もう帰らなきゃいけないんだ。挨拶しなさい——」

彼女を何と呼んでいいかわからないことにトムは思いあたった。「ミツコ」は馴れなれしすぎるだろうし、苗字は知らないのだ。

それを知るチャンスを、ビリーが与えてはくれなかった。「嫌《や》だ！　もっと拾う」

「さあ、帰ろう」トムは言って、両腕で子供を抱き上げようと膝をついた。

その小さな体をトムはあっさり抱え上げたが、子供は紙袋を放そうとせず、袋は破れて中身が地面にこぼれた。

「すみません」とトムは言ってビリーを下ろし、ゴミを拾い集めた。「今度の日曜にお目にかかれますよう」

光子は黙ってうなずいた。

トムはもう一度ビリーを抱き上げ、車の方に何歩か進んだが、腕の中でばたばた足が暴れ、金切り声が炸裂した。

「よしなさい、ビリー」。トムの声が怒りに太くなった。彼はビリーの腋の下に手をつっ込んでその体を揺すった。「やめるんだ！」

子供のヒステリーは高まるばかりだった。「ミツ！」ビリーはわめいた。「ミツ！」

何が起きているのかトムが悟る間もなく、光子がかたわらに来ていた。彼女は手をのばし、トムの両手から子供を引き抜いた。

「ご親切はありがたいですが、この子はしつけなくちゃいけないんです」

トムは息子を受けとろうと手をのばしたが、光子は彼に背を向けゆっくり円を描いて歩きだし、子供をあやしながら小声で歌を歌ってやった。

「本当に、もう連れて帰らないと」とトムは言いながら、なすすべもなく彼女のあとについて行った。

光子がふり返り、じっと彼を見つめた。「私、行きます」と彼女は言った。

「え？」

「私、あなたの車に乗ります。ビリー、眠ります」

「でも……」

「待ってください」。ビリーを抱きかかえたまま、光子は足早に、作業している掃除隊のところへ行った。夕暮れのなか、野村のワイシャツがトムには見えた。光子はすぐまた戻ってきた。

「彼が、ついて来ます」

「いや、そんな」とトムは言い張った。「いくらなんでもご迷惑でしょう。それにビリーはきちんとしつけないと」

光子は抜け目なさげにニッコリ笑った。「明日しつけてください」と彼女は言った。「今日は私が世話します」

上を向いた彼女の目が、薄れかけた太陽の光を捉えた。彼女の目から発する光が、自分の目に入ってくるようにトムには思えた。もはや何も言えることはなかった。

ビリーはもう大人しくなっていた。光子は彼を下ろし、また二人一緒にまだ残っている紙切れを集めはじめた。男たちの掃除隊に加わろうかとトムは思ったが、見ればもう最後のゴミを樽に入れて、それぞれ暗がりへ散っていく最中である。野村が彼を目にとめて、走ってきた。

「ビリーを連れて帰りましょう」野村は言った。

数分後、トムはレーニア街に沿って車を走らせていた。ビリーは後部席で光子に抱かれて眠っている。野村夫妻の青いビュイックが後ろからついて来ていた。トムがバックミラーに目をやると、眠っている子供を見下ろす光子のこの上なく優しい顔が見えた。

「さっき」とトムは沈黙を破って言った。「さっき、挨拶しなさいとビリーに言ったとき……」

「はい？」

「あなたをなんとお呼びしたらいいかわからなくて」

「私、光子です」

「ええ、はい、もちろん。ビリーはそう呼べばいいわけですが」

「はい」

これでは全然助けにならない。

「いやつまり、苗字は何とおっしゃるんですか?」

「あ、苗字ですね。深井といいます」

「結構。じゃあミセス・フカイとお呼びすればいいですね」

相手はなんとも答えなかった。

「それでいいですか?」

彼女はまだ何も言わなかった。ビリーがうめき声を上げ、彼女はまた、ささやきに近い声で歌を歌ってやった。

ディアボーンの交差点の赤信号でトムは車を停めた。バックミラーを覗いてみると、光子の目がまっすぐこっちの目を見ていた。彼は目をそらしたが、また見てみると、彼女の目は依然そこにあった。

「私、ミセス深井じゃありません」と彼女は言った。「私、ただの光子です。夫はいません」

6

パスター・トムは日曜学校の委員会が早く終われと念じていた。教会のピクニックのあとの三日間、ビリーのおかげで彼も内田夫人もさんざんな目に遭っていて、野村夫人に助けを仰ぐしかないと思っていたのである。

ところが鈴木夫人が教科書の修繕についてえんえん喋りつづけ、報告書を一語一語読み上げ、誰かに説明を求められるたびに唇を嚙んだ。やっとそれも終わると、トムは野村夫人にちょっとお話がありましてと言い、執務室に来てもらった。

トムの机と向きあった、色褪せかけた木の肱掛け椅子に野村好子《よしこ》は小柄のぽっちゃりした体を押しこみ、期待に満ちた目で彼を見た。

「それが、いざこうして来ていただくと」トムは切り出した。「どういうふうに申し上げたらいいか、よくわからなくて」

「どんなご用ですか、パスター・トム？」と彼女は訊き、黒い眉を寄せた。

「実は、妹さんのことでして」とトムは答え、細縁の眼鏡ごしに相手の反応を窺った。「あの方、お忙しいでしょうか？　つまりその、シアトルでどういうふうに過ごしてらっしゃるんです？」

「そうですね」野村夫人はためらい気味に口を開いた。「もちろんパイクプレース・マーケットには連れていきましたけど……」

トムはにっこり笑った。頰に皺が浮かんだ。「待ってください。どうも言い方が悪かったですね。ビリーがあの方を気に入っている様子だったのはご承知ですよね」

「はい、光子もビリーのことを大変気に入っています」

「それは見ていてわかりました。あの方は――何とお呼びすればいいんでしょう？　苗字はフカイだとおっしゃっていました。ミス・フカイと呼べば？」

「ええと……はい、そうでしょうね。考えてもみませんでした、ここであの子をどう呼んだらいいのかなんて。私にとっては、光子です――妹の、みっちゃん」

「ミーツーコゥと発音すればいいですか？」

「それで大丈夫です、パスター・トム」

「お子さんを亡くされたと言っておられましたよね」。言葉は思ったより楽に出てきたが、言ってしまったいま、トムはまなざしを、ブロードウェイをのろのろ進んでいく車の列の黒いカンバス地の屋根に向けた。

「はい」野村夫人は落ちつかなげに言った。

「気が進まないようでしたら、お話はここでやめます」

「すごく辛い話なんです、パスター・トム」

「それだったら――」

「でもたぶん、だからこそ、お話ししてしまうべきなんでしょうね。どうなんでしょう、花森牧師にも何も言ってないんです。そんなのってよくないですよね。なんといっても、ここは私の教会なんですから」

「たしかにそのとおりです。でも、話す気になったら話せばいいんです」。こみ上げてくる涙をこらえて彼女の目が潤むのをトムは見た。

「話す気になりました」と彼女は言った。「あなたに話したいです」

彼女は「あなたに」を強調した。

しみや凸凹だらけの机を一部隠している、大きな四角い吸取り紙台の上でトムは両手を組んだ。

「光子は五年前の一九三四年、二十二歳で結婚しました」野村夫人は切り出した。外で車のエンジンが立てるパタパタという音に埋もれて、やっと聞きとれる程度の小声だった。「もちろん見合い結婚でした。日本の結婚はほとんど全部お見合いです」

「ええ、知っています」トムも静かに応じた。

「光子の夫になった人は、武士の家柄でした。先祖は何世紀にもわたって侍で、本人も士官学校へ行きました。エリート将校でした。深井家――うちの家系です――も貧乏ではありませんでしたが、そういう由緒ある家柄ではありませんでした。娘をそういう家へ嫁にやれることを、私の両親は大きな名誉と思ったんです」

「妹さんはどう思われたんです？」

「言われたとおりにしました。いくつかの面では、とてもいい縁組みだったんです。夫となる人は大変な美男子で、しかも光子を一目見ただけでぜひ嫁に欲しいと言ってきました。二人だけだったらこの結婚もうまく行ったかもしれません。でも光子にはものすごく大きなプレッシャーがかかりました。夫は唯一の跡継ぎでしたから、是非とも男の子が必要でした。息子が何人も生まれて、武士の伝統を受け継がせられればもっといい。光子も最初の半年はとても丁寧に扱われましたが、子供がすぐ出来ないことが見えてくると、話は変わってきました。母親は元々、深井家は格が下すぎると思っていて、そのうちだんだん、母の気位が息子の熱愛をしのぐようになっていきました。日本の姑は時にひどく残酷なんです」

「わかります」トムは言った。「日本に住んでいなくても同じです。私もここで、ずいぶん多くの家族の相談に乗りました」

「恥ずかしいことです。キリストの愛があっても……」

「その家はクリスチャンだったのですか？」

「いいえ。それも問題のひとつでした。私と同じで、光子も小さいころからミッションスクールに通いました。私が十二のとき、一家みんなで福音を受け容れたんです。それで、光子になかなか子供が出来ないと見ると、姑は毎日金切り声を上げて、神を捨てるよう迫ったんです。孫が出来ないのは西洋の邪教のせいだと言って。暴力もふるいました。食べさせないこともしょっちゅうでした。光子は骨と皮ばかりになってしまいました」

「母親がそんなひどいことをするのを、息子は黙って見ていたんですか？」

「たいていは軍隊を率いていて、家にいませんでしたから。帰ってくるたびに母親と言い争って光子を護ろうとしましたが、そのうちに中国の前線に送られてしまいまして。おととしの七月、戦闘が始まったときです。年の暮れに何日かの休暇で帰ってきて、そこでようやく光子が身ごもったんです」

「すくなくとも暴力は止んだんでしょうね」とトムは言った。

「まあとにかく、義理の母親も彼女を放っておくようにはなりました。ところが、息子が南京から帰ってくると、彼は別人になっていたんです」

「というと、その男も大虐殺に加わった獣だったんですか？」

野村夫人はため息をつき、頭を垂れた。「日本ではほとんど誰も知らなかったんです」と彼女は言った。「とにかく検閲が厳しいですから。光子にしてもこっちへ来て初めて南京の真相を知ったんです。知ったあとで、私にあんなことをしたあの人を哀れに思う、と私に言いました」

「何をしたんです?」

「帰ってきたとき光子は妊娠五か月でしたが、夫が暴力をふるいはじめたんです」

「訳がわかりませんね。大喜びするはずじゃありませんか」

「何も感じなかったみたいです。ひたすら酒を飲んでわめくばかりで、光子が何か言うと、血が出るまで殴るんです」

「なんてことだ!」

「何度も暴力をふるわれたせいで、赤ん坊は早産で生まれてきました。男の子でした。一家の夢が叶ったものの、赤ん坊はあまりに弱くて乳も飲めませんでした。生まれて三日で息を引きとりました。可哀想に、母親の乳を一度も味わわなかったんです」

野村夫人は目を拭った。

「さぞ辛かったでしょうね! でもすくなくとも、跡継ぎを産める体だという証しは立ったわけですよね」

「はい、姑もまったく同じことを言いました。これからはあなたを丁重に扱う、と姑は言いました。健康回復のために温泉療養もさせるし、教会にも行かせる、と。それまで丸二年、光子は神を崇拝することも禁じられていたんです。けれど光子は、いいえ、もう沢山ですと答えました。その家にとどまる気はありませんでした。日本では妻が夫を離縁することはできません。でも光子は構わず家を出て、二度と戻らないと誓いました。向こうも彼女を離縁する以外手がありませんでした」

「そのあと、どこへ行ったんです? 何をしたんですか?」

「それまでずっと、どんな辛い目に遭っているか、光子は家族にいっさい話していませんでした。

だから帰ってきたときはショックでした。日本では出戻りの娘というのは大きな恥なんです。でもうちの家族は諸手《もろて》を挙げて光子を迎え入れました。彼女に愛と理解を注ぎました」

「神をたたえよ！」

「みんな光子を立ち直らせようと努めたんです。ああパスター・トム、両親や弟たちのことを私は本当に誇りに思います！　光子への愛情は、神への信仰の大きな表われでした。神の愛と正義の真《まこと》の証しでした。彼らの力は神の中にあったんです。みんな神の中に、自分たちを囲む憎しみを撥ねつける力を見出したのです」

「それがみんな、ほんの一年前に起きたんですか？」

「信じられないでしょう？」

「いえ、信じますとも。見ればわかります。あの人の目からは恩寵の光が輝き出ています。彼女は神の真の子です」

　野村夫人の目も輝いていた。

「さあ、どうです」パスター・トムは言った。「私と重荷を分けあって、よかったでしょう？」

「ええ、ええ、よかったです。ありがとうございます、パスター・トム」

　トムは机のむこうから手をのばして、野村夫人の片手に自分の手を重ねた。「そう伺って本当に嬉しいですよ。ですが今は」と彼は言って椅子に座り直した。「そのような辛い話を伺ったあとでは、こちらの問題をお話しするのがなんとも恥ずかしいです」

「できることでしたらなんでもお手伝いします」野村夫人は言った。

　トムはためらった。

「実はビリーのことでして。とにかくいまは『ミツ』が欲しい、それしか言わないんです。言いだしたら聞かない性質《たち》なんです。もう内田夫人では駄目でして。それに、どのみちあの人には荷が重すぎるんです。元々そんなに長時間世話してくれるつもりじゃなかったんです」

野村夫人がトムを見た。黒い眉が弧を描いていた。

「それで、思ったんですが」トムが先を続けた。「もしあの方の時間が空いていらしたら……ベビーシッターの仕事、やっていただけたりするでしょうか？　お礼は喜んで――」

「いえ駄目です、パスター・トム――」

「それは残念です。きっとお忙しいんでしょうね、でも一日に二、三時間でいいんです」

「いえそうじゃなくて、お金のことなどお考えになっては駄目ということです。きっとあの子もビリーと一緒に過ごせるのは嬉しいはずです。領事館よりずっといいと思います」

「領事館？」

「ちょっと仕事みたいなことをやっていまして。本当の仕事じゃないんですけど。それに、そんなに頻繁に行かなくてもいいんです」

「どういうことですか」

「長期滞在するにはそれしか手がないんです。アメリカの移民法はものすごく厳しいんです。領事館の被雇用者として来るしかなかったんです。うちの主人がずいぶんお金も積みまして……」

「賄賂ですか？」

相手はうなずいて目を伏せたが、やがて毅然とした表情で彼と向きあった。「あの人たちがみっちゃんにやった仕打ちを聞いたときは、本当に腹が立ちました！　私はあの子を救いたかったんです。この福音の国にあの子を呼び寄せたかったんです。手配に一年近くかかりましたが、とにかく成し遂げられてよかったです」

「神もきっと許してくださいますよ」トムは言った。「あなた方の心根はお見通しですから」

「はい、私もそう信じます、パスター・トム。本当にそう思います。それに、ちゃんと上手く行ってるんです。あの子はここに来てまだ三週間ですが、もう違いが出てきています。はじめは誰とも会いたがらなかったのに、今では教会がすっかり気に入って、次の礼拝を楽しみにしています」

「素晴らしい。たびたびお会いできるといいですね。それと」彼は満面の笑みを浮かべて言い足した。「ビリーにも時間を割いていただけるよう、お口添えいただければ」

「はい、帰ったらすぐ話します」

*

ああ、淹れたてのコーヒーの香り。

目を開ける前から、今日が特別な日になることがトム・モートンにはわかった。一晩中、一度も起こされずに眠れたなんて！　夜のあいだセアラがビリーを見てくれて、今も一緒に静かに遊んで――

セアラ?!

彼はベッドの上でがばっと身を起こした。寒気が体を貫いた。セアラは死んだのだ。その思いが、山腹を転げ落ちてくる岩のように彼を打った。

だが、否定しようもなく、淹れたてのコーヒーの香りが漂っている。そしてビリーがペチャクチャ喋って笑いながら廊下を駆けるのも聞こえるのだ。

光子が淹れてくれたにちがいない。一か月も経たぬうちに、彼女はパートタイムのベビーシッターから住み込みの世話係《ガヴァネス》に変身していた。そしていま、家政婦にもなってくれている——ビリーが突然パーコレーターの使い方を覚えたのでなければ。

トムはベッドを出てシャワーを浴びた。髪も濡れたまま、急いで拭いた背中にシャツが軽く貼りついたままでキッチンに行くと、光子がレンジにむかってベーコンエッグを作ってくれていた。濃い青のエプロンを着けて、豊かな髪は後ろで束ねられ渦を巻いている。

「お早うございます」トムは言った。

光子は軽くお辞儀をしてにっこり笑った。

「本当に、そこまでしてくださらなくていいんですよ」トムは言った。彼女のふっくらした唇が笑みを抑えようとして細かく動いた。

「パパ、パパ!」ビリーがわめきながら彼の許に駆けてきて、木の十字架を振りかざした。「タンブル! タンブル!」

光子がその言葉をゆっくり、はっきり発音してやった——

「トンーボ。ターケートンーボ」

「トンボ! フライ・トンボ!」とビリーは叫び、それを父に渡した。

ぴんとのばしたトムの手より少し大きい程度のそのぺらぺらの物体は、十字架というよりTの字に見えた。上の方は一種細い串であり、それがもっと平べったい、よじれた同じ素材にはめ込んである。まっすぐな木目から見て、たぶん竹だろう。

「フライ・トンボ」ビリーが言った。

「フライ?」とトムは訊いて、光子の方を見た。エプロンで両手を拭きながらトムに近づいてきた彼女は、「トンボ」を彼の手から受けとった。そして串の部分を両の手のひらで挟んで、一回さっとすばやくこすった。Ｔの字が天井まで飛んでいき、当たって床に落ちた。

「ウィ――！」とビリーが金切り声を上げ、もう一度それをトムに渡した。「フライ・トンボ！」

トムは光子のやり方を真似てみたが、横にのびた部分が手首に当たってしまった。二回目は親指に引っかかったが、三回目に「トンボ」は天井まで行ってふたたび床に落ちた。

「フライ・トンボ！」

「自分でやってごらん」トムは言った。「父さんは朝ご飯を食べるから」。けれどその単純な操作もビリーにはまだ難しすぎた。

「すみません」と光子が謝った。「この子の歳に合ったものを作るべきでした《アイ・シュド・ハヴ・メイクト》」

「あなたが作った《ユー・メイド・イット》んですか？」

彼女はうなずき、にっこり笑った。「『メイド』ですね」

「ありがとう、ミツコさん、本当にありがとう。べつにあなたの英語を直すつもりはなかったんです」

単純な玩具をトムはじっくり見てみた。カーブしたプロペラは精密に削られていて、垂直の軸にぴったり収まっている。

光子はレンジの仕事に戻りかけたが、トムが止めた。「誰かがビリーのためにそれを飛ばしてやらないと」と彼はにこにこ笑って言った。「給仕は自分でやりますから。朝ご飯、作ってくださってありがとう」

彼女はうなずき、後ろに下がった。

トムはキッチンテーブルから、「トンボ」が固い天井にぶつかりエナメル塗りの壁に当たってはね返るたびにビリーがよちよち追いかけるのを眺めた。ビリーと一緒に床に座りこんだ光子は、無限の忍耐を有しているように思えた。ビリーの喜びは人にも伝染する。トムは我知らず微笑んでいて、その玩具の正しい名前を光子がビリーに教えるのに耳を傾けていた。

「ターケートンーボ」

「カーケーコンーボ」

「ターケ。タケはバンブーのことよ。言ってごらんなさい、『ターケ』」

「ターケ」

「トンーボ。トンボはドラゴンフライのことよ。『トンーボ』」

「トンーボ」

「タケトンボ」

「カケコンボ」

光子はあははと笑い、子供を抱きしめた。日本語でペチャクチャ独り言を言っている。「カワイイ」という言葉がトムにも聞きとれた。子供のことで盛り上がるとみんなかならず使う言葉だ。「フライ・トンボ！」とビリーはまた言いだし、飛行セッションがふたたび始まった。トムにとってはもう新味も薄れ、むしろだんだん苛立たしくなってきていた。光子も何か逃げ道はないかと思っている様子だ。ほかのオモチャや本も勧めてみたが、ビリーはタケトンボを飛ばしてくれと言って聞かない。どうしてさっさと取り上げてしまわないんだろう、とトムは思った。自分ならとっくにそうしている。これはきっと、父親が後ろ盾になって権威を示すのを待っているにちがいない、と彼は判断した。

「ビーリー」とトムは怖い声を出し、その名を胸の中で響かせた。「もうやめなさい」

ビリーは彼を無視した。

「ビリー」彼はどなった。「やめろと言ったろう」

光子はどうなってるんだ？　こっちに合わせて「お父さんの言うこと聞くのよ」とか「パパを怒らせちゃ駄目よ」とか言い添えるべきではないか。なのに相変わらずビリーと一緒に座って、やりたい放題にさせている。

もう沢山だ。トムは椅子をうしろに引きはじめた。この音でビリーも、鞭を逃れる最後のチャンスだと気がつくだろう。ところが、トムの方を見たのは光子だった。何も言わなかったが、厳めしい表情に変わって、首をゆっくり横に振った。

「この子をしつけなくちゃいけないんです」トムは椅子に座ったまま光子に言った。

彼女はもう一度首を振った。それからビリーの方を向き、その肩に片手を載せてじっと彼の目を覗き込んだ。

ビリーは玩具を捨てて、両腕を彼女の首に巻きつけた。

光子は彼を抱き上げて、滑るように部屋から出ていった。

7

教会に来てもトムはなかなか仕事に集中できなかった。心は何度も、サミット街の小さなアパートメントに戻ってしまう。いまは二時、ビリーの昼寝時間だ。光子がきっとあの日本語の子守歌を歌いながらビリーのお腹をぽんぽん叩いてるだろう。ビリーはうとうと寝つくことだろう。

彼女がいつも子供に歌ってやるメロディを思い出そうとしたが、そのねじれ方、逸《そ》れ方はトムにはあまりに馴染みがなかった。なんべん聞いても、次の一音が全然予測できない。思い起こせるのは光子の声の響きだけだった。柔らかい、わずかに息の混じった、優しく包みこむ響き。

一日が終わって帰宅するのが、だんだん快い、楽しみな出来事になっていった。初夏の長い昼も、四時を回ればもうトムは執務室を出ていた。

光子とビリーが玄関で出迎えてくれた。やらなくていいと言うのに、光子は彼が上着を脱ぐのを手伝い、ハンガーに掛けてくれる。「日本のやり方なんです」と彼女は説明した。けれども、スリッパを敷居まで持ってきたときには、さすがにトムも気まずくなった。まず第一に、光子が自分の寝室をごそごそ引っかき回しているかと思うと落ちつかぬ気持ちになった。

「ねえ、ミツコさん」トムは言った。「僕はビリーの世話をお願いしたんです。僕のことはそんなに世話してくれなくていいんです。それと『日本のやり方なんです』と言うのはやめてください」

そう言われて光子は、ビリーを大人しくさせようとするときに向ける悲しそうな表情をトムにも見せただけだった。そこまで世話を焼くのをよしてくれ、と言っても、またしてもスリッパを手に、悲しげな表情を浮かべている。

とうとうある日、意図以上にきつい声で、「これからは僕の部屋にスリッパを置いておいてください」とトムは宣言した。

次の日、玄関を開けると、真新しいスリッパが待っていた。まったくどこまで意固地なのか！ スリッパを無視して厳めしい顔を通そうとしたが、結局吹き出してしまった。

「わかった、わかった」と彼は言った。「あなたがどうしても召使いみたいにふるまうっていうなら、僕にはどうしようもない」

彼女は答えなかったが、その日以来、帰ってきてすぐ新しいスリッパにはき替えるのがトムの習慣となった。

「妹さんになんとか言ってくださいよ」彼はにこにこ笑いながら、次の日曜学校の会議のときに野村夫人に言った。「日本式に腰が低すぎます。僕たちで協力してもっとアメリカ流にしてあげないと」

「腰が低いんじゃないんです、パスター・トム」と野村夫人は答えた。

「違う？　じゃあ何なんです？」

「ただの清潔好きです」

トムは相手の顔を見た。

「日本では内と外をはっきり区別するんです。日本人にとって家の中で靴をはくのは、アメリカ人が食卓の上を歩くようなものです。私いつも驚くんです、アメリカ人が、人が唾を吐いたり犬や馬が汚したりした道を歩いた靴を平気で家具の上に載せたり、時にはベッドに載せたりするのを見ると。もうここで暮らして何年にもなりますけど、いまだに慣れません」

トムは顔を赤らめ、なんと答えたらいいかわからなかった。

＊

その週の木曜、アパートメントに入っていったトムを、厳めしい顔をした野村夫人が出迎えた。

いた。


「ビリーが」彼女はトムが口を開く間もなく言った。「すごい熱なんです」

「医者は呼びましたか？」トムは表のクローゼットに上着を掛けてスリッパにはき替えながら訊いた。

「はい、いまウォレス先生が診てくださっています」

暖かい六月の気候なのに、ビリーは毛布の山に埋もれていた。窓は閉めきられ、部屋は汗と熱の匂いがした。ビリーの額には何かの器具が載せてあった。銀髪で赤ら顔のウォレス医師がベビーベッドの前で膝をついていた。やがて医師は鞄を閉じ、帰ろうとして立ち上がった。

「おいでくださってありがとうございます、ドクター」トムは医師と握手をしながら言った。

「ビリー、どうでしょう？」

「たちの悪い夏風邪で、熱も出ています。心配はありませんが、しっかり見ていてあげてください。水分をたっぷり与えて、あとアスピリンも。とにかく熱を上げないことです。熱さえ抑えられれば大丈夫です。この氷嚢《ひょうのう》が決め手です。私がやるよりよっぽどいいです」

トムはビリーの額に載った仕掛けをチラッと見た。

「お宅の家政婦さんが、あり合わせの油布《オイルクロス》でこしらえてくれたんです。棒から吊すところが気が利いてますよね。重みがかからなくなりますから。とにかく、明日までに熱が引かなかったり高くなったりしたら知らせてください。いまは四十度あります。見ていてあげてください」

「はい、もちろん」

トムは医師を玄関まで見送った。

「本当にありがとうございました」外の階段を降りていくウォレス医師にトムは声をかけた。

「すみません、パスター・トム」野村夫人が言い、玄関口で彼の横をすり抜けて言った。「夕食を作りに戻らないといけないんです。主人がじき帰ってきますので」

「ええ、そうなさってください。本当にありがとうございました、ミセス・ノムラ」

「ビリーの様子、知らせてくださいね」と彼女は外の階段を駆け降りながら言った。

トムは玄関のドアを閉めて寝室に向かったが、その前にキッチンに寄って水を飲んでいくことにした。たぶん光子も飲むだろう。水が流れているあいだ、ふとキッチンテーブルに目をやると、引っかき傷だらけの白い琺瑯《ほうろう》の表面が露出していた。なるほど、これを使って氷嚢を作ったのか。実に機転が利く人だ。

水の入ったコップを二つ持って、ビリーの部屋に行った。光子はベッドの前の床に座りこんでいた。入っていくと彼女は顔を上げた。額と上唇に汗の膜が張っていて、いつもどおりきっちり束ねたなかからほつれ髪が幾筋か出ている。グラスを差し出すと受けとったが、トムが飲むまでは口に持っていかなかった。

「申し訳ありません」一口飲んでから彼女は言った。「テーブルクロス、弁償します」

胸を打つ素朴さとともに彼女はその言葉を、しばらく前から練習していたかのように口にした。

トムは思わず微笑んだ。

「とんでもない」彼は言った。「よい目的《グッド・コーズ》のために使ってくれたんですから」

「グッド・コーズ?」

「ビリーのために。それに、もう古いクロスでしたから」

「でもまだ使えました。流しの横の引き出しに入れておきました」

「何をです?」

「テーブルクロスの残りです。無駄にしないように」

テーブルクロスの切れ端のことに、この人は大真面目なのだ。トムは彼女を抱きしめてやりたかった。きっと必死だったにちがいないが、クロスを切って残りを仕舞うだけの落ちつきがあったのだ。抱きしめる代わりに、トムはビリーのかたわらに下ろされた彼女の片手をぽんぽん撫でた。彼女も手をどけようとはせず、トムをチラッと見て軽く微笑んだ。

その晩何度か、看病を交代するとトムは申し出たが、結局替わったのは、彼女がトムと自分のために簡単な夕食を用意し急いで風呂に入るあいだだけだった。彼女は毎晩かならず風呂に入った。朝には絶対入らない。ここ何週間かはずいぶん暖かい陽気になってきていたが、アパートメント中に満ちる湯気から判断して、どうやらいまだに火傷するくらい熱い湯に入っているらしい。おかげでガス代と水道代もかさんだ。

十時に寝床に就いたとき、トムは十二時に目覚ましをかけた。目覚ましが鳴ると、ローブを羽織って、交代しようとビリーの部屋に入っていったが、光子は一歩も動こうとしなかった。

「まだ熱がずいぶんありますから」と彼女は弁明した。

「そうかもしれないけど、枕許で見ているだけなら僕でもできます。明日のために、少しは休んでください」

「ここにいます」と彼女は言った。昼の晴れた暖かさはもう消えてしまったのに、いつも入浴後に着る薄い綿の着物しか着ていない。

「せめてセーターか何か着てください。あなたまで風邪をひいてしまいます。シアトルの夏の気候に慣れていないでしょう。夜は冷えこむんです。その着物じゃ不十分です」

「これは着物じゃありません。浴衣《ゆかた》です」

「なんという名にせよ、とにかく薄すぎる」

「大丈夫です、ご心配なく」

言いあっても始まらない。仕方ないから今夜は寝かせてもらって、明日教会を休んで彼女に寝てもらおう。また眠れるか自信はなかったが、トムは自分の部屋に戻った。ローブを着たままベッドの上に横たわり、雑誌を読んだ。

午前三時に、胸に雑誌を載せた格好で目が覚めた。夜は静かだったが、目覚めたまましばらく横になっていると、遠くで泣く声が聞こえた。風とともに、大きくなったり小さくなったりしているみたいだ。でも風なんか吹いていない。そして声は遠くから聞こえているのではなかった。このアパートメントの中からだ。

爪先立ちでドアまで行って、耳を澄ましてみた。光子だった。いつもの子守歌を歌っている。でもその声はほとんどささやきでしかなかった。

彼女が歌っているのなら、ビリーは起きているのだろう。ひょっとして熱も下がっただろうか。トムは忍び足で息子の部屋のドアまで行って、中を覗いてみた。光子がドアに背を向け、ベビーベッドのかたわらの椅子に座り、浴衣を腰まで下ろし、ビリーを両腕に抱いていた。薄暗い光の中でも、彼女の肉体が太陽のように光り輝くのが見えた。光子の左の胸を吸うビリーの頭のてっぺんが動くのをトムは見守った。子供の小さなうめき声が、光子の歌う、まとわりつき染みこんでくるような子守歌のこの世ならぬ響きと混じりあった。トムは顔をそむけてそそくさと自分の部屋に戻った。

震えながらベッドに腰かけても、歌はまだ聞こえていた。

どうしてこんなことが起きているのか？　本当に起きているのか？　それともあれは、悪魔自らが送ってよこした幻影か？

そうだ。そういうことにしよう。悪夢のごとく実質のない、罪の幻ということに。

でも違う、あれは現実だ。トムにはそのことがわかっていた。そして邪悪だ。非キリスト教的だ。いますぐあそこへ駆けこんでいくべきなのだ。あの女を追い出して、闇の国へ送り返すのだ。

だが体が麻痺してしまっていた。堕落の音に耳を傾けることしかできなかった。そして、思い知る——この忌まわしいものを家から追い払いたいという以上に、自分がもっと見たいと欲していることを。

途方もない恥辱だった。目をぎゅっと閉じて、心臓が高鳴っているのを感じた。ナイトテーブルの上のランプを手探りし、鎖を引っぱった。心和む闇が彼を包んだ。ベッドの上で体を一杯にのばし、息を鎮めようと努めた。深く、規則正しく息を吸う。すくなくとも自分をここまではコントロールできる。心臓はそこまで従順ではなかったが、まもなく耳の中でズキズキ鳴る音も鎮まっていった。そうして、やっと、神からの贈り物のように、恵み深い眠りが彼を救いに訪れた。

＊

鋭い音に、パスター・トムは陽の光へ引き戻された。

もう一度聞こえた。何かを叩くような音。

体を起こして、何もない白い壁を見渡し、ベッドの上に掛かったイエスの厳《おごそ》かな顔を見た。一瞬ためらってから、立ち上がって早足でビリーの部屋に行った。

戸口に入っていくと同時に、もう一度叩く音がした。開いたカーテンを通って注ぎこむ夏の朝の陽光に目が痛いくらいだった。窓を背景に立ち、もうちゃんと服を着ている光子のシルエットが見えた。頭を垂れて光と向きあい、両手は祈るために組まれているようだった。

トムが入ってきたのを聞いて、彼女は晴れやかな笑顔で向き直った。「熱が下がりました！」と喜びにあふれた声が上がった。

果たせるかな、横になったビリーは目覚めていて、指でゆっくり竹トンボを回していた。トムがベビーベッドに近づいていくと、小さな顔に疲れの色が見てとれたが、目は澄んでいた。

「神よ、感謝します」とトムは光子を見ぬように努めながら小声で言った。ベビーベッドの前に膝をつき、ビリーの頬に片手を当てた。頬はひんやりしていた。ビリーが彼にむかってにっこり笑った。右手で玩具を持ったまま、ビリーは左手を光子の方にのばした。光子はベッドの向こう側に腰を下ろしてその手を握った。

狭いベッドをはさんで、彼女の体温がトムにも伝わってきた。何が見えるか恐れつつ、トムはようやく目を上げて彼女を見たが、相手の目にはもっぱら喜びしか、愛情と感謝の喜びしか見出せなかった。金の十字架が服の襟の外に垂れていた。窓辺で祈りながら彼女が十字架に触れていたことをトムは直感した。でもあの叩くような音はなんだったのだろう？　トムは頭を垂れ、祈りの言葉を唱えた――「神よ、私どもはあなたに感謝を献げます。あなたの卑しい僕《しもべ》である私どもにあなたは目を向けてくださり、イエス・キリストを介してあなたの贖《あがな》いの愛と恩寵とを私どもに与えてくださいました」

「アーメン」光子が震える声で応じた。

顔を上げたトムを見た彼女の表情には、ひたすら彼の息子の回復を喜ぶ気持ちが表われているばかりで、トムは彼女を責める気になれなかった。「ありがとう」彼は謙虚に言った。「おかげでこの子は命拾いしました」

彼女はそれに応えてわずかに頭を下げたが、その顔は、何か気がかりがあることを伝えていた。

「どうしたんです？」トムは訊いた。

「すみません、『命拾い《プル・スルー》』って何ですか？」

トムは思わず微笑んだ。「『命拾い《プル・スルー》』というのは『治る《ゲット・ベター》』、『病から回復する《リカヴァー・フロム・イルネス》』という意味です」

彼女の顔が明るくなった。「わかりました。ありがとうございます」。彼女はしばし黙った。

「英語がもっと上手く話せたら」

「あなたの英語は立派ですよ」とトムは言った。実際、知っている言葉は上手に使う。ミッションスクールで文法をしっかり教えこまれているし、発音にしてもすでに、ここで二十年あまり暮らしている義兄よりずっと上だ。

「私に教えてください《プリーズ・ティーチ・ミー》」と彼女は言った。

その素朴な言葉がトムの心に触れた。「ええ、教えてあげます」と彼は言った。そして、心の中だけでこう言い足した——キリストに至る真の道を教えてあげます。あなたの魂に残る影をあなたのなかから引き出し、汚れ《けが》を取り去ってあげます。いままで見たこともない神の栄光を、僕はあなたに見せてあげます。

8

トムが新聞を畳むと、光子がビリーの部屋から出てくるのが聞こえた。トムは一言も言わずに彼女についてキッチンに入り、ドアを閉めた。みぞれが窓ガラスをシン、シンと打つ音がアパートメントのこちら側ではいっそうやかましく聞こえる。何もない壁と、エナメルを塗った白いキャビネットも、冬の冷え込みを高めるばかりだった。七か月の経験から、この部屋でなら喋ってもビリーの眠りを妨げないことを二人は学んでいた。

キッチンテーブルのかたわらの棚に、いまでは聖書が二冊立っていた。トムは自分の聖書を手にとり、固いキッチンチェアの一方に腰かけた。光子が買ってくれたレースのテーブルクロスの上に聖書を置いて、開いた。「出エジプト記、三十一章」

小さな長方形のテーブルの反対側に腰かけて、光子も自分の聖書に手をのばしたが、それを開く代わりに、目の前に置いて、その上で両手を組んだ。

「パスター・トム」彼女は相手を見ながら言った。「今夜は発音を直してもらえますか?」

トムは微笑んで聖書を閉じた。彼女の髪が今夜はいつにも増してきつく束ねてあるように見え、いつもなら落ちつきをたたえた額もわずかに緊張し、頬にもわずかに赤味が差していた。「また何か困ったことがあったんですか?」

「ほんの少し困っただけです」と彼女は答えた。「ちゃんと気をつけていないと、th の代わりにzとかsとか言ってしまうんです。今日もドラッグストアで、虫(moth)除《よ》けのボールを下さいと言ったら、苔(moss)を枯らす薬のことだと思われたんです。なら園芸用品店に行きなさいと言われました。それで園芸用品店に行ったら、ドラッグストアへ行きなさいと言われました。何がなんだかわからなくなりました」

「完璧ですよ、いま聞いてる限りでは」

「いまは気をつけているからです。私、練習が必要なんです」

「いいでしょう。Mother と言ってごらんなさい」

「Mother」

「Father」

「Father」

「いまのは少し Fah-zar」に聞こえましたね」

彼女は顔を赤らめ、両手を見下ろした。

トムはちょっと考えた。「『Our Father』と言ってごらん」

「Our Father」と彼女は、ふたたび顔を上げて応えた。

「そうそう。『Our Father（我らの父よ）』」

「Our Father」

「Which art in Heaven（天にまします）」

「Which art in Heaven」

「Hallowed be thy name（願わくは御名《みな》をあがめさせたまえ）。さあ、ここからは th がたくさんありますよ！」

「Hallowed be zye——」

「Thy ——」

「Thy name」

「*Thy* Kingdom come（御国《みくに》を来たらせたまえ）」

「Thy Kingdom come」

「*Thy* will be done（御心《みこころ》をなさせたまえ）」

「Thy will be done」

恐ろしき th を発すべく一心不乱に集中している光子の口を、パスター・トムも等しく一心に見つめた。ピンク色の舌先が、まっすぐな白い歯のあいだのしかるべき場所に達するたびに、小さな戦慄を彼は感じた。けれど「And lead us not into temptation（我等を誘惑にあわせ給うな）」と唱えたとき、言葉が危うく喉に引っかかってしまいそうになった。

光子のふっくらした唇が「誘惑《テンプテーション》」という語を形作ったとき、その言葉はまったく新しい、肉体的意味を帯びるように思えた。

「But deliver us from evil（我らを悪より救い出したまえ）」と彼は神に乞いながら、この一言を口にする際それは彼女にとってどんな意味を持つのだろうと考えた。胸の内で彼女は知っているのだろうか、御国と、力と、栄光がまさしく永遠に神のものであることを？　それともこれはみな、発音練習の音にすぎないのだろうか。

「アーメン」と光子は締めくくり、期待を込めた目でトムを見た。

ところがトムは、彼女の言語能力を講評する代わりに、「あなたは『主の祈り』を理解しているのですか、ミツコ？」と訊いた。

彼女は少しためらってから答えた。「一生ずっと知ってきました」

「でも本当に理解しているのですか？　誘惑にあわせ給うな、と神に乞うことがどういう意味なのか、理解しているのですか？」

「ご質問が理解できません、パスター・トム」

「もちろん理解しているでしょう」彼は言い張った。「答えてくださいミツコ、私たちはなぜ、誘惑にあわせ給うなと神に祈るのです？」

「なぜそんなことを訊くのですか？」彼女は訴えるように言った。

「答えなさい」トムは迫った。「なぜ訊かれるのか、あなたは知っているはずだ」。彼女に自分でそのことをわからせねば、そう思った。己の罪を自覚させて、神の前で偽りなく告白させねば。迷妄に包まれた彼女の国の、歪んだ生き方を捨てて初めて、真のキリストを知ることができるのだ。

　ふうっと、ひどく長い溜息をついて、光子はトムの前で頭を垂れた。だが、ふたたび目を上げたとき、その目は確信に輝いていた。

「ならば言います」彼女はほとんどささやきのような声で言い放った。「主はいま私を誘惑なさっています」彼女はトムをじっと見据えながら言った。「あなたが私の誘惑です、パスター・トム」

　その答えは、額への殴打のように彼を打った。無垢な、子供のような者を相手に、祈りと贖いの深遠なる意味を講釈してやろうと待ち構えていたのに、この女は大人の理解力をちゃんと持っていたのだ。いまや彼はなんと言ってよいかわからなかった。

「あなたが私を見る目つきを、私は見ています」彼女は言った。「私は結婚していました。だからわかります。そして私もあなたを見ていました」

　顔が火照り、心臓が高鳴るのをトムは感じた。

「私はあなたと一緒にここにいるのが大好きです」と彼女は言った。「私はビリーを愛しています。私たちがいつまでもこのままでいられるよう、私は毎日神に祈っています。私は自分の気持ちを絶対あなたに伝えないつもりでした。あなたが誘惑と戦えるくらい強いなら、私も強いです。

死ぬまであなたの妹でいられます」

いまだ聖書の上で組まれている彼女の両手がわずかに震えていた。目は潤んでいたが、まっすぐトムを見ていた。

彼は顔をそらさずにいられなかった。椅子を騒々しく引いて、立ち上がろうとして危うく転びかけた。光子の目が彼女の手に落とされた。その滑らかな肌に、いまや涙の筋が走っていた。トムはよろよろとキッチンを出てリビングルームに入り、カウチに倒れこんだ。

うつろな目で夜の闇にじっと見入り、心は窓ガラスを激しく叩いて吹きすぎていく雨まじりの風のごとく混沌としていた。長い黄色のワンピースを着たセアラが、岩だらけの川の浅瀬を彼にむかって駆けてくる。花で一杯の部屋――赤、白、ピンク、黄の塊。棺に入ったセアラ、霊柩車に乗ったセアラ、墓に入ったセアラ。誕生のあざの残る、まだ髪も生えていないビリーが彼の両腕に抱かれ、哺乳壜からごくごく飲んでいる。光子の剝き出しの肩の曲線、それが母の抱擁の姿勢に固まり、愛しむ目で子を見下ろしていた。

これらの情景を細い一本の糸が貫き、遠くからじわじわ縫うように近づいてきていた。それは音の糸であり、聞き覚えがある気のする泣き声だった。トムは腕時計を見た。針は十時十五分を指している。ビリーはいつも、まるで頭の中に小さな目覚まし時計があるかのように十時十五分に目を覚ます。光子がひたひたと、キッチンから廊下を通ってビリーの部屋へ歩いていくのが聞こえた。彼女はビリーを抱き上げ、歩いて回るだろう。甘やかしてはいけない、というトムの抗議も聞かずに、この時間にはいつもそうするのだ。

やがて彼女は、トムにはいつまでも捉えられそうにないメロディの子守歌を歌いだした。今夜は違うという徴候はないか、ああやって告白したことで光子自身も彼同様に深く心を揺さぶられている兆しはないかとトムは耳を澄ましたが、いつもと同じ調べが単調に続くだけだった。昨日とも、おとといとも、その前の数週間ともまるで変わらない。そのうちに、例によってビリーは寝入り、光子は忍び足で部屋から出ていった。彼女が自分の部屋に行って、それからバスルームに行くのがトムには聞こえた。このささやかな儀式のあとはかならずそうするのだ。風呂の湯がぴったり時間どおりに流れはじめた。

彼女はまたあの日本式のローブを着て出てきて、リビングルームのドアのところで彼にお辞儀し、いつものように就寝の挨拶をしてから自室に下がるのだろうか。その事態を未然に防ごうと、トムは自分の寝室にこもってパジャマに着替え、彼女が風呂を終える前にベッドに入って明かりも消した。彼女がリビングルームの方へ歩いていくのが聞こえ、今度は足音がこっちへ近づいてくるように聞こえるとトムの心臓は高鳴りはじめた。だが違った。足音は彼の部屋の前を過ぎてそのまま進んでいった。彼女の部屋のドアが閉まると、あとは静寂が広がるばかりだった。

うまく眠れなかった。夜中のある時点で、光子がビリーの部屋にいるのを彼は感じとった。自室のドアの下から染みこんでくる薄暗い光をじっと見ながら、息子の部屋を覗いてみようか、と考えたが、何を見ることになるかと思うと、怖かった。

朝になって、重い体をなんとかベッドから引きずり出した。いつものとおり、ビリーの笑い声と、キッチンで料理をする音を聞きながら服を着た。

「おはよう」リノリウムの床に足を踏み入れながらトムは言った。光子もいつもどおり「おはようございます」と答え、軽くお辞儀をして微笑んだ。あれはみんな夢だったのだろうか？　自分たちの人生を取り返しようもなく変えてしまいかねない言葉を、彼女は言わなかったのだろうか？

その後の五日間、あたかも何もなかったかのように聖書の講読を続けるようトムは努め、難しい箇所に関する彼女の理解を確認し、教義上の解釈をめぐる彼女の質問に答えて、発音まで直してやった。彼女の中にはもっぱら、完璧な自制しか見えなかった。もしかしたら、自分たちはこのまま、兄と妹のように支えあってやって行けるのだろうか。もしかしたら何も変わる必要はないのだろうか。

土曜日に書いた説教の雄弁さにトムは我ながら感じ入り、翌日の午前、情熱を込めてそれを読み上げると、礼拝者たちから帰り際に多くの賛辞を受けた。信徒たちの最後の数人が、柔らかな二月の陽光へと出ていくのを見送るなか、心はいまだ聖歌隊の歌う調べに反響している気がした。

輝かしい、涼やかな、春のごとき日だった。シアトルの冬の、灰色の帳《とばり》がひとたび消え去ると、こういう日がだんだん増えてくる。気持ちのよい天気を楽しもうと、三人は今日、教会まで来るときも、しっかり着込んで歩いてきた。頬は赤く上気し、まだ肌寒い空気に息は白く、ビリーの小さな脚がくたびれるたびにトムと光子が交代で抱いて歩いた。

そしていま、正午の太陽の下、着込んだ服も少し緩めて、パスター・トム、光子、ビリーの三人はブロードウェイを戻っていく。時おり立ちどまっては、どこかの家の庭で顔を出したクロッカスをほれぼれと眺め、プラムの木の芽に見入ってはいつ花が咲くかを予想しあい、街の上に掛かった青い丸天井とそこを漂う白い雲の優美な筋を褒めたたえた。バタバタ音を立てる自動車の長い列がない今日、街は静かだった。

チェリー通りの角が近づいてきたあたりで、家具店の薄暗い入口に男が一人ひそんでいることにトムは気がついた。トムは歩道をすっと横に、車道側から動いて、男が光子とビリーの目に入らぬようあいだに割って入った。二人の気をそらそうと、通りの反対側に立つ柳の木から出ている青々とした若枝を指さした。

　三方を店のウィンドウに囲まれた入口の、白黒のタイルの床には新聞紙が散らばっていた。男はぼろぼろの茶色いコートと、とっくの昔に型崩れした黒いフェルト帽をかぶり、その灰色の垢じみた顔もとうの昔にその張りを失っていた。酒壜を胸に抱えこみ、血走った目で世界を睨みつけている。おそろしく年老いているように見えたが、よく見ると、自分とさして変わらないことをトムは見てとった。どう考えても四十以下である。と、それが誰なのか、トムは思いあたった。マンフレードだ。毎週、荷車をサミット街まで持ってきて野菜や果物を売っていたが、二年前の夏からは、トムの信徒の下里登《しもざと》にその座を奪われたのだった。

　気の毒な男に声をかけてやろうという気にトムは駆られたが、トムたちが店の入口に近づいたところで、相手はそのギラギラした眼で彼らを見据え、泡混じりの白い唾をペッと吐き出した。唾はトムのズボンをかすめて、片方の靴に垂れた。

「日本人《ジャップ》のアマ!」男はかすれた声でわめいた。「日本に帰りやがれ、クソアマ! 白人《ホワイト》ジャップの亭主も一緒に連れてけ!」

　トムは一気に、カンザスの農場に住む十七歳の少年に戻った。ぐるっと身を翻して、男に立ち向かった。

「どうしようってんだ?」男はあざ笑った。「聖書で殴るか? 白人ジャップ野郎、ぶっ殺してやる!」

「パスター・トム、やめて!」と光子が叫び、ビリーが悲鳴を上げた。光子に腕を引っぱられて、トムは男から離れた。男は鼻孔を広げてケラケラ笑い、もう一度地面に唾を吐いた。

　光子はビリーの体を摑んで、そそくさと先を行った。男の嘲《あざけ》りの笑いがガラス張りの檻から響きわたるなか、トムは光子たちのあとを追った。男に対する怒りもあったが、一瞬であれ神の教えをかくもあっさり忘れてしまった自分が情けなかった。

「ミツコ、待って」と彼は呼びかけた。彼らはもう、酔払いから一ブロック以上離れている。光子はビリーを抱いたまますっとトムの方に向き直った。彼が近づいていくと、湯気のように立ちのぼるたがいの息が肌寒い空気の中で混じりあった。

「ああいう気の毒な人間のせいで、何もかも台なしにすることはないよ」トムは言った。「今日はまださわやかな日だよ」

光子はいま来た方にチラッと目をやり、抱きかかえられたビリーはばたばた暴れはじめた。また歩きたいのだ。

三人はゆったりした歩みを再開したが、光子はもう微笑んでいなかった。「今日のような日こそ」とトムは言った。「ああいう気の毒な人の苦しみを僕たちは理解しなくてはいけないんだ。あの人が口にする邪悪な言葉は、僕たちに向けられているんじゃない。あれはあの人が胸の内で感じている痛みのこだまなんだ。こういう時こそ人は、もう一方の頬を差し出すことを求められているんだよ」

光子は彼に向かってうなずいたが、その口はしっかり閉じたままだった。

ビリーまで大人しかった。目についた春の兆しをトムはさらに指さしつづけたが、もはや気持ちは入っていなかった。じきに彼の注意は、花や木から、通りを歩く人々に移っていった。有難いことに怒れる酔漢はもういないが、トムは今さらながらに、きちんとした身なりの人たちが自分に向けてくる一瞥を意識した。そしてその多くは、一瞥では済まない。それぞれ聖書を持ったある中年の夫婦などは、すぐそばをすれ違いざま、大っぴらに彼らを睨みつけた。

白人ジャップ。

その言葉がトムの胸の中で反響していった。

ビリーに視線を貼りつけている光子を、トムはじっと見た。ビリーが車道の方に出すぎるたびに彼女は心配そうに見守り、道端の溝の中も点検し終えたビリーが自分の許に駆け戻ってくるたび、見るからにホッとした表情を見せた。

彼女は神のなんと忠実な子だろう！　憎しみの目を向けてくるこの人たちには、それが見えないのか？　一度でいいから目を開け心を開いて、トムの息子であるこの金髪の青い目の子供に――自分の子でさえない子供、ほかの女の体から生まれ出た子供に――彼女が惜しみなく注ぐ愛情を見てくれないものか？　この若い女性はあなたたちに危害を加えようとしているか？　殺そうとしているか？　あなたたちの物を奪おうとしているか？　いや、この人はただひたすら、愛し、愛されたいのだ。

愛されたい。

突如トムの顔が火照った。

愛し、愛されたい。

トムの人生全体が、ぴったりしかるべき場所に収まった気がした。神は自分にメッセージを伝えるべく、気の毒なマンフレードを送ってよこしたのだ。そう、彼、トマス・モートンは白人ジャップになるのだ。今まで自分は、高みに立って遠くから群れを見渡し、羊飼いとして、大切な羊を一頭も失わないことだけを気にかけてきた。だがもう、自ら谷に降りていき、群れの中に入る時が来たのだ。単に彼らを導くだけでなく、世界に対する意思表示として、彼らに愛を注ぐのだ。今、生まれて初めて、神が自分に何を求めているかを彼は確信した。神がなぜ自分からセアラを奪ったのか、なぜビリーがこの世に一人取り残されたのか、今その理由がわかった。ああ、神の偉大なる、御業《みわざ》の驚異！

トムは立ちどまって光子の方を向いた。彼女の目が上がって自分の方に向けられ、彼の歓喜の笑みを見たその顔に大きな驚きが浮かぶのが見えた。トムは彼女の両手を握った。

「そのとおりだ！」と彼は言い放った。

「パスター・トム、落ちついて！」と彼女は叫んで、両手をふりほどこうともがいた。

「そのとおりだ！」トムはもう一度言った。「僕は本当に『白人ジャップ』だ！　僕こそ白人ジャップなんだ！」

＊

帰宅すると、光子が昼食を作っているあいだ、トムは意気揚々リビングルームの中を行ったり来たりしていた。

「どうしたんです？」と光子は食事中も、トムの晴ればれとした顔を見るたびに戸惑い気味に微笑んで訊いた。だが彼はただ、満面の笑みをさらにいっそう広げるばかりだった。

食事が済むと、光子がビリーを昼寝させに部屋へ連れていった。トムは待ち、座り、立ち、歩き回り、窓の外に目をやり、そうしてやっと光子がリビングルームに入ってくると、カウチに自分と並んで座るよう促した。

「ミツコ」とトムは彼女の両手を握り、今回は彼女もさっきほどためらわなかった。「私は全能なる神の究極の御心を見たんだ。天と同じく、地上に御国を建てるという御心の」

トムは言葉を切り、彼女の顔に浮かぶ期待の表情にほれぼれと見入った。彼女が自分と一緒に、どれだけ歓喜することか！

「僕は君に」とトムは、精一杯落ちつこうと努めながら言った。「僕の妻になってほしい」

それから、彼女の目が驚愕に見開かれたなか、ここ一週間ずっと神が自分に授けてくださっていた多くの真理についてトムは語った。その流れが、今朝の啓示において頂点に達したのだ。

彼が語り終えると、光子の目は涙で一杯になっていた。彼女は頭を垂れ、さめざめと涙を流した。けれども、ふたたびトムを見たとき、その頭は、ごくわずか左右に動いていた。

「いいえ」彼女はささやいた。「私、怖いです」

「怖い？　何が怖いんだい？」

「私には強さが足りないんです」

「僕たちはたがいに強さを与えあうのさ。神が僕たちに強さを与えてくださるさ」

「でもあまりに大きな憎しみが」

「わかってる」彼はほとんど喜ばしげに言った。「だからこそ僕たちはためらってはならないんだ。僕たちは愛でもって憎しみを打ち負かすんだ。僕は僕と同じ人々に見せてやるんだ、『白人ジャップ』であることはキリストの範に倣《なら》うことだと」

「あなたと同じ人々が憎しみを持っているだけなら、私だってそんなに怖くはありません」

その言葉にトムはハッとさせられた。「どういう意味だい？」高揚した笑みが消えていった。

「日本人には人を憎む理由がないと思うんですか？」

「もちろん、ひどく不当な扱いはあった」と彼は言った。「でもキリストを受け容れた人たちは――」

「──それでもやっぱり黄色人種で、あなたはやっぱり白人です」

「でも僕の信徒たち、僕の会衆は──」

「──それでもやっぱり黄色人種で、あなたはやっぱり白人です」

「違う！」と彼は叫んで、光子が痛さに顔を歪めるまでその手を強く握った。「ミツコ！　君は僕を愛しているかい？」

彼女はトムの前にひざまずき、頭を垂れてしくしく泣いた。息をしようとあがくなか、体全体が震えた。「ああ、神様！」彼女は喘ぎながら言った。「愛しています！　どうか信じてください。ビリーとあなたのためなら死んでもいい！」

「全能なる神に感謝を！」。トムは両手をそっと彼女の頭に載せて、ふたたび笑みを浮かべながら、彼女が気の済むまで泣くのを辛抱強く待った。

「やっぱり怖いです」彼女は涙の筋が走った顔を上げてささやいた。「私たちが結婚したら──」

「僕たちが結婚したとき！」

「信徒の人たちはどう思うでしょう？　なんと言うでしょう？」

「もちろん大喜びしてくれるさ！」

「私にはそこまで自信が持てません」

「そうなるとも、約束するよ。来週、みんなに知らせる」

「いいえ」彼女は静かな決意を込めて言った。「知らせないでください」

「でもそれは無理だ。結婚を隠せるわけがない」

「隠せとは言っていません。知らせるんじゃなくて、頼むんです」

彼女の言うとおりだ。トムが思い描いている生活を手に入れたいのなら、牧師として自分が接している人々の支援が絶対に欠かせない。こちらが胸の内をさらけ出せば、彼らもきっと愛で応えてくれる。トムは彼女の顔を両手で優しく包みこみ、長いあいだ二人は黙って見つめあってい た。いまここに、と彼は思った。僕の手の中に、神が僕の妻に選んでくださった女がいるのだ。だが彼女にキスしようとトムが身を乗り出すと、光子は顔を背けた。

「私のパスター・トム、私たち二人とも自分が本当にそれを求めているとはっきりわかったら、私はあなたのものになります」

「僕はもうはっきりわかっているよ」

光子は彼女をまじまじと、しばし何も言わずに見た。「その日まで」と彼女は言った。「今まで同様、愛しあう兄と妹として暮らしましょう」

彼女の張りつめたまなざしが、トムの心を深く揺さぶった。「そう誓うよ」と彼は言った。「神が僕の証人だ」

9

トムと光子は東オリーブ通りにある野村夫妻の心地よい家で夕食のテーブルについていた。子供のいない野村家は、日米《ニチーベイ》銀行に勤務する吾郎の給料で安楽に暮らしていた。つつましい、だが見栄えのよいシャンデリアがダイニングルームの天井から下がり、壁には色彩豊かな日本の版画が並んでいる。炉棚には高さ三十センチの磁器製の猫の置物が載っていた。

「現実を見ないといけないよ、トム」吾郎は分厚い眼鏡の向こうから相手を見据えながら言った。「この国の人たちは、人種の問題となると時にものすごく残酷になるからね」

「知っていますとも、ゴローさん！」トムは実感を込めて答えた。「だからといって、兄弟の中で一番悪い人たちに私たちの生き方を決めさせるわけには行きません」

「あなたもよ、光子」妹と同じく髪を真ん中で分けた好子が言った。「あなたはわかってるの、トム牧師と結婚するのがどれだけ大変かを？」

「わかっています」光子は言った。「でも私がパスター・トムとビリーを愛する気持ちは、前に抱いた気持ちとは全然違うんです」

好子は不安げに夫をチラッと見た。

「信じてください、ゴローさん、私たちはすべてを真剣に考えたんです」とトムも主張した。

「だといいですけど」好子は言った。「妹はまだ若いのに、もうさんざん苦しみましたから」

「二度とそんなことはさせません」トムは言った。「神の助けを得て、それだけは約束できます。二度とミツコさんに辛い思いはさせませんせん」

＊

週のなかばにはもう、計画は出来ていた。トムがまず花森牧師に相談し、彼の祝福を得る。言語の障害が生じぬよう、光子も一緒に行く。そのハードルを越えたら、今度は花森牧師に、パスター・トムから皆さんにお知らせがあるので合同礼拝を開きますとだけ伝えてもらう。今度の週末の日語礼拝、英語礼拝の両方で時間の変更を知らせればいい。次の日曜は、特別礼拝を十時半に行なう――日語の人たちにとってはいつもより少し遅く、二世にとっては少し早く。説教という形を通してトムが事情を打ちあけ、光子がその終わりに立ち上がってトムの嘆願に加わる。少し時間はかかるけれど、これがしかるべき手順なのだ。

ところが第一のハードルは意外に高かった。二人の厳かな訴えを、花森牧師も等しい厳かさで受けとめた。この大いなる一歩を踏み出したら、どんな苦難が待ちうけているのか、あなた方は理解しているのですか？　していますとも、と彼らは言いきったが、それでも相手は、少し考えさせてほしいと言った。日曜日が過ぎていき、次の日曜日も過ぎた。

トムにとっては一日一日が前日の倍長く感じられたが、光子は変わらぬ陽気な有能さでてきぱき家事を進め、あの方の叡智を私は信じていますから、と請けあって彼を安心させようと努めた。やっとのことで、二週間後、好子を通して牧師は是認の意を伝えてきた。次の日曜日に、翌週三月三日は特別に「統一礼拝」が行なわれると発表された。

トムはその日までの数週間を、特別の説教を書き、推敲し、暗記し、話し方を練習して過ごした。その日が近づいてくるにつれて、待ち遠しい気持ちはますます高まっていったし、どちらのグループの信徒たちも特別説教を大変楽しみにしているという噂を耳にするにつけ、これは自分の人生で一番の大舞台になるのだという思いが募っていった。

その日曜、説教壇に上がっていく彼の心臓は早鐘のように鳴っていたが、どの顔も喜びを共有し、笑みを向けてくれているのを見て、穏やかな気持ちがトムの胸に湧き上がり、彼は落ちつき払って話を始めた。

「わが友らよ」と彼は切り出し、一呼吸置いて、この素朴なフレーズの真実が信徒席に浸透するのを待った。「私は今日あなた方の前で、『神の愛はひとつ』ということをお話ししに来ました」

トムの目はすでにキラキラ光っていた。花森牧師が日語の信徒たちに通訳するなか、彼は一人ひとりの顔を見ていった。「神の愛はひとつです！」彼はいっそう力強くくり返した。「ああ、私の素晴らしい日語の兄弟姉妹《けいていしまい》たちよ！　あなた方の母語で話せたらどんなにいいでしょう。私の腕がこれまであなたたちを抱擁したのと同じに、私の魂が今あなたたちを抱擁するのと同じに、私の言葉があなたたちを抱擁できたら！

そしてあなた方、英語を話すわが羊たちよ。毎週、毎月、私は神の言葉を携えてあなた方の前に立ち、あなた方の一員であるふりをしてきました。そのとおり！　ふりをしていたのです！　そのことを、今、ここで、あなた方に告白します」

一呼吸置いて、言葉の意味が沈みこむのを待った。

「私をご覧ください！　この白い肌、黄色い髪、青い目をご覧ください。思い返してみてください、わが子らよ、これまで何度となくあなた方の牧師はあなた方の許に来て、あなた方の苦難を理解していると公言し、あなた方に神の愛を説きましたが、その間一度でも、彼は――私は――この肌、髪、目に言及したことがあったでしょうか。なんだかまるで、あなた方と私とでひとつの秘密を共有していて、私たちのどちらもそれを口にする勇気がなかったかのようではありませんか。けれども今日は、神の真実において、私はあえてそのことを語ろうと思います。あなた方の前で、あなた方と私は違っていることを、公然と語ろうと思います。私たちは同じではないのです」

確信に満ちた信徒たちの笑みは、今やこっそり交わされるまなざしに変わっていた。計算どおりだ。

「そのことにあなた方は心乱されるでしょうか、わが子らよ？　あなた方を落ちつかない気持ちにさせるでしょうか？　そうなるべきではありません。これは真実です。真実は歓迎すべきものです。真実はつねに善です。真実はつねに神の真実です。そして私はあなた方に真実を知らせ、真実はあなた方を解放するでしょう。

　わが人びとよ、わが神に愛されし子らよ、共に受け入れようではありませんか、あなた方と私とは違っていることを。なぜならその違いは、神の栄光と力を私たちに教えてくれるからです。神の愛はひとつです！　私の言葉が聞こえますか？　あなた方の心まで届きますか？　神の愛はひとつ。なんという恵みであり奇跡でしょう。神の愛はこの上なく大きく、すべてを抱擁し、肌の色にかかわらず私たちみなをその胸に受け入れてくださいます。ほかの人びとから見れば、私たちはどうしようもなく隔たっています。人びとがあなた方を見れば黒い髪が見え、私を見れば金髪が見え、その違いゆえにこの者たちは永遠に二つに裂かれていると彼らは考えるのです。

　ですが神はそうではありません！　神の愛はひとつ。もし神の子らがすべて同じであるなら、神が私たち皆を等しく愛することになんの奇跡があるでしょう？　しかしながら、キリストにおけるわが最愛の兄弟姉妹よ、神が私たち皆を同じく愛し給うこと、そのことこそが大いなる奇跡、畏怖すべき奇跡なのです。これをご覧なさい！　これを！」

　パスター・トムはいきなり自分の頬をつねり、引っぱりはじめた。

「この醜い、白いものをご覧なさい。いいえ、白くすらありません。当の私たちは白と呼びたがりますが、実のところいったいこれは何色でしょう、このゴムだか革だかわからぬ代物は？　信じられますか？　わかりますか、神がこんなものを愛しうることがどれほどの奇跡か？」

　トムのおどけたふるまいに信徒たちの緊張も解けてきて、あちこちから笑い声が上がった。

「そうでしょう、可笑しいでしょう？　もちろん、神はこれを愛すのではありません。これを愛すのです」トムは自分の胸を指さした。「神の愛はひとつ、なぜなら神は自らの子らすべての心と魂を愛するからであり、その心と魂が何に包まれているかなど気になさらないからです」

聴衆の心が自分にむかって開かれていくのがトムには感じとれた。笑いの気分が鎮まるのを彼は待った。

「さて」と彼は真面目な調子に戻った。「もうひとつ、あなた方に告白せねばならないことがあります。告白したいのは、こうしたことすべてを私が、これまであなた方の牧師であった年月、まったく理解していなかったということです。私はここに立ちつづけてきました――そうです、この、あなた方より高い場に立ち、自分があなた方より神の近くにいると感じながら、神の聖なる教えを、われらが主イエス・キリストの福音を、あなた方に伝えてきました。そうして語った神の真実が、いくらかなりともあなた方に届いたことを私は切に願うものです。そして私は信じます、あなた方がそうさせてくださるなら、これからの年月、私は真に、あなた方にとっての神の僕《しもべ》となれるのだと。

さて、あなた方は思っていらっしゃるかもしれません、この人の目を何がこんなふうに啓《ひら》いたのだろう？　と。あなた方は自問していらっしゃるかもしれません、『私たちの牧師はいかにして突如光を見たのだろう？』と。胸を張って申し上げます。神がそのために私の許に仕わされたのは、あなた方の一人であったと」

信徒たちの目が花森牧師に移り、牧師は落ちつかなげにそわそわし、誤って向けられた称賛を追い払おうとするかのように力なく手を振った。

トムは笑顔を輝かせ、今日はビリーを膝に乗せて最前列に座っている光子にむけて片手を差し出した。トムが練習するのを何度も聞いていた光子は、ぴったりのタイミングで立ち上がり、ビリーの手を引いて説教壇に歩いていき、トムと並んでうつむいて立った。
「皆さんはもうミツコさんを、ミセス・ヨシコ・ノムラの妹さんをご存じでしょう。神はその無限の叡智でもって、彼女を私の幼い息子に、母の愛を知ったことがなかったビリーに引き寄せてくださいました。神が二人を引きあわせてくださった日に居合わせた方々は、それがまさしく奇跡であったことを疑いはなさらないはずです。二人はあれ以来、一時《いっとき》も離れずに過ごしてきました。ヨシコさんの計らいで、ミツコさんは私とビリーの家に住みこむことになり、ミツコがビリーを世話する一方、私は彼女が福音の言葉を英語でよりよく理解できるよう、教えようと努めてきました。

ミツコを教えようとしてきたと申し上げましたが、彼女から私が教わったことに較べれば、私が大きな成功を収めたなどとはとうてい言えません。なぜなら、彼女こそが、今日ここで私が申し上げたことすべてを教えてくれたからです。神の愛はひとつ、という今日の説教の真理を、私はミツコから教わりました。この真理を、あなた方皆が心の内に感じてくださることを私は願います。そう申し上げるのは、私は今からあなた方に、その真理に則《のっと》ってふるまい、その栄光を、ミツコとビリーと私と分かちあってくださるようお願いしようとしているからです」

今や何人かは話の要点に気づきはじめたことがトムには見てとれた。そして彼らは喜んでいるようには見えなかった。なおも望みを捨てずに、彼は先を続けた。
「私たち三人は、家族になりたいと願っています」。彼は間《ま》を置いた。「私はミツコに、私とともに聖なる婚姻に入ってほしいと訴え、彼女も承諾してくれたのです」

若い信徒の何人かは喜んで手を叩いたが、日語たちの顔は厳《いか》めしかった。
「ですがこの奇跡は、キリストにおける私たちの兄弟姉妹の祝福なしには起こりえません。私たちは今日あなた方の前に、神の愛はひとつであることの証人として立ちます。私たちはこの真理を、魂のもっとも奥深くで体験し、あなた方も私たちとともにそれを経験してくださるよう謹んで願うものです。この教会の外の者たちが、これからもずっと、私たちを隔てる外側の違いしか見ないであろうことは百も承知です。ですが私は信じています、そしてミツコも信じていますしビリーも大きくなったらきっと今すでに心で明らかにわかっていることを頭でも信じるに至ることでしょう、神の愛が私たちをひとつに結びつけてくださるのだと、その愛の純一《じゅんいつ》たることにおいて私はかつてなくあなた方とひとつになれるのだと」

トムは一拍待った。

「私たちはこれで退場します」と彼は締めくくりに言った。「私たちのこの厳かなる嘆願を皆さんにコミュニティとして検討していただくべく、花森牧師にその統括をお願いしました」

トムが光子の方を向くと、彼女は信徒たちに一礼し、日本語で話しはじめた。ところが、彼女が一、二センテンスを言っただけで話すのをやめたのでトムは驚いてしまった。あとはもう、三人で退場して、待つしかない。

外に出て扉を閉めたとたん、ビリーは水飲み器に飛んでいった。光子が行って持ち上げてやった。

「どうしてもっと言わなかったんだい?」トムはビリーが水を飲んでいるあいだに訊いた。

「よろしくお願いします、と言ったんです。それでわかってもらえました。私はただの女です。言いすぎたら喜ばれません」

「でも……」

だがもうあれこれ言っても始まらない。その後一時間、彼らは三人で教会の廊下を歩き回り、自分たちの足音が床や壁にこだまするのを聞いていた。

彼らを呼び戻しに出てきた花森牧師の顔は、まったくの無表情だった。牧師が先に立って真ん中の通路を歩いていくなか、信徒たちは彼らの方を見なかった。中央にたどり着くと、牧師はくるっと踵《きびす》を返し、満面の笑みを浮かべて、日本語で何か高らかに宣言した。オメデトウという音をトムは聞きとった。信徒全員が三人の方に寄ってきて、握手の手を差し出し、一礼し、祝いの言葉をかけてくれた。年長の者たちのうち何人かは出てきたがらない様子だったが、内田夫人はその一人ではなかった。

「ビーリー、ビーリー！」と彼女は叫んで、人波を押し分け前に出てきて、子供を両腕で抱き上げた。「よかったねえ！　ママが出来たねえ！」

ビリーが老いたベビーシッターの鼻をつまみ、周りのみんながゲラゲラ笑った。

＊

六週間後の四月、ささやかな結婚式が行なわれた。日本の深井家、カンザスのモートン家の人々は沈黙を保った。トムも光子も、新婚旅行が必要だとも適切だとも思わなかった。ビリーを一日でも置いていきたくない、と光子は言い、トムはトムで、口にこそ出さなかったが、旅先で怒れるマンフレードの同類に出会いたいとは思わなかった。

祝宴が終わって、光子がビリーを風呂に入れてやり、子守歌を歌って寝かしつけているあいだ、トムはリビングルームに座って本を読みながらなかば耳を傾けていた。ところが、自分が風呂に入る代わりに光子は彼の許にやって来て、先に風呂に入るよう勧めた。

「日本では、一家のあるじから風呂に入るのです」

同意する代わりに、トムは単に彼女を見るだけで、「こっちへおいで」と言った。

腕一本の距離まで近づいてきたところで、トムは彼女の手首を掴み、自分の膝の上に彼女を引き下ろした。光子は彼にキスされるがままになっていたが、キスを返しはせず、足がふたたび床につくとすぐさま立ち上がった。

「どうぞ《プリーズ》」と彼女はバスルームの方を指さしながら言った。

トムが溜息をついてバスルームに行くと、何もかも光子が用意してくれていた。おろし立ての石鹸とタオル、さらには新しいバスローブまで——グレーの腰帯がついた薄地の部屋着《キモノ》。

風呂を終えると、トムはベッドに横たわって、新しい寝巻のパリパリの肌ざわりを感じ、風呂の湯の音に耳を澄ました。バシャバシャと、これまで一年近く聞いてきたのと同じ音なのに、今夜は違って聞こえた。今夜は自分の新しい妻があそこにいて、彼のために支度を整えているのだ。寝室の、何もない壁を照らしているのは、樫材の小さな、鎖スイッチつきのランプのみで、それが彼とセアラがカンザスから持ってきた素朴なナイトテーブルの上に載っている。バスルームのドアがやっと開く音が聞こえると、光子がいつもの青っぽいグレーの着物を着て入ってくると思ってトムは顔を上げた。その代わりに、部屋に広がる影が突然、戸口から一気に入ってくる金色と赤色によって追い散らされるように思えた。そしていま、彼女が目の前に立っていた。あたかも太陽の燃える赤色にくるまれ、長くくねった金色の光線がそこらじゅうにこぼれ落ちているかのように。

光子の目はトムの目にじっと注がれていたが、近づいてくるとともに彼女はそのまなざしを下へ向け、ベッドのかたわらにひざまずいた。彼女がこの瞬間を計画していたこと、ここで彼に言う言葉を慎重に準備していたことをトムは悟った。

「私はずっと前にあなたに心を献げました」と彼女は、ほとんどささやきでしかない声で言った。「今夜は私のすべてを献げます。あなたを愛しています。どうか同じように私を愛してください」

彼女はふたたび顔を上げて彼と目を合わせ、立ったまま着物の帯を緩めた。トムは彼女から目が離せなかった。セアラと同じように、明かりを消してくれと彼女が求めてくる瞬間を彼は恐れていた。だが、帯がはらりと落ちて、絹の着物のへりがそれ自身の重みでわずかにはだけても、その言葉はまだ発されなかった。

彼女がベッドの縁に腰かけると、着物はさらにはだけ、着物の端のすぐ向こうにある肌の黄褐色がかった金色の輝きが今やトムにも見えた。彼女の手がゆっくり、優雅に、上向きに動きはじめた。入浴後の常として髪は結い上げてあったが、こうして横から間近に見てみると、その重なりやひねりがいつにも増して手が込んでいることが見てとれた。キラキラ光るいくつもの櫛で、あちこち留めてある。それらをひとつずつ彼女は外していき、黒光りする髪がはらはらと肩の下まで落ちていった。

トムは目が痛くなってきて、一瞬、自分から明かりを消そうかという思いがよぎったが、次の瞬間、この眺めが消えてしまうのではという恐れがそれに取って代わった。

トムは手をのばして彼女の頰に触れ、それから彼女の顔を自分の顔に引き寄せた。今回は唇が合うと彼女も思いを返してきて、体全体が滑るように、寝具の下でそっと近づいてきた。トムは目をきつく閉じた。

いまや着物が大きくはだけるとともに、彼の帯の結び目を彼女がほどこうとしているのがトムにはわかった。彼の両手が下へ動いていって彼女の着物の中に入っていくと、トムが絹を剝がしやすいよう彼女が両肩を動かすのがわかった。黄金の薄暮の光に包まれた今、トムの頭に浮かぶのは、セアラを相手に行なった暗い手探りのことだけだった。その体一センチ一センチをめぐって、セアラは毎回彼に苦闘を強いたのだった。今この女性の、恥とは無縁の絢爛《けんらん》さが彼を圧倒し、ほとんど恐怖させた。見ようと思えば見られることはわかっている。彼女も止めないだろう。だが見るだけの強さが自分にあるのか、トムには自信がなかった。

トムの唇が彼女の頬を、耳を、首を慈しみ、開いた唇から彼女は小さい悦ばしげなうめき声を漏らした。彼にぴったり体を押しつけ、温かい柔らかな胸の盛り上がりを進んで差し出してきた。あの春の、彼女がビリーと一緒にいるのを見たショッキングな夜以来ずっと、トムはこの瞬間に焦がれ、かつそれを恐れてきた。あの恐ろしい彼女の姿を、ずっと心の奥の隅に閉じ込めてきた。だが今は、見るしかない。真実を知る勇気を目が持つ前に手と唇がすでに発見した肉体を、しかと見るしかないのだ。

トムは後ろに下がって、その光を放つ肌を、下の暗いVの字を見渡した。自分が生まれて初めて女というものを見ていることをトムは感じた。現実の女。ここにいる女。そして今、その女は彼のものなのだ。

光の中で二人はひとつになった。彼女の体が彼の体にしがみつき、日の光が彼女から流れ出るように思えた。光は彼の体の中に飛んで入り、射しこみ、ふたたび流れ出て彼女の体に帰り、そしてまた戻ってきて、長い、小刻みの、恐ろしいほどの痙攣が生じた。屈してはならない、とトムは己に言い聞かせた。絶対に屈してはならない、永遠の魂をこれに明け渡してはならない、彼方の闇へと墜《お》ちてはならない、絶対に、絶対に。

＊

　ぱんと何かを打つ音がして、トムは闇から引き戻された。

　光子が窓辺に立って、朝の光と向きあい、両手をぴったり合わせて祈っているらしかった。だが次の瞬間、着物の両袖が動くのが見え、ふたたびその音が響いた。

「ミツコ、何をしている？」

　手のひらを合わせたまま彼女はふり向いた。口元には穏やかな笑みが浮かんでいる。

「祈っているんです」と彼女は言った。「今日も一日、お日さまがよい日を下さるよう祈っているんです」

　目の前に立っているこの女の飾らぬ美しさが、彼の魂を奥底まで揺さぶった。

「太陽？　全能なる神のことかい？」

「太陽は神の太陽です」と彼女は言って、ふたたび寝床に入ってきて彼の目を覗きこんだ。

　ここには危険が潜んでいる。じきに彼女に教えてやらないといけない。でも今はただ、彼女をもう一度抱き寄せたかった。

10

今年もジェファソン公園への春の遠足は素晴らしい好天に恵まれた。ほかのことはすべて同じだった――何組もの家族、食べ物、競走、賞品、そして祈り。でもトムにとって世界はまったく新しい場所だった。単に一九四〇年代最初の年というだけではない。新しい妻がかたわらにいる、まったく新しい時代だった。

ピクニックの次の日、日本から電報が届いた。光子の兄の二郎が、一族の「公式代表者」として六月の一か月間シアトルに滞在する、と電報にはあった。

「公式代表者」とはずいぶん固苦しい物言いだが、やって来た二郎はもっと固苦しかった。船がシアトルの港に着いて、ぴっちりのスーツ姿でタラップを降りてきた彼は、背骨の代わりに鋼鉄の棒が入っているように見えた。まず姉の好子に一礼し、次に好子の夫の吾郎に、それから妹の光子に、そして最後にトムに一礼した。太くて黒い眉毛と厳めしい顔つきのせいで、どうにも近寄りがたい雰囲気だった。三十二歳の男としてはありえないほど、若さというものをはるか昔に置き去りにしてきた人間に見えた。だがビリーに対しては、アメリカ流の握手のつもりなのだろう、力の抜けた手を差し出し、ほとんど笑みに近いものを顔に浮かべた。

二郎の滞在先となる野村家に向かって車を走らせながら、トムはお抱え運転手にでもなった気分だった。ひそひそ声の会話はすべて日本語で交わされ、誰も通訳してくれなかった。顔を向けて彼らを見れば、その姿は見えるし、向こうからも彼の姿は見える。けれどこれでは、分厚いガラスの向こう側にいても同じことだ。

あとで二人きりになってから、光子がトムに説明した。彼女がアメリカ人と結婚したことにどう対処するか、一族が決めるのにそれなりの時間がかかった。好子の手紙で最初の衝撃が和らぎはしたし、むろんトムが牧師だということで両親もある程度は折れた。だが長男の一郎はいまだ憤慨しており、二郎の態度もよく言ってどっちつかずというところだった。二郎自身はキリスト教徒でない女性と結婚していて、宗教的な事柄には関心がない。結局、この弟の方を調査に送り出そうということになったのだった。

　二郎は故郷から遠く離れて東京に住み、エンジニアをしていた。一郎は家の農地を耕している小作人たちを管理せねばならず、二郎の方が仕事を休みやすいし、東京なら横浜港まで行くにもずっと便利だ。というわけで、二週間の船旅をするのはどう考えても二郎が適任だった。休暇を取るのも渡航書類を得るのもびっくりするくらい円滑に行ったと光子は言った。

「なぜ『びっくりするくらい』なんだい？」とトムは訊いた。

「私にもよくわからないんです」光子はソファの肱掛けを覆うレースの飾りをもてあそびながら言った。「陸軍の許可が必要なんです」

「予備軍に入っているのかい？」

「そうじゃないと思います。年齢と関係してるんです。あの年齢だと……なんて言うんでしたっけ？」

「徴兵《ドラフト》？」

「はい、それです」

「会社はあっさり行かせてくれたのかい？」

「だと思います。よくわかりませんけど」

　二郎についてそれ以上を知るチャンスはほとんど訪れなかった。新たに結婚した妹にもその家族にも、彼は驚くほど興味を示さなかった。大半の時間を一人で過ごし、バスやタクシーを使って市内をあちこち回っていたが、普通の観光スポットにはいっさい行かないらしかった。

やがて二郎の提案で、みんなで近郊のタコマまでドライブすることになり、トムはふたたびお抱え運転手役を務めた。シアトルの南側、工業地帯の低地が悪臭を放つので蒸し暑い天気にもかかわらず車の窓は閉めて走った。ボーイングの工場のそばまで来て、二郎が車を停めろと言っていると光子が言った。

「ここでかい？」とトムが異を唱えた。

二郎に確認してから、はい、間違いありません、と光子は言った。トムが道路脇に停車したとたん、二郎は車から飛び出し、歩道の金網に貼りついて、工場を囲んでいるがらんとした空間を見渡した。レーニア山にもオリンピック山脈にもろくに関心を示さなかったのに、この荒涼たるコンクリートの広がりには興味津々なのだ。

「兄は仕事にしか興味がないんだと思います」光子はその晩トムに言った。

「そのようだね。何しろ工場にあそこまで興奮するんだからね。そもそもどういう種類のエンジニアなんだい？」

「飛行機会社に勤めています」

「じゃあこれはまさに『バス運転手の休日』だったわけだ」

「いいえ、兄はバスの運転手じゃありません」

トムはゲラゲラ笑って、その表現の意味を説明した〔"a busman's holiday"はバスの運転手がバスの代わりに自分の車を運転するように「いつもの仕事と同じようなことをして過ごす休暇」の意〕。

＊

その木曜に新聞の見出しを目にしたとき、トムは笑うどころではなかった。日本軍が重慶《チョンチン》を爆撃したというのだ。漢口《ハンコウ》に一時逃れていた国民政府は日本の侵略軍のつねに一歩先を行って、さらにこの都市まで逃れていたのである。市民の大半は街の地下にある一連の岩穴に避難したが、非道な爆撃で十五万人が家を破壊されたとのことだった。

「ジロー兄さんの会社はどんな飛行機を作ってるんだい？」トムは野村家での夕食の席で光子に訊いた。

「よくわかりません」彼女はトムの顔を見ずに言った。

「訊いてみたら？」とトムはさらに押した。

日本語のやりとりがひとしきり続いた末に、光子がトムに、二郎の会社は小さい飛行機を作るのだと告げた。

「それはつい先日チョンチンを爆撃したたぐいの『小さな』飛行機なのかな？」とトムは二郎からじっと目を離さずに訊いた。二郎の黒い眉が二つの雨雲のように目の上に垂れこめた。

二郎が日本語で何か言ったが、目は決してトムからそらさなかった。

誰も通訳しなかった。

「で？　なんて言ってる？」トムはなおも目を二郎に釘づけにしたまま言った。光子、好子、吾郎の三人が見るからにピリピリした様子で相談した。

吾郎がまず口を開いた。「申し訳ありませんパスター・トム、二郎は非常にプライドの高い人間なのです。作っている飛行機のことは何も申し上げられないが、世界一の飛行機だ、シアトルでボーイングが作っているのよりずっといい飛行機だと言っています」

「それは少しも驚くにあたりませんね」トムは歯をきしらせながら言った。「ボーイングの飛行機は輸送のために作られているのであって人を殺すためにではないから、と伝えてください」

「勘弁してください、パスター・トム――」

「伝えてください、ゴロー。私に代わって伝えてください」

吾郎はまだ何も言わなかった。光子がゆっくり、日本語で話しはじめた。その言葉が小さなダイニングルームに満ちていくなか、二郎の黒い眉が逆立つように見え、顔が歪んで歯がおぞましく剝き出しになった。光子が話し終えたとたん、二郎の口が大きく開いた。顔の中のその赤い裂け目に、硬い、あざ笑うような音が響いた。人間の笑いというより錆びついた農耕機具のような音だった。

「帰ろう、ミツコ」とトムは言った。「僕は君の兄さんと同じ家にいたくない」

「でもトム――」

「帰るんだ！」

光子はのろのろと、ほかの者たちに詫びる言葉を小声で呟きながら立ち上がった。玩具をかき集め、金髪の息子の手をとって、トムに続いて部屋を出た。二郎が怒って喋る声を聞きながら、暮れかけた夏の光の中へ彼らは出ていった。

＊

好子が二日後に電話してきて、二郎が予定を早めて日本へ帰ることにしたと言ってきた。そう知らされてトムはある程度の満足を覚えたが、新聞の報道は日々ますます耐えがたいものになってきていた。

六月の末、日本の外務大臣が、東アジアと南太平洋を日本の支配下に統合するという構想を発表した。数日後ローズヴェルト大統領が、アメリカ軍兵士は一名たりとも戦場に送られることはないと宣言したが、これは揺るがぬ公約というより願望的発言に聞こえた。七月に日本で新内閣が発足し、帝国の「士気高揚」を誓った。八月十五日、すべての政党が解体され、二十二日、日本は合衆国駐在の外交官の大半を帰国させる命令を出した。九月なかば、ローズヴェルトが徴兵を認める法案に署名した。一週間後、日本軍がインドシナの北の国境を越えてフランス駐留軍を攻撃した。

こうした事柄が話に直接盛りこまれたわけではなかったが、トムが説教をするたびに新たな切迫感、緊張感が募っていった。これまでにも増して、キリストの福音を信徒たちが理解するのを助けねばならない、そう追いつめられているような響きが入っていった。説教壇に立つ自分だけが、アジアにいる彼らの黄色い兄弟たちの悪しき影響を断ち切ることができる。自分だけが、抱擁の腕を差し出すことによって、ここアメリカで募りつつある怨念から彼らを護ってやれる。自らの言葉の勢いに流されて、トムは己の使命の正しさを心底確信した。

この感情を、教会の壁の外でも保つすべが見つかったら！　自分の妻が、無力な中国人たちの頭に地獄の糧《かて》を降らせた飛行機の製造に自らかかわったかもしれぬ男の妹であることを忘れられる道が見つかったら！

*

十一月七日木曜日の朝、凪はシアトルの街を引き裂かんばかりの勢いだった。が、トムは一日じゅう家にいると思っただけで耐えがたい気持ちになった。教会の小さな執務室が、次第に彼にとっての避難所になってきていた。妻を愛してはいる。そのことは確信している。だが、彼女の姿、彼女に触れた感触、彼女がその肉体でもって与えてくれる甘美な恍惚、そのすべてが、これまで生きてきた彼という人間を否定してしまうように思えた。彼は窓辺に立って、雨がほとんど真横に吹き抜けていくのを眺めた。荒れ狂う凪が、木の枝、新聞紙、干し草の切れ端、転がる広告板、傘、帽子を運び去っていく。

「今日は家にいらしたら？」後ろに近づいてきた光子が言った。彼も同じことを考えていたのだが、彼女の愛撫するような、ビロードのような声の響きを聞いて、ほとんど瞬時に、何としてもその正反対を為さねばならぬと決めた。彼女にもビリーにもろくに言葉をかけずに、トムは出かけていった。

凪は思ったほど破壊的ではなかったが、防水シートをかぶせた荷を頭を垂らして引いている馬たちのせいで速くは走れなかった。

ひとたび執務室にこもると、トムは家でやっていたことを再開した。窓辺に立ち、嵐を眺める。逃れたい、そういう切羽詰まった思いにさっきは駆られたのに、こうして逃れた今、戻りたい、と等しく切実に思った。

正午の少し前に停電になり、家は大丈夫だろうかと考えた。受話器を手にとったが、回線は切れていた。

のろのろと家に戻っていくなか、道路には水を吸った松の枝がそこらじゅうに転がっていた。車から降りて、アパートメントの玄関までの短い距離を走っていくあいだにコートがびしょ濡れになった。

「パパ！　ピクニックやってるんだよ！」トムが入っていくとビリーがキーキー声を上げた。口の周りには米がべたべたくっついていて、両手に米のかたまりを握りしめている。

残りもののご飯を光子が三角形に固め、パリパリに乾燥させた海藻——一度だけ食べてみたときトムは危うく窒息するところだった——を貼りつけたのである。

「そんなもの、この子に食べさせないといけないのか？」とトムは文句を言った。

天気のせいで買い物ができなかったのだと光子は釈明した。

「なら、何かほかのものをやったらどうだ……ピーナツバターとジャムのサンドとか……」

「でもこの子はおにぎりが好きなんです」

「知ってる。こんなに好きなのはよくない。日本食をあまり食べさせるんじゃない。この子によくない。誰にだってよくない」

「トム、いったいどうしたの……？」

「わかったか？　こんなもの、もう見たくないぞ」

ビリーが泣いていた。自分がほとんど怒鳴っていたことにトムは気がついた。午後は二人と一緒に過ごすのを楽しみにしていたのに、今や自分の家に自分の居場所がないように思えた。彼はくるっと回れ右し、さっき濡れたコートを椅子の上に放り出した玄関まで大股で歩いていった。

「トム！　どこへ行くの？」光子が叫んであとを追ってきた。

「外だ」彼は押し殺した声で言った。「外へ行くんだ」。そしてドアを乱暴に閉めた。

午後の残りは教会の執務室で過ごした。もろもろのファイルを整理し、いくつかの屑カゴを無用な書類で一杯にした。しばらくすると、このせっせと手を動かす作業にさえ集中できなくなり、電気が復旧すると最新ニュースを聞こうとラジオを点けた。アナウンサーがいかにも職業的に落ちついた声で、完成したばかりの、世界で三番目に長いタコマ海峡《ナローズ》吊り橋がけさ崩れ落ちたことを告げていた。風は時速七十キロを超えなかったが、揺れがあまりに激しく、強かったために、橋はひとりでに裂けて、はるか下で波打つ海に落下したとのことだった。

夕食の時間が来ても、まだ家へ帰る気になれなかった。車で街をあてもなくさまよい、店のウィンドウや対向車の大きな丸いヘッドライトをぼんやり見るばかりだった。大気には排気ガスの雲が満ち、雨の中を車が走り抜けていくたびにその雲が流れ、移ろっていった。

突然、ローズヴェルト・シアターの玄関ひさし《マーキー》の光が夜を照らしていた。ジュディ・ガーランド主演の『リトル・ネリー・ケリー』を演《や》っている。執務室を出る前に『風と共に去りぬ』の上映時間を調べておかなかったことが悔やまれた。ちょうど光子と出会ったころに作られ、一九三九年のアカデミー作品賞を得た映画で、一年近く経った今も、劇場は連日満員だった。セアラが妊娠して以来トムは一本も映画を観ていなかったし、この現状では、日本軍が中国から駆逐されるまで光子と一緒に外出できそうにない。一人で映画を観ること。いまの彼には願ってもない話だった。

木曜の夜にローズヴェルトのそばに駐車するのは訳なかった。切符売り場で三十セントを払い、

『リトル・ネリー・ケリー』が始まる前にホットドッグとコーラを買う時間もあった。でも本当はこんな馬鹿げた代物を観る気分ではない。二本目はもう少しましなのでは、と期待することにした。

館内に入るとまずは休憩時間、それから予告編、そしてやっとニュース映画が始まった。ひとつ目のニュースは日独伊三国の代表がベルリンで十年間の軍事経済同盟を締結する姿を報じていた。アメリカで始まった徴兵の最初のくじが引かれる場面が続き、次は「我々の息子たち《アワ・ボーイズ》」を戦場に送らないと約束するローズヴェルト大統領の姿。もう一度ローズヴェルトが現われて、選挙直後に自分が日本相手に戦争を仕掛ける気でいるというデマを共和党全国委員会の委員長が広めたと非難していた。戦争の話題からの息抜きに「悲しむ犬、主人の許へ飛行機で」「美女勢揃い」が流れたが、次はイッキーズ内務長官がマイクにむかって厳かに「我らのキリスト教文明のために戦っている人々にわが国は武器を供給すべきである」と唱えた。それから、日本軍が仏領インドシナに進軍しフランス外人部隊数千人を捕虜にしている映像。「箱の中のジャップ《ジャップ・イン・ザ・ボックス》」〔jack-in-the-box=「びっくり箱」のもじり〕と題された漫画映画がこれに続き、「ヒトラー」とラベルを貼った手が箱のボタンを押すと、眼鏡に口ひげに出っ歯、加えて軍帽の日本人が飛び出した。

トムはもう耐えられなかった。大股で映画館を出て、車を飛ばして家に帰った。

11

「ミツコ、これを聞きなさい」トムはリビングルームから呼んだ。「ミツコ！　ちょっと水を止めなさい」

夕食の皿を洗う音が鎮まり、光子がエプロンで手を拭きながらリビングルームの戸口に来た。

「ごらん」とトムは言って新聞を見せた。「『スター』の一面だよ」

ガタン、と木がぶつかる音がキッチンから響き、ビリーの声による効果音もしっかり入った。光子が作ってやった木の自動車を走らせて遊んでいるのだ。もう何台も出来ていて、ビリーはそれらを積んでは崩して喜んでいた。

トムはその騒音を無視して、光子にも一語一語聞きとれるようゆっくりはっきり発音しながら新聞を読み上げた。

「見出しは『キリスト教共励会の集い』、記事はこうだ――『シアトルのキリスト教共励会は次の週末三月一－二日に地域集会を開催する予定。場所はB・A・ホッチキス氏が主任牧師を務めるクイーンアン・ヒル契約長老派教会』」

「このあいだシアトル・メソヂスト教会で講演したときにホッチキス牧師に会った」トムは光子に言った。「とても感じのいい人だ。話し方は穏やかだが、非常に威厳ある説教者だ」

トムは先を読んだ。「『五百人以上の青年が集う予定で、テーマは「神への信頼」。まず金曜日の晩、四十年にわたり英領ケニアで布教に努めたウィリアム・F・ウィルソン博士が講演を行なう。アイダホ州ボイシの自宅へ向かう途中シアトルに立ち寄る博士は、土曜の午後にも講演する予定。晩餐会に続いて、アルバート・カルヴァウェル演出による劇「十字架の求めるもの」が上演される』

で、ここからが大事なんだ――『集会のもう一人の講演者は、テラス通りの日系キリスト教会の英語牧師トマス・A・モートン』」

「すごいわ」光子はにっこり笑い、続きを期待して眉を上げた。

「僕の紹介はこれだけだ」とトムは苦笑した。「講演の題は載せてくれなかった。きっと聴衆の半分は、僕が大日本帝国政府の最新外交戦略を解説しに来たと思うだろうよ」

「上手く行くわよ」光子が言った。

「そうとも。いつだって話し終わったらみんな僕にひれ伏すんだ」

「私も聞きに行けたら」

「そのうちにね」と彼は呟いた。「中国での戦争が終わったら」

自分の国の軍事行動の話が出ると光子が落ちつかなくなることはトムも承知していた。どうもこの話になるといつも、二人の仲がぎくしゃくしてしまう。何週間もずっと、一言もきつい言葉なしにやって行けるのに、蔣介石だかその夫人だかがワシントンを訪問して日本に対抗する援助を求め、アメリカ人と中国人のあいだの深い友情を新聞が書き立てると、トムは怒りっぽく不機嫌になる。募りつつある反日感情から信徒たちを自分が弁護せねばならないことに彼は憤っていた。

「わ、それどころじゃない」トムは叫んだ。「これをご覧、集会の記事のすぐ隣だ」

「なあに?」光子はまだ戸口に立ったまま訊いた。

「日本、南太平洋の所有権を主張」

「どうでもいいわ」と光子は言い、回れ右してキッチンへ戻りかけた。

「ちゃんと聞きなさい、ミツコ。これは世界で起こっていることなんだぞ」

光子はぴたっと立ちどまった。「戦争ばっかりよ」と彼女は言った。

トムは読みつづけた。「『外相松岡洋右《ようすけ》は今日、南太平洋の一千平方マイル以上に及ぶ海域であるオセアニアをアジア人に譲渡するよう「白人種」に要求』。馬鹿が！　そんなこと言ったら事態はますます悪化するだけなのに。『衆議院の委員会の席上で松岡は、日本をはじめとするアジア諸国が過剰人口を送り出す場所を必要としており、まだ大半未開発で人口も少ないオセアニアの諸島がそれに最適の場であることを西洋列強は理解すべきであると述べた』」

「もう聞きたくないわ」光子は頰を紅潮させて言った。

「ひどい話だろう？　『白人種』。なんて傲慢なんだ！」

＊

考えにふけっていたトムは、誰かに話しかけられたことに気づいてハッとした。彼は晩餐会のテーブルを見渡した。「失礼しました、ドクター・ウィルソン。あまりに騒がしいもので」

「いや、この丸パン美味しいねえって言っただけさ。そう思わないかね？」

「え、はい、そうですよね、実に美味しいパンです」

ウィリアム・ウィルソンは逞しい見かけの人物で、真っ白な髪に赤ら顔、チェックのベストがたっぷりした胴のせいで今にもはち切れそうである。トムの右側、契約長老派教会でのキリスト教共励会晩餐会の主賓席に座っている。そのウィルソンが、丸パンを一個掲げて、「アフリカにいて、何が辛いといって、これがないことだったね」と言った。

「丸パンですか？」

「丸パン、ディナーロール。まともなパンやケーキ一切。とにかくこういうふうにふわっと軽く焼くということが連中にはできないんだ。白いパンなんて論外さ。教えるといってもねえ、限度があるのさ」

ウィルソンは片方の眉を吊り上げ、縁なし眼鏡の向こうからトムをじっと見据えた。

トムは落ちつかない気持ちでくっくっと笑った。

「やっと君の気を惹く方法がわかった」ウィルソンは言った。「食べ物の話をすればいいんだな」

「すみません。私、ディナーの同席者として失格でしょうね」

「君みたいに情熱たっぷりに講演できるんだったら、会話も一級であるべきだ」

「なんだか褒めていただいたようにも聞こえますが」

「褒めたのさ、君、褒めたんだよ！　ケニアには君みたいに話せる人間もそういない。ああ、帰ってこられてよかった！」

「四十年ですよね……」

「信じられんだろう？」

「多くの魂をキリストのために勝ちとられたでしょうね」

「まあそうなんだろうな。でも決して十分じゃない。決して十分では」

「ご謙遜でしょう」

ウィルソンはトムの方に身を乗り出し、晩餐会の騒がしさに乗じてささやいた。

「全然謙遜などしておらんこと、ほかならぬ君ならわかるはずだ」と彼はトムの目をまっすぐ見ながら言った。「奴らが何を考えてるか、絶対にわからないんだよ」

「そうですか」トムは曖昧に答えた。

「そうだってこと、君にはわかるだろう。こんなこと、私が君以外の人間に言うと思うかね？」。

ウィルソンは用心深げにあたりを見回した。「君と私は同じ身の上じゃないか。神は私たちを、有色人種相手に務めを果たすよう送り出し給うたのだ。私たちに重い十字架を負わされ給うたのだ」

ちょうどそのとき、ウィルソン博士の妻が口をはさんだ。トムの左に座った、背の高い銀髪の黒っぽいドレスを着た女性が、甲高い声で「ウィィリアム、内緒話はやめなさい！」と言ったのである。

ウィルソンはギクッとした顔になって、それから、丸パンを齧《かじ》った。こんな大柄で押しの強そうな男が、女にあっさり服従させられるのがトムには愉快だったが、この女性の口調にはたしかに有無を言わせぬところがあった。

「素晴らしいスピーチでしたわ、モートン牧師」彼女は鷹揚に微笑んで言った。「深く感動しました」

「ありがとうございます、ミセス・ウィルソン。そう言っていただけて光栄です」

「あなた、今夜は一人？」と彼女は訊いた。

「は？」

「あなた結婚なさってるの？　奥様は連れていらしたの？」

今度はトムがこの高圧的な女にたじろぐ番だった。「家内は今晩は出席できませんで。皆さまによろしくと申しておりました」

「残念ね」相手は舌を鳴らした。「お会いしたかったわ」

「ほんとにそうよね！」と、この教会の主任牧師の妻ルーシー・ホッチキスが割りこんできた。ウィルソン夫人の向こう側に座った、可愛らしい赤毛の女性である。「ところで、奥様はなんというお名前?」

湿った額を、トムはナプキンで拭きたかった。「名前ですか?」と彼がしどろもどろに言ったものだから、周りの人たちがクスクス笑った。

「奥様の名前くらい覚えてらっしゃるでしょう、モートン牧師」とウィルソン夫人が言って、更なる笑いが生じた。

もしかしたらホッチキス夫人は、本当に事実を知らないのかもしれない。質問に悪気はなさそうだった。かりに妻は日本人だと知っているとしても、たぶん名前までは知らないだろう。

「セアラです」とトムはようやく、間の抜けたニタニタ笑いを浮かべながら言った。「ミセス・ホッチキスについ見惚れて、つかのま忘れてしまいまして」

「おやおや、なかなかの伊達男だな!」とウィルソンが胴間声を上げた。

ホッチキス夫人は慎ましくうつむき、話題は道徳再武装運動に移っていった。あの世界改造運動は、何ゆえにヨーロッパの戦争を防ぐ上でまったく無力だったのか?

ホッチキス夫人が意見を述べた。「四つの原理という発想は優れたものでした。正直、純潔、無私、愛。問題はそれをどう実行するかでした——どういう言い方でしたっけ?『家庭で、職場で、村、町、州、国で戦争を追放せんと』」

「どうしようもない理想主義だよ、ルーシー」と、トムから見てウィルソン博士の向こうに座ったホッチキス牧師が口をはさんだ。「と同時に、宗教的視点が奇妙に欠けている」

真面目なうなずきがあちこちで生じ、会話はまたばらばらに分かれた。ふたたびさっきの共犯者めいた様子で、妻の方をチラッと見てからウィルソン博士がトムの方に屈みこんだ。

「また話す機会がないかもしれないから」博士は早口で言った。「ひとつ忠告しておく。聞くも聞かぬも君の勝手だが、これは心からの提言であり、四十年の体験に基づいている。今の君が、君の歳だったころの私と少しでも似ているなら、君はきっと、自分の天職を確信していて、キリストのために魂を勝ちとる自分の力を露ほども疑っていないにちがいない。だが四十年経ったら、見方も変わってくる。そりゃまあ、途中ささやかな勝利はいくつもあるだろうし、信仰に支えられて続けはするだろうよ。だが、よくよく考えるなら、そうやって勝ちとった魂が、本当に神のものなのか、それとも奴らが押入れに隠している黒い悪魔のものなのか、確かなところは絶対にわからないんだ。誤解しないでくれよ。私だって人生を無駄にしたわけじゃない。だがもっとずっとましなことがやれたはずなんだ。君もそうだ。悪いことは言わん、まともな白人の信徒団を見つけて、そこから動かないことだ。ホッチキスはそのへんをちゃんと心得てるよ」

　相手の率直さに、そして、自分自身の心の奥にずっとひそんでいた疑念がまさにそのまま引き出されたことに、トムは唖然とさせられた。とはいえ、自分とウィルソンでは事情が全然違うとも思った。向こうは四十年間、黒い大群に囲まれて悪戦苦闘してきた。こっちは支配的な白人の代表が、小さく弱い少数民族に尽くしている。成果がとうてい同じなはずはない。

　デザートのあいだもトムの内なる論争は続き、晩の劇が始まってもまだ収まらなかった。「一九四一年　十字架の求めるもの」の幕が上がって三十分と経たぬうちに、トムはこっそり講堂を抜け出し、冷たい雨のなか車を走らせて家に帰った。

　事態を変えねば。何かを変えねば。結婚してからの十か月間、彼はずっと自分に、人生を自らの手の中に収めるよう、己の運命、己の家庭の主人となるよう言い聞かせてきた。だがそこにはつねに光子がいて、世界が回転するなかでの動かぬ軸としての存在感をますます強めている。物言わず、彼を魅惑し、彼をますます神から遠ざけ、彼をいっそう闇の奥深くに引きずりこんでいるように思えるのだ。

悪いことは言わん、まともな白人の信徒団を見つけることだとウィルソン博士は言った。かつてはどんな信徒団にでもありつければ大勝利だと思えたものだ。貧しい自作農の息子から、自らの教会を持つ牧師に――これ以上何が望めただろう? たしかにはじめはがっかりしたが、いったん気を取り直したら、神が彼を、ウィルソンの言う「有色」の人々に仕えるよう命じ給うたことももはや気にならなくなった。これが自分の人生なのであり、それで満足だった。だが今、トムは見てしまった。この都市には、彼が今まで知らなかった、自分もそれに与《あずか》れるなどとは夢にも思わなかった富があるのだと。

*

夜は刺すように寒かったが、鍵を鍵穴に差してアパートメントのドアを開けると、柔らかで暖かな湿り気の毛布が彼を出迎え、眼鏡を曇らせた。

「ただいま!」と彼は呼びかけ、眼鏡を拭こうと外したが、返事はなかった。コートを着たままそこに立って耳を澄ましてみると、バスタブの湯がぴしゃぴしゃ跳ねる音が聞こえてきた。トムはにっこり笑ってコートを掛け、スリッパにはき替えた。

「ただいま」と彼はもう一度呼びかけ、浴室へと足を引きずっていった。

「パパ!」ビリーの叫ぶ声が、固いタイルの壁に反響した。

「風呂に入ってるのか?」とトムは言って、ドアノブを回してもうもうたる湯気の中に入っていったが、待ち受けていたのはおよそ予期せぬ光景だった。トムが思っていたように、光子はバスタブの外に膝をついてビリーの体を洗っているのではなかった。彼女は頭にタオルを巻いて、ビリーと一緒にバスタブに入っていた。ビリーは彼女の剝き出しの太腿にまたがって、手作りのヨットを片手で意気揚々トムにむけて掲げ、もう一方の手は光子の胸に押しつけて体を支えている。二人とも頭から足先まで真っ赤で、光子の額には汗の玉が浮かんでいた。

「いつからやってたんだ、こんな真似?!」トムの胴間声が小さなバスルームに響きわたった。ビリーは目をぱちくりさせ、手に持っていたヨットを落とした。マストが折れた。「さっさと出ろ！」

ビリーは光子にしがみついてわあわあ泣き、頭を彼女の胸の谷間にうずめた。「ママ！　ママ！」彼は叫んだ。「ぶたないで！　ママ！」

トムはビリーの片腕を乱暴に摑み、光子から彼を奪いとった。「この人はお前のママじゃない。二度とママと呼ぶな！」。彼は光子を見た。「二度とママと呼ばせるな！　私が許さん！　聞こえたか？　お前はこの子の母親じゃない」

ビリーの耳をつんざく悲鳴が浴室の硬い壁からはね返った。トムは彼をマットの上に乱暴に下ろし、すさまじい剣幕で浴室を出てドアをばたんと閉めた。しばらくしてビリーの泣き声も止み、光子が彼を浴室から出して寝かせるのをトムは聞いた。暗いアパートメントをいつもの子守歌の柔らかな響きが流れてくるなかでトムも寝仕度にかかり、寝床に入って数分経ったところで光子が入ってきた。

彼女は重々しい顔をしていて、頭にタオルを巻いたままの姿はわずかに滑稽だったが、熱い風呂の火照りがまだ頰に残っていて、着物の首のVは濃く温かなピンク色だった。

ベッドの脇に立って、彼女は軽く頭を下げ、「すみませんでした」と言った。

トムは何も言わなかった。

「あの子の母親でないことはわかっています――」

「ああ、そうだとも」

「でも母親のようにあの子を愛しています」

「そんなことは許さない」

「お願い、トム――」

「前はミツと呼んでいたんだ、もう一度戻れるはずだ。あの子の母親の名前はセアラ、そしてセアラは死んだんだ」

「そのことをあの子から隠したりはしません。大きくなったら――」

「大きくなったら？　どこまで大きくなるまで待つ？　一緒に風呂に入れないくらい大きくなるまでか？　それっていくつのことだ？　五つか？　十？　二十一？　お前はキリスト教徒の妻なんだ。キリスト教徒らしくふるまわなくちゃならないんだ！　もう一年近く経つのに、何も変わっていないじゃないか」

「どうして変わらないといけないんです？　私、神に背くようなことは何もしていません」

「神よ、この女の言い草をお聞きください！　私はキリスト教の牧師であり、キリスト教徒のアメリカ人だ、そのことをちゃんと理解している妻を持たねばならんのだ。まず第一に、裸の体を見せびらかしてはいかん、私にも、ビリーにも」

「でも――」

「わかったか？」

「はい」

「そういうのはキリスト教徒のやることじゃない。アメリカ人のやることじゃないんだ」

「私はアメリカ人じゃありません」

トムは彼女を睨みつけた。「そのことが誇らしいのか？　アメリカ人じゃないことを自慢してるのか？　あの天皇にひれ伏して神軍を褒めたたえたいのか？」

「いいえ」彼女はきっぱり言った。「私は軍隊を憎んでいます」

「天皇は？」

彼女は一瞬黙った。「天皇は憎んでいません。でももう天皇に頭を下げもしません」

トムは苦々しげに笑みを浮かべた。「お前がもっとアメリカ人になるよう、二人で取りかからないとな」声が穏やかになってきていた。「まだ市民権は申請できないから、まずは名前から始めるか」

「どういうこと？」

「お前の名前を変えればいいんだ。新しい名前をつけるんだ」

「私、名前を変えたくありません」

「どうして？　何がそんなに特別なんだ？　お前いつもこぼしてるじゃないか、アメリカ人は私の名前を正しく発音できないって。何か意味がある名前なのか？」

「意味というほどでもないです。ミツはヒカル――『輝く《シャイン》』です」

「どういうことだ、『ミツはヒカル』って？　ミツはミツだろう」

「すごく説明しづらいんです。でもとにかく名前は変えたくありません。私が持って生まれた名前なんです」

「我らの神を心から受け容れてほかの神は認めない、そのことの方がずっと重要だぞ」

「でも私、ほかの神なんて認めてません」

「太陽はどうなんだ？　日本の太陽の神は？　お前が朝、太陽に向かって祈ってるのを見たぞ」

「それは別です。イエスに祈るみたいにお日様に祈るんじゃありません」

「じゃあ太陽に祈っていることは認めるんだな？」

「いいえ。私たちを照らしてくださるよう、いい一日にしてくださるようお願いするだけです」

「それが祈りでなくて何だ？」

「別なんです」彼女はなおも言い張った。「すごく説明しづらいんです」

「何もかも『すごく説明しづらい』じゃないか。ミツコ、お前は私が何を言おうとしてるかわかってるのか？」

「あなたは私がよりよいキリスト教徒の妻になることを望んでらっしゃいます」

「そうだ、それだけの話だ。じゃあ取りかかろうか？」

彼女はうなずき、力なく微笑んだ。

トムはベッドから滑り出て、たんすの引き出しを開け、彼女に自分のパジャマを渡した。「お前のを買ってやるから、とりあえずこれを着なさい」

彼女はそれを受けとり、笑みを抑えきれぬまま浴室へ着替えに行った。寝室に戻ってきたときにはもうクスクス笑っていた。袖は手首まで折返し、ズボンの裾も引きずらないようまくり上げていたが、あと二、三人の光子が楽に入りそうだった。

「わかった、わかった」トムも見くだすように笑いながら言った。「たしかにお前の姿は滑稽だ。でも私はあくまで真面目なんだぞ」

なんとしても誘惑に抗おうと、彼は光子の額にキスをし、お休み、と言った。光子からトムへの「お休みなさい」は夫に対する優しい気持ちを隠しきれていなかったが、彼女はその言葉を厳かに発音し、両手を脇にぴったりくっつけて横たわった。

トムはその行儀よさに大いに満足した。彼の頭の中に、今日会場にいた五百人の若者たちの姿が満ちていき、赤、黄、茶の髪が彼の夢をクリスマスツリーのように飾ってくれる気がした。

*

目を開けると、あたりは夜の深い闇だった。自分の心臓がどきどき打つ音以外は、光子の規則正しい寝息が聞こえるだけだった。オーブンと一緒に寝床に入っているような感じがした。だが彼を目覚めさせたのは、重い毛布を持ち上げる勃起の痛みだった。その圧迫を和らげようと毛布をはねのけたが、体はまだ燃えるように熱く、股間の張りは強まる一方に思えた。暗闇の中、光子の裸の胸が呼吸に合わせて上下するのが見えるような気がした。トムは手をのばしてコットンの頼もしい涼しさに触れたが、指先はその下から突き上げている乳首をかすめ、ショックが彼の体を貫いていった。

いけない。この女にこんなふうにされてはいけない。彼は精一杯動かずに横たわったが、汗をかいた寒気で体が震えてきた。

「ミツコ」と彼はささやいた。

規則正しい寝息の音はいっこうに変わらなかった。おかげで彼も屈辱を味わわずに済んだが、それはつまり、この苦悶は和らげられないということでもあった。

神よ、我を助け給え、と彼は声を出さずに祈ったが、肉体的な不快に気持ちを集中すればするほど、それはいっそう執拗に持続した。

ずきずきと疼く器官に彼は手を持っていき、そっと撫ではじめた。光子が寝返りを打った。もし彼女が目を覚まして、こんな変態行為を見られたら？　絶頂に達したら、出てきたものはどう始末する？　汚れたパジャマやシーツを洗濯するときに、彼女はどう思うだろう？

情けないコソ泥にでもなった気分で、牧師トマス・モートンは寝室から這い出し、夜の中の短い、しかし決定的な時間を、浴室の流し台の前で大きく足を広げて過ごした。

PART THREE:

1959

第三部　一九五九年

12

父親の罪。牧師トマス・モートンが神の代弁者を務める教会を重い足取りで立ち去りながら、ひたすらそのことがビルの頭の中を巡っていた。その罪の対象、あるいは原因だったのがミツという女性。

しかしそんなことは信じがたかった。その女性がビルの魂深くに落とす影からは、安らぎ、温かさ、慈しみしか感じとれない。「マネキ」に足を踏み入れたあの日、彼女の優しさの遠いこだまが届いた。そしてその週のうちに、彼は吸い寄せられるようにもう二回その店を訪れた。

金曜日にカレッジに出て、食堂に行くと、クレアが友人たちと夕食をとっていた。ビルを見てすこし物憂げに微笑むと、彼女は周りに断って席を立ち、トレイを持って彼についで来て、隅の空いたテーブルに一緒に座った。

「明日の夜のデートの約束、まだ生きてる？」とビルは訊いた。

「さあ。私に構ってる時間あるの？」

「ごめん」ビルは言った。「最近おかしいのは自分でもわかってる」

「おかしいなんてもんじゃないわよ」

「でも本当に君のことを愛してるんだ」

ビルはテーブル越しに手を伸ばす。クレアが掌を返し、それを温かく握った。二人はしばらくじっと黙ったまま見つめ合った。

「明日の夜、話したいことがある」とビルは言った。

クレアの眉がぴくっと震えた。「たぶん嫌な話ね」

「かもしれない」

握っている手に力がこもった。「別れようって言うのね」

「全然そうじゃない。ただちょっと、僕たちの将来のことを考えてたんだ」

クレアは椅子に座り直して手を引っこめた。「もうさっさと婚約なんか破棄しておしまいにしちゃえば？」。周囲の目が一斉にこちらを向く。クレアはちらりと目を上げ、顔を赤らめた。

「また明日の夜、話せないかな」ビルは小声で訊いた。

「意味あるの？」クレアも声を落として答える。「もう言いたいこと、わかったから」

「いいや、君はなんにもわかっちゃいない！　なあ、落ちついてくれ。明日七時半に迎えに行くから」

＊

ビルが落ちつきなくネクタイの結び目を直していると、淡い黄色のノースリーブを着たクレアがロビーにふわっと出てきた。滑らかな生地が動きに合わせて蠱惑的に揺れ、まとわりつき、肩まで下ろした髪は滝のようにうねっている。クレアは彼を見つけると、愛を堂々宣言するような満面の笑顔を見せた。ハイヒールを履くと二人の高さはほとんど並ぶ。ビルは呆《ほう》けたようにそこにつっ立っていた。ここ一週間ぎくしゃくしていたことが、みんなどこかに吹っ飛んでしまったみたいだった。

「どうかした？」といたずらっぽく訊く彼女の青い目が光っていた。

「すごく綺麗だ」ビルは彼女の手をとりながらそれだけを口にする。

「それってそんなに珍しいこと？」

「来てくれるかどうかも不安だったんだぜ」

クレアは笑って、キスを待つように顔を近づけた。

ビルはその唇に優しくキスしてから、二人で外へ出て彼の車に向かった。身をすり寄せてくるクレアに「どこに行きたい？」と訊ねた。

すかさず「バラード」と返ってくる。

「君の家？　今夜はご両親に会う心の準備、してないんだけど」

「ちょっとのあいだだけ」クレアは甘えた声を出す。

数分後にコーヴァルド家に着いたが、家の灯りは点いていなかった。

「ご家族との晩はお流れだね」ビルは言った。

「とりあえず入りましょ。きっとすぐ帰ってくるわ」

将来の義父母の家にいつも漂っている生温くてやや魚臭い匂いがするかと思ったが、今日はただ空気が澱んでいるだけだった。クレアが電気を点け、窓を開けて回る。ホームシックと戦った跡地、という印象をビルはここへ来るたびに持った。壁一面に貼られた、緑の巨峰ときらきら眩しいフィヨルドのパノラマ写真の数々。炉棚の上に掛かった控えめな十字架の隣には、赤地に白縁の青十字が引かれたノルウェー国旗がそれと張り合うように飾られている。青いソファのかたわらのサイドテーブルに置かれた額入りの古い写真では、コーヴァルド夫妻が伝統的な結婚衣裳に身を包み、こわばった様子でカメラの方を向いていて、花嫁がかぶった薄い幅広の冠からは金属製の花房が垂れている。これと別の写真を見せてもらったこともある。そちらではにこにこ笑った花婿がバイキング船をかたどった木の盃を手にし、やはり冠をかぶった新婦がそれに口をつけていた。この写真はアルバムにはさみっぱなしで絶対出さないの、とクレアは言っていた。盃の中身は結婚式のために特別に醸造したビールであり、彼女の母はビールを飲んでいる姿を人に見られたくないのだそうだ。

ビルはソファに深々と座り、クレアが台所で立てる物音を聞いていた。サイドテーブルのランプ脇にB‐47のバルサ材模型があった。たぶんコーヴァルド氏お手製だ。ボーイングの社員はどこまでも会社に忠実なのだ。

クレアがトレイを運んできて、彼の前のコーヒーテーブルに置いた。チーズの皿の隣に脚の長いグラスが二つ並んでいるのを見てビルが声を上げる。「そんな、君まで！　それ、お父さんに勧められるのだってしんどいのに」

「コーヴァルド家に来たらアクアヴィットを飲まなきゃ帰れないのよ」

「それって灯油だよね」

「よそで出されたものはちゃんといただくのが礼儀だってお母さんに言われなかった？　さあ、グイッと」

「なあクレア、これ君だって好きなわけでもないだろ？」

クレアは苛ついた母親のように両こぶしを腰に当ててビルの前に立ちふさがり、片足で床をとんとん叩いた。

「ムチャクチャだなあ」ビルはとりあえず自分の方のグラスを取って構える。

クレアが隣に腰を下ろし、グラスの溝入りの脚をつまんで、きらきら輝くグラスをこちらに掲げた。

「乾杯《スコール》」彼女の声で二人はグラスを合わせた。逆さ円錐に注がれた透明な液体に一瞬鮮やかな赤色が差す。口紅をつけたクレアの口許の笑みが、ふと歪んで大きなニタニタ笑いに化けた。

「乾杯《スコール》」しかたなく彼も返した。一口飲んだだけで体に衝撃が加わり、このきつい飲み物に喉をずたずたにされるのがわかる。たちまち体が火照ってきて、キャラウェイの香気が肺を満たした。

「さて」クレアが上品ぶって微笑む。「私たちの将来計画って？」

「ノルウェーじゃなくて、日本で伝道することにしようと思う」ビルはあっさり答えた。

「もう決まったことみたいに言うのね」

「決めたんだ」

「私に一言もなく？」

クレアはアクアヴィットのグラスの脚を指でゆっくりと回しながら、底に残ったわずかな中身にじっと視線を落とした。彼女がグラスをトレイに戻すと、ビルもその隣に自分のグラスを並べた。

「ねえビル、私たちどうなってるの？　今までは何だって話し合ってきたじゃない、それなのにあなたったら急に——そう、急にうちのお父さんみたいに！　お父さん、なんでもひとりで勝手に決めてからお母さんに知らせるの。ノルウェーを離れるときだって一言も相談しなかったんだって」

「そういうつもりじゃないんだ。ただ……」

「じゃあなんなのよ！　いったい何を抱え込んでるの？　どうしてもう私に話してくれないの？」

クレアに大人しく手をとられつつ、ビルは笑顔を作ろうとした。

「愛してるの。あなたを失いたくない」彼女は立ち上がってビルに身を投げ出す。「キスして。ねえお願い」

彼女のしっかりした肩を両腕で抱きしめると、唇を強く押しつけてきた。「好きよ」と声を絞り出す。「あなたのためならなんだってする。なんだってよ。本当に愛してるの」

クレアの開いた唇から舌がつき出され、彼の口をこじ開けようとした。ネクタイをほどかれ、唇の当たる喉、耳、顔を通して彼の全身をとてつもない快感が伝う。両手を背中に回すとジッパーに突きあたり、思わず固まってしまった。

「下ろして」クレアが促した。

なんの抵抗もなくジッパーが下がり、ずっと触れたいと焦がれていた場所に手が触れていた。両側から引っぱるとワンピースがするりと彼女の肩から抜ける。クレアは体を離して服を床に落とした。目の前に彼女の胸がつき出され、彼とのあいだを隔てているのはレースのブラジャーだけだった。クレアの目が二つのアクアマリン色の炭のように燃えていた。

と、外で車の音が聞こえた。「ねえ、こんなときに君の両親が帰ってきたらどうするんだよ」

「大丈夫よ」そうささやくクレアの息は切れぎれだった。「週末泊まりがけでポールズボ〔北欧系移民の文化を多く残す観光地）に行ってるから」

　自分たちが今していることの実感が、極北の大波の冷たさとともにビルを襲った。結婚まで純潔を守るという誓いを、二人ともどうしてこうもたやすく忘れてしまったのか。「冗談じゃないぞ、クレア。両親が留守じゃなかったらどうするつもりだったんだ？　薄汚いモーテルに連れてけとでも言ったのか？　それとも車の後ろでやったか？」

　クレアのうっとりとした表情が恐怖に変わった。ビルの膝に彼女はがくんとくずおれ、しくしく泣きだした。「あなたを失いたくないの。本当に愛してるから」

　ビルは彼女の背や肩の滑らかな肌を見ないようにしつつ、その髪をそっと撫でた。

「駄目だよクレア、こういうやり方は良くないよ」

　ビルの気持ちの昂《たか》ぶりが引くにつれてすすり泣きも収まっていき、彼はクレアを優しく膝から下ろし、彼女がワンピースに腕を通すのを手伝った。彼女は素直に身を任せていたが、ジッパーを上げてやると無言のまま立ち上がり、ハイヒールのおぼつかない足取りで部屋を出ていった。

　ドアが閉まり、バシャバシャという水音が聞こえる。ビルは服の皺を伸ばしてネクタイを締め直し、首を振って乱れた髪を整えた。バスルームのドアがカチャリと鳴って、リビングルームに近づいてくる足音が聞こえたがクレアは廊下にとどまったままで、ワンピースの黄色い裾だけがドアのすきまから覗いていた。

　クレアは喋ろうとしたが声がつかえてしまい、彼女は咳払いした。「帰って」

「せめて寮まで送らせてほしい」ドア枠に向かってビルは言った。

「お願いビル、帰って！」

「明日電話していいかな？　まだ話さなきゃいけないことがたくさんある」

「もうないわ」

クレアの言うとおりだった。もう二度と元には戻せない。ビルは疲れきって車に乗り、何も考えずにバラード橋に向かった。だが一人で寮に戻る気分にはなれなかったので、ニッカーソンへ折れる代わりに十五番街をそのまま直進し、広告板や工場、兵器庫や操車場のあいだを過ぎていった。

道なりに海岸沿いに出てアラスカン・ウェイを流す。黒く巨大な倉庫が建ち並び、その右手の切れ目からすこしだけエリオット湾が見えた。ドアミッシュ岬の灯が海面に広がってちらちら光っている。開け放した車の窓から潮風と、それに混じって波止場のクレオソートのきつい薬品臭がなだれ込んできた。マリオン通りのフェリー乗り場脇の歩道橋をくぐるとき、コールマン埠頭に入って遊覧船に乗ってこの暗い海を渡ろうか、という思いつきがふっと頭をかすめた。

投光器に白く照らされたスミス・タワーの尖塔がとつぜん左前方に現われる。その景色がなぜかいつもと違うような気がして、最近はそれをチャイナタウン側からばかり見ていたことに思いあたった。じっと見上げていると、それは巨大な「マネキ」の白猫の姿になって夜を覆い、謎だらけの過去と不確かな未来から同時に彼を手招いているように見えた。

13

ビルが「マネキ」のガラス扉を開けたとたん、ウェイトレス二人がやっていた仕事を放り出し、まったく同時に彼のところに駆け寄ってきた。左のほっそりした若い女性がレイコ、右の豊満な方がクミコだ。

「今夜はずいぶんハンサムね」レイコが言った。「スーツなんか着ちゃって」

「オージサマだわ！」クミコが言う。

店長《ボス》の妻であるクミコが日本語で何か呟くと、レイコはビルに一、二度目をやりながらふくれっ面で担当の場所に戻っていった。

「おめかしなんかしてどうしたの、オージサマ？」クミコが訊ねた。

「デートだったんだ。うまく行かなかったけど。しばらく会わないことになると思う——ずっと、かも」

夜遅くで客が少なかったこともあり、クミコは料理を運んでくるとそのままビルの向かいの席にそのふくよかで小柄な体を収めた。「悲しい？」と彼女は訊いた。

「うん。僕たち婚約してたんだ」

「今はしてない？」

「たぶん」

「お気の毒ね」クミコの丸い小さな目は涙で濡れていた。

ふと気がつくと、彼はこの赤の他人同然のウェイトレスに打ちあけ話をしていた。「それに家のことでも悩みがあって」

「そうなの？」

「父親と大喧嘩したんだ。カンカンに怒らせたから、援助を打ち切られるかもしれない。仕事を探さなきゃいけなくなるかも」

「ちょっと待って」クミコはそう言ってさっと厨房に引っこんだ。

「マネキ」の厨房は常に騒々しかったが、そこにいっそう大きな、明らかに興奮気味の男の声が響いた。

戻ってきたクミコの小さな顔はなぜか紅潮していて、口許に得意げな笑みまで浮かんでいた。

「あなた、ここで働く」そう声高に告げて白い歯を見せる。

「どういうこと?」

「お皿洗う」

魅力的な提案だったが、こんなちっぽけなレストランが余分に人を雇えるとは思えなかった。

「旦那さん、本当に納得してるの? 歓迎してそうな声じゃなかったけど」

「大丈夫。あなた頑張って働く。うち、最低賃金しか払わない。時給一ドル」

今まで以上にこの場所で過ごし、しかも給料まで貰えると思うと悪くない気がした。自分の収入があれば父親との接触も最小限で済む。「ありがとう。喜んで働きます」

＊

翌日四時に「マネキ」に入ったときには店はまだがらがらだった。クミコが厨房から飛び出してくる。店の奥にビルを引っぱっていき、ビーズを吊したカーテンを分け入って、屋根のある囲いの中に案内した。コックの白服を着た男が二人、せわしげに茶色いスポンジ状の物を切っている。クミコはそのうち髪の薄くなった方を「亭主のカメキチ・ナガオカ」とビルに紹介した。そして慌てて「ボスサンと呼んで」と付け加えたが、それは彼には「ボスーサン」と聞こえた。

「ボスーサン」はビルが伸ばした手をしばし眺めてからぞんざいに握手したが、そのいかついうなずき方と低いうなり声に、ここを仕切っているのが誰なのかビルははっきり認識した。クミコと背丈は似たりよったりだが体つきはレスラーのようだ。ふたたびまな板に向き直ったその背中で、シャツの白い布地が逞しい両肩に引っぱられてぴんと伸びていた。

もう片方の、おそらくビルより二つ三つ歳上の男は彼の手をぎゅっと握って大袈裟に振った。かすかに訛った英語で「やあ、ビル」と言う。「僕はテルオ、でもここじゃテリーって呼ばれてる。君が働いてくれることになって嬉しいよ。皿洗い、大嫌いなんだ」。ボスが日本語で何かぶつくさ呟く。テリーは真顔になってスポンジもどきを刻む作業に戻った。

クミコがビルに白衣とズボンとエプロンを渡した。彼のためにリネン業者から大きいサイズを取り寄せたのだそうだ。それから厨房の奥隅にある、石で出来た大きな灰色の流し台をクミコはビルに見せた。ここで皿を洗うのだ。茶色の剛毛がついた大小様々のブラシ、雑巾、タオル、ボトル入り洗剤、拭く前に食器の水を切るための巨大な皿立て台などが並んでいる。また、亜鉛メッキの棚にしまったモップと箒で床を綺麗にするのもビルの仕事で、小さなトイレの掃除も同じく彼の担当だ。ひとつだけ絶対にしてはいけないことがある、とクミコが言った――鍋だけは深鍋も平鍋もボスがじきじきに洗うことになっている。ほかの者には触れさせない。長年かけて付着した煤《すす》が最高の料理を作る決め手になっていて、ボスしか正しい洗い方を知らないのだ。

クミコがビルに蓋つきのスープボウルや海藻用の細長い皿、醤油用の丸皿の扱い方を教えていると、レイコが入ってきて白いエプロン姿のビルを見て歓声を上げた。クミコはレイコの方を一瞥してから、まるで彼女がいないかのように話を続ける。レイコは怒って足音も荒く店の奥に消えていった。

午前一時に車でカスケード＝パシフィックの寮へ帰る頃には、もうほとんど目を開けていられなかった。足腰がズキズキして手も痛く、醬油や茹でた削り節の匂いが全身に染みついているのがわかる。翌朝は十一時近くまで目が覚めなかった。ベッドに入ったまま、こんな調子ではたして平日八時半にまともに講義に出られるだろうかと考える。だが日本語をいくつか覚えられたのは嬉しかった。「ハヤク」は hurry、「ダメ」は stop it か bad。ボスがテリーにしょっちゅう低い声で言っている「クソッタレ」はどうやら stupid くらいの意味らしいのだが、クミコは「たぶん知らない方がいい、たぶん」と言うし、レイコはゲラゲラ笑うばかりで全然説明できなかった。

仕事に慣れてくると、ビルは自分でも驚くほどの量の日本語が聞きとれるように、さらには喋れるようになっていった。覚えれば覚えるほど店の者たちはオージサマを励まし、ひらがなの読み方まで教えてくれた。

*

ある土曜日の夜、夕食時の混雑と深夜の混雑との合い間に、レイコはビルを空いたブースに座らせて日本語のレッスンを開始した。彼女は向かいの席ではなく彼の隣に座り、相互にフレーズを言い合いながらだんだん距離を縮めてくる。日本の女性が意味もなくペタペタ触ったり叩いたりしてくるのが愛嬌の一種だとはもうわかっていたが、さすがに太腿の上の方に手を置かれるのは予想していなかった。

それとほとんど同時にクミコが厨房からすっ飛んできて、レイコにマシンガンのごとく言葉を浴びせた。「グズグズ」――wasting time――と言ったのはわかったが、ほかは速すぎてまったく聞きとれない。それでもクミコの憤慨ぶりは、日本語など全然わからなくても明らかだった。レイコもぱっと立ち上がり、平たく大きな顔をクミコの小顔にくっつけんばかりに近づけ、ガミガミ声に対抗してキンキン声を上げた。二つのブースから客が顔を出したが、この見世物はあっけなく終わった。レイコはエプロンを引きちぎってクミコの足元に投げつけた。それから大股で店の奥に行き、自分のバッグを手に戻ってきた。最後に訴えるような目つきで一度だけビルの方を見ると、入口まで駆けていって扉をバンと開け、夜の中に消えていった。

いつのまにか、ボスが大きな黒い柄杓《ひしゃく》を手にしたまま厨房から出てきていた。「ドーシタンダ!」とクミコを問い詰める。クミコはテーブルの端につかまってつっ立ったまま、言葉にならないほど興奮していて、目には怒りの涙を溜めていた。

ビルは日本語で状況を説明しようとした。

「ケンカ、デス」と言うと、ふだんはむすっとしているボスが大きな歯を晒し、体をそらして大笑いした。クミコまで、そうそう昂ぶった気持ちは続かず、小さな手で白い歯を隠しながらくすくす笑いだした。

ビルは二人の様子を見てとまどい、それがさらに笑いを生んだ。「丁寧すぎ」とやっと笑いが納まったクミコに言われる。二人の英語と日本語ごちゃ混ぜの説明から理解したところでは、どうやら激しい大喧嘩の真っ最中に「これは口論であります」とフォーマルに宣言したようなものらしい。

それからクミコとボスーサンはレイコを連れ戻すべきか真剣に相談しはじめたが、クミコの方が頑として反対した。だけどこれからギャンブル帰り、映画帰りの客がスシやオチャヅケを食いに押し寄せるんだぞ、そしたら大変だぞ、と夫は警告した。なんとかするわよ、とクミコは請け合った。

しかしビルが配膳口から覗くと、腹を空かせた客で混んでくるより前からクミコの自信が崩れだすのが見てとれた。額に大粒の汗が浮かんでいる。

「オイ！」ボスがビルを手招きする。「お前行け《ユー・ゴー》」

「えっ？」自分もこのごたごたでいきなりクビになるのかと思ってビルは思わず声を上げた。

「ユー・ゴー」今度は伝票と鉛筆を持つ仕種《しぐさ》をしながらボスがくり返した。

なんと、ボスはビルに接客をさせようというつもりらしい。クミコやレイコがバレリーナのようにすいすい客席と配膳口を行き来していた様子を思い出し、自分が金髪のでかい牛みたいにあちこちぶつかって皿を割ったり客の足を踏んづけたりしながらステージを横切る姿を思い浮かべた。

ボスがさらにうなるので、ビルは手を拭いて隅に置かれた伝票を摑んだ。クミコがL字形の店内全体に対応しようとしていたため、それまではっきりあった、クミコとレイコの担当場所の境界線は消えてしまっていた。ビルはとりあえず一番痺れを切らしていそうな客のいるブースを探し、厨房の方に首を伸ばしてぶつぶつ文句を言っている日本人の男四人組のところに行った。

「オンナワドコダ！」左隅の太った男が食ってかかる。これは想定外だった。白い顔の見えるテーブルに行けばよかった……。代わってもらおうとクミコの姿を探したが、そのときハッと自分が男の言葉を理解できていることにビルは気づいた。

男たちは四人とも開襟シャツを着て髪を後ろに撫でつけていた。席にどっかり座って不機嫌な顔でビルを見ていたが、彼が日本語で「イマワイマセン」と答えるとたちまち笑顔になった。

クミコやボスの言葉をオウム返しにするのも楽しかったが、喧嘩腰の第三者ときちんと意思疎通ができたという経験には心が躍った。このあとに同じくらい印象的な言葉を続けたかったが、伝票を彼らの前で振って「ドーゾ」と言うだけで精一杯だった。

「オレワカツドン」太った男が言った。カツドン——ボウルに入れたライスに卵をからめたポーク・カツレツを載せた料理だ。ビルはもうすべてのメニューを暗記していて、注文の言葉を完全に聞きとれなくても客の望みは判断できた。が、数は問題だった。いくつ注文されたかを把握するのはそう簡単には行かなかった。確認のためにビルは指で数字を示しながら注文をくり返す。男たちが笑顔で頷いたので厨房に戻ろうとすると、「オイ、オチャ！」と呼び止められる。そうだ、緑茶を出すのを忘れていた！

あとは無事に給仕を終えた。四人は一時間後に帰っていき、うまく第一歩を踏み出せたことにビルは満足を覚えた。おまけに一ドルのチップまで置いていってくれたのだ。厨房に入って二十五セント硬貨四枚を掌に並べて見せ、「ドーシマショー?」と訊いた。

また皿洗いに戻る破目になったテリーは流しから顔を上げて嫉妬の声を洩らしたが、ボスはニッと笑って「取っておけ！」とポケットに入れる動作をした。

ほかの客はその四人客ほど気前良くはなかったが、上乗せの二ドル八十セントをポケットに入れてビルは満ち足りた思いで寮に帰った。

＊

日本語をすこし話せる、背の高い金髪のウェイターが商売になる見込みをボスは目敏く感じとった。ビルは彼から、襟に白字で日本語が大書きされた黒と青の「ハッピ」と、白の「ハチマキ」を渡された。空いた時間には今までと同じように皿洗いをさせられたが、「マネキ」に日本語を喋れるガイジンのウェイターがいるという噂が広まると、そんな余裕はほとんどなくなった。店はいつも満員になり、中にはクミコやほかのウェイトレスでなくビルに給仕してもらおうと、わざわざ彼の受け持ちのテーブルが空くのを待つ客までいた。

やがて常連客もつくようになった。水産会社役員、セイジ・ナガハラはビルが「コンバンワ」と言うだけでその尋常ならざる言語力を褒めちぎった。アッシ・バンドーは酔うといつも「ダニー・ボーイ」をまったく了解不能の英語で涙ぐみながら歌い、ビルこそ自分の「ダニー・ボーイ」だと意味不明な宣言をする。そんな中でも一番贔屓《ひいき》にしてくれたのがボーイングに勤めるノーマン・ミキで、彼はいわば、宣伝マネージャーというように限りなく近い存在だった。ビルの「ショー」を売り込む機会をけっして逃さず、数夜おきに「こいつは必見だぜ」と新しい知り合いを連れて店に現われた。とくに女性客はビルを「オージサマ」とあだ名で呼びたがり、そこから「マネキの王子様」としての地位が確立されるまではあっという間だった。

酒の勢いを借りて仕事終わりの時間をずけずけ訊いたり、電話番号を書いた紙片を渡したりする女性もいた。クミコはそうしたことに絶えず目を光らせていて、ほろ酔いの中年女性が恥もへったくれもなくオージサマを口説こうと腕を引っぱって隣に座らせようとしたときなどは、女の手をピシャリとはたいて叱りつけた。女は泣いて謝った。

ある十一月半ばの、冷たい嵐の晩、オージサマ劇場の新しい観客を二人連れてノーマン・ミキが「マネキ」にやって来た。どちらもミキ同様、三十代後半から四十代前半くらいの日本人だ。ビルは笑顔でお辞儀し、「イラッシャイマセ！」と威勢よく彼らを迎えた。ひとつのテーブルを手ぶりで指すと、三人は彼の前を通っていった。

その最後尾は鉤鼻の際立つ、背が高く体格もいい男だった。羽振りのいい重役か何かだろうとビルは思った。地味に洗練された服装が安楽な生活を物語っている。だがその服のある一点を見て、ビルは思わず息が止まった。ベージュの絹のジャケットの左袖には腕が通っておらず、肩口にピンで留められていた。男がそばに来たとき、ビルは思わず後ずさりした。

男はふり向いて彼を睨んだ。その瞬間、ビルはふたたび十五歳になっていた。あのどんより曇った日の朝、バスを待っていると緑のデソートが目の前に停まる。冷たい霧雨が感じられ、ピュージェット湾の上空を飛ぶカモメの鳴き声が聞こえた。雨に濡れた車の窓の向こうから自分の名前を呼びかけたのは、この男だということがビルにはわかった。今まで経験したことがないほどのはっきりした確信だった。

ビルは気持ちを抑えてテーブルを去り、茶を取りに行った。「マネキ」に充満する煙と喧騒のあいだを抜けながら、もう彼自身はそこにいなかった。急須と茶碗を盆に載せ、長く暗いトンネルの中をノーマン・ミキと謎の男がいる方へ向かう。いよいよ彼らの前に立つと、片腕の男はまだ彼のことを睨んでいた。

「今日はちょっとヘンだぜ、オージサマ」二世《ニセイ》のノーマンが、いつものように日本語混じりの英語で喋りだす。「どした? ネコに舌でも取られたか?」

「お友だちを紹介してくれないんですか?」うまく言葉を出せるか不安だったが大丈夫だった。

「あ、そうそう。こっちはフランク・サノ」ノーマンは顎をしゃくって片腕の男を指す。「で、こっちがジミー・ナカムラ。俺たち、四四二連隊の戦友なのさ」

ノーマンが所属していた部隊の武勇伝はしょっちゅう聞かされていたので、二世の戦闘部隊、四四二連隊戦闘団のことは詳しく知っていた。ノーマンはいつも「その名も高き四四二」と呼んでその軍勲章の数々を自慢したが、ビルはほかの人間からその部隊の話を聞いたことは一度もなかった。戦死した仲間、負傷した仲間といった話はいくつも聞いてきたが、実際に傷を負って帰ってきた人間を目にするのはこれが初めてだった。フランク・サノの眼はぎらぎらとなんとも不思議な光り方をしていて、すこし怖いくらいだった。

三人に茶を出して注文を取った。

料理を出すと、ノーマン・ミキは普段どおりビルを冷やかそうとしたが、ビルはひとつのことで頭が一杯だった。ようやく空いた時間が出来て、彼らのコップに水を注いでから、まっすぐフランク・サノに話しかけた。「あの緑のデソート、今も乗ってるんですか？」

ほかの二人がビルをまじまじと見て、それからフランクを見た。

フランクは水が注がれたばかりのコップをじっと眺めてから、ビルに視線を返した。「いや。だいぶ前に手放した」

「おいおい、どういうことだ？」ノーマンが声を上げる。「お前たち、知り合い？」

フランクはフッと笑うと目を落とし、氷の入ったコップをカチャカチャと揺らした。「どっちとも言えるかな。……何時に終わるんだ、ビリー？」

「ビリー？」ノーマンが言った。「お前、そんな名前だったの？」

「ええ、昔はね」とビルは言ってからフランクを見た。「零時に終わります」

「店の前に車で待ってるよ。今は黒のクライスラーだ」

＊

午前零時、道端に黒いクライスラーが停まっていた。ビルはすこしもためらわずに前のドアを開けて乗りこんだ。

「どこか静かな所に行こう」車の流れに入っていきながらフランクが言った。「オリンピック・ホテルのバーが一晩中やってる」

「お酒は飲まないんです」ビルが言った。

「どうして？　もう飲める年齢だろう？」

「来月で二十二歳です。いろいろ知ってるんですね、僕のこと」

「もっと知りたいところだけどな。まあいい、オレンジジュースでも注文しろよ。さすがにいまだにミルクってことはないだろ？」

ビルは吹き出した。

二人は窓際の小さなテーブルに座った。シアトルの灯が眼下に広がり、エリオット湾の縁をなぞってゆったりとしたカーブに反りかえっている。豪華な部屋の向こう端ではピアノが静かにソロを奏でていて、ときおりグラスのカランと鳴る音が響いた。

丈の短いフリルスカートのウェイトレスが二人の注文を取り、彼女がいなくなると、ビルはフランクをじっと見て、言った。「僕は誰なんです？」

フランクは微笑んで首を横に振った。「俺にとって君が誰だったか、なら言える」

「それでいいです」

「初めて会ったとき、君は四歳だった。俺たちはマットレスに詰め物の藁を入れようとしてたんだが、君ときたら俺に、藁の中に放り投げてくれって何度もせがんだ」

「待ってください。出だしから飛ばしすぎで話が全然見えない」

「これはピュアラップのときだったな。キャンプ・ハーモニーだ」

「キャンプ何？　屋外市のこと？　州の定期市には何度か行ったことあるけど」

フランクは怪訝《けげん》な顔をした。「まあ、たしかにピュアラップにはそんなに長くいなかったからな。でもまさかアイダホのキャンプのことまで忘れたなんて言わないよな？」

ビルが行ったことのある「キャンプ」はこの夏にクレアと行ったバイブル・キャンプだけだ。

彼は首を振った。

「せめて聞いたことくらいはあるだろ、戦時中の再配置収容所《リロケーション・キャンプ》のことは」

ふたたび首を振る。

「ま、驚くこともないか」とフランクは呟いた。「今じゃ誰もそんな話しないからな。まるで何もかもなかったことみたいだよな。でもあったことなんだよ。畜生、全部本当にあったんだ！」

PART FOUR:

1941

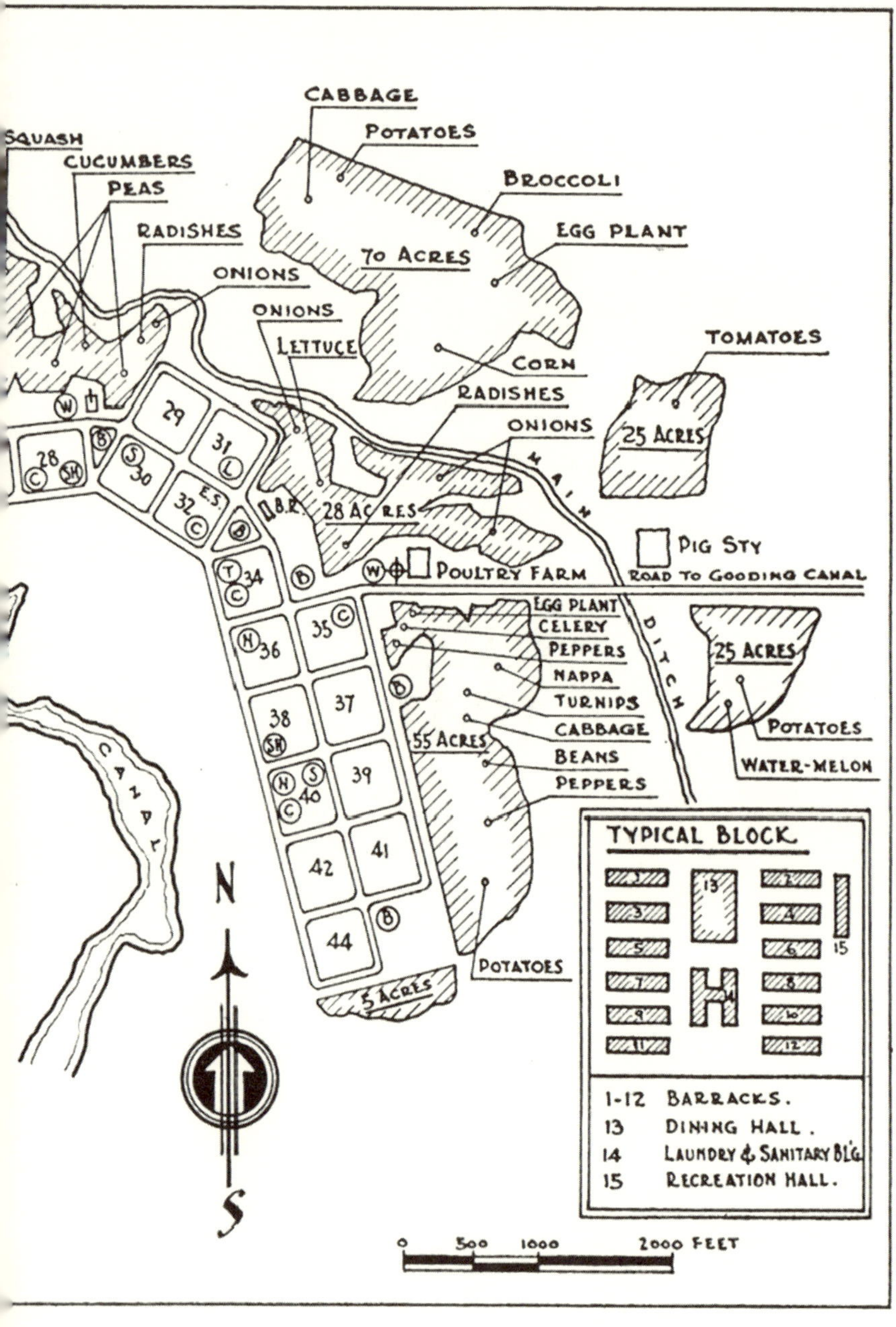
SQUASH
CUCUMBERS
PEAS
RADISHES
ONIONS
CABBAGE
POTATOES
BROCCOLI
EGG PLANT
70 ACRES
ONIONS
LETTUCE
CORN
TOMATOES
RADISHES
ONIONS
25 ACRES
MAIN
28 ACRES
B.R.
E.S.
PIG STY
POULTRY FARM
ROAD TO GOODING CANAL
EGG PLANT
CELERY
PEPPERS
NAPPA
TURNIPS
CABBAGE
BEANS
PEPPERS
55 ACRES
DITCH
25 ACRES
POTATOES
WATER-MELON
CANAL
5 ACRES
POTATOES
N
S
TYPICAL BLOCK
1-12 BARRACKS.
13 DINING HALL.
14 LAUNDRY & SANITARY BL'G.
15 RECREATION HALL.
0 500 1000 2000 FEET

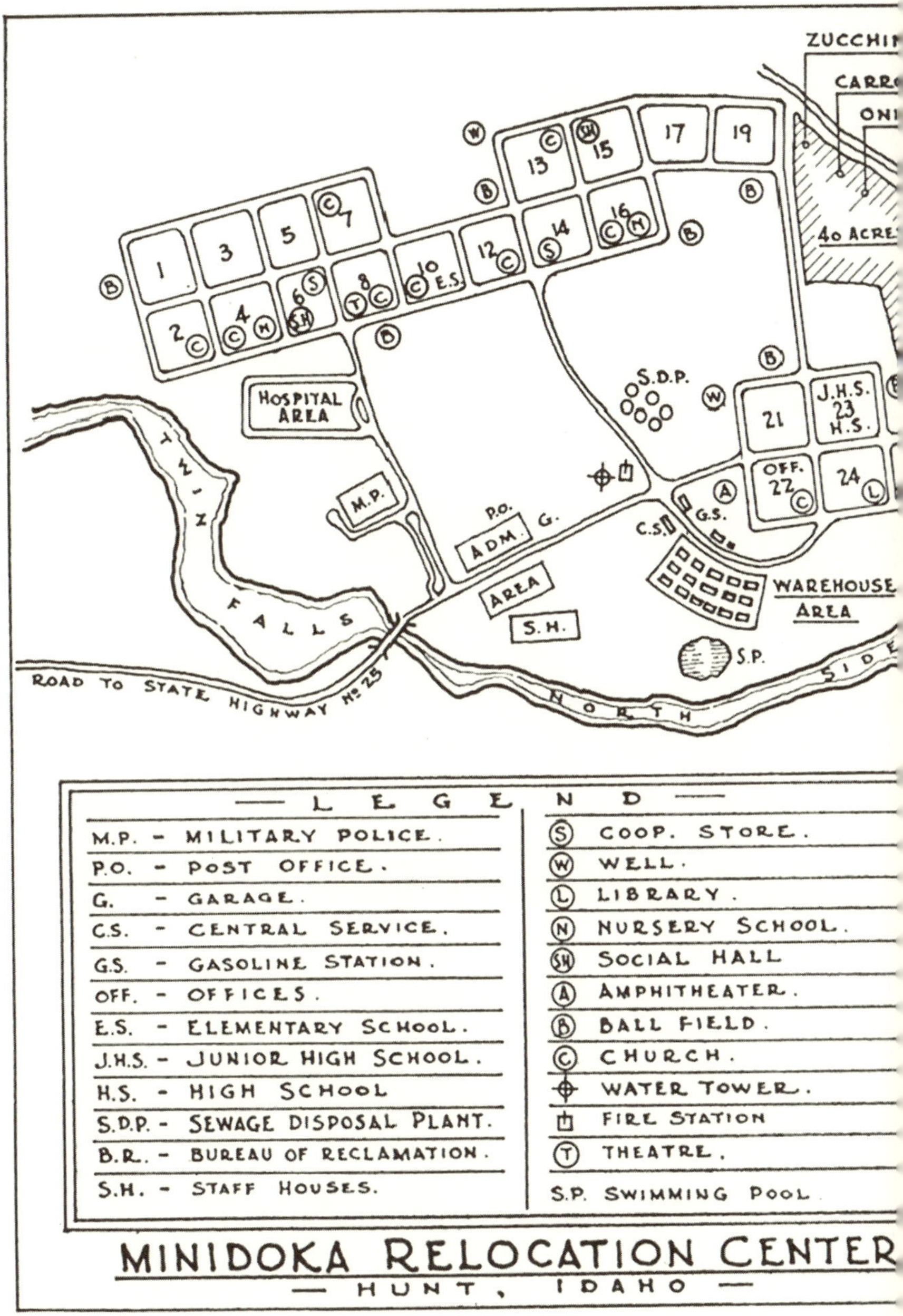

1
2
3
4
5
6
7
8
10
E.S.
12
13
14
15
16
17
19
21
J.H.S.
23
H.S.
OFF.
22
24
HOSPITAL AREA
M.P.
P.O.
ADM.
G.
AREA
S.H.
S.D.P.
C.S.
G.S.
WAREHOUSE AREA
S.P.
TWIN FALLS
ROAD TO STATE HIGHWAY No. 25
NORTH SIDE
LEGEND
M.P. - MILITARY POLICE.
P.O. - POST OFFICE.
G. - GARAGE.
C.S. - CENTRAL SERVICE.
G.S. - GASOLINE STATION.
OFF. - OFFICES.
E.S. - ELEMENTARY SCHOOL.
J.H.S. - JUNIOR HIGH SCHOOL.
H.S. - HIGH SCHOOL
S.D.P. - SEWAGE DISPOSAL PLANT.
B.R. - BUREAU OF RECLAMATION.
S.H. - STAFF HOUSES.
(S) COOP. STORE.
(W) WELL.
(L) LIBRARY.
(N) NURSERY SCHOOL.
(SH) SOCIAL HALL
(A) AMPHITHEATER.
(B) BALL FIELD.
(C) CHURCH.
WATER TOWER.
FIRE STATION
(T) THEATRE.
S.P. SWIMMING POOL.
MINIDOKA RELOCATION CENTER
— HUNT, IDAHO —

第四部　一九四一年

14

「強さと謙虚さについて」と題したトムの説教を光子は聞くともなく聞いていたが、トムが話題を昨今の外交危機に持っていくと、聞いていたことを彼女は後悔した。日本の軍隊が、すべてを汚《けが》してしまうのだろうか？　あと何週間かすればクリスマスが来る。日本が中国から撤退するよう、アメリカが説得できたら、世界にとってどれだけ素晴らしいプレゼントになるだろう。

「昨日もローズヴェルト大統領が」トムの声が教会中に響きわたる。「謙虚さこそ強さの究極の表現であることを示してくれました。十一月に入ってからずっと、日本の軍事政府は私たちに対し傲慢さを見せてきました。まず彼らがインドシナに兵力を集めていると私たちは聞き、その数日後、約三万の軍勢が南に進軍していると聞いたのです」

自分の最初の夫の忠正《ただまさ》もその軍勢に入っているだろうか、と光子は考えた。そうして部下たちを、更なる蛮行へと導いているだろうか。結婚して間もない頃の忠正の面影を彼女は思い起こした。濃い口ひげ、黒光りする鞘に収まった刀を差した凜々《りり》しい姿。でもそれは彼が戦場を目にする前だった。あとになって彼女は、あの刀には中国人の血がついていただろうか、と考えた。彼が光子に暴力をふるいはじめたとき、これは自分と自分の軍隊とが中国の女性たちに為した非道を恥じているからなのだと彼女は感じた。

「トージョー〔東條英機首相〕は世界に対し、欧米の『搾取』は『断固粛清せねばならぬ』と世界に告げ」とトムは続けた。「トーゴー〔東郷茂徳外務大臣〕は極東危機解決に向けて合衆国が示した、『常軌を逸した』提案と彼が呼ぶところのものを退けました。ですが、我らが善き大統領ローズヴェルトの強さをご覧なさい。つい昨日、あたかももう一方の頬を差し出すかのように、大統領はヒロヒト天皇に、軍隊を抑制してくれるようじきじきに訴え、外交上の決まり文句はいっさい捨てて、簡潔に、謙虚に、己の心からもう一人の人物の心に向けて、脅威に晒された世界に平和をもたらそうと語りかけたのです」

　たしかに天皇だってもう一人の人間にすぎない、と光子は思った。自分が六歳で、天皇もまだ十七歳の皇太子でときおり新聞に写真が載っていたころから、彼女はそのことを知っていた。その日彼女と好子、兄の一郎と二郎は両親と一緒に夕餉《ゆうげ》の卓を囲み、学校をめぐって両親から訊かれる質問に答えていた。光子にとってそれはとりわけわくわくするひとときだった。その日が初めての登校日だったからだ。お国に尽くす未来について先生が言った言葉をくり返す彼女を囲んで、食卓中に笑顔の輪が広がっていたことを光子はいまも思い出すことができた。

「それでお前は、大きくなったら何になりたいのだね？」父親が彼女に訊いた。彼女はためらわず「皇太子様と結婚して、皇后様になりたい！」と答えた。たちまち父の手が卓の向こう側から飛んできて彼女の頬を打った。父が光子に手を上げたのは、あとにも先にもこのときだけだった。

「冒瀆だ！」父は叫んだ。「二度とそんなことを言うな！」。二度と口にはしなかったけれど、翌年皇太子が婚約したとき光子はひどくがっかりした。

「この騒然たる時代にあって」とトムは締めくくった。「キリストが私たちに与え給うた教えを、強さも見識もある、より多くの人たちが学んでくれることを祈るばかりです」

教会に降り立った厳粛な雰囲気は、ビリーにまでいくぶん伝わったようだった。三人で玄関広間へと進んでいくなか、ビリーはいつになく大人しかった。信徒たちに重々しく別れを告げるトムは、己の説教の興奮いまだ醒めやらず、こめかみの血管も膨らんだままだった。嚙みしめた顎の筋肉の震えからも、気の張りようは明らかだった。

今週トムは白人教会の牧師数人と昼食の約束があったので、光子とビリーは野村夫妻と一緒に車で帰った。十二月の気候はしんと澄みわたり、車のヒーターの暖かさが有難かった。

母語を話せる気楽さに浸った光子は、姉と義兄とまだ別れたくなかった。

「上がってらっしゃいよ」光子は言った。「おにぎり作るから」

「わーい!」ビリーが言った。「おにぎり。パパいない」

「パパがいないから何なの?」好子が訊いた。

光子が答える間もなく、吾郎が文句を言った。「道の真ん中にいつまでも車を駐めていられないよ。中に入ろう。光子さんのおにぎり、美味しいし」

それで話は決まり、吾郎は青いビュイックを駐車した。

吾郎はリビングルームにとどまってラジオを聞き、ビリーは床に座りこんで遊び、女二人はキッチンで忙しく立ち働いた。好子はガスの炎に黒緑色の海苔をかざしてあぶり、光子はおしんこを刻んだり薄く切ったりした。柴漬けの深紫、紫蘇《しそ》の実の濃い緑、たくあんの抑え気味の黄色。

「さっき訊いたこと、まだ答えてくれてないわよ」と好子が言った。

「忘れてくれたかと思ってたんだけど。べつになんでもないのよ。トムはおにぎりが嫌いなんで、トムがいないときにしかビリーには食べさせられないの。まあ最近はいないときもずいぶん多いんだけど……」

「嫌いなのはおにぎりだけなの？　ねえ、あたし気づいてるのよ、ビリーがあんたのことしばらく『ママ』って呼んでたこと。いまもときどきうっかり言うわよね。それもやっぱり、父親がいないときだけ許されるわけ？」

透けた琥珀色の奈良漬けをできるだけ薄く切ることに光子は専念した。と、彼女が答える間もなく、吾郎がリビングルームから飛びこんできた。

「大変だ！」と吾郎は叫んだ。キッチンの照明を浴びて、眼鏡の丸いレンズがぎらぎら光っていた。「恐ろしいニュースだ！　日本の海軍がけさ真珠湾を爆撃したんだ！」

好子は苛立たしげに舌打ちし、そのまま海苔を折って切る作業に取りかかった。

「原地の人たち、気の毒にね」光子が首を横に振りながら言った。

「原地の人？　何言ってるんだ？」吾郎が絶叫した。「真珠湾はハワイにあるんだぞ！　日本軍がアメリカの国土に爆弾を落としてるんだ、阿呆！　これは戦争ってことだぞ！　アナウンサーの口調をお前たちにも聞かせたかったよ——口から泡を吹いてたにちがいないぞ！」

光子は不機嫌な顔で義兄を見た。ニュースに驚くより、相手が自分に対して使っている口調に苛立っていた。

「そんなにひどいはずないでしょう」好子が言った。「誰か頭のおかしい人が、爆弾を一個仕掛けたのよ」

「狂信者よね」光子も言った。「いずれ捕まるわよ」

女二人の平然とした態度に吾郎もひとまず影響されたが、それでも彼は——たしかに口調はすこし落ちつき、おにぎりを頬張りながらではあったが——女たちがこのニュースの重大さを見くびっていると言いつづけた。

吾郎が戦争の話をすればするほど、忠正が刀を振り回す姿が光子の脳裡に生々しく思い浮かんだ。食事のあとまもなく彼と好子が帰ると、光子はホッとした。

野村夫妻が出ていってから十分と経たないうちに電話が鳴った。好子だった。「みっちゃん！うちが泥棒に入られたの！ 家のなか、めちゃくちゃにされたのよ」

「警察に電話したの？」

「うん、たった今」

「今すぐ行く」光子は言った。「タクシーで行くわ」

食べ残しを片付ける作業は途中で放り出したが、それでも出支度を済ませてビリーに冬物コートを着せ、急いで街路に出たときには十五分が過ぎていた。タクシーが一台すぐに通りかかったが、運転手は光子を見るとぐいっとスピードを上げて走り去った。ビリーを連れてブロードウェイまで歩いていったが、たいていのタクシーは客が乗っていたし、空車がもう一台彼女を無視して走りすぎていった。やっと一台が停まってくれて、好子の電話を受けてから四十五分以上経ってようやく、東オリーブ通りにある小さな木造家屋の前で車を降りた。

がっしりした体格の警官が一人、警棒を手に戸口に立っている。

「どこへ行く気だ？」警官はビリーを連れて玄関に近づいてきた光子に詰問した。

「私、ミセス野村の妹です。泥棒のことで姉から電話があったんです」

「泥棒？ なんの話だ？」

「押し込みに入られたんです。だからおまわりさんもいらっしゃるんじゃないんですか？」

「いいか、ジャップの奥さん、俺は泥棒のことなんか知らんよ。俺はここを警備してるだけだよ。さあ、さっさと帰んな」

「警備？　どういうこと？　私は姉に会いに来たんです」

「ここにはいないよ、だから逮捕されんうちにさっさと帰るんだ」

　姉が中にいることはわかっていたが、警官とやり合っても埒《らち》があかない。光子はビリーの手を引き、玄関から道路へ戻っていった。さっきのタクシーはもうとっくにいなくなっている。何台か車が通りすぎ、運転手の何人かは玄関に堂々陣取った警官をぽかんと見ていった。

　光子もふり返ってもう一度警官を見たが、相手は警棒を振って彼女を追い払った。光子はビリーをほとんど引きずるようにして通りを急ぎ、角を曲がった。半ブロック行ったあたりで、柵が連なる裏道に来た。彼女は野村家の裏手まで行って、柵のすきまから中を覗きこんだ。案の定、裏口にも警官が一人配置されていた。

「ビリー、逃げるのよ！」。光子のあとを追ってビリーはちょこちょこと走り、二人はマディソン通りに行きつき、光子はそこで公衆電話を見つけた。息で電話ボックスのガラスが曇った。五セント貨を入れて、好子の番号をダイヤルした。

　男が電話に出て、姉と話したい旨を光子が伝えると、野村夫妻は「気分がすぐれない《インディスポーズド》」ので電話に出られないの一点張りだった。いくら説明しても相手はいっこうに聞く耳を持たず、やがて電話を切ってしまった。

　家に電話をかけると、トムが出た。

「ミツコ、どこにいるんだ？」きつい口調だった。「家の中がこんなに乱雑なのは初めてだぞ。

お前の日本食がそこらじゅうに散らかってるじゃないか」

「トム、それどころじゃないのよ」。彼女は事情を説明し、電話ボックスの場所を詳しく説明した。トムが車で来るまでの十分間に、光子はぶるぶる震えだしていた。

野村家に行ってみると、さっきの警官が、見るからに体を温めようとせかせか家の前を歩き回り、警棒で手を叩いていた。光子は車の中で身を伏せ、トムが車を降りて警官と話しに行った。警官は何度も首を横に振った。やがて彼は光子に気づき、ピンクの顔の表情があざけりに変わった。

「何も教えてもらえなかった」ふたたび運転席に座ったトムが憤った声で言った。「ＦＢＩに関係してる、と言うだけなんだ」

「なぁにそれ？」

「連邦捜査局。国家の警察さ」

日本の国家警察については、光子もさんざん恐ろしい話を聞いている。特別高等警察、いわゆる特高。それが国の隅々にひそんでいて、誰かが天皇や政府の批判をささやいたとたんに襲いかかってくるのだ。

「そんなものがアメリカにあるとは思わなかったわ」と光子は言った。「でもどうしてあたしの姉さんが拘束されてるの？」

「わからない」とトムは言った。「でもきっと真珠湾に関係があるにちがいないよ」

家に帰ってから、光子は何度か電話で好子と話そうと試みたが、いつも同じ男に「気分がすぐれない」と言われるばかりだった。トムはその午後ずっとラジオを聞いて過ごした。ようやく、日が沈みかけた頃に好子から電話があった。

「吾郎が連行されたのよ！」好子は泣き叫んだ。「あの人たちいなくなったわ。お願いだから来てちょうだい」

「すぐ行くわ」と光子は請けあって電話を切った。

トムはしぶしぶラジオの前を離れて、好子の家まで車を走らせた。ビリーは後部席でひっそり歌を歌っていた。

トムが言った。「財務省が日本人の資本をすべて没収した。ゴローの銀行はどうなるんだろう？」

涙を浮かべた好子が玄関で彼らを出迎えた。彼らがコートを脱ぎもしないうちから、何があったかを好子は話し出した。昼食のあと、吾郎と二人でまっすぐ家に帰ると、家は何者かに押し入られていた。泥棒に入られたと思って警察に電話したが、盗まれた物は何もなかった。数分後に警察が、FBIの人間を六人ばかり連れてやって来た。野村夫妻が光子と昼食を食べているあいだに押し入ったのも、空き巣ではなくFBIだったのだ。憤慨した吾郎は、捜査令状は持ってきたのかと訊いたが、相手はそういう傲慢な質問は許せないと言わんばかりの態度を示した。何分かして、FBIの男四人が吾郎を連れ去り、一人は残って電話の応対をし、一人はそれぞれの出入口を警官に見張らせてあたりをうろつき回った。

「どういうことなのか、誰も説明してくれなかったわ」好子は言った。「でも、ハワイの爆撃と関係があるのかって訊いたら、嫌な感じで笑ってたわ」

トムがFBIに電話したが、相手にされなかった。車を飛ばしてダウンタウンのFBIオフィスにも行ってみたがやはり門前払いだった。今夜は光子が泊まって好子とともに過ごすことにし、光子がみんなの簡単な夕食を作ったあと、トムがビリーを連れて帰った。

夜十一時に家の前に車が停まって玄関の呼び鈴が鳴ると、二人の女はギョッとした。ビリーを抱いたトムだった。パジャマを着て毛布にくるまれたビリーは目を真っ赤に泣きはらしていた。寝る時間からずっと光子を求めてすさまじい声で泣いていたのだとトムは言った。自分の息子を光子の腕に押しこんで、トムは車で帰っていった。

眠れないと好子が言うので、光子は午前零時をだいぶ過ぎるまで相手をしたが、朝には好子が真っ先に起きて新聞を待ち、来るとすぐ、身の毛もよだつニュースを光子に読んで聞かせた。アメリカの船が真珠湾で撃沈され人命も失われたことを二人は知ったが、第三面まで行くと好子はしくしく泣き出した。

「ひどい、聞いて！　誰かが日系バプテスト女性ホームに脅迫電話をかけて、目下警察が見張りに立ってるのよ。それに日本人の食料品店が二軒、石で窓を割られたんですって。あ、これはもっとひどいわ――『協力を申し出る市民からの電話が数多く警察に届き、何人かはボランティアとして日本人住民を抑留する手助けをしたいと言っている』」

好子は厳めしい顔で光子を見た。「あたしたち、牢屋に入れられるんだわ」と好子は言った。

「そんなこと言ってるのはきっと一部の頭のおかしい人たちよ。まさか政府は――」

「これよ！」光子が言い終えぬうちに好子が叫んだ。「これ、吾郎のことよ。『外国生まれの日本人を一斉検挙』」

好子は黙って読みはじめた。

「なんて書いてあるの？」と光子がせかした。

「待って、待って」と好子は言い、首を横に振ってうめき声を漏らした。「聞いて――『サーベイランス下に置かれた日本人』」

「何に置かれたですって？」

「サーベイランス下。警察に監視されるってことよ」

「日本と同じじゃない！　でもどうして吾郎さんを監視するわけ？」

「『サーベイランス下に置かれた日本人は、ＦＢＩの意向を受けた警察により拘置された。彼らは移民局に直接連行され——吾郎もきっとここにいるんだわ——所持品、カメラ、日本語文書、火器、その他一部の所有物は警察本部に保管された』。吾郎の鍵！　あの人たち家の鍵、車の鍵、職場の鍵、貸金庫の鍵まで持っていったのよ」

「わからないわ。吾郎さん、警察本部にいるの？」

「違うわよ、所持品は警察本部に保管されてるけど本人たちは移民局にいるのよ。でもなぜ？　この人たちをどうしようっていうの？　日本へ送り返すの？　真珠湾で殺された人たちの仕返しに殺すの？　なんとかして吾郎を出してもらわなくちゃ」

「トムに電話するわ。トムが行ってくれるわよ」と光子は言ったが、本当にそうだろうか、と思っている自分に気づいて心穏やかでなかった。

　電話に出たトムの最初の反応は心強いものだった。「もちろん行くとも」と彼は言った。ところがその次の言葉は「今日の午後でいいかな？　教会協議会の会合に出なくちゃいけないんだ。緊急の会合なんだ、アメリカ生まれの日系人の公正な扱いを要求するんだよ」だった。

「でも好子は気が狂いそうになってるのよ。それにアメリカで生まれていない日本人はどうなのよ？　吾郎はどうなの？　私は？」

「とにかくそこにいなさい。きっとすべてうまく収まるから。食べ物は十分あるかい？」

「どうかしら。近所にお店はたくさんあるわ」

「いや、外出しない方がいい。家にいてラジオを聞いていなさい。もうじき大統領演説があるから」

好子がラジオを点けた。真珠湾攻撃は一人の狂人の孤立した行動だと思えたとしても、ローズヴェルト大統領のかぼそい、甲高い声にみなぎる張りつめた響きを聞けば、何か新しい、恐ろしい事態が始まったことはいまや明らかだった。

「昨日、一九四一年十二月七日、汚名に包まれて生きるでありましょうこの日、アメリカ合衆国は大日本帝国の海空軍によって突然、計画的に攻撃されました。

合衆国は日本と和平状態にあったのであり、彼《か》の国の懇願に応じて、その政府および天皇と対話を持続し、太平洋の平和維持の道を模索していたのであります。

事実、日本の飛行大隊がオアフ攻撃を開始した一時間後、在米日本大使とその同僚は、国務長官に対し、最近アメリカから発せられたメッセージへの公式返答を送ってよこしたのです」

大統領は一つまたひとつ、日本が太平洋一帯で行なった卑劣な攻撃を列挙していった。好子は黙って耳を澄まし、光子はバスルームからティッシュの箱を持ってきた。

昨夜さんざん泣いて疲れきったビリーはまだ眠っていたが、じきに腹を空かせて起きてきた。光子はキッチンとリビングルームをせわしなく行き来しながら、ビリーに食べさせ、合衆国議会が自分の母国に対して宣戦布告を行なったその迅速なプロセスに耳を傾けていた。

朝食が済むとビリーは外へ遊びに出たがり、光子はラジオを聞きトムからの連絡を待ちながら、ビリーの遊びも考えてやらねばならなかった。好子は一日の大半を、ビリーの手からいろんな物を取り上げ壊されないよう高いところに置くことに費やした。ビリーは炉棚に置かれた白い磁器製の猫に触りたくて仕方ないようだった。一度、一人残されたとき、椅子を暖炉の前まで引きずってきて、猫に手を届かせようとした。とうとう、心配げな好子が見守るなか、光子が猫を床に降ろして、ビリーにそれを撫でさせてやった。

「『ネコ』って言ってごらん、ビリー。可愛いネコ」

ビリーは猫に触り、その持ち上げられた前足と握手するふりをしたが、やがて好子が、大事な置物に及ぶ危険にそれ以上耐えられなくなってビリーからその置物を奪いとり、栄《は》えある位置に戻した。むろんこれはビリーの涙と、「ネコがほしい《アイ・ウォント・ザ・ネコ》」という叫びを誘発した。

トムのその日最初の電話は午後四時半にかかってきた。移民局へ行って係官たちと何時間もやり合ったものの、「ジャップが何人か」そこに拘留されているということ以上は聞き出せなかったという。次は警察本部から電話してきて、抑留者たちの所持品がどこに保管されているか誰も知らないと言われたとトムは言った。

「もう六時過ぎよ」光子は言った。「好子が夕食を作っているわ」

「私を待たなくていい。ほかに何ができるか探ってみるから」とトムは応えた。

「ほんと？　いまどこにいるの？」

少しためらってからトムは言った。「もうダウンタウンにはいないんだ。ほかにもちょっと用事があってね。あとでまた電話する」

光子が何か言う間もなく、トムは電話を切った。夕食のあと、光子と好子はラジオのスイッチを入れたが、電波が切れてしまったみたいだった。トムは十時過ぎにやっとまた電話してきた。

「どこにいるの？」光子は言った。「ビリーはもう何時間も前に寝かせなくちゃいけなかったのよ。私だって眠りが必要だわ」

「今夜はそっちに戻れない。灯火管制が敷かれるんだ。十一時以降は街灯も消えて、車も運転できない。シアトル中が日本の奇襲を恐れてる。ラジオ局もみな何時間か前に電波を切ったし、バスももうじき止まる」

「十一時前に戻ってこられないの？　私、今夜はここに泊まるつもりじゃなかったのよ。ビリーの着替えも自分の着替えも持ってないし。あとで寒いなかに連れ出すのが嫌だからビリーをお風呂に入れてもいないのよ。今どこにいるの？」

「マウントレーク・テラスで、牧師仲間何人かと一緒なんだ。間に合うように帰るのは無理だよ」

「それって確か？」

トムは溜息をついた。「ああ、確かだ」

「わかったわ」光子はぼんやりと言い、電話を切った。灯火管制が始まる予定時間までまだ少しある。

「タクシーで帰るわ」と光子は姉に宣言したが、好子はもう一晩泊まっていってほしいとすがってきた。着替えが要るんだったらあたしのを貸すわ、と好子は言った。

ビリーの着替えはないわ、と光子は指摘した。それにあの子の毛布やぬいぐるみも要るし。

「タクシーを拾ってアパートに行ってくる。十五分で戻ってこられるわ」

「でも外出するなってトムに言われたでしょ」

「そんなにひどいはずはないわよ。新聞に二世のインタビューが載ってたでしょ。みんな外出するのよ」。コートとハンドバッグとスカーフを手に、好子が頼みこむのも顧みず光子は家を出た。

暗いなか、頭にスカーフを巻いているのだから、タクシーをつかまえるのは訳ないものと光子は思っていた。マディソンまで歩いていくと、通りかかった最初の空車が停まってくれた。彼女は暗い後部席で背を丸め、運転手に住所を伝えた。運転手はうなり声で応じ、アクセルを踏んだが、曲がるべき角で曲がらず、そのままダウンタウンに向かって走りつづけた。

「待って」光子は叫んだ。「サミットで右に曲がるのよ」

「あんたサミットなんかに用はないよ、奥さん」と運転手は言った。

「何言ってるの？　あるに決まってるでしょ」

「いいや奥さん、あんたはトーキョーに用があるのさ」

「降ろしてちょうだい。車を停めて」

だが相手はなおも車を走らせた。

「どうしたんだね、奥さん？　いまごろトーキョーじゃ、あんたやあんたのジャップ友だちみんなのためにパーティやってるんだよ。そのうちこっちへ来て俺たちにもっと爆弾落とす気なんだよ」

次の赤信号で飛び降りようと光子は決めたが、どの信号も青で、三番街で信号が変わりはじめると運転手は乱暴にハンドルを切って四番街をのぼって行った。今や車はダウンタウンの混んだ道を走っている。とうとう、パイク通りの角近くでブレーキを踏むことになった。

車がすっかり停まりもしないうちに光子は飛び降りた。「トーキョーへ帰れ、ジャップのクズ女！」と運転手がわめくのが聞こえた。駐車した二台の車のあいだに彼女は逃げこみ、早足で歩道を歩いていった。

四つ角の洋品店の前を通ったところで、突然街路が真っ暗になった。灯火管制が始まったのだ。だが目はすぐ闇に慣れた。暗い夜は、不思議な緑色のほのめきに彩られていた。人も商店も街灯も、みなこの陰気な新しい緑青《ろくしょう》をまとっている。

「おい、明かりを消せ！」彼女の左で男の声が上がった。

「そうだよ」女の金切り声が賛同した。「戦争なんだよ。ジャップのごろつきどもにあたしたちの居場所教えたいのかい？」

光子は一瞬、通りぞいの誰もが自分のことを見ていると思ったが、やがて、皆の目が頭上の緑色の光の源に釘づけになっていることに気づいた。光子は歩道の端まで出ていって、上を見てみた。「フォアマン・アンド・クラーク」——百貨店の巨大な緑のネオンサインが光っている。それがその交差点で十一時に消えなかった唯一の明かりだった。

女がふたたびわめいた。「戦争なんだろ？　どういうつもりだい？　ジャップに服でも売ろうってか？」

これはちらほら笑いを誘った。見物人の数が徐々に増えてきて、発される言葉はより怒気《どき》を含んだ、険悪なものになっていった。きらめく緑の輪に惹き寄せられてしまう目を光子はなんとか引き剝がし、闇の中へ歩いていった。と、若い三人の、むさ苦しい見かけの男たちがその行く手をさえぎった。

「おい、見ろよ」真ん中の一人が叫んだ。「ジャップのアマだぜ」

男たちをかわそうと彼女は道路の溝に降り立ったが、たちまち二人に肱を摑まれ、三人目が片手を彼女のあごの下に押しつけた。「ニップだぜ、間違いねえ」と男は言った。「中国人《チンク》の目と逆の傾きだ」

「放して《レット・ミー・ゴー》」光子は小声で言った。

「おや、アナタエイゴハナシマスカ《ユー・スピーキー・イングリッシュ》、ミス・トージョー？」彼女の左腕を押さえている男が笑った。

「大声出すわよ」と彼女は言った。

「へぇ、そうかい？」前に立ちはだかった脂ぎった髪の男が言った。「そんなの誰が聞く？　このあたり、おまわりなんかいやしねえぜ。それにだな、いまのところあんたがここにいるのを知ってるのは俺たちだけだ。あんた、ほかの連中に知られたくないだろ？」

「さあさあ、俺たちと遊ぼうぜ」脂ぎった髪の男が言った。彼が先頭に立って、ネオンサインの下に集まりつつある群衆の暗い縁に彼らは入っていった。

突然、ガツンと金属的な音が響いて、何かがネオンから跳ねて道路に落ちた。

「なぁにやってんのよ！」さっき聞こえたのと同じ甲高い女の声が上がった。「もうちょっとうまくやれないの？」

「そうだそうだ！」いくつもの声がいっせいに応え、物投げ競争が始まった。煉瓦。いくつかの石。さらにいくつかの煉瓦。緑のネオン管に大半は当たらずに済んだが、一発命中すると、火花の雨が降り、ガラスが粉々に割れる音がした。群衆の向こう端で誰かがゴミバケツをひっくり返し、投げるのに使う壜や缶を舗道に広げた。それらがネオンサインに容赦なく浴びせられ、じきにもう緑の文字は何も残っていなかった。最後の一片が消えると暴徒たちは歓声を上げた。

「おい見ろよ、アーニー！」光子の右の男が言った。彼らは半ブロック先の、照明の灯った時計の方を向いた。三人の男は光子を引っぱってそっちへ走っていった。アーニーと呼ばれた男が石ころを拾い上げて赤いネオンの文字に投げつけた。「ワイスフィールド&ゴールドバーグ宝石商」のうち二文字が一撃で割れた。ほかの暴徒たちも仲間入りしたが、ネオンはしぶとく灯ったままだった。とうとうアーニーが時計の柱脚をよじのぼり、皆の喝采を浴びながら、素手でネオン管の残りを叩き割った。

光子の背後から警察の笛が聞こえ、「どけ、道を空けろ！　後ろへ下がれ！」とわめく声がした。ところが群衆は警官を通すどころか、アーニーを護ろうとするかのようにその周りに集まって輪を作り、光子を捕えていた二人もそこに加わろうとしたので、彼女はその機を捉えて腕をふりほどいた。人波をかき分けて、誰にも見られない闇の中に逃れた。

　五番街を早足で歩き、マディソンに戻って、タクシーに連れてこられたルートを逆にたどって行った。暗くなった、一日じゅう街を覆っていた濃い雲のせいでますます暗い街路を精一杯速く歩いた。こういう闇は田舎では経験したことがあったが、都会では初めてだった。何か黒い姿が夜の闇から現われ出てくるたび、子供のころ聞いた人を化かすキツネやタヌキの話が脳裡をよぎった。一度ならず、闇に隠れている消火栓に彼女は脛をぶつけ、坂のてっぺんの曲がり道を回っていくさなか、ライトを点けていない車に危うく轢かれそうになった。何ブロックか先で、やはり無灯火の車が飛ぶように走り過ぎ、次の瞬間、がしゃん、と鋼鉄とガラスがぶつかるおぞましい音が聞こえた。静寂がそのあとに続いた。光子は手を貸してやりたかったが、怖かった。

　オリーブ通りが近くなってくる頃には、夜気に薄い霧が染みわたってきていて、光子の頰をひんやり撫でた。

「みっちゃん、どうしたの？」彼女が家に転がりこむと好子が叫んだ。

「私は大丈夫。ビリーはどこ？」

「あたしの部屋で寝かしたわ。あんた、どこにいたの？　何があったの？」

　質問は朝まで待ってくれと好子に言って、光子はリビングルームのカウチに倒れこみ、たちまち深い眠りに落ちていった。

15

「みっちゃん、起きて！　聞いてよ――『敵機が沖合に』。やっぱりほんとなのよ！」

光子が目を覚ますと、見れば自分はキルトをかぶっていて、コートも着たままだった。体じゅうが痛んで、脛がずきずき疼き、汗の臭いが周りに漂っていた。上半身を起こして、あざだらけの両脚がキルトの下から滑り出ると好子がハッと息を呑んだ。

タクシーの運転手のこと、三人の男のこと、暴徒のことを光子は話した。

「あんた、ここにいたの？」好子が新聞の見出しを見せた。「群衆、暴徒と化して窓を割る。灯火管制の怠りに怒って」

好子が読み上げるなか、光子は誰か他人の悪い夢の記述を聞いているような気がした。「でも敵機って？」読み終えた姉に彼女は訊いた。

「こっちの記事よ――『本年三月、現在の戦争において主要都市でいちはやく灯火管制予行演習を行なったシアトルは、昨夜それをくり返すこととなった。だが今回は単なる練習ではない。厳然として真剣な管制だったのであり、カナダ国境に始まり、カスケード山脈の西側、オレゴン州ローズバーグに至る一帯で実行され、一時期は沿岸全域まで拡張された。これは、日本の航空母艦が北太平洋のどこかに潜んでいて沿岸一帯のどこをいつ残忍に攻撃してくるかわからないという執拗な――ただしまったく未確証の――噂が流れたためである』」

好子の顔がパッと明るくなった。「『未確証の噂！』。つまりすべて思い違いってことよ。みんな知ってるのよ、日本の飛行機がここまで攻撃に来れやしないって。吾郎もじき解放してもらえるわ」

「だといいけど」光子は言った。「でも人は噂を信じるものだわ。昨日の夜の暴徒、姉さんにも見せたかったわよ」

「さぞひどかったでしょうね」好子は言った。「あんた、ほんとに大丈夫？　さ、朝ご飯出来てるわよ」

「まずビリーの様子見て、お風呂に入らせてもらうわ」

光子が朝食の席に加わった頃には、好子の気分も明るくなっていた。「悪いニュースばかりじゃないわ」と彼女は言った。「パスター・トムが昨日行った、教会協議会の会合の記事もあるわよ」

「見せて。トムのこと、書いてある？」

光子は見てみたが、元気の出る見出しではなかった——「教会協議会、ジャップ居住者を公正に扱うよう要求」

「公正に扱うっていうのはいいけど、ジャップって呼ぶのはひどくない？」

すくなくとも記事の中では「ジャパニーズ」が使われていた。トムの名前は出ていなかった。

「このどこがそんなにいいの？」と光子は言ってから記事を読み上げた。「『協議会は太平洋岸北西部の日系人に対して同情の念を表明し、彼らがアメリカ国民として直面している問題に関し協力を誓った』。私たちはアメリカ国民じゃないわ」

「そんなに悲観しなさんな。あたしたちも同じに扱ってもらえるわよ。ほら、こっちの記事——『教師の機転で人種間の和平が』。これ読んで、あたし泣いちゃったわよ」

それはエーダ・マホン嬢なる、日本人の児童六百名が中国人児童百名、白人児童百名とともに通学しているベイリー・ギャツァート小学校の校長をめぐる記事だった。「敵意や不和が生徒たちのあいだであっという間に拡大しかねないことを察知したマホン校長は、朝一番に特別集会を開いた。『皆さんに本当の話を聞いてもらいます』と校長は生徒たちに語った。『昨日ダウンタウンに行ったとき、アメリカ人の少年三人がたがいの肩に腕を回して歩いているのを私は見ました。三人とも声を上げて笑い、とても楽しそうでした。買い物してるの、と私が訊くと、ウィンドウの品物を見てるだけですと答えが返ってきました。このアメリカ人の男の子三人のうち、一人は中国人が両親で、二人は日本人が両親でした。けれど三人ともアメリカ人で、彼らは一緒に楽しく過ごしていたのです。皆さんにもそういうふうにふるまってほしいと思います。外の世界で起きたことは、この学校にいる私たち誰のせいでもありませんし、私にはどうしようもないことです。ですから皆さんには、外の世界で起きていることは忘れてほしいのです。話してさえほしくありません』マホン先生がそう言って国旗と向きあい、忠誠の誓いを口にすると、児童たちもそれに倣った。そうしてみな大人しく教室へ向かい、すべて今までどおりに進行して、人種間の対立感情はすこしも見られなかった」

「いい話ねえ」光子は言った。「こういう先生がもっといてくれたらねえ」

「あたしはあんたよりずっと長くここで暮らしてきて」と好子が言った。「こういう白人にもたくさん会ってきたわ。アメリカ人は悪い人たちじゃないわ。攻撃される危険がないとわかれば、吾郎のことも解放してくれるわよ」

＊

ＦＢＩはその日吾郎を解放しなかったし、次の日も、その次の日もしなかった。光子は自分とビリーの服を大きなスーツケース二つに入れてきて、姉と一緒に待機を続ける態勢に入った。新聞には空襲の脅威をめぐる記事があふれ、地元の「戦傷者」治療のための医療センターが設立され、灯火管制が続き、闇の中で車同士が激突したり歩行者が轢かれたりして死傷者が出た。灯火管制違反で逮捕された最初の二人は日本人であり、また、日本国籍所有者に対する金銭支払いが禁止されたため、日本生まれのホテル経営者たちがホテル居住者から宿泊料を徴収するのは違法であると宣告された。

金は好子にとっても問題になってきていた。木曜日、光子は彼女と一緒に日米銀行に出かけていった。吾郎はここに勤めていて、夫妻の金も大半はここに預けてある。行ってみると、扉には鍵がかかっていて、入館を違法行為として禁じる財務省長官名義の張り紙があった。レーニア銀行に行くと、敵性外国人としてあなたの口座は差し押さえられているので引出し限度額を政府が定めるまでお金はいっさいお出しできませんと好子は言われた。

金曜にやっと、移民局にいる吾郎から葉書が届いた。元気だ、着替えとひげ剃り道具が要る、それだけだった。同じ日、シアトルの水辺地区《ウォーターフロント》で中国人港湾労働者の首切り死体が見つかり、警察は犯行動機を特定できず、日本人と間違えられたのではないかと推測した。何時間も経たぬうちに、中央の白い帯にCHINESEと大文字で大書きした赤白青のバッジが多くのアジア人の服の折り襟《ラペル》に見られるようになった。

一週間後、留置された日本国籍所有者たちが面会を受ける許可が下りた。トムは教会の仕事で留守だったので、好子と光子はビリーを連れて移民局へ出かけていった。そこは暗い、気の滅入る建物で、狭い廊下を経由して面会室へ通されるなか、彼女たちの足音が殺風景な壁に反響した。吾郎は上着なしのシャツ姿で、ふさぎ込んで疲れた様子で面会室に入ってきた。彼は面会者たちに深々とお辞儀し、彼女たちも礼を返した。そうして吾郎はビリーを抱き上げ、ぎゅっと抱きしめた。

「もうじきここを出ることになる」一同が黒っぽいオーク材のテーブルを囲んで腰を下ろすと吾郎は言った。

好子がぱんと手を叩いた。「よかった！」

だが吾郎は笑顔を返さなかった。「全員、モンタナの仮収容所に送られるんだ」

光子の耳にそれは、日本の思想警察が各地で運営する「保護観察所」のように聞こえた。そこでは正統でない思想を持った「患者」が、己の真の日本性を悟るまで「治療」を受けるのだ。

好子はハンカチに顔を埋《うず》めて泣いた。

「みんなで五十人くらいいる。全員、要職に就いている日本人だ」吾郎は言った。「行く前に審査がある。僕を釈放していいかどうか、移民局の要職者、地区検事長、ＦＢＩが決めるんだ。僕がこの国にとって脅威でないと保証した手紙に、白人の友人たちに署名してもらわないといけない」。彼は力なく微笑んだ。「僕をアメリカ国民にしてくれていたら、彼らにとってこんな脅威なんかにならなかったのに」

＊

その夜、トムは野村家に来て、光子、好子と夕食を共にした。自分の殻にこもった様子で、今日はビリーの四歳の誕生日だということも言われるまで思い出さなかった。思い出してもにこりともしなかった。

夕食の席で好子が言った。「吾郎は銀行業界に白人の友人がたくさんいます。日曜学校を手伝ってくれているミス・ネルソンたち白人女性もきっと署名してくれます。あとはパスター・トム、あなたから宣誓供述書をいただけば、きっと出してもらえます。クリスマスには家に帰ってこられます」

「サンタクロース！」もうさっきご飯を済ませて、光子が彫ってくれた新しいトラックで遊んでいたビリーが叫んだ。女たちはビリーを見て微笑んだ。

「ねえビリー、クリスマスに何が欲しい？」好子が声をかけた。「吾郎伯父ちゃんがなんでも好きなもの買ってくれるわよ」

「ネコ！」とビリーは迷わず日本語で言い、炉棚に載った磁器製の猫を指さした。「あのネコが欲しい。一緒に寝たい」

ビリーの執念深さに、好子も光子も大笑いした。

家に入ってきて以来、トムはほとんど一言も口にしていなかった。そして今、ナイフとフォークを置いた彼は、陰気な視線を義理の姉に据えた。「ヨシコさん」とトムは言った。「今まで一度もお訊ねしたことのないことを、今お訊ねします。どうか、心底正直に答えていただきたいのです」

好子の目が大きくなり、トムと同じく彼女も銀器を下ろした。「なんでしょう、パスター・トム？　もちろん私、いつだって心から正直にお話ししています」

光子は姉を見て夫を見た。胸に重いわだかまりが湧き上がった。

「キリストを証人として、あなたはあくまで誠実に言えるでしょうか、真珠湾が起きることを知らなかったと？」

「トム！」光子が叫んだ。「何を言ってるの？」

「ミツコ、お前は黙っていなさい。これはヨシコさんと私との話なんだ」

光子はテーブルからぐいっと後ろに下がった。「どうしてそんなことが言えるの？」

「静かにしなさい。ヨシコさんに喋らせるんだ」

好子は蒼ざめていた。頭が前に垂れ、両手はバランスを保とうとするかのようにテーブルの天板に押しつけられていた。「神に誓って言います――」と好子はささやき声で答えはじめた。

「駄目よ！」光子が叫んだ。「答えちゃ駄目！――トム！　どうしてそんなこと訊けるのよ？」

「ミツコ」トムはゆっくり重々しく言った。「お前の夫が黙れと命じたのだぞ。これが私にとって楽なことだと思うか？　ＦＢＩが私の妻の義兄を逮捕したんだ。それなりの理由があるにちがいない」

「吾郎さんがスパイだって言うの？」光子は訊いた。

「私は何も言っていない。私にはとにかくわからないと言ってるだけだ」

「わからない？　相手は吾郎なのよ、トム。吾郎さんと好子なのよ」

「それはわかってる、でもお前、人がなんと言ってるか知らないのか？」

「ええ、人がなんと言ってるかは知ってるわ。何百人もの日本人が歩み出て、この国への忠誠を誓ってる。白人系の新聞も、その気持ちを信じると言ってる。なのにあなたは——」

「彼らが忠実だということはわかってる。二世たちのことを私以上に知っている人間がいるかね?」

好子が頭を上げた。「でもあたしは二世じゃないってことですか?」

「そういう意味じゃない」とトムは言った。「とにかくあなたの口から聞きたいだけです」

「知りませんでした」好子は落ちついた声で言った。

「で、ゴローは?」

「トム——」

「ミツコ、黙れ!」

「いいのよ、みっちゃん。吾郎はとても悲しんでいます、パスター・トム。この国の市民になれていたら、とただそのことを残念がっています。吾郎は私に劣らずアメリカを愛しています。スパイではありません」

「ありがとう、ヨシコ」とトムは言って、慰めるような笑みを浮かべた。「それだけ聞きたかったんです」

「ではこれで、パスター・トム」好子は同じ静かな諦念を帯びた声で言った。「この家から出ていっていただけますか?」

眼鏡に映った、天井の照明の透明な反射光の奥で、トムの青い目がギラッと光った。何も言わずに、彼はテーブルの上の皿のかたわらにナプキンを置き、席を立った。そして光子を見たが、彼女は両腕を組んで顔をそむけた。

「そうか」とトムは言った。テーブルを離れながら、床に座り込んだビリーに声をかけた。「さあ行こう、坊主。コートを着なさい」

子供はさっきから大人しく、心配そうな顔になっていた。そしていま彼は立ち上がって光子の許に駆けていき、彼女の座った椅子の陰で縮こまった。

トムは光子を、それから好子を睨みつけた。二人の前に立って、これが見納めという顔で部屋の中を見渡した。それからゆっくり、慎重な足どりで玄関まで歩いていき、ドアを開けながら一度ふり返って二人を見てから、敷居をまたいで出ていった。

16

西海岸に住むすべての日本人をただちに内陸の奥地へ移すことを私は支持する。私は個人的に日本人が嫌いだ。日本人全員がである。敵の感情を害するのでは、などと気に病むのはやめてさっさと取りかかろうではないか。

——コラムニスト　ヘンリー・マクリモア

日本人は最後の一人に至るまで監視下に置かれるべきである。人身保護令状などどうでもいい。

——コラムニスト　ウェストブルック・ペグラー

すべての在留日本人はこのコミュニティから追い出されるべきだ。また、アメリカ国民である日系人も、より綿密かつ網羅的な取調べを受けるべきだと私は強く確信する。

——サンフランシスコ市長　アンジェロ・J・ロッシ

偉大なるわが国家において、後方攪乱やサボタージュ行為がこれまでいっさい報告されていないことはきわめて意味深長であると私には思える。真珠湾の背景もここにある。この地域の軍事司令部に、わが国の安全にとって明らかに肝要なことを実行するよう促すべきだと私は考える。

——カリフォルニア州司法長官　アール・ウォレン

ジャップに生まれれば死ぬまでジャップ。ジャップを更生させるなんてありえない。自然の法則をひっくり返せないのと同じことだ。

——ミシシッピ州選出下院議員　ジョン・ランキン

日系人が理論上はアメリカ国民であることなど問題ではない。それでもやっぱり日本人なのだ。紙切れ一枚与えたところで変わりはしない。ジャップはジャップだ。

——陸軍中将　ジョン・L・デウィット、西部防衛司令部司令官

一滴でも日本人の血が混じっていたら収容所に行かねばならない、私はそう確信する。

——陸軍大佐カール・R・ベンデツェン、戦時民間管理局局長

ジャップは鼠のように生き、鼠のように繁殖し鼠のようにふるまう。奴らが私たちの州の土地を買ったり借りたり私たちの州に永住したりすることを私たちは望まない。私は奴らがアイダホ

に入ってきてほしくないし、日本相手の戦争に行った私たちの若者が空けていった私たちの大学に奴らが居座ってほしくない。

――アイダホ州知事　チェース・クラーク

日本人は詐欺、欺瞞、通謀によってアメリカにいるのだ。

――シアトル在住出版業者　ミラー・フリーマン

敵にもっとも近く、最初の攻撃地点となる可能性がある我々は、忠誠なる国民に対する責任を負っているのだ。

――ワシントン州知事　アーサー・ラングリー

三十年、四十年前にこの地に来た日本人の多くは誰にも劣らぬ忠実な国民だが、たとえアメリカ生まれの日系人であっても、一部の者はおよそ忠誠心のかけらもない。この地でいまだ破壊行為が起きていないのは、東京によって明確に抑制されているからにすぎない。

――シアトル市長　アール・ミリキン

＊

大統領令９０６６

戦争の然るべき遂行には諜報活動と破壊行為に対する可能な限りの防御が必要とされるゆえ、合衆国大統領としての、及び陸海軍最高司令官としての権限を行使し、私はここに、いかなる人物の立入も禁じた軍事地域を指定することを陸軍長官に命ずる。これより陸軍長官は、かくして立入を禁じられた地域に居住する住民に、必要に応じ交通手段、食糧、住居等の便宜を図る権限を与えられる。

フランクリン・D・ローズヴェルト
ホワイトハウス
一九四二年二月十九日

*

「トム、すぐ来てほしいのよ」

「また金がないのか？」

「ニュース聞いてないの？　今週ずっと忙しくて、説教を準備する時間が今日と明日しかないんだ」

「待てないのか？　すぐ好子のところに来てちょうだい」

「トム、お願い。緊急なのよ。私はあなたに言われたことをすべてやりました。私たちが抱えている問題のことを誰にも話していません。毎週日曜はあなたについて教会に行きました。でもこの日曜は別です。どうしても来てもらわないと」

「私を脅迫しているのか？」

「脅迫？　何のこと？」

「今度の日曜、お前が教会に来なければ信徒たちから見て私の印象は悪くなる。そうしたいのか？」

「違うわ。どうしてそんな――」

「そうしたいなら言っておく。私はそんなこと、少しも恐れていないからな」

「トム、ちょっと待――」

彼女がそれ以上言う間もなく、相手は電話を切った。

役立たずになった受話器を光子は呆然と見つめていた。それから彼女は受話器を置いて、「姉さん、私トムと話しに教会へ行く」と声を上げた。

好子がキッチンから顔を出した。「どうしたの？　向こうから来てくれないの？」

「あっちで話すしかないわ。しばらくビリーを見ていてちょうだい」

光子は薄手のレインコートと歩きやすい靴を履いた。バスが停まってくれなかったら歩いて行く気だった。

まずマディソンを、次にブロードウェイを歩きながら、大気中にわずかな肌寒さが感じられたが、陽は出ていたし、じきに彼女はコートの上の方のボタンを外すことになった。同じ厚紙の掲示を貼った店を五、六軒通ったにちがいない――"JAP Hunting Licenses Sold Here"（ジャップ狩猟許可証あります）。印刷された二本線で"Sold Here"が消してあって、その下に"Free!"（無料）と書いてある。アメリカ人は大したユーモアのセンスの持ち主だ。

この三年間、彼女にとって礼拝の場であったくすんだ色の煉瓦の教会に光子は近づいていったが、それがいつも約束してくれた静謐の感覚は、いまや恐怖の念に取って代わられていた。階段をのぼって二階に上がり、陰気な廊下を早足で歩いていった。大理石の床を彼女のヒールが打つこつこつという柔らかい音だけが、建物じゅう唯一の生命のしるしだった。トムの執務室のドアの前で彼女は一瞬立ちどまり、耳を澄ましたが、中には誰もいないようだった。やがて彼女はノックした。

「はい？　どうぞ」とトムの太い、優しい牧師の声が聞こえた。

光子はためらうことなく把手を回し、ドアを押して開けた。トムは机の向こう側、窓に背を向けて座り、罫の入った紙の束の上でペンが止まっていた。光がその周りに注ぎこんで、彼をシルエットで包んでいたが、顎がぎゅっと締まっているのが光子には見えた。

「忙しいと言っただろう」とトムは言った。

「そんな場合じゃないのよ」彼女は力を込めて言った。「あなたまだニュース聞いていないの？」

「ラジオを聞いてる暇なんかない。私は説教を書こうとしてるんだ、それをお前が邪魔ばかりして」

彼女はドアを閉めて、背の硬い椅子に、夫と向きあって座った。影に包まれたトムの周りに窓から流れこむ光は、目もくらむほどまぶしかった。

「デウィット将軍が今日また声明を出したのよ。いままでよりもっとひどい内容の。今度は、自主退去の期限は三月二十九日だというのよ。あとたった二日よ、トム。日曜日よ」

トムは何も言わずに光子を見た。

「どういうことか、あなたにはわからないの？　いますぐ私をどこかに連れていってくれなかったら、私は拘留されるのよ。私たち、日曜までにここを出るしかないのよ」

「出るって、どこへ？」トムがやっと訊いた。

「どこでも」彼女は言った。「カスケード山脈の東ならどこでも。私たちが第一軍事地域から出られさえしたら」

「私たち？」とトムは訊いた。

「あなたと私よ、トム。そしてビリーも」

「それとヨシコも？」

「もちろん好子も」

「それと、街を出るころには、ヨシコの友人や親戚全員と、シアトルの日本人人口の半分かね」

「いいえ、好子だけよ、連れていくのは」

歩いてきたせいで体が温まった光子は、コートのボタンを外し、脱ごうとして椅子の上で身をよじらせた。

トムが片手を上げて、「やめろ。魂胆はわかっているぞ！　お前の言葉に私が抵抗しているから、肉体で誘惑する気なんだ」と言った。

彼女はコートとの格闘をやめて、口をあんぐり開けて呆然と相手を見た。「だとしたらどうなの？　それってそんなにひどいこと？　トム、私はあなたの妻なのよ。私たちはもう三か月もひとつになっていない。私たちがまたひとつになれたらと私は願っているのよ。これが私たちの最後のチャンスなのよ。いま荷造りを始めれば、日曜に間に合うわ。あなたとビリーと私とで、前と同じように暮らせるのよ。それだけが私の望みなのよ。吾郎さんが釈放されたらすぐ、好子も彼と一緒になれるわ」

トムの顎と額の血管が浮かび上がった。初めて教会で見たときは、これが彼の説教に切実さを与えているように思えたものだが、いまその膨れ上がった血管は、皮膚の下を這い回る芋虫を思わせた。

「どうしてゴローが釈放されると思うんだ？」

「あの人は何もしていないもの」

「どうしてお前にわかる？　どうして私にわかる、お前が――」

涙が頬を流れていたが、彼女はそれを拭おうともしなかった。「トム、自分の言葉が聞こえてるの？　あなたは私を愛してくれていると思ったのに！」

「不思議だよな」トムは苦笑いを浮かべながら言った。「私もそう思っていたよ」

彼女は椅子に沈みこんだ。「じゃ、私たちがキリストの名において交わした誓いは？　あれはどうなの？」

「私に向かってキリストのことを言うな！　お前にキリストのことを言う権利などないぞ」

彼女は悲しげな笑みをトムに向けた。「あなた怖くないの、息子を悪魔の手に委ねていて？」

どん、とトムがげんこつを机に叩きつけ、それから立ち上がり、その影が上から彼女を包みこんだ。トムが机を回りこんで自分の側にやって来て、片腕をつき出すのを彼女は見た。彼女は手で顔を覆ったが、殴打は飛んでこなかった。代わりにトムはハンガーから自分のコートを剝ぎとり、ドアを乱暴に開け、そばの書類キャビネットにドアが激突した。

彼の足音が廊下を遠のいて階段を降りていくのが聞こえた。道路に面したドアが閉まると、静寂だけが残った。

これでもう終わりだ。光子はそこに座ったまま、建物のうつろさに耳を傾けていた。ビリーの持ち物をまとめる時間がトムには必要だろう。ビリーが自分の人生から奪いとられるときにいないで済むことがせめてもの救いだ。

さらに何分かが過ぎていった。

立ち上がって、のろのろと部屋を出て、階段を降りた。外へ出る代わりに、廊下を曲がって、礼拝の場に入っていった。ドアが開くぎいっという音が空っぽの教会内に響いた。彼女はふらふらと通路を下っていき、トムが毎週日曜に立っている祭壇を見上げた。

最前列の席に腰かけて、説教壇の上に掛かった十字架をしげしげと見た。あれは何の木で出来ているんだろう？　たぶん桜か何かの硬木《こうぼく》だ。磨き上げた表面と、くっきりまっすぐな縁とに目を走らせているうちに、職人たちの姿が思い浮かんだ。木を切って、型を作り、部分同士を糊づけしてつなぎ、仕上げのラッカーを何層も塗って丹念にこすり、磨き、ついには隠れていた木目の線が浮かび上がってくる。彼女の頭の中で、職人たちは日本人だった。彼らは技術を駆使し、根気強く仕事に励み、その両手、その心を、木が内に秘めた生命に献げていた。

その十字の木が、彼女の前に、剥き出しの美しい姿で掛かっている。彼女の右手がゆっくり上に動き、胸に触れている冷たい金属の十字架を包みこんだ。ぐいっと引っぱると、首の鎖が外れた。彼女は自分の目を、木の十字架から、わが手の生きた肉の上に載った金の十字架へと動かしていった。鎖の両端が、スカートの上に垂れていた。彼女はゆっくりと手をひねり、その金属の物体が否応なく手のひらの縁の方へ滑っていくのを見守った。それは天に昇って行きはしなかった。重力によってそれは縁を越え、彼女の膝に落ちて、彼女が立ち上がると、外れたボタンか硬貨のようにかたんと音を立てて床に落ちた。もう一度木の十字架を見てみると、それを壁に固定している巨大なボルトが見えた。それから光子は踵《きびす》を返し、礼拝の場から出ていった。

17

「お願いよ、みっちゃん。一人で行きたくないわ」

「私、もう二度と教会に入らない」光子は野村家のリビングルームのカウチに寝そべったまま言った。

「そんなこと言っちゃ駄目」好子が警告した。「いまこそあなたには神様が必要なのよ。パスター・トムに会いたくなかったらバプテスト教会に行けばいいわ。アンドルーズ牧師、素晴らしい方よ」

「明日ベインブリッジ島の日本人が連れていかれる。どうやって助けてあげられるかしら？　助けたいのよ」

「あたしたちにできることは何もないわよ、みっちゃん。あの人たちのために祈ってあげることだけよ——そしてあたしたちのために」

「姉さんは祈ればいいわ」光子は言った。「黙ってて、私、考えてるんだから」

好子は教会に出かける支度を終えに寝室へ行った。家を出る前に、もう一度光子のそばに来た。

「そうやってただ寝転がってて何になるの？　そんなことしてもビリーは帰ってこないわ」

「ビリーのことは考えないようにしてるのよ」

「ならあたしも手伝えるかも」と好子は持ちかけた。

「姉さんが？　どうやって？」

「花森牧師に話してみるのよ」

「駄目よ！」光子はがばっと起き上がった。「誰にも言っちゃ駄目」

「だって……」

光子は立ち上がって、姉の肩に片手を置いた。「出かける前に約束してちょうだい」

「あの人ならあんたとトムをもう一度……」

「絶対駄目よ。私の言ったことに背いたら、誓って言うわよ、この家から出ていって二度と姉さんに会いませんからね」

「お願いよみっちゃん、そんなことされたらあたし、みんなに合わせる顔がないわ」

「じゃあ私のやりたいようにやらせてよ」

好子は唇を噛んでうなずいた。とうとう、つば広の帽子をかぶって、出かけていった。

光子は正午までの時間をカウチの上で過ごした。何もない天井を背景に、ビリーの澄んだ青い目が愛情のこもったまなざしで自分を見ているのが見えた。子供を誘拐された母親はきっとこんな心持ちがするにちがいない。いまでも祈る気になれる事柄があるとすれば、父親との暮らしにビリーがまたすぐ慣れますように、ということだけだ。自分の心の一部分が破りとられたのであり、それを癒せるものがあるとすれば、ビリーが彼女なしでも生きられるようになったと、何らかの形で知らされることだ。彼女をカスケードの東へ連れていくことをトムが拒んだ時点で、自分とビリーは別離の運命に追いやられたのだ。

好子が教会から帰ってきたころには、光子の計画は形をなしはじめていた。部屋の中を行ったり来たりしながら、自らベインブリッジ島に行って家を追われる人たちを助けるという意向を光子は宣言した。

「だってベインブリッジになんて行けやしないわよ」好子は反論した。「沖合にすくなくとも十五キロは出ているもの。あたしたち家から八キロ以上離れちゃいけないことになってるのよ。だいいち、八時の外出禁止令を守ろうと思ったら、行ったらすぐ帰ってくるしかないわよ。それにもし捕まったらあんた牢屋に入れられちゃうのよ」

「私には牢屋が相応かも」と光子は言った。でも、せめてベインブリッジ島の住人たちがフェリーで連れてこられたときに絶対自分はそこにいよう——そう彼女は心に決めた。

*

翌日光子は早起きして、好子が起きてくる前に家を出ようとした。食事を出してくれるレストランが見つからないかもと危惧して、コンロに載った釜から冷や飯をすくい取り、梅干しと一緒に食べた。まったくなんの音も立てずに済ませた自信があったが、箸が茶碗に当たったとたん、フランネルの夜着を着た好子がキッチンに入ってきた。

光子の行き先を聞いた好子は大声を上げた。「駄目よ、あんたの命が危ないわよ。二世の何人かが銃の放棄を拒んでるそうよ。下手すれば暴動になるわよ」

好子の警告を聞いて光子は不思議とわくわくしてきたが、いざ行ってみると、その朝のシアトルの波止場に好子の懸念を裏付けるようなものは何ひとつなかった。大きな灰色の倉庫がアラスカン・ウェイの道路沿いにそびえるように並んでいる。肌寒い空気には海の匂いがあふれ、ときおりの微風が咳止め薬のようなクレオソートの匂いを埠頭から運んできた。カモメたちが頭上で輪を描き、澄んだ、甲高い声を上げた。

陰鬱な行進を見に集まった人波に光子も仲間入りするなか、薄気味悪いほどの静寂があたりに広がっていた。何千人もの見物人が、コールマン・フェリー埠頭から道路を渡った向こうの、青いプルマン客車の待つ引込み線路までの道筋をもっとよく見ようと押しあいへしあいしていた。一度に歩みの揃わない、妙にくだけた感じの、地味なコートと帽子を身につけた行進者たちが、二十五人か三十人ずつアラスカン・ウェイを横断し、その多くが悲しげに微笑んで群衆に向かって手を振った。その頭上、マリオン通りから高い歩道橋が伸びていて、狭い通路は興味津々の白い顔で埋めつくされていた。行進する従順な集団それぞれの前後に配された軍服の兵士たちだけが場違いに見えた。ライフルを構えの姿勢で持ち、銃剣の位置も固定したこれら若者のうち、何人かは目に涙を浮かべていた。群衆からは光子が予期していたようなあざけりの声も少しは聞こえたが、全体を包む善意のなか、それらは奇妙にうつろに響いた。

パレス牡蠣《かき》水産の前に駐車した一台の車のバンパーやステップに乗った白人の少年五、六人が、行進していく子供たちに弱々しく手を振ると、何人かは手を振り返したが、大半はうつむいて鼻をすすっていた。

自分たちの友人が入っているグループが道路を横断してプルマン客車に乗りこむと、少年たちの徒党は車から飛び降り、人波をかき分けて列車の方へ向かった。光子はその動きを目で追ったが、突然、高校生くらいの、背の高い金髪の少女が一人、兵士たちの警戒線をつき抜けて道路の真ん中に駆け出てきたのでしばしそちらに目を奪われた。抑えようもなく泣きじゃくった少女は一人の日本人少女に後ろから抱きついて、危うく彼女を押し倒してしまうところだった。日本人少女は顔を両手に埋《うず》め、いっこうに友の方をふり返ろうとせず、やがて一人の兵士がそっと金髪の少女を引き離して道路脇へ導いていった。

少年たちのことが依然気になって、ひしめき合う雑踏を光子はじわじわかき分けて進み、彼らが行きついたと思われる、列車のそばの地点をめざした。少年たちは道路の上に立って、誰一人旅を喜んでいない乗客たちの顔を見上げていた。

列車の窓は開いていて、中にいる何人かはほろ苦い笑みを浮かべて別れの言葉を叫んでいた。誰もが目を濡らしていたが、一人ごく幼い男の子だけは、母親にアメリカの国旗を握らされ、手伝ってもらってそれを振っていた。そうした人々の背後、奥の暗い方に座った乗客たちの横顔も光子には見えた。彼らは外を見ようともせず、大半はうなだれて背を丸めていた。

「お前はいまも島一番のバッターだよ、テツ！」と光子のすぐ隣に立っている黒髪の少年が言った。

テツと呼ばれた少年は窓際の座席に膝をつき、力こぶを膨らませ、下唇をつき出してみせた。そんなおどけた仕草と、励ましの叫びがしばらく続いたが、やがて耳をつんざくような汽笛の音が轟いて、群衆の中を怯えの波が貫くと、落ちつかなげなクスクス笑いがあとに続いて、それから、列車ががくんと揺れてついに動き出すと、あちこちからハッと息を呑む音やむせび泣く声が上がった。白人少年たちの徒党は列車と並んで駆け出し、列車がスピードを上げるとともにどんどん速く走っていったが、やがて列車に置いていかれて、立ちどまった。

列車が去っていくまで、波止場の不気味なほどの静寂はつかの間かき乱されていたが、やがてまたカモメたちが鳴きだし、湾の方から引き舟の汽笛が響きわたった。

光子はその場にとどまり、小声で呟きあう人波が散っていきはじめても、少年たちが戻ってくるのを待った。そばかす顔の赤毛の少年が一人、彼女のそばを通りすぎながら「カッコいいピンボールマシン」のことを熱心に語っていたが、その目の下に、汚い手で涙を拭いたのだろう、泥水のような跡があるのを光子は見てとった。

今日彼女がこの波止場に来たのは、血まみれの抵抗を見たいという気持ちもひそかにあったのであり、ベインブリッジの囚人たちの大人しさにはじめはしばし軽蔑を感じた。が、群衆の一部から浴びせられた卑劣なあざけりも彼らは無視し、彼らと何か肯定的なものを分かちあおうとやって来た人々だけに目を向けていた。その姿に、光子はひどく心を動かされた。ここには何か価値あるもの、何か育み、守るに値するものがある。それが何かはわからなかったが、自分もその一部でありたいと光子は思った。自分の居場所は彼らとともにある。いままで光子は、銃で脅かされて鉄条網の内側で暮らすよう強いられることをただひたすら恐れていた。だが突然、彼女の心の中の何かが、それを歓迎した。愛しいビリーと暮らせなくても、かつてビリーとトムとともに得た幸福が終わってしまう運命だとしても、自分にはまだ何かが残されているのだ。

光子が無傷で帰宅すると、好子は母親めんどりのように大騒ぎし、あれこれ世話を焼いた。不思議と元気づけられた経験を光子は語ろうとしたが、唯一好子の頭に入っていくのは、武装兵士がいたということだけのようだった。

「万一日本人の女の子が、人波の端にいる金髪の友だちに駆け寄ったとしたら？　撃たれたかしら？　光子、あたしすごく怖い。いつあたしたちの番が来るのかしら？」

「そうよ」光子は声をひそめた。「いつ私たちの番が来るか？　不意をつかれちゃいけないのよ、島の人たちみたいに」

「不意をつかれちゃいけない？　光子、どういうこと？」

「心配しないで」光子は請けあうように笑った。「まだ時間があるうちに、姉さんたちの財産をしまっておく場所を探さなきゃいけないってことよ。しまっておけないものは売るのよ」

「売る？」恐怖と混乱に包まれて好子はあたりを見回した。「ああ、吾郎がいてくれたら」

「義兄《にい》さんはここにいないのよ、私たちでやるしかないのよ。この家、いくらの価値があると思う？」

「駄目よ、みっちゃん。この家売るなんて！」

「まあじきわかるわよ」光子は落ちついた声で言った。

＊

翌日好子は、吾郎の解放を求める署名をしてくれた友人や仕事上の知人たちに電話をかけはじめ、屋根裏や地下室に収納スペースが余っていないかを訊いた。彼女が電話に明けくれるあいだ、光子も近所を回って同じことを訊ねた。鼻先で乱暴にドアを閉められたことも何度かあったが、三軒先の老ハリソン氏などは、お留守のあいだお庭も手入れしておきますよとまで言ってくれた。

朗報を携えて急いで家に帰ると、玄関に小さい靴が一足あるのを見て光子は愕然とした。

「ミツ！」聞き慣れた甲高い叫び声が聞こえ、気がつけば彼女は両膝をついてビリーを抱きかかえていた。力一杯彼を抱きしめ、目をぎゅっと閉じ、開けたら彼が消えてしまうのでは、とほとんど怖いくらいだった。けれどやがて、抱きすくめられたビリーの小さな体がもぞもぞ落ちつかなげに動きはじめた。彼女は腕を伸ばしてビリーを立たせ、その姿を見てみた。失望が彼女を襲った。ビリーは青白く、見るからに痩せて、左の頬には青緑色のあざがあった。

彼女は立ち上がり、憤怒の念に駆られてトムを探した。

好子がそこに立って、首を横に振っていた。「この子をここに捨てて、帰ったわ」と好子は言った。「あんたが育ててくれって。ビリーったら泣くばっかりで、食べようともしないんですって。あんたがこの子に呪いをかけたんだって言ってたわ。まあそうかもね」

「どういうことよ」

「ちょっと言いにくいんだけど」好子の唇にうっすら笑みのようなものが浮かんでいた。「あのね、パスター・トムを嚙んだのよ」

「え？　誰が？」
「ビリーが、噛んだのよ。思いっきり。あたし見たわ。トムの手に歯の跡がつくのを。皮膚が破けたと思う」。好子は今やニタニタ笑っていた。
「冗談でしょ」と光子は言った。「ううん、冗談じゃないのね？　ほんとに噛んだのね？」。光子も我知らず微笑んでいた。姉妹二人はたがいの顔を見て、ゲラゲラ笑いだした。

18

四月二十一日火曜日、シアトルに住むまず一地域の日本人が、市外退去のためピュアラップの州営屋外市会場に集合するようにとの命令が発せられた。まずは日本人人口が一番多い、ビーコンヒル地区の住民が対象となった。人々は身辺整理のための時間をちょうど一週間与えられた。一人につき、衣服を入れたスーツケースを二つと寝具を入れたズック袋を一つ持っていくことが許された。

たちまち近隣一帯でヤードセールが始まった。光子と好子とビリーは、毎日南行きのバスに乗ってビーコンヒルまで行き、預けていけない持ち物を売ろうと悪戦苦闘している母親たちを助けて子守りや売り子役を買って出た。

ヤードセール最終日の、二十七日月曜日の午後遅く、雲が街の上空に低く垂れこめていた。光子は岸綾子夫人の小さな四角い家の前の歩道で、テーブル——といってもドア板をミカン箱二つの上に載せただけだが――のかたわらで折畳み椅子に座っていた。岸夫人本人もすぐ横に立ち、大きく束ねた灰色の髪のほつれ毛をひっきりなしに引っぱっていた。もともと決して逞しい方ではなかった夫人は、この一週間で骨と皮になり果てていた。髪を引っぱろうと腕を持ち上げるたび、尖った肱の角が血色の悪い皮膚を突き破ってしまいそうだった。

黒い帽子をかぶってハンドバッグを持った、背の高い黒髪の白人女性がテーブルの上にかがみ込み、がたがたのテーブルの上に売れ残った皿の山に混じった陶磁器の人形を指先でもてあそんでいた。ほぼ三十センチの高さがあるその人形は、磁器というより彫刻だった。笑顔を浮かべた寄り目の男の子が腰を曲げ、伸ばした両腕の先に、ほとんど自分と同じ高さのひょうたんを抱えている。大きく広げた彼の両脚にはさまれた緑のヒレをばたつかせている巨大なナマズの頭を、男の子はそのひょうたんで押さえつけていた。明るい赤、青、緑の花柄に彩られた磁器の滑らかな白い表面には、ごく細かいひびが網目のように走っていて、この品が相当な年代物であることを物語っていた。

「これは何?」白人女性は顔も上げずに訊いた。

「ひょうたんなまずです」と岸夫人は答えた。「英語は知りません。昔の日本の言葉です。ぬるぬるの魚を、ひょうたんで押さえつける。そんなことできません。押さえられません」

「五ドル出すわ」女はぶっきらぼうに言った。

「これはとても古い品です。百年以上前です。五十ドルで売りますが、もっとずっと値打ちがあります」

「この品で五ドルってことじゃないわ」女は言った。「テーブルの上のもの全部で五ドルよ」。そしてさっと岸夫人に目を向けた。

痩せ衰えた日本人女性は甲高い忍び笑いを漏らし、顔全体に引きつった笑みが浮かんだ。それから彼女は光子の方を向き、日本語で訴えた。「この人に言ってくださいな、これは柿右衛門の磁器なんだって。私の曾《ひい》お祖母様の代から伝わっている、とても貴重な品なんだって」

だが光子が何かを言う間もなく、白人女性が割りこんできた。「さっさとしてちょうだい、こっちは忙しいのよ、うちへ帰って主人の夕食を作らないといけないのよ。あんたたち明日出ていくんでしょ、もうじき日が暮れるわよ。五ドルならいまあげるわよ」

あたかも冷たい突風が山から吹いてきたかのように、岸夫人がぶるぶる震えだした。白人女性を見る夫人の頭が、はじめはほとんど目につかぬくらい細かく揺れていたが、じきに激しく震えだし、それとともに手が伸びて、ひょうたんを持った磁器の男の子を摑んだ。骨ばった腕がさっと上がって、動物のような恐ろしい金切り声が喉からほとばしり出た。夫人は力一杯、人形を歩道に叩きつけた。白い破片が四方八方に飛び散った。

「嫌!」と彼女は叫んだ。「嫌! 嫌! 絶対嫌!」

次の瞬間、彼女のひょろ長い両手が元はドアだったテーブルの縁を摑んで、ぐいと持ち上げ、きらきら光る一連の磁器が滝のようにがらがらと、歩道の白人女性の足の周りに落ちていった。

「あんた、頭がおかしいのね!」女性は悲鳴を上げてよろよろあとずさり、危うく道端の溝に落ちるところだった。「警察呼んで逮捕させるわよ!」

「逮捕? 逮捕?」岸夫人は泣き叫んだ。「あたしもうとっくに逮捕されてるわよ!」

かがみ込み、割れていない皿を摑んでは舗道に叩きつけている岸夫人を、光子は抑えようとした。激しく上下する肱の片方が光子の肋骨に当たったが、夫人は気づいてもいないようだった。光子は痛さに顔をしかめて後ろに下がった。暮れゆく光の中、美しい皿たちが無数の白い破片と化していくのを光子はなすすべもなく見守った。

*

翌朝ふたたび、光子、好子、ビリーはバスに乗って南へ向かったが、今回の行き先は八番街とレーンの角、日本人街の只中の殺風景な交差点である。退去を命じられた者たちは八時にここへ集まるよう言われているのだ。

「雨が止んだのがせめてもの救いね」光子は言った。

「神様に感謝しなくちゃね」好子が答えた。

「まあそうね、いちおう神様にも何かは感謝しなくちゃね」

「やめてよ、光子！　あんたもう、罪のない物言いも放っておけなくなってしまったのね。あんたを捨てたのは神様じゃないのよ、ただの一人の男なのよ」

まさにその男が八番とレーンの角に集う群衆の中にいるのでは、と光子は気がかりだった。できることならトムと顔を合わせるのは避けたかったが、教会の信徒たちの大半が出発するのを見逃したくはない。そのくらいの不快は我慢する気だった。

混んだバスの中で、光子はビリーと手をつないで立ち、周りの白人の乗客たちの険悪な視線を無視しようと努めていた。なんだって吾郎は、自分の富を見せびらかそうと、わざわざ日本人の生活の中心から外に出て、こんな憎しみに満ちた人たちのいる地域に家を買ったりしたのか？もしビーコンヒル近辺に家を買っていたなら、今週送り出される人たちの中に混じっていたはずであり、この耐えがたい宙吊り状態も終わりを迎えるはずなのだ。だが今は、登録して荷物をまとめろという命令がいつ来るかさえわからない。

道が混んでいるせいでバスはなかなか進まず、ディアボーン通りまでたどり着いたのは八時半近くだったが、角を曲がったとたん、出発を見逃してはいないことが光子にはわかった。何百人という日本人が、レーン通りの一画にひしめいている。たいていの人は折り襟に紙の札を着け、やはり札のついたスーツケースやズック袋の黒っぽいでこぼこの山に囲まれ座っているか立っているかだった。軽い風が吹いてきて、人間や荷物から下がった札を揺らし、紙の札に書いてあるのは名前ではなく番号であることが光子には見えた。

退去者たちの服装はてんでばらばらだった。ハイヒールにハイキングブーツ、サンダルにゴム製オーバーシューズ、絹のスラックスにウールのドレスにダンガリーにギャバジン、カーディガンに毛の裏地のパーカ、コートにビジネススーツに雨合羽にパラソル。

光子たちのそばに立っているある若いカップルは、新しいスキー服をさっそうと着こなしていた。光子が彼らの方を指さして姉に知らせると、好子は「あら！　ハワードとリンダの堂本夫妻だわ。二週間前に教会で結婚式を挙げたばかりよ」と叫んだ。そして若い男の腕に触れ、一礼して、よい旅になりますように、と心からの言葉を発した。私も妹の光子もじき「パイル＝アップ」でご一緒になりますから、と好子は彼らに請けあった。

男もひょいと頭を下げて、「『ピュー＝アラップ（Puyallup）』ですよ、ミセス野村」と言った。「綴りは発音とぜんぜんつながりがないんです。でもありがとうございます。ピュアラップでお目にかかるのを楽しみにしています、と申し上げていいんでしょうね」

「あら、ピュアラップなのね」好子は言った。「まあじき嫌でも覚えるわね」

「失礼ですけど」光子も口をはさんだ。「あなたもミセス堂本も、そのスキーウェア、とてもお似合いですけど、ただ……」

　堂本が笑うと、上唇に深い皺が出来た。「ええ、もう汗が出てきてますよ。暖かい丈夫な服を着てこいっていう忠告、真に受けすぎたんでしょうね。せめてピュアラップの次にどこへ行くか、教えてくれていたらねえ」

「まあ絶対に」と、妻が剽軽に目をくりくりさせて言った。「パームスプリングズ〔ロサンゼルスの東にある保養地〕じゃないわよね」

　退去者たち、見送り人たちの車が、なおも次々到着しては車道脇に駐車した。中には白人の顔もいくつかあったが、幸いトムの顔はなかった。ぴかぴかの新車を運転している黒人の男が、日本人家族とその荷物を車道の縁に降ろし、子供たちを一人ひとり抱きしめた末、首を横に振りふり走り去った。

　年配の人々はひどく改まったお辞儀を交わし、若者たちは笑って握手しキスをした。大半の顔には笑みが浮かんでいて、こわばった笑みもあればそうでないのもあった。

　光子は内田夫人の姿を目にとめ、別れの挨拶をさせにビリーを連れていった。内田夫人はビリーには相変わらず愛情たっぷりだったが、光子にはよそよそしかった。教会で知っているほかの女性たちも彼女の前では居心地悪そうだった。たぶん最近教会に来なくなったことが最大の原因だろう。ただでさえ厄介な状況をますますややこしくするよりはと、光子は前に出ず、挨拶して回る仕事はもっぱら好子に任せた。

　別れの挨拶が一時間以上続いても約束の輸送車はまだ現われず、手持ち無沙汰に多くの人はぼんやり空を見上げたり、寝具を入れた袋に座ってぼうっと舗道を見つめたりしていた。

「ひょっとして奴らの気が変わったのかも！」と丸眼鏡を掛けた男が素っ頓狂な声を上げたが、

群衆の大半はもう笑う元気もなかった。人波の中に入って、大きなグラフレックス・カメラのシャッターをときおり思い出したように切っている報道カメラマンたちを、何人かが警戒気味の顔で眺めた。

十時すこし過ぎ、グレイハウンドバスの一団が轟音を立てて角を曲がってきて車道の脇に続々駐車すると、当初のざわめきがある程度戻ってきた。

「ちょっと思ってたんですけどねえ、忘れてくれればって」とハワード堂本は苦笑したが、その一言から生じた何人かのクックッという笑いも、それぞれのバスから武装兵士が降りてきたとたん、ハッと息を呑む音と小声で呟く声に取って代わられた。兵士はそれぞれバス前方の入口脇で銃剣を立て、気をつけの姿勢を採った。報道カメラマンたちは見るからに活気づき、界隈のあちこちでフラッシュが次々焚かれた。

動きの大半は先頭のバスに集中しているように見えたので、光子はビリーをそっちへ連れていき、好子もすぐあとに続いた。ＪＡＣＬ〔日系アメリカ人市民同盟〕のバッジを上着に着けた若者が一人、バス入口前に立って、クリップボードに止めたリストを見ながら仰々しく番号を読み上げていた。

「あれ、誰？」光子が訊いた。

「ジム茂野」と好子が言った。「日系アメリカ人市民同盟の中心メンバーよ」

「ああ、そうよね。『忠誠を証明する』ために退去させられたくて仕方ない人たちよね」

好子がこれに言葉を返す間もなく、カメラマンの一人が割りこんできてバスに乗りこみ、小さな息子を連れた若夫婦を引きずり出して、入口のかたわらで兵士と並んでポーズを採らせた。頬を紅潮させた夫婦は、精一杯の笑みを浮かべて気まずさを隠し、それからまたそそくさとバスに乗りこむと、運転手がドアを閉めた。

「あ、花森牧師だ！」と好子が叫んだ。杖に寄りかかって立ち、背の高い白人二人と話している牧師の方へ好子は飛んでいった。すこしためらってから、光子もビリーをそっちへ連れていった。好子が光子に耳打ちし、白人の一方はメソヂスト監督教会の牧師で日本語も達者なエヴェレット・トンプソン牧師で、もう一方は日系バプテスト教会のエメリー・アンドルーズ牧師だと伝えた。二人とも花森牧師と熱っぽく握手し、温かい言葉をかけていた。

「どうしてここでお別れを言っているのか、自分でもよくわかりませんよ」アンドルーズ牧師は言った。「ピュアラップに毎日通うつもりですから。信徒の皆さんに頼まれた用事がどっさりたまってるんです」

二人の牧師は人混みの中を進んでいき、花森牧師はにこにこ笑って彼らから離れていったが、光子の顔を見たとたんにその笑みが消えた。

「教会でお見かけしていませんね」と牧師は言った。「きっとさぞ辛い思いをなさっているんでしょうね」

光子はさっと怒りのまなざしを姉に向けたが、好子はギョッとした顔になって、首を横に振り、光子の言いつけに背いたりはしていないことを伝えた。

「だと思いました」と花森牧師は、姉妹の顔を見較べながら言った。「いいえ、ミセス野村からは何も伺っていません。ここからは私の推測ですが、そちらもパスター・トムから何もお聞きになっていらっしゃらないでしょうね」

「なんのことでしょう」と光子は言った。

「パスター・トムは私どもの教会を去られたのです」

「教会を去った？」光子は息を呑んだ。

「昨日です。私もびっくりしました。マグノリアにある会衆派教会に移られました。とても裕福な……白人の教会です」

「信じられません。牧師さま、私が代わってお詫びできたらどんなにいいか。あの人は本当に……本当にひどい……」

「あの人はエメリー・アンドルーズとは違うとだけ言っておきましょう。お気づきですか、アンドルーズ牧師は、自分の教会が閉鎖されてもなお、どこまでも信徒たちについて行くつもりなのです。あそこにいる彼をご覧なさい、いつもの優しい笑みを浮かべているあの人を。見た目にはわかりませんよね、胸が張り裂けそうな思いをしているなんて」

　それ以上話す間もなく、ジム茂野がしゃがれ声である番号を読み上げると、花森牧師はさっと気の張った顔になった。「続きは収容所で！」と牧師は言い、姉妹たちの方に漠然と一礼してから、次のバスの方へ足を引きひき向かっていった。

　まもなくどのバスも、総勢五百人の乗客で一杯になり、エンジンがブルンブルン回りはじめた。と、一台の自動車がキキーッと音を立てて角を曲がってきて、停まった。黄色い花束を持った、ギラギラ目を光らせた若い日本人の女性が飛び出してきて、同時に先頭のバスの窓がパッと上がった。「ミニー！　こっちだよ！」窓を開けた若い男が叫んだ。若い女は息を切らせて男に駆け寄った。「遅れてごめんなさい、ヘンリー。これを！」。つき出した男の手の中に、女は水仙のブーケを差しこんだ。

「ありがとう」男は言った。「きっとまた会えるよね」

　バスの行列がゆっくり、車道脇を離れていった。歩道に立つ群衆にむけて、窓から悲しげな笑みが送られ、弱々しく手が振られた。後ろですすり泣く声がしたので光子がふり向くと、痩せた眼鏡の白人女性だった。きっちりした白い巻き毛が耳の上に掛かって、首からは長い鎖を下げている。女性は顔をハンカチに埋めていた。別れのしるしに片手を高く上げているけれど、あまりに取り乱していて、バスに乗っている人たちの誰の顔もまともに見られずにいた。

光子が好子をつついた。「あれがマホン先生よ、ベイリー・ギャツァートの校長の。あの人のこと、新聞で読んだわよね。なんて素晴らしい人でしょう」。好子もいま初めて、しくしく泣きだした。

その晩光子が新聞を開くと、カメラマンにバスから引きずり降ろされた、気まずそうだった子連れ夫婦の写真が載っていた。写真の下のキャプションは「ジャップ、退去に協力的」とあった。

三日後、登録して退去するようにという命令が彼女たちの許にも届いた。これでもう光子もビリーに関し、まあいずれなんとかなるなどとは言っていられない。しっかり計画を立てないといけないのだ。まず第一に、トムに電話して、あなたの息子は今後も自分が預かると伝えないといけない。

「こっちはそれで構わない」トムは言った。「収容所で何週間か、いや何か月か過ごすのはあの子にもいい薬だろうよ。いま私はあの子にかまってる暇はない。とにかくいろんなことが一度に起きているから」

「花森牧師から聞いたわ。あなた、恥ずかしくないの？」

「恥ずかしい⁈　恥ずかしく思うべきなのはお前の――」

それ以上彼がわめき散らすのを聞くまいと、光子は電話を切った。トムはかけ直してこなかった。

つまり自分はトムにとって、便利なベビーシッターでしかないのか。息子を受け入れる態勢が整い次第、彼はビリーを引きとりに来るだろう。それが彼女にとっても望みうる最善の事態かもしれない。母親はみないずれ息子を失うほかない。自分もとにかく、日々の喜びを普通の母親以上にはっきり意識しながら暮らしていくしかない。それにもしかしたら、何かの公正なる神が、正義の――

もうやめにしなければ、神の介入を願う癖は。

「ビリーの髪、染めた方がいいんじゃないかしら」好子が持ちかけた。「日本人の髪と同じくらいまっすぐで、色が違うだけよ」

「青い目はどうするのよ？」光子は疑わしげに訊いた。「それに、プラチナ色の眉と、白い肌も！」

「トムが手紙を書いてくれたら……」

「あの人には絶対何も頼まないわ」

「でも最後に、ほかにもう策がなかったら……」

「本当に最悪の事態になったときだけよ」

夜は更けてゆき、計画はいっこうに定まらなかった。光子は早起きして日の出を眺めた。キッチンの窓辺に立ちながら、ほとんど無意識のうちに彼女は頭を垂れ、両手を合わせていた。と、ひらめいた。彼女は寝室に飛んでいき、好子を揺り起こした。

「起きて、姉さん！」

目を開けようとしばしもがいたあと、好子は目を覚ました。

「で、なんなの、あんたの驚くべき計画っていうのは？」

「私たち、何もしなくていいのよ」光子は言った。「誰をだます必要もないのよ。あの人たち自分で自分をだましてるのよ、あの傲慢な役人たちは。あの人たち、そこらじゅうに『ジャップ』を見てるでしょ。『ジャップに生まれたら、死ぬまでジャップ』。私はこの子の母親ですって言ったら、それでビリーもジャップになるのよ！　十六分の一でも日本人の血が混じっていたら収容するって言ってるんでしょ？」

「でもあんたが母親なんだったら、この子は半分日本人ってことになるじゃない」

「父親に似たんですって言うわ。それに登録は家族の代表が一人行けばいいのよ。ビリーが一緒に行く必要はないわ」

「でも収容所には一緒に行かなきゃならないのよ」

「そのころにはもう、ビリーもしっかり札をつけられて登録もされてるわよ」

「どうかしらねえ」好子は言った。

だが光子は、うまく行くはずだと確信した。

＊

月曜日にすぐ市民管理局で登録する前に、彼女たちはまず、ジャクソン通りにある日系商工会議所の古いビルで長い列に加わり、義務づけられているチフスの予防接種を受けた。注射をしている日本人医師は、光子がビリーの小さな白い腕を突きつけると驚いて顔を上げた。

「さあ、やってください」と光子は命じるように言い、署名済みのカードを意気揚々看護婦から受けとった。

翌日、光子は一人で管理局に出かけていき、一握りの白い札を振りかざしながら帰ってきた。

「はい、これ」唖然としている好子に向かって光子は言った。「今から私たち、家族番号二〇七一〇よ」

19

グレイハウンドバスがピュアラップ屋外市会場の門から中に入って停まったとき、ビリーは眠っていた。四歳の誕生日を四か月過ぎた今、運ぶには相当な重荷である。抱えてバスの真ん中の通路を通るのも一苦労だったし、ステップを降りるにも光子は足先で探らねばならなかった。右足はちゃんと固い物を踏んだが、左足は生温かいべとべとの泥につっ込んでしまい、彼女は横に倒れかけた。最後の最後で何とか固い板の方に重心を移して、左脚とスカートの裾が泥に触れただけで済んだ。ビリーは腕の中ですやすや眠ったままだった。

ＪＡＣＬのバッジをつけた若い二世の男が、泥から足先を抜くのを手伝ってくれてから、行列に加わるよう手で合図した。

「これを洗いたいんですけど」と光子は、足先からくるぶしにへばりついた灰色っぽいぬるぬるを見下ろしながら言った。

「まず登録してください」相手は答えた。「家族の方々と一緒に並んでください」

「登録ならシアトルで済ませました」

「ここでも登録しないといけないんです。さあ、ほかの皆さんがバスから降りようと待ってますから」

何歩かごとに立ちどまっては灰色のどろどろを足先から振り落としながら、光子が板の上をたどって列の最後まで行くと、頭上で旗が風に吹かれて波打っていた――「キャンプ・ハーモニーへようこそ」。あたりは人の声のざわめきに満ちていた。

左の方、「エリアA」と書いた看板の向こうに、タール紙貼りの小屋が何列も何列も並び、その脇に高い観覧席があった。

「これみんな、何かしら？」と光子は、ハイヒールに生糸《ロー・シルク》の黒い帽子という格好で後ろからよたよた追いついて来た好子に訊いた。「鶏小屋にしては屋根がちょっと高すぎるわよねえ」

「それに厩《うまや》や牛小屋には小さすぎるし。屋外市のときに、羊か山羊でも入れるのかしらね」

「どうかしらねえ。建てたばかりみたいだし……」

日本人の女性が一人、近くの小屋の扉から箒を持って出てきた。

光子が好子を見ると、好子は顔をしかめて「たしかに建てたばかりよね。これってあたしたちが入るのね」と言った。

「起きる時間よ、ビリー」と光子はささやいた。ビリーは頭を持ち上げ、一、二度目をぱちくりさせ、両足を地面に向けて伸ばした。光子は彼を下ろして手をつないだ。ビリーは戸惑った表情で光子を見上げた。

「ピクニック？」とビリーは訊いた。

「違うわよ、おかしな子ねえ！　ピクニックの夢でも見てたの？」

「ピクニックみたいな音がする」とビリーは答えた。

近くから遠くからひっきりなしに漂ってくる人の声のざわめきは、広い空の下のあちこちで生じている無数の会話を構成する叫びや呟きの総和であり、たしかにそれは、毎年この季節に行なわれるジェファソン公園での教会ピクニックを思い起こさせた。

「まあ一種のピクニックかも」光子も言った。「去年の夏、ティミーとロバートがキャンプに行ったの知ってる？　すごく楽しかったらしいわよ。ま、これもキャンプみたいなものよね。大がかりなピクニックよね」

ビリーは顔を上げてにっこり笑い、空いた方の手で好子の手を握った。ひとつの黒い小屋の中にじわじわ呑み込まれていく列を三人は何センチかずつ進んでいった。

「おしっこしたい」とビリーが宣言した。

「我慢できない？」光子が訊いた。

「わかった」

列に並んで立ちながら、ビリーは不安げな顔で、彼らの前をときおり通りかかる武装兵士たちを見た。「ママ、ここって怖いとこなの？」とビリーはささやいた。

光子は彼の分まで微笑もうとした。「あんまりいいところじゃないけど、べつに怖いところじゃないわ」

「でも、ほら」ビリーはこっそり一人の兵士を指さしながら言った。「あの人たち、誰を怖がってるの？」

光子は膝をついてビリーをきつく抱きしめた。「心配しなくていいのよ。ママと好子伯母ちゃんが一緒だからね」。それでもビリーは相変わらず落ちつかなげにあたりをきょろきょろ見回していたが、やがて何かもっと高いところにあるものが彼の目を捉えた。

それは監視台だった。見張り兵が二人立ち、マシンガン一基と巨大なサーチライトがあった。

光子はぞっとした。見れば周りを囲む柵の上にも、鉄条網がめぐらされている。敵意を持った白人を入れないためか、それとも日本人を出さないためか？

三十分近く並ばされて、やっと登録所にたどり着いた。一家の長として好子が予防接種証明書を提示し、書類に必要事項を記入した。足を洗えるところはあるかと光子は訊いてみたが、テーブルの向こうに座った疲れた様子の二世の女性が、居住場所に着くまで待ってもらうしかありませんと答えた。トイレも同じだった。ビリーはぴょんぴょん跳ねている。

「三人だけですか？」女性は訊いた。「エリアDです」

好子はにっこり笑って光子を見た。「よかった」と彼女はささやいた。「あのエリアAの鶏小屋になりませんようにって祈ってたの」

二世の十代の娘が、彼女たちの先に立って登録所の小屋から出て、ぬかるんだ広がりを越えていった。ビリーが汚れないよう、光子は彼を抱き上げた。娘の靴も光子のとほとんど同じくらい汚れていたし、見れば誰の靴もそうで、光子のようにくるぶしまで泥に浸ってしまった者も何人かいた。

戦闘用ヘルメットをかぶった見張り兵四人が立つ金網の出入口を抜け、舗装された道路を渡って、「エリアD」と書いた小さな紙を貼ったもうひとつの見張り付き出入口から中に入った。ここは地面もそれほどぬかるんでいない。あちこちに草が生えて、地面にそれなりのまとまりが出来ていた。けれども、連れてこられた建物の用途は見紛いようがなかった——エリアAにあった出来立てのタール紙貼り鶏小屋とは違って、これは厩であり、何年も前からそうだったのだ。

「何番ですか？」娘が訊いた。

「『3－Ⅱ－D』と書いてあります」好子が答えた。

娘は三人を二列目の厩の並びに案内した。「そっちの、左側です」娘はそれ以上進むのをためらうかのように立ちどまって言った。そして「トイレはあっちです」と指さし、ビリーの方をあごで示した。

「これはどこで洗えます？」光子はビリーを降ろして自分の片足を上げてみせながら言った。

相手は肩をすくめた。「エリアAで洗っておくべきでしたね。ここのシャワー、役に立ちませんから」

「でも部屋に行くまで我慢しろって登録所で言われたんですよ」

「たぶん、あなた方がDに割りあてられたことがわかってなかったんですね」

「じゃあどうすればいいんです？」光子はムッとしたが、この若い女の落度でないことは彼女にもわかった。

「お気の毒です」相手は言った。「落ちつかれたら、近所のどなたかに相談なさるといいと思います」。立ちつくしている三人を残して女は帰っていった。

小屋の列同士を隔てている狭い横道を彼女たちは歩いていき、黒字で「3」とステンシル刷りされたドアの前に出た。草のかたまりが引っかかってドアはすんなり開かなかった。好子が思いきり引っぱると、ぺらぺらの白い板がパッと開いて、馬のこやしの、息も止まるほどの臭気が流れてきた。

「臭《くさ》い！」姉妹は同時に叫んだ。

「クサイ！」とビリーも鼻をつまみながら鸚鵡《おうむ》返しに言い、日本語の言葉を覚えたときにいつも浴びせてもらえる称賛の言葉を期待して光子の方を見た。だが今はあまりの臭気に光子もビリーを見るどころではなかった。戸口の方へ彼女はじりじり寄っていき、薄闇を覗いてみた。窓はなかった。いま立っている開かれたドア以外、光が入ってくるところはない。床は剝き出しの地面にツーバイフォーの歪んだ板がじかに置いてあるだけだった。中は幅がせいぜい三メートル、奥行きが四メートル半というところで、隅に角材の山が積んである以外は何もなかった。

光子は腕を後ろに伸ばして好子の手を握り、一歩、新しい住みかに足を踏み入れた。普通なら、どんな住居に入るときでも本能的に靴を脱いだだろうが、体に染みこんだはずのそういう衝動を引き起こすものもここにはまったくなかった。中の臭いはすさまじかった。はっきり気を張って構えないと吐いてしまいそうだった。

「まあ、ひどい」好子が息を吞み、片手で顔を覆った。

「どこで寝ろっていうのかしら？」光子が言った。

「藁ベッドですよ」悪臭ふんぷんたる闇の中からガラガラ声が響いて、姉妹はギョッとして昼の光の方へ舞い戻った。

「おしっこ！」とビリーが叫んだが、光子が彼の方を向いたときにはもう遅かった。黒っぽい染みが股から下へ広がっていき、ビリーは泣き出した。

「あらあらあら！」ガラガラ声が言った。「おしっこしちゃったねえ」

4番の戸口に、くたびれた様子の老女が立っていた。日本の農民がはいているような、だぶだぶのモンペ姿。老女がビリーと自分を代わるがわる眺めているのを光子は見てとった。鳥のようにすばやいその動きが、鼻の鋭い曲がり具合と合っている。

「金髪の坊やがこんなところで何してるの？」女は言った。

「大丈夫よ、ビリー」光子は言った。「あんたのせいじゃないから。泣くんじゃないのよ。——お手洗いはどこですか？」

「屋外便所《アウトハウス》ってことかね」女はくっくっと笑った。「でも金髪坊や、もう間に合わないね」

「ここの住居、下水道はないんですか？」好子が訊いた。

「住居《アパートメンツ》？　お上はそう呼んでるけどね」老女はうなるように言った。「馬には下水道は要らないからねえ」

屋外便所、シャワー、食堂などの共用設備はこの一画の裏にあると老女は教えてくれた。メソメソ泣いているビリーを連れて、草ぼうぼうの道を光子は急いでたどって行った。新しい材木で作った大きな屋外便所が五つ、一列に並んでいた。そのひとつを光子が試しに開けてみると、六つの穴が開いた長椅子があった。穴同士のあいだにはなんの仕切りもなく、建てたばかりなのにもうすでに屋外便所の臭いが染みついていた。

もう出ないとビリーが言い、コートのポケットにビリーの替えパンツをつっ込んできてよかったと光子は思ったが、替えさせる前にまず洗ってやらないといけない。トラックが着いてスーツケースを受けとるまではいまのズボンをはかせておくしかない。女性用の浴室というのを覗いてみると、そこは単に壁からシャワーヘッドが一列につき出ているだけの大きな長方形だった。光子は愕然とした。仕切りなど何もない。床はさすがにコンクリートで、そこらじゅうに蔓延しているぬかるみではない。あとひとつだけ、洗える設備が外にあった。地面から水道管が一メートルくらいつき出ていて、その先に蛇口があるのだ。これでビリーを洗ってやれて、自分の足先にこびりついた泥も流せるだろう。

ビリーの下半身を裸にして、蛇口の下にパンツを持っていった。まずこれをすすいで、タオル代わりにして体を拭いてやり、それから新しいパンツをはかせようという算段だった。が、蛇口をひねると茶色っぽいしずくが数滴出てきただけで、白い生地がかえって汚れてしまった。

あんまりだ！　光子はどなりつける相手を探してあたりを見回したが、誰もいなかった。ビリーには新しいパンツと汚れたズボンをはかせるしかない。自分の足の泥はあと回しだ。

小屋に戻って、臭気の只中に飛びこんでいくと、好子と4番の女性とが、さっき隅に積んであった物体と格闘していた。これが藁ベッドだ、と佐野と名のった女性が説明してくれた。自分と夫は六十代半ばで、退去前はワシントン大の学生だった二十歳の息子フランクとの三人暮らしだったという。

藁ベッドはカンバスと木のややこしい組合せで、佐野夫人が慣れた手付きでそれらを開いて固定してくれるのを見て光子は有難く思った。

「次はマットレスに中身を入れるんですよ」佐野夫人が言った。「屋外便所の横に、藁の山があるの見た？　この袋持っていって、中に藁を入れるんです」

「その上で眠るんですか？」好子が訊いた。

「眠れるならね」と佐野夫人は言って、もじゃもじゃの白髪混じりの髪をなでつけた。腋の下から漂ってくる体臭はこやしの臭いに劣らず強烈だった。

「何かあったら隣にいますからね」と佐野夫人は言って、ドアの方に歩いていった。長方形の明るい空間に出た彼女が右に曲がり、やがて自分のドアを開けると頭上の梁のあたりが明るくなった。夫人のガラガラ声が自分たちのいる空間の内部から聞こえた気がした訳が光子にはわかった。自分たちの小屋と佐野家のそれとを隔てる仕切りは、天井まで達していないのだ。佐野夫人が仕切りの向こう側でごそごそ動き回る音が光子には全部聞こえた。

開かれた藁ベッドの上に光子はへなへなと座りこみ、新しい住みかを呆然と眺めた。小屋の中にはいかにも大急ぎで水漆喰を塗った跡が残っていた。壁にウマバエの白い死骸、藁、蜘蛛の巣がこびりついている。真ん中の梁からコードが一本垂れて、裸電球が一個ぶら下がっていた。

「点かないわよ」光子が電灯を見ているのを見て好子が言った。「もうやってみたわ」

「まだ用意も整っていないのに、どうして大急ぎで連れてきたりするのよ？」光子は憤った。

「水もない、電気もない、そもそも――」

　突然、屋外便所の方からガラン、ガランという音がした。

「昼ご飯よ！」佐野夫人が叫んだ。

「ホットドッグ食べたい！」ビリーが嬉しそうに声を上げた。「ママ、ホットドッグ食べれる？」

　こっちはこやしのすさまじい臭いで今にも吐きそうだというのに、どうしてこの子は食べ物のことなんか考えられるのか？　まあでも、とにかく悪臭からしばし離れられる。

　三人は佐野夫人について食堂へ向かった。角を曲がると、光子がさっきひねったときは茶色い泥水が垂れてくるだけだった蛇口から水がちょろちょろ流れていた。手を洗おうと、少なくとも三十人が並んでいる。ほかの蛇口はどこも水が出ていなかった。

　まず手を洗う列に並び、次に食堂へ入る列に並んだ。食堂もやはり、タール紙貼りの掘っ立て小屋だった。建物じゅうから声が響いてくるように思えた。暑い、騒々しい空間に入っていくと、三人ともそれぞれブリキの仕切り皿を渡され、それを手に蒸気保温台《スチームテーブル》の前を通っていった。皿のひとつの仕切りにライマメが、その隣にインゲンマメが盛られた。まもなくそこに黴臭いパン一切れが加わり、灰色っぽいサラミが二切れ上に載った。大人には黄色いコーヒーが入ったカップが与えられ、ビリーはカップに牛乳を入れてもらった。

　むすっとした顔の労働者たちが光子たちに向かって何かおざなりに言ったが、場内じゅうの話し声と、ナイフやフォークが金属の皿に当たる音が響いて、一言も聞きとれなかった。

空いている木のベンチが見つかって、座ったとたんビリーは牛乳を飲みほした。

「変な味」とビリーはキーキー声を張り上げたが、それでも、もっと飲みたいと言った。

光子はもう一杯牛乳をもらおうと列に割りこもうとしたが、お代わりはなしだと言われた。

そう聞かされてビリーは口を尖らせ、皿に載った食べ物に触れようともしなかった。光子は豆だけはどうにか食べられたが、食べ物を無駄にするのは嫌だったものの残りは出口に置かれた残飯樽にこそぎ落とすしかなかった。皿とカップは洗って自分で持っていないといけなかった。

佐野夫人に言いつけられて、息子のフランクが光子たちと一緒に藁の山まで来てくれた。フランクは澄んだ眼をした若者で、二世の青年はたいていそうだが長身で逞しい体付きだった。あたかも、早々と老けてしまった両親の曲がった背が、アメリカへ移り住むにあたって経験した苦難をすべて吸収し、子供たちにはいっさい引き継がせなかったかのようなのだ。が、そのフランクも、がっしりしたわし鼻だけは母親譲りだった。

フランクの逞しさに一番恩恵を受けたのはビリーだった。光子と好子がマットレス袋に藁を詰めているあいだ、ビリーはフランクに何度も何度も、巨大なチクチクの山に投げ上げてもらい、下まで転がっていくたびにキャッキャッと喜んだ。

五時になって、光子たちのスーツケースとズック袋を積んだトラックが到着した。荷を降ろすのをフランクが手伝ってくれた。光子は着替える前に体を洗いたかったが、シャワーは依然水が出ず、ひとつの蛇口からチョロチョロ出る水で済ませるしかなかった。

夕食は塩漬けレバーの巨大なかたまりだった。半透明の茶色に、はっきり青い色合いが加わっている。つついてみると、落とせば跳ねそうな弾力性で、胃が分泌する消化液程度ではびくともしそうになかった。今回は米がついていて、アイスクリーム並のささやかな一盛りは泥水で炊いたみたいに砂っぽかった。この米と、デザートの缶詰の桃半個だけは三人ともなんとか食べられた。ビリーは今回も変な味の牛乳を小さなカップにもらった。

食事中何度か、長いもみあげを生やした太った男が大きなトライアングルを鳴らし、おそらく千人はいると思われる人々に向かって、エリアDのシャワーが今夜は使えないことを伝えた。すべての「居住者」はシャワーなしで済ませるよう要請された。どうしても洗う必要のある者は少人数のグループを作って武装兵士の付添いでエリアAに連れていってもらうように、との指示だった。

ビリーとともにさんざんひどい目に遭ったのだから、光子はぜひとも体を洗おうという気だった。ビリーを連れタオルと着替えを持ってエリアDの出入口に行った。好子は翌日まで待つと言った。

見張り兵に命じられて軍隊式に並ばされ、行進して出入口を抜け、道路を渡ってエリアAに入っていった。蛇口や食堂に並んだのと同じように、シャワーを待つにもまた並ばされた。

エリアDのシャワー室の内部を光子はすでに見ていたわけだが、そうした設備が実際に使われている場を見るとなると話はまた別だった。ドアの前に立って順番を待っていると、ビリーが光子に体をぴったりくっつけてきて、クスクス笑いながら彼女のスカートの裾を引っぱった。何かと思って屈んで耳を寄せると、ビリーが「女の人のあれが見える！」とささやいた。

「あれ」というのが何を指すのか今ひとつはっきりしなかったが、追及はしないことにし、自分の順番が来ると、光子もほかの女たち同様裸になるしかなかった。壁の節穴の向こう側には男の目が貼りついているのではないか、そう考えずにいられなかった。

「ママ、シャワーはよそうよ。お風呂に入ろうよ」とビリーは服を脱がされて空いているシャワーに連れていかれるとふくれっ面で言った。そして水が顔にかかったとたん、彼は泣きだした。シャワーの温度は、火傷しそうに熱かったり凍えそうなほど冷たかったり、無茶苦茶に上下しつづけた。この試練を精一杯早く終えようと光子はてきぱき事を進めた。

シャワー室のフックに掛けておいた着替えはぐっしょり濡れてしまったが、それでもさっきまで着ていたきつい臭いのついた服よりはましだった。一日の終わりに柔らかな綿の浴衣を着るのはいつでも気持ちよいものだ。帰り道に足に泥がついてしまうことを防ぐすべはないし、こんなところで肌寒い夜の闇のなか兵士と銃剣に囲まれてはいても、体が綺麗になったことは気持ちがよかった。

「馬の臭いが弱くなってきたみたい」光子とビリーが厩に入っていくと藁ベッドの上に丸まっていた好子が言った。

「何言ってんのよ、相変わらずひどいわよ」と光子はつっけんどんに言った。

「くっさ」ビリーが鼻をつまんだ。

「やっぱりシャワー浴びない方がよかったかも」と光子は言った。

もう十時、消灯時間だった。今や点くようになった電球を消して最悪の一日をさっさと終わらせることに、光子としても異存はなかった。もっとも、こんな臭いが鼻孔に入ったまま眠ったらどんな夢を見ることになるか、それを考えるとゾッとした。

ビリーを寝かしつけて、自分もキルトの下にもぐり込んだが、じきにビリーがメソメソ泣きだしたので、自分のでこぼこの藁のマットレスの上に一緒に寝かせた。周りに広がる声のさざめきが、やっとのことで静寂へと溶けていった。ビリーの体が暖かさを増してくれるのが光子にも有難く、やがてうとうとしたところでビリーがトイレに行きたいと言いだした。光子は寝床から這い出し、ビリーに靴をはかせてパジャマの上に上着を着せた。自分もコートを羽織り、かすかに星の出た闇夜に出ていった。

暗がりを探るようにして進んだが、小屋を二列も過ぎないうちに、懐中電灯の光線が何本か闇の中を動くのが見えてきた。ドアがいくつか開いて、光の筋が地面にこぼれ出た。屋外便所へ向かう人の数がだんだん増えてきて、夜の静寂に人の声やドアを開け閉めする音が満ちていった。

「おいそこ、何やってるんだ？」高いところから発せられる声が夜の闇に響きわたり、ギラギラまぶしい光が監視塔から暗がりを貫いていった。

「全員住居に戻れ！」と声はさらに轟いたが、引き返す代わりに光子の周りで人々は走りだした。塔の上方でかたかたと金属音がして、光子が見上げると、戦闘用ヘルメットをかぶった兵士が一人、マシンガンを便所の方へ向けようとしていた。

「撃たないで！　私たちトイレに行くだけです」

巨大なサーチライトが今度は彼女の方に向けられ、光子はまぶしい光をさえぎろうと両手を上げた。ビリーが悲鳴を上げて光子の脚にしがみついた。

「わかった」見張り兵が叫んだ。「早く済ませるんだぞ！」

泣きわめくビリーを連れて光子は全速力で走った。順番を待って並んでいると、ビリーが涙声で「ママ、僕ここ嫌い。アメリカに帰ろうよ」と言った。

翌朝の朝食の席で、収容所の半分が昨夜食中毒にかかったと聞かされた。たぶん青いレバーのせいだろう。

＊

佐野夫人が助けてくれるおかげで、光子と好子にとって収容所の厳しい暮らしはだいぶ楽になったが、眠りをほぼ不可能にしたのも佐野夫人の――そして彼女の夫の――交響曲にも匹敵するいびきだった。仕切り板のてっぺんと天井のあいだの一メートルちょっとのすきまが、喉頭音《こうとうおん》一音一音を通してしまう。たいていの場合夫妻は交互にいびきをかいたが、時には完璧なユニゾンで呼吸し、シアトル交響楽団も顔負けの迫力で二人同時にクレッシェンドに達した。眠れずに横になりながら、姉妹の苛立ちは怒りへと移行していったが、やがて光子が、あんな騒々しいなかでフランクは眠っているはずがない、きっと両親の前に立ってタクトを振っているのだと言い、二人ともこらえ切れずにゲラゲラ笑いだした。

＊

三人がピュアラップに移って一週間後、管理棟から連絡係が好子宛の電報を届けにきた。モンタナの、夫の吾郎が拘束されている司法省仮収容所からの電報だった。開けるのが怖い、と好子は言った。

「光子、あたし開けられない。もし吾郎が死んでたら？」

「馬鹿なこと言わないで」と光子は言って姉から封筒をひったくったが、その彼女も、封を破いて開ける手の震えを抑えられなかった。野村吾郎は仮釈放され明日ピュアラップで妻と合流する、と電報にはあった。

「仮釈放？」光子は言った。「これって囚人に使う言葉じゃない？」

「そうよ、でもそれが何よ？　吾郎はここへ来るのよ！」

連絡係が翌日またやって来て、吾郎が到着して目下管理棟にいると知らせた。好子はエリアDの出入口に飛び出していったが、連絡係が追いついて彼女を先導するまでは見張り兵に通してもらえなかった。光子もビリーを連れて一緒に行こうとしたが許可されなかった。出入口で三十分近く待って、やっと好子が、上着も着ていない痩せこけた男を連れて戻ってきた。その姿にビリーは怯え、光子でさえ、通りですれ違ったらわからないだろうなと思った。

収容所でひどい扱いを受けたわけではないが、日々の暮らしは単調だし食事は貧しいしで十五キロ近く痩せたと吾郎は言った。前ははっきり太りすぎだったのが、いまは見るからに痛々しく、ズボンのウェストバンドは生地が余って波打ち、ベルトの先が垂れ下がっていた。

硬い木の座席の、年代物の列車に乗せられてモンタナ州ミズーラまで連れていかれた経緯を吾郎は物語った。ロサンゼルスから来た列車にシアトルで車両が追加され、「危険な」敵性外国人を乗せた数も増えた。最年長は八十四歳。ブラインドはつねに下ろしておくよう強いられ、昼も夜も武装兵士が見張りについていた。ミズーラに着くと、軍隊式のバラックに入れられた。一部屋に三十人、藁ベッドが二列に並べられ、便所掃除から給仕まで種々の雑用をやらされた。

新たな事実が明かされるたび、佐野夫人が隣の部屋から「まあ、大変だったでしょう！」と声を上げるものだから、結局光子が彼女を連れてきて吾郎に紹介した。しばらくして光子は、好子の落ちつかなげな様子から、このお喋りな老女を自分がどこかへ連れていくべきなのだ、そもそも自分も席を外すべきなのだと悟った。幸い佐野夫人の夫とフランクはいつものように出かけていて、夫人とビリーとを、住人が増えた分の新しい家具を作るための木切れ探しに誘い出すのもさほど苦労はなかった。

*

何週間かが過ぎていくにつれ、光子はだんだん、もう中年の姉と義兄とはいえ、とにかく夫婦と一緒に狭いところで暮らすのが気づまりになっていった。ほぼ一日中ビリーと過ごし、木のおもちゃを彫ってやり、ビリーが同じ年頃の子供たちとともに泥にまみれて跳ね回るのを眺め、収容所じゅうで流行ったはしかや水疱瘡《みずぼうそう》にビリーがかかったときは看病してやり、七月四日独立記念日の子供仮装パレードにビリーが着るアンクル・サムのコスチュームを縫ってやり、食事、シャワー、屋外便所行き、ベッドタイム読書、子守歌等々の日課をこなしていった。

寝る前にビリーは、光子から教わった子守歌をよく歌った。「おどま盆ぎり盆ぎり　盆から先ゃおらんど……」その発音もメロディ感覚も日本の子供に劣らず本物だったが、言葉はビリーにとって快い無意味な音でしかなかった。読んでもらうのが一番好きな本は『ニルスのふしぎな旅』だった。あるとき、収容所の柵のそばを散歩している最中、「僕もニルスみたいに乗れるガチョウがいたらいいな」とビリーは言った。

「ママを置き去りにして飛んでいっちゃうの?」光子は訊いた。

「ううん、二人とも乗れるすごく大きいガチョウだよ」

収容所の決まりきった生活にあって、時間の観念はほとんど意味を失う。自分の魂を、金髪の息子のために全面的に放棄することに光子は不思議な喜びを感じた。トムがその気になれば、いつでも自分たちの牧歌を終わらせてしまえることは承知の上で、ビリーと過ごす現在の瞬間に彼女は没頭した。それは永遠のごとき感触の、現在の一瞬一瞬がはてしなく連なるように思える流れだった。収容所内でつねに響いている人の声のざわめきも、何か終わりのないものに没頭しているという感覚をいっそう高めた。

ビリーと一緒に敷地内を探索する際、フランク佐野もときおり仲間入りした。フランクに持ち上げられ、その逞しい両肩にひょいと乗せてもらってビリーは大喜びだった。ほかの二世たち同様、フランクも親想いの孝行息子であり、彼と両親のあいだできつい言葉が交わされるのを光子は一度も聞いたことがなかったが、たまには年配者たちから離れられること、体を使ってビリーと遊べることをフランクは見るからに楽しんでいた。大学の水泳チームで毎日やっていたトレーニングができなくなって物足りない、とフランクは光子に言った。キャッキャッと喜んでいるビリーを宙に投げ上げながら、仕切りの向こうからは聞こえたことのない、のびのびと活きいきした口調でフランクは喋った。

くり返し生じるひとつの事態だけが、時が過ぎたことを光子に思い知らせるように思えた。すなわち、好子が決まって彼女を礼拝に連れ戻そうと誘う、日曜日の朝の気まずさ。教会活動を行なえるよう花森牧師はエリアAにある小屋の一隅を割りあてられていて、毎週日曜の朝、エリアDに入れられた信徒たちも許可証を持って並び、見張り兵によって数を数えられ、道路を渡り、エリアA内に入ってからもう一度数えられ、十メートルの移動のあいだに誰も逃亡しなかったことが確認されてから、あとは自分たちだけで間に合わせの教会へ向かうのだった。

光子はこれのみならず、教会に関係するいっさいにかかわろうとしなかった。収容所に来て初めての日曜日にも、宗教活動は老牧師が入れられたエリアAで行なわれると聞いて心底ほっとしたのである。ところがやがて、七月半ばのある水曜日、会いに来てほしいという連絡が牧師から届いた。花森牧師のことは好きだったし、彼の気分を害したい気持ちもなかったが、教会との絆を取り戻すよう説得に努めてきたら、自分がどれだけ宗教に幻滅しているか、正直に言ってしまうつもりだった。ビリーを大きな友だちフランクに預けて、光子は連絡係のあとについて二つの出入口を抜けていった。

牧師の柔和な笑顔を目にして初めて、自分がこぶしをぎゅっと固めて歩いていたことに光子は気づいた。緊張がすうっと体から抜けていくのがわかった。そう、この人は、自分の信仰を他人に押しつけるような人間ではない。己の確信から生まれる、素朴な喜びとともに牧師は光子を出迎えている。その目に、愛する子としての彼女を失った悲しみを光子は読みとった。

「パスター・トムのことをお知らせしようと思いまして」牧師は彼女の手をとって言った。「ほかの人からお聞きになる前に」

戦慄が彼女の体を貫いた。次に、トムが死んだ報せを今にも聞くのだという予感に自分が全然抵抗していないことに気づいて、そんな自分にぞっとした。牧師の今の言葉は、どんな意味でもありうるではないか。ビリーを自分の許に留めておきたいと願うあまり、あの子をこの世に送り出した男に死をもたらすことを私はなんとも思わないのか？

「あなたもご存じのように」花森牧師は先を続けた。「彼は真珠湾のあと、あちこちの白人教会とのつながりを駆使して、新しい地位を得ました。それで、聞くところによれば、新しい信徒たちに、自分は男やもめだと言っているらしいのです。妻の名はセアラだったと――」

「それはそのとおりですけど――まるで再婚などしなかったみたいな言い方！」

「――そして息子は今カンザスの妹のところに預けてある、と」

「なんて傲慢なんでしょう！　お偉い白人の信徒たちが『ジャップ』なんかとかかわるはずがないと決めてかかってるんです。あんな人を信じただなんて」

「私たちみんなそうでした」。牧師は優しい目で彼女を見た。できることなら重荷を代わりに担ってあげたい、そう思っているような目付きだった。「これは言うべきじゃないんでしょうが」と彼は言い足した。「ただの噂ですから……」

「何なんです？」

「どうやら彼は女性と関係を持っているらしいのです——既婚女性と。ほかの牧師の奥さんとです」

光子はうなだれた。顔が燃えるように熱かった。人生でこんなに自分を恥じたことはなかった。自分はなんて盲目だったんだろう。

「ありがとうございます、牧師さま」彼女は相手の顔を見ることもできぬまま言った。「牧師さまもさぞお辛いでしょうね」

「もし私に何かできることが——」

「いいえ」やっと目を上げて光子は言った。「もうこれまでさんざんお世話になっていますから。もう誰にも何もできることはありません」

踵を返して小屋から出ていきながら、教会というものの敷居をまたぐのもこれが最後だと光子は確信した。

「ママ！　ママ！」

フランクをすぐ後ろに従えたビリーが、厩に近づいてくる光子に駆け寄ってきた。「僕、でんぐり返しできるよ！」

「駄目！」ぐしょぐしょの地面にビリーが今にも頭をつけようというところで光子とフランクが同時に叫んだ。

光子が先に彼の許に達し、さっと、ほとんど乱暴にその体を掴んで持ち上げ、きつく抱きしめた。ビリーが離れようともがけばもがくほど、光子はもっと強く抱きしめた。熱い涙が彼女の頬を流れ落ちた。フランクはその場に立ちつくし、目は光子の目に釘づけになっていた。

＊

その日以降、パスター・アンドルーズに毎週来てもらえてバプテストたちはどれだけ幸運かを好子がまくし立てるたび、光子はますますトムを嫌悪し、キリスト教なんて空っぽの言葉を土台に建てた絵空事の城だと考えた。トムのような人間がああいう言葉を吐けるなら――しかも吐いている最中は自分でも信じているみたいだった――誰だって吐ける。そんなもの、なんの意味もない。そういう嘘からできる限りビリーを護ろうと光子は思った。

光子はフランクに味方を見出した。彼もやはり、両親と一緒に仏教の儀式に参加することを拒んでいたのである。一家は昔からメイン通りにあるシアトル仏教会の信者だった。日系キリスト教会から数ブロックしか離れていないが、その数ブロックには幾世界ぶんもの隔たりがある。大学に入っていっさいの宗教心を失ったのだとフランクは言った。「ほんとに一瞬のうちに、そういうことについて考えはじめてすぐでした」

だが光子は、聖なるものを尊ぶ思いをまったく欠いているわけではない。実際、ビリーとまた一日一緒に過ごすことを許されるたび、尊ぶ思いもいっそう深まっていった。誰に、あるいは何にこの特権を「許され」ているのかはわからなかったけれど、毎日ほとんど本能的に、気がつけば日の出と日没にお日様を仰いでいた。沼地に囲まれ背を丸めて固まっているかのような低い小屋の並ぶピュアラップにいると、天にいる炎の神との近さをいっそうはっきり実感できた。朝、人の声のざわめきが始まる前、東から陽が昇ってくるころ、光子はそっと厩を出て、黙ってお天《てん》道《とう》様に向かって頭を下げた。ぱんときれいに合わせた手だけが彼女の捧げ物だった。

夕方はビリーも一緒だった。ビリーが自分のかたわらに立ち、一日が終わりに近づくとともにこの謙譲の瞬間を自分と共有している、そのことが光子にはたまらなく嬉しかった。彼とともに行なうこのささやかな儀式に、言葉はごく自然になじむ。そう彼女には思えた。「今日も一日ありがとう」という言葉を光子はビリーに教えた。誰にありがとうと言っているのかビリーに訊かれたことは一度もなかった。訊かれていたら、お天道様に、と光子は答えたかもしれない。でも正確には、それもちょっと違う。それは一日という日そのもの、生きていることの不思議さ、赤く光る空の下で自分とビリーがここで一緒に立っていること、そういったすべてにありがとうと言っているのだ。それについてビリーが何も訊かないという事実自体、自分の確信を裏付けてくれているように光子には思えた——この行為の意味をビリーは完璧に知っているのであり、こうした瞬間の中にある真実を彼がいつまでも心に育むだろうという確信を。

20

「こんなすごい風で、ビリーったらどうして眠れるのかしら？」

吹きすさぶ風に、光子も好子の声がほとんど聞こえなかった。ビリーの顔を覆っている、砂があちこちついたハンカチを光子は見下ろした。キャンプ・ハーモニーを意気揚々発ってからほぼ二十四時間が経った今、「自由」の笑顔と歓声はもう消え失せ、代わりに、ピュアラップで三か月過ごしたあいだにすっかり染みついた厳めしい忍耐の気分が彼らを包んでいた。まあすくなくとももう鉄条網はない、と軍隊は約束している。

ワシントンからアイダホへ向かう日々、昼のあいだはブラインドを上げておくことを見張り兵たちも許してくれたが、砂嵐のせいで車窓の外の世界は暗かった。車内の人間、荷物、木の座席は細かい沈泥《シルト》のような粉にうっすら覆われていた。

砂嵐の只中を列車はのろのろ進んでいき、やがてアイダホ州ショショーンに着いた。ここから人々はバスに乗せられミニドカまでの最後の八十キロを走った。列車からバスまでの短い距離を小走りに歩くなか、光子は目がヒリヒリするし、口には絶えまなく舞う砂のザラザラの粒がたまっていく気がした。風がビリーの顔からハンカチを剝ぎとったが、それでもまだビリーは目を覚まさなかった。

やすりのような強風に打ちのめされながら、黄色っぽい灰色の雲の中をバスはのろのろ走っていく。

「ピュアラップの泥で生き埋めにできなかったから、今度は皮を剝ごうってのか」吾郎は言った。

「ミズーラだってこれよりはましだったぞ」

砂嵐の中をさらに二時間あまり、バスは低いうなりを上げて走った。やがて突然、ほとんど神秘的に風が止み、空気がすうっと空っぽになった。バスはぶるっと震えてうめき声を上げ、スピードを増していった。

光子は砂漠の風景を見て、ずっと前ビリーのベビーベッドの下を初めて掃除したときに見つけた、埃に埋もれかけ黴の生えたパンを思い出した。皺の寄った灰色の土地が、はるか遠くまで広がっている。干からびた砂漠を転がるように進むバスの中は耐えがたいほど暑くなってきて、さっきまではきっちり閉めてももっと閉めたいと思った窓が、今は一杯に開けてもまだ開けたりないと思えた。水気を求めて風がバスの車内でも荒れ狂った。

と、バスの前の方に乗った人たちが騒ぎだした。何かが前方に見えてきたのだ。光子が窓から身を乗り出すと、低い黒っぽい建物の行列と、高い煉瓦の煙突と、陽を浴びてキラキラ光る給水塔が見えた。近づいていくと、ピュアラップと同じタール紙貼りの小屋がいくつも見えてきた。両側何キロも広がって見える鉄条網の柵の前をバスが通っていくなか、溜息とうめき声が車内を満たした。

「まあ監視塔がないのは救いですね」と一人の若者が声を上げたが、身の入らぬうなり声がいくつか応えただけだった。

バスが停まると光子はビリーを抱き上げた。ビリーの体の、彼女に寄りそっていたところに、大きな汗の染みが出来ている。バスの前方に移動していきながら、ピュアラップのぬかるみに着いたときのことを光子は思い出した。今度はバスから降り立つ前に、地面の具合を確かめた。乾いているように見えたが、いざ降りると片足が柔らかい砂に沈んでしまい、光子はバランスを失った。ビリーが両手からすり抜け、彼女はあっと叫んで転んでしまった。両手両足をつくとともに、ビリーがしっかり二本足で降り立つのが見えた。ビリーはあたりを見回し、しばし目をぱちくりさせ、やがて地面に倒れている光子を見て笑いだした。

「ママが這いはいしてる!」とビリーは、まるで光子が砂遊びをしているところに出くわしたかのように言った。

吾郎に手を貸してもらって光子は立ち上がり、好子も一緒になって、バスから降りてくる乗客たちの列に加わった。登録の列に並んでいる彼らに、八月の太陽が照りつけた。露出した皮膚はその光線の下で隅々まで焼かれるように思えた。光子の脳内でブンブンというなりが響いていたが、やっとのことで登録所の小屋の屋根の下に彼女たちはもぐり込んだ。

ずんぐりした若い二世の男が彼らの名前を書きとり、無数と思える質問をえんえん次々に発した。光子はそれも気にしなかった。実際、多ければ多いほど有難い。日照りの下に戻っていくのを遅らせてくれるなら何でも! それもやっと済んで、若い男は吾郎に指示書一枚と、囲い内の略地図を渡した。ブロック39、バラック10の世帯Eまで自力で行くよう彼らは言われた。

「見ろよ、広いところだなあ!」管理棟から大きな、平べったく広がるぎらぎらの黄色い砂地へ足を踏み出しながら吾郎が言った。「ええと、いまここの、敷地の真ん中にいるんだから、ブロック39はずっとこっちだ」。彼はみんなに地図を見せ、道が東へ伸びてから大きく南へ曲がっているさまを示した。彼らのブロックは東側、道路のほとんど果ての方である。長い距離、ぎらつく太陽を逃れる場所もないところを歩かねばならない。

用水用の運河の曲がり具合に沿って、収容所全体は大きな三日月型に作られている。一歩歩むごとに嫌でも小さな埃の雲を蹴り上げることになった。歩きながら吾郎は、右の彼方にある運河の方を指さした。「耳を澄ましてごらん！　水が流れるのが聞こえるよ」

　水が勢いよく流れる、絶えまない低い音に加えて、聞き慣れた人の声のざわめきがここにもあった。今度もまた、モゴモゴと一瞬も途切れぬ背景音とともに暮らすのだ。

「あっちに綺麗な家が並んでるわねえ」好子は陽ざしに目をすぼめながら言い、緑、青、黄に塗られた一握りの新しそうなバンガローの方を示した。「ここの建物、出来上がったらみんなああんなふうになるのかも」

「きっとそうだね」吾郎も励ますように言った。が、それからもう一度地図を見て、「どうやら違うみたいだ。あれは職員住宅。あそこに『ジャップ』はいない」と言った。

　風呂敷包みとスーツケースをぶら下げて、埃っぽい道路を東へ歩いていく。午後の太陽が空に低く垂れ、少し涼しくなってきた。

「おやおや」と吾郎は、最初のバラックの集まりに着く直前、右側に大きく掘られた穴の前を通った際に言った。「これ、円形劇場になるんだね」

「ここ、そんなにひどくないかも」と好子は言ったが、誰も答えなかった。

　見分けのつかないタール紙貼りバラックを何列も何列も彼らは過ぎていった。バラックはブロック別にまとまっていて、ブルドーザーで均した幅十メートルの地面がブロック同士を隔てていて、それぞれのブロックは六棟のバラックが二列、計十二棟から成っており、列と列のあいだにバラックよりずっと大きい建物が二軒建っている。吾郎がみんなに、ブロックの真ん中にある長方形の建物が食堂で、その背後のH字型の建物には洗濯と用便の設備が入っていると伝えた。各ブロックの脇には「レクリエーション・ホール」がある。「ピンポンをして戦争をやり過ごせるよ」と吾郎は言った。

ブロックを四つ過ぎたところで、道路が右に折れた。折れた道路の左側には「消防署」の看板が掛かっている。右側は地面が広がり、埃っぽい草のかたまりが点在している。道路に沿って、右側はさらに五つのブロックがあり、左側は途中開けた空間もあって二、三ブロックだけだったが、それを過ぎてやっと左側にブロック39があった。1から11まで、奇数のバラックは道路に面していた。彼らの住居は便所の横のバラックにある。

「まあじかにトイレに面してるわけじゃないしね」と好子が希望を失わぬ声で言うなか、彼らは長さ三十メートルに及ぶバラックを抜けていき、世帯Eを探した。

光子がビリーに「ねえ、E見つけてくれる?」と言った。

ビリーはちょこちょこと先を行って、キンキン声で叫んだ。「A……B……C……D……E!」

「E」は細長いバラックの真ん中にあった。中へ入るよう吾郎がビリーに合図したが、ビリーは一人で入るのをためらっているようだった。粗雑な板のドアの前にみんなで一緒に立ったが、誰もがためらった。

「どうかしらねえ、なんだか怖いわ」と好子が言った。「これからここに住むのよね……いったいどれくらい? 死ぬまでここから出してもらえないかも」

「馬鹿なこと言うな」吾郎が言った。「ピュアラップは『集合《アッセンブリー》センター』だったけど、こっちは『再配置収容所《リロケーション・キャンプ》』だよ」

「まさか政府がここよりいいところに『再配置』してくれるなんて思ってないですよね」と光子が言った。「一世だったらそれもあるかもしれないけど、私たちみたいな危険な敵性外国人は無理よ」。そして彼女は手を前に出し、ドアを押した。ギイッと音を立ててドアは開き、四人は敷居に向かって一歩踏み出した。

またしてもからっぽの木の箱。ピュアラップの箱よりは大きい。奥行き六メートル、幅はそれよりやや少ない程度だろう。内側に壁はなく、剝き出しのツーバイフォーの間柱《まばしら》のあいだから、まだ乾いていない外壁の裏側が見え、すきまや節穴ごしに、外壁に貼りつけたタール紙が見えた。木は少なくとも新しかったが、床には細かい砂が何本も線を描いている。きっと砂嵐のあいだに天井のすきまから入り込んだのだろう。部屋の隅や窓台の下では小さな山が出来上がっていた。室内で唯一の家具は軍隊用藁ベッド四つと、鉄製のだるまストーブだけだった。

「窓がある！」好子が叫んだ。

光子も「いままでの厩と較べればほとんど御殿よね。どう思う、ビリー？」と言った。

「いい匂い」鼻をひくひくさせながらビリーは言った。

「いいか、聞けよ」地図と一緒に渡された指示書を読みながら吾郎が言った。「『建築要員が石膏ボードの壁を据えつけるまで住民は釘を使って棚を作ったりしないこと』。石膏ボード！ そんな贅沢品が存在すること、ほとんど忘れてたよ！ 『家具を作りたい住民には材木が支給され、その分配を管理する委員会も設置済みである。現在のところおよそ四十万ボードフィートの材木が用意されている〔一ボードフィートは一フィート平方の厚さ一インチの板の体積で、四十万ボードフィートは約九四四立方メートルに相当〕。したがって貯め込み、盗みの必要はない』。ようし、この場所を、インテリアデザイナーの夢に変えてやるぞ！」

姉妹は顔を見合わせて微笑んだ。ミズーラから解放されて以来、吾郎が活きいきとした様子を見せたのはこれが初めてだった。

「まだある」彼はさらに言った。「『ここはアイダホ州ミニドカである。ここでは食堂《メス・ホール》ではなくダイニング・ホールと言う。所内警察《インターナル・ポリス》ではなく安全評議会《セイフティ・カウンシル》と言う。強制退去者《イヴァキュイー》ではなく住民《レジデント》。そして最後だが重要なことに、士気《モラール》ではなく心的風潮《メンタル・クライメット》と言うのである』」

「最高ね」光子がうめいた。「いっそここのこと、『フロリダ州マイアミ』って呼んだらどうかしら？」

「本当だね」吾郎も言った。「真珠湾以来、言葉が変なふうに使われるようになった。僕らを『外国人《エイリアン》』と呼ぶのはまあその通りだけど、二世たちはアメリカ人なのに『非外国人《ノン＝エイリアン》』だからね。米国の国籍をとれなくていつも残念に思っていたけど、あの変な言い方を聞いてから、どうかなあって思うようになったよ。非外国人より日本人の方が僕はいい」

「吾郎！」好子が叫んだ。「そんなこと人前で言っちゃ駄目よ！」

「心配するなって。ほら、ここは壁がちゃんと天井まである」

「佐野いびきコンサートももうなしね！」

それを聞いてビリーがにわかに活気づいた。「フランクと遊びたい！」と彼は断固要求した。落ちついたらすぐフランクを探すからね、と光子が約束した。

21

毎朝日の出からいくらも経たぬうちに、肌寒い夜は灼熱の昼に変わった。収容所の誰もが、昼のあいだは精力の要ることは何もやる気になれず、次の食事が出てくるまでひたすら藁ベッドに横たわりじっと汗をかきながら耐えしのいだ。陽ざしが一番強い時間には、いつも背景で聞こえる声のざわめきもほとんど消えた。ミニドカの平べったい砂地の下に太陽が沈んでやっと、収容所は息づきはじめた。

光子は毎晩二、三時間を費やし、木切れを使ってビリーにおもちゃを作ってやった。自動車やトラックの結構なコレクションがすでに出来ていて、ビリーはそのうちのいくつかをブロック39のほかの男の子たちに分けてやったりした。ある晩、ビリーに見守られながら光子が車軸に車輪を糊づけし、好子は編み物に励み、吾郎はうたた寝していると、ドアをノックする音がして、ゴマ塩ひげの老人がピカピカの禿頭をつっ込んできた。藁ベッドの上で吾郎がのろのろ起き上がった。

「私、阿部と申します」老人は一世特有の古風な礼儀正しさで言った。「二つ先の、世帯Cにおります」

「こんにちは、ミスター阿部」と好子が立ち上がってお辞儀した。「洗濯室で奥様にお目にかかります。このブロックで一番お元気な女性ですよ」

相手はくっくっと笑って一礼した。ゴムのような唇が開いて、歯のない口に笑みが広がった。光子が彼を招き入れ、緑茶はいかがですかと誘った。

「いいえ、どうぞお構いなく。あなたの作られるおもちゃを拝見しまして、いや本当にお見事と思ったこと、一言申し上げたくてお寄りしただけですから。あの木彫りの腕前は本物ですよ。私も仲間と装飾彫刻をやっておりますんで、見ればわかるんです」

「木切れがたくさんありますからね」光子は答えた。「どうして皆さんもっとなさらないのか、不思議なくらいです」

「私どもはああいう安物の木は使わんのです」阿部氏は鼻であしらうように言った。「全然柔らかすぎますから。ここらへんで一番いい木は、ビタープラッシュ〔バラ科の低木〕です。砂漠に生えておるんです。しっかり硬いし、油で仕上げると非常に綺麗です」

「お作りになったもの、そのうち拝見したいですわ」光子は言った。

「今はいかがです？」と老人が申し出た。

「ええ、ぜひ」

ビリーを好子と吾郎に預けて、光子は阿部氏について行った。妻と娘たちと一緒に住んでいる四角い空間を、この老人が数週間のうちに見事に飾り立てたのを見て、光子は驚いてしまった。込み入った渦を描いた花瓶台、ブックエンド数点、ランプを阿部氏は見せてくれた。ほかに櫛、鏡の枠、ブローチなどもあった。

「綺麗ですねえ。どこでこんな見事な技術を身につけられたんですか？」

ゴムのような唇がふたたびだらんと開いた。歯のない歯茎をまったく恥じていないらしい。

「農場をやっていると、冬は何かすることを見つけませんとね」

これは予備だから、と言って阿部氏は光子に鑿《のみ》をひとつと、彫刻刀を二本譲ってくれて、ビリーに作ってやっている頑丈なおもちゃよりもっと難しいものに挑戦するよう勧めた。さらに、自分で集めてきた重い木を腕一杯抱えて、光子をドアまで送ってくれた。

「なぁにそれ⁉」と好子が、節だらけの埃っぽい木切れを抱えて入ってきた光子に訊いた。

砂漠で育ったねじれた木のかたまりから、光子がいろんな形を作り出すのを眺めてビリーは多くの晩を過ごした。浮彫りの優美な模様を光子は試し、小さな像なども作ってみた。自分のために作ってもらった馬がビリーはとりわけ気に入った。

「これ、でっぷりしたいい木よね」光子は言った。「ゾウかカバ《ヒポポタマス》はどうかしら？」

「ヒパポマスって何？」ビリーが訊いた。

ビリーを一度も動物園に連れていったことがないことに気づいて、光子の胸は痛んだ。そもそも教会以外、ほとんどどこへも連れていったことがないのだ。

ビリーが「ガチョウを作ってよ、ママ。ニルスのガチョウみたいなやつ。一緒に乗って飛んでいこうよ」と言った。

ピュアラップより広くなったとはいえ、べつにもっと自由になったわけではない。そのことはビリーも知っているのだ。「やってみるわ。でも翼は阿部さんに手伝ってもらわないとね」

＊

八月から九月にかけて、主たる話題は——会話をする元気のある人間がいたらということだが——気温だった。今日は百度〔摂氏三十七・八度にあたる〕を何度超えたか？　第二の話題は風速である。この薄っぺらな住みかに、砂は時速何マイルで叩きつけているか？　蚤《のみ》の話、バラックの陰にひそむガラガラヘビの話も出た。

九月半ば、夏も終わりに近づくと、何人かの住人が集まって収容所新聞『イリゲータ（水を引く者）』を発刊し、口伝えの噂よりは信頼できる天気予報を提供するようになった。状況の重苦しさが減じてきていることは光子にもわかった。バラックの薄い壁を貫いて聞こえてくる絶えまないお喋りの音が、人々が活動しはじめるにつれて大きくなっていた。

収容所生活の組織が複雑になってきて、人手が不足してきたということで、『イリゲータ』紙上ではボランティアを募っていた。協同運営売店、会計事務所、消防団、病院、厨房、再配置事務局、所内安全パトロール、公正労働委員会、『イリゲータ』自体の日本語部門で人手が必要とされている。ある時点で、人手があまりに足りなくなって、消防団は九人の女性ボランティアを受け容れた。

社会構造がどんどん育っていくさまを読むにつけ、いままではただのざわめきだった声たちも、光子の耳にはっきり具体的な行動と結びついたものになってくると、自分も何らかの形で仲間に入りたいと彼女は思うようになった。吾郎もようやく無気力状態から脱して所内安全パトロールに加わり、好子は合同プロテスタント教会の活動に忙しかった。何か役に立つことをしたいと光子は思ったが、と同時にビリーと過ごす時間も減らしたくなかった。

というわけで、十月十九日に学校が開校になると聞いて、ビリーと離れるのは不安だったが、収容所生活に貢献できるようになるのは光子としても楽しみだった。ブロック21から44に住む五百人の児童が、温情あふれる収容所長ハリー・L・スタフォードに敬意を表して「スタフォード小学校」と命名された学校に通う。学校がすぐそば、道を曲がったところのブロック32にあるのは救いだった。

学校が始まることについてはビリーも不安そうだった。同じブロックの友だちと一緒に通うのは楽しみだけれど、収容所には彼の金髪をからかい、口汚い言葉を浴びせてくる年上の子供たちもいるのだ。「フランクも一緒に学校に行けるかな?」とビリーは訊いた。佐野家はブロック40、道のすぐ向かいに住んでいる。

光子は笑ってビリーを抱きしめた。「フランクはね、学校に通うには全然大きすぎるのよ。心配ないわ、フランクの代わりに先生たちが守ってくれるから」

けれどビリーは言葉すくなで、その最初の月曜日の朝、埃のなかをブロック32まで歩いていくときも光子の手をぎゅっと握るものだから、いつしか光子自身の不安も募っていった。学校のバラックの外に集まった児童と両親たちの前に陽気そうな女性が現われ、校長のミルドレッド・ベネットだと名のった。今後一年の達成目標を校長は述べたのち、幼稚園児と一年生の保護者は教室まで一緒に行って構わないと言ってくれた。人波が動き出すなか、ビリーは怯えた青い目を光子に向かって上げ、光子は精一杯励まそうとビリーを抱きしめた。

教室も例によって殺風景なバラックの一室だったが、とにかく小さな机と椅子が並んではいた。校具はどれも使い古しで、そこらじゅうイニシャルが彫ってある。近所の学校からのお下がりなのだ。教室の前方に米国国旗が掛かっていて、壁には愛国的なポスターが何枚も画鋲で止めてあった。「無駄は省け　敵を喜ばせるだけ」「老いも若きも節約は出来る」「精一杯の節約を」「不注意は敵を助ける」。このクラスの先生はミス・ポロックなる小柄な砂色の髪の女性だった。この人は部屋一杯の小さな敵を前にすることを心細く思っていたりしないだろうか、と光子は思案した。それに、ビリーが白人の先生に贔屓にされたりしたらどうなるだろう、という心配もあった。光子は教室の後ろに立って、励ましのまなざしをできるだけ長いことビリーに送っていたが、やがてポロック先生が保護者に退室するよう合図したので、仕方なく外に出た。

道の曲がり目に立って、光子は躊躇した。部屋に戻ってビリーを待つこともできるし、さっそく何か収容所の活動に身を投じる手もある。たとえば、『イリゲータ』の日本語ページには文法的間違いも多々あり、四十年間日本の外で暮らしてきたのではない人間が手伝える余地もありそうだ。と、収容所の西の端の方に、病院の煉瓦の煙突がそびえているのが目に入った。あそこへ行けば、この国で生涯働いて築いてきた暮らしから残酷にも根こそぎにされた病める一世たちを助けてあげられる。

が、ビリーの学校から遠いのは心配だった。一方、新聞の編集局はブロック23、学校からほんの二、三百メートル先にある。フランク佐野もそこで、大学教育を受けた二世仲間数人と一緒に働いている。光子は編集局めざして歩いていった。

フランク自らが入口で彼女を出迎えてくれた。彼がみんなに紹介してくれて、編集局のスタッフ全員が大歓迎してくれた。光子はその日から仕事を始めた。

*

光子は毎朝、フランク、ビリーと一緒に学校まで歩いていき、学校からフランクと二人で『イリゲータ』編集局へ向かった。彼女の仕事は、一連の記事を日本語に翻訳し、謄写版の原紙を切ることだった。翻訳する記事の大半は天候に関するものだった。ミニドカは灼熱の夏から一気に厳寒の冬に移行する。十一月十五日、車庫に使われている小屋の屋根をむしり取って十五メートル運んだ強風について、彼女は書いた。「本収容所は決して止まぬ暴風雪の中心に位置しているように思われる」

十二月一日の晩、光子、好子、吾郎、ビリーの四人は背を丸めてだるまストーブを囲み、熱に顔を赤く火照らせ、背中は寒さに苛まれていた。と、いきなりドアが開いて、本国で聞きなれた挨拶「ごめんください」が聞こえた。この国で三十年暮らしているというのに、阿部夫人はいまだ、ドアをノックするというアメリカ式流儀に従う気になれずにいた。痩せた筋肉質の小柄な女性で、真っ白な髪に尖ったあご。普段からせわしない活力のかたまりだが、今日はとりわけピリピリして見える。

「すみません、うちの人がこちらにお邪魔しているかと思ったものですから。いつもの仲間と一緒じゃないんです――木彫り仲間の老いぼれ連とは」

　夫とその友人たちについて彼女が使った言葉が可笑しくて、光子は思わず微笑んだ。「もう何日もお見かけしていませんわ」

「森へ木を探しに行くと言ってたんですが、丸一日誰も見ていなくて」

「え、出してもらえたってことですか？」吾郎が目を丸くして訊いた。

「出してくれるさって本人は言ってました。今朝は天気もそんなに悪くなかったですから。でも今は……」

　所内安全パトロールに訊いてみようと、吾郎は老婆を連れて出ていった。一時間後、ぶるぶる震えながら吾郎は戻ってきた。ビリーはもう寝かされ、ストーブの火も消えている。

「誰も何ひとつ知らない。どこかあっちにいると思うんだ」寒々しい闇に向けて手を振りながら吾郎は言った。「奥さんは強がってるけど、ものすごく心配してる」

　翌日光子はもこもこに着込んであちこちを回った。『イリゲータ』編集局から阿部家の住居、警備本部、病院と順に行ってまた戻ってきた。否定しがたい真実を彼女は信じたくなかった。雪野原にトラック一杯の見張り兵たちが送り出されたが、なんの成果もなく黄昏どきに帰ってきた。

　翌朝早くトラックはまた出ていった。光子は『イリゲータ』日本語ページの新しい題字の作成に取り組み、阿部氏のことは考えないようにしていたが、そこへ吾郎が駆けこんできた。

「見つかったぞ！　大変だ！」

「まさか！」光子は金切り声を上げた。「亡くなったんじゃないでしょうね」

「遺体を安置所に運んでいった。かちかちに凍りついていた。あんなものは初めて見た。全身、赤ん坊みたいに丸まって……」

光子はコートをひっ摑み、刺すような冷たい空気に出ていった。ずっと後ろで吾郎が雪道をとぼとぼ歩きながら彼女の名前を呼ぶのが聞こえたが、待つ気にはなれなかった。病院関係の建物がある一画めざして収容所半分の距離を走っていくなか、風が彼女の顔をかきむしった。彼女は遺体安置所の入口で門前払いを食った。「奥様が亡骸《なきがら》とご一緒なんです」と砂色の髪の、縦縞のエプロンを着た若い女が言った。「じっとお座りになって、物音ひとつ立てないんです」

夫を殺した砂漠に彼が埋葬されたときも阿部夫人は沈黙を保った。泣き叫ぶ十代の娘を左右に従えて、夫人はまっすぐ前を見据え、ろくにまばたきもしなかった。凍った地面に職人たちが穴を掘るのに二日かかった。

＊

阿部氏の死に、氏のビターブラッシュの蓄えを減らしてしまった自分にも責任の一端があるのではという思いを光子は拭いきれなかった。かつては石のように逞しかった阿部夫人が今やすっかり萎びてしまったと好子から聞かされて、光子はますます落ちこんだ。夫が埋葬されてから一週間後、夫人は病院に入れられた。

とはいえ、結局のところ、この恐ろしい死の責めを自分が負えるわけではないことは光子にもわかった。といって、木を探しに阿部氏が森に行くのを許した収容所管理局の責任でもない。彼らはただ、老人が何よりの楽しみにふけることを黙認しただけなのだから。責められるべきは、もっとずっと大きな、彼ら全員を意に反してこんなところまで無理矢理連れてきた力なのだ。

光子はその事実を、クリスマスの季節が近づいてきて『イリゲータ』の編集委員のあいだでひとつの議論が持ち上がったときに痛感することになった。発端は、編集長のケニー河内がフランクに、収容所に住む子供たちに向けて「サンタからの手紙」を書くよう要請したことだった。

「冗談じゃない、僕は最悪の書き手候補だよ！」とフランクは抗議した。「まず第一に、僕は仏教徒として育てられた。第二に、僕はもうそういう寝言なんか信じちゃいない。ましてやサンタクロースだなんて」

「何言ってるんだフランク、五歳を過ぎてサンタクロース信じてる人間なんているものか」河内はほっそりした手で空気を切りながら言った。「これは単なる、季節ごとに新聞に載せるお約束事だよ」

「そうだよ、落ちつけって、フランキー」と漫画担当のでっぷりしたジェリー山口が言った。

「だって君たちわからないのか、自分たちが何やろうとしてるのか？」とフランクが言い返した。

「何も考えない伝統を、何も考えずに活かしている。そこから生じる結果はただひとつ――人々を大人しくさせておくことだけさ」

「また始まった！」山口がうめくように言い、目をぎょろつかせた。「収容所の哲学者」

「そうとも、この収容所には哲学者が必要なのさ。こんな地獄のど真ん中の砂漠で俺たちがなぜ冬を過ごしているのか、考える人間が必要なんだ。サンタクロースがいなかったら、たぶん俺たちはこんなところにいないいんだ！」

山口はのけぞってゲラゲラ笑いだした。「へーイ！　こいつぁ聞き物だぞ！」

「考えてもみろよ」フランクは続けた。「ケニー、サンタクロースなんて子供だって信じないって君も言ったよな」

河内はうなずいた。

「じゃあサンタクロースはなんのためにある？　囮《おとり》なのさ。子供たちが信じないことを学ぶように用意された囮さ。そうやって、大人たちの『本物の』神に対して持つかもしれない疑いの気持ちを、そっくり引き受けさせるのさ。こんなどう見たって信じられやしない父親像を用意して、父なる神と好対照をなすよう、大人たちが仕組んだのさ。サンタクロースに較べれば、神は掛け値なしに本物で確固としたものに思える――この机と同じくらい」そう言って彼はげんこつで机を叩いた。

光子はフランクの激憤を楽しんでいた。

「考えてもみろよ」フランクはさらに言った。「サンタクロースは実に巧妙な発明さ。子供がまだすごく小さいうちは、サンタクロースをとことん信じるよう大人は仕向ける。で、やがて真実を知った子供は、自分が絵空事を卒業して、『本物の』神、大人の神への信仰に進んだことを誇らしく思うわけさ。けどむろん、神だってサンタクロースと同じく絵空事だ」

「おいちょっと待て」ジェリー山口が抗議した。もう笑ってはいなかった。「いくらなんでも言いすぎだぞ」

「な、これだろ？」フランクが叫んだ。「僕はタブーの領域に踏みこんだわけだ。君は『本物の』神から卒業したくないんだ。そしてどうやら、ローズヴェルト大統領も君が卒業することを望んじゃいない。君がいい子でいること、大人しくしていることを大統領は望んでいる。大統領とかデウィット将軍とかいった『本物の』大人たちに言いつけられたとおりに君がふるまうことを彼らは望んでいる。家も財産も捨てて退去せよ？　承知しました！　四方で暴風雪の吹き荒れる砂漠で人生を無駄にせよ？　承知しました！　君はいい子の、お行儀のいいジャップだ！　なぜだ？　それはだな、『リスト作って、二度チェックして、誰がいい子で誰が悪い子か調べてる。

サンタが町へやって来る』からさ!」

「やれやれ!」ケニー河内が叫んだ。「聞いたことないぞ、こんなクソみたいな——」

「ちょっと」タイプ仕事の大半を請け負っている小柄な若い女性メイ江藤が口をはさんだ。「女性もいること、忘れないでよね」

メイが光子に向かってにっこり笑うと、光子は中途半端なうなずきを返した。フランクの大仰な物言いは彼女の心の琴線に触れたのだった。

*

三日後、ギャラップ調査の最新結果が『イリゲータ』紙に届いて、フランクはふたたび感情を爆発させることになった。最西部五州の住民に、退去させられた日本人に関する意見を訊ねた調査である。「太平洋岸から移動させられた日本人は、戦争が終わったら元の場所に戻ることを許されるべきだと思いますか?」と問われて、すべての日本人が自宅に戻ることを肯定する者は29パーセントだけだった。24パーセントは米国国籍を持つ者のみ戻らせるべきだと答え、一人も戻らせるべきでないと答えたのは31パーセント、わからないと答えたのは16パーセント。日本人が戻ることに反対した人々に訊ねた「彼らをどうすべきだと思いますか?」に対しては、日本に送り「返される」べきだと三分の二以上が答え、残りは現在彼らが抑留されている内陸地域にそのままとどまらせるべきだと答えた。全体に関しては、軍隊が日本人を退去させたのは正しかったとする者が97パーセントで、異を唱えた者は2パーセントのみ、1パーセントはわからないと答えた。

「人種差別者《レイシスト》どもが！」集まったスタッフに向かって報告が読み上げられるとフランクは声を張り上げた。「俺たちは檻に入れておくべき獣だってのか？　戦争が終わったあとも俺をここに閉じこめておこうとしてみろ、反乱起こしてやる！」

ふたたび突風が吹いて、編集室を包む薄っぺらい板張りがガタガタ揺れた。あかあかと燃えるストーブのそばに座っていても、この荒野で人生の残りを過ごすと思っただけで寒気《さむけ》が光子の体を貫いた。敗戦した日本に帰る方が、ここでずるずる時を送るよりはまだましだ――とくに、どのみちビリーを失う運命なのであれば。けれども、二世たちの暗澹《あんたん》たる表情を目にし、自分たちの同国人に完全に裏切られたという事実を彼らが懸命に呑み込もうとしているさまを見て、光子の心は痛んだ。

その夜ビリーが眠ってから、光子はギャラップの調査結果を吾郎と好子に伝えた。

「97パーセントが僕らを敵と見ている」吾郎は言った。「本当に憎まれているんだな。ひょっとしたらほんとに日本へ帰った方がいいかも」

「日本なんて、どんな国だったかもろくに覚えてないわ」好子が言った。「そんなところ行って、あたしたちに何が残ってるの？」

吾郎も「そのとおり。僕も本気で戻ろうなんて思っちゃいない。でも、戦争が終わってもここに閉じこめておこうっていうんだったら……」と言った。

「そんなことできるわけないわ」好子が言い放った。

「二世はそうかもしれない」光子が言った。「でも私たちは？」

「二世だってわかるもんか」吾郎が言った。「アメリカ国民として憲法上の権利が自分たちにはある、そう連中は信じきっていた。それがこのザマじゃないか」

光子も言った。「好子姉さん前に言ってたわよね、心配は要らない、私たちみんな同じに扱ってもらえるからって。残念ながら姉さんの言うとおりだったわね。彼らにとって、私たちはみんな同じなのよ。一人残らずジャップなのよ。私たちみんな、真珠湾を爆撃した奴らと同じ悪者なんだわ。フランクが言ったとおりよ。掛け値なしの人種差別よ」

「フランク佐野青年のこと?」好子が訊いた。

「そうよ、あの人が『イリゲータ』の編集局でまくし立てるところ聞かせたかったわよ」と光子は笑いながら言った。フランクの目にみなぎっていた炎を光子は思い出し、我知らず彼に対する賛嘆の念が募ってくるのだった。

22

一月四日に学校がふたたび始まり、骨を突き刺す風がまたも吹いていた。ビリーが光子に、一人で歩いて帰りたいと宣言した。もう大きいんだってことを見せてくれる時間はあとでたっぷりあるのよ、と光子は説得に努めた。「おねがーい!」ビリーはとっておきの笑顔を添えて頼みこんだ。

「みっちゃん、大丈夫だってば」好子も言った。「交通パトロール・システムもうまく行ってるのよ。よその親たちはみんな安心してるわ。どうしてあんただけ安心できないの?」

「五年生と六年生でしょ? そんなのシステムって言える? 周りは塀に囲まれてるかもしれな

いけど、中には一万人の人間がいるのよ」

「そうだよ」吾郎も言った。「タール紙貼りの小屋はどこも区別がつかないから、子供がしょっちゅう迷子になってるんだ」

「ねえお願い、ママ」ビリーがまた言いだした。結局光子も折れたが、学校が終わる直前に彼女は編集局を出て、こっそりビリーのあとをつけて行き、彼がバラックの中に入るまで見守った。一時間後に光子が家に帰ると、ビリーは彼女の腕に飛びこんできて、誇らしげに「僕、一人で帰ってきたよ！」と言った。

「偉いわねえ」と光子は言った。が、その週はずっと秘密の尾行を続けた。

次の週の月曜日、時計の針が下校時刻を過ぎるのを光子は眺めていた。あの子は大丈夫だ、と彼女は自分に言い聞かせた。明日までに『イリゲータ』次号を出さないといけない。まだ求人一覧、遺失物リスト、何やら定義もはっきりしない世界の精神的危機をめぐるジョージ中島《なかしま》の果てしない論説を訳して編集する仕事が残っている。すべての記事を謄写版原紙二枚に詰めこんだときはもう六時近くになっていた。

「ミツコさん、ちょっと待っていてください。僕もすぐ終わりますから」コートを着かけている彼女にフランクが声をかけた。そして彼は机の上の文書を急いで整え、光子のあとについて寒い外に出た。

雪の硬い結晶が、闇の中を急ぐ光子の顔を刺した。フランクは最新のギャラップ調査の数字について何かぶつぶつ言っている。その言葉はほとんど光子の頭に入ってこなかったが、この公営スラムの暗い裏道をフランクと一緒に歩けるのは有難かった。彼が口にする言葉には当面ほとんど興味が持てなくても、その声の太い響きは心地よかった。だが、道の曲がり目の、暗くなった小学校の前を通り過ぎるころには、いま聞こえているのは自分たちの足下でざくざく鳴る固められた雪の音だけであることに光子は気づいた。

　フランクが立ちどまった。「ミツコさん」いまやその声は妙に濁っていた。

　立ちどまってはならないことが光子にはわかった。

「急ぎましょう、フランク」と彼女は言ったが、足どりはゆっくりになった。

「ミツコさん」とフランクはもう一度言い、今回は光子も立ちどまって彼の方に向き直った。もはや風の刺すような冷たさも感じなかった。フランクは何歩か足早に動いて、光子の前に立った。そして逞しい両腕で彼女を包みこみ、自分の顔を彼女の顔に近よせた。簡単なことだ、彼に自分を抱きしめさせるのは、キスさせるのは。でもビリーのこと、フランク本人のことも考えてやらないと。このアメリカ人青年はまだ少年時代を終えたばかりなのだ。フランクの唇を避けようと光子は抵抗したが、彼の熱い息が喉をかすめると、体全体を戦慄が貫いていった。

「フランク」光子は言った。「私はあなたより十歳年上なのよ。私は結婚しているのよ」

　彼女は我が身を引き剝がし、駆けだした。一瞬のあいだフランクの足も彼女のすぐ後ろを動いていたが、やがて止まり、彼女は一人で走っていた。首から上だけふり返ると、道路の曲がり目の街灯柱の裸電球の下にフランクのシルエットが見えた。光子はペースを落として歩きだした。喘ぐような、苦しい息づかいになっていた。凍《い》てつく空気が肺の奥深くまで切りこんだ。

　ブロック39に近づくと、自分たちの住居のドアの縁から光が漏れていないことが見えた。パニックが襲ってきたが、次の瞬間、自分の過保護ぶりに我ながら呆れた――そう、みんな食堂に行っているのだ。

　洗面所でざっと顔や手を洗い、大きな、明るい光の灯る食堂の喧騒に飛びこんでいった。食べ物よりもビリーの所在が気になって、行列の横を抜けていき、熱い茶の入った金属のピッチャーを持ったウェイトレスと危うく衝突しそうになった。話し声の騒々しさはすさまじかった。いつものテーブルに好子が見えた。吾郎も一緒だ。でもビリーはいない。好子がにこにこ笑って手を振り、唇が「なんでこんなに遅いの？」と動いた。

「ビリーは一緒？」人の頭が並ぶ黒い海の向こうから光子も声を出さずに訊いた。

好子が吾郎の肩をつつき、吾郎も話し相手の男から顔をそらした。二人ともそそくさと席を立ち、光子の立っている方へやって来た。

「あんたと一緒だと思ってたわ」好子は言った。

「知ってるでしょ、先週からあの子を一人で帰らせてること」

「でもこっそり見張ってたじゃない」

「そうだけど、今日は——」

「今そんなことはどうでもいい」吾郎が割って入った。「ビリーを探さなくちゃ」。そして人混みをかき分けて食堂の端まで進んでいき、鐘を叩いて静粛を求めた。

「ビリー！　ビリー・モートン！　いるかい？　誰かビリーを見ませんでしたか？」

クラスメート三人が、学校でビリーを見たと言った。静粛が崩れてきて、「金髪の子《ブロンディー》」と嘲笑混じりにささやく声がいくつか光子の耳に入ってきた。

吾郎が協力を要請すると、何人かの男女が捜索に加わると申し出てくれた。吾郎は彼ら一人ひとりに、できるだけ多くの食堂を回ってくれるよう依頼し、きっかり一時間後の七時半にまたここに集合すると告げた。好子には、ビリーがひょっこり帰ってきた場合に備えて家で待機するよう指示した。自分は警備本部に行くと吾郎は言った。

「あなた、大丈夫?」好子は心配そうに訊いた。モンタナから帰ってきたとき以上に今の吾郎はやつれていて、すぐ疲れてしまう。だが彼は好子にちらっと苛立たしげな目を向けただけだった。

自分はビリーの帰り道を逆にたどって、彼がよく行く場所に一通り行ってみる、と光子は言った。ブロック32めざして駆けていきながら、凍てつく寒さも雪もほとんど意識に入らなかった。こんな天気とあっては外に出ている者は誰もおらず、学校のバラックにも鍵がかかっていた。ドアや窓をがんがん叩いてビリーを呼んだが、その半狂乱の叫びにも答えはなかった。

突然、女の呼ぶ声が聞こえた。「ミセス・モートン!　ミセス・モートン」。光子は道路に飛び出した。影のように暗い姿がミセス殿山と名のり、自分の息子について、彼が何をしでかしたかを言いもせずに謝罪を始めた。光子は苛立たしい思いでそこに立って相手の話を聞いていたが、そのうちやっと、殿山夫人の息子ら五年生四人が今日放課後にビリーをいじめていたことがわかった。皆でビリーを追いかけ回して、学校と家とのあいだのどこかのブロックに追いこみ、それ以来見かけていないということだった。

「どのブロックです?」と光子は詰問したが、わからないと相手は答え、息子も覚えていないんです、でもたぶん学校とブロック42のあいだのどこかだと思いますと言った。ブロック42に殿山家があるのだ。

「わかりました」光子は言った。「あなたはブロック42から探してください。私はここから始めます。真ん中で出会いましょう」

「それは無理です。私、帰って自分の子供たちの世話をしないと……」

「あなたの子供たち?　この騒動を引きおこしたのはあなたの息子なんですよ!　さあ、言うとおりにしなさい!」

「なんの権利があって人に命令するのよ？　だいたいあんたがあんな白人の悪魔を連れてきたりしなきゃ――」

自分でもわからないうちに、光子は片手を振り上げて女の顔をひっぱたいていた。殿山夫人は悲鳴を上げて逃げていった。

ブロックの真ん中の、洗濯室とトイレがあるところへ光子は飛んでいった。ここにビリーが隠れているかもしれない。女子便所の臭いは息が詰まりそうで、光子の脳裡に、ビリーがどこか暗い片隅に隠れて臭気に卒倒せんばかりになっている姿が思い浮かんだ。

男子便所の入口からも呼んでみたが、返事がないので中へ飛びこんだ。老人が一人便座にまたがり、何か手作りの箱を両側に置いて両足をその上に載せていた。垂れ下がった性器を老人はぐいと摑み、「出ていきやがれ！」と光子にどなりつけたが、まず便所内をひととおり回るまで彼女は出ていかなかった。

次はレクリエーション・ホールに飛んでいった。そこで遊んでいる子供たちの中にもビリーはいなかった。

隣のブロックでも探索をくり返したが――洗濯室、便所、レクリエーション・ホール――結果は同じだった。ブロック35めざして道路を走って渡っている途中、フランクが彼女の名前を呼ぶのが聞こえた。彼を避けねばととっさに思ったが、ビリーを探すのを手伝ってくれているのかも、と思い直した。

「ここよ、フランク！」と呼びかけたが、寒い巨大な夜にその声は呑み込まれてしまう。もう一度呼んだ。次の瞬間、影のような姿が彼女の方に向かって道路を駆けてきた。白い息が雲のように後ろ向きにたなびいていた。

「見つかりましたよ」とフランクが言い、慎み深く距離を置いて止まった。「僕の家《うち》に隠れてたんです」

「無事なの?」

「元気です。ヨシコさんに預けてきました」

ぎこちない沈黙の一瞬が生じた。

「さっきは済みませんでした」フランクは言った。「約束します、もう二度とあんなことは起きません。なんであんな真似をしたのか、自分でもわかりません」

光子は小声で「いいのよ、大丈夫」と呟くしかなかった。

フランクはバラックのドアまで送ってくれた。

中に入ると、ビリーが腕のなかに飛びこんできた。ストーブのそばで服を脱がせて、頭から足まで体を点検した。片方の脛の打ち傷、それ以上の責め苦のしるしはなかった。だが顔にはいまだに怯えの表情が浮かんでいた。

*

ビリーのためにも、そしてフランクとのあいだにまたあんなことが起きないよう、光子は新聞の仕事を辞めることにした。翌朝、好子と吾郎にその決断を伝えた。

「そんな」好子が言った。「せっかくやっといいことがあったのに。あんなふうに――」好子はビリーをチラッと見た。

「わかってる」光子は答えた。ビリーの前で父親をけなしてほしくない、ということは前にはっきり言ってある。「でもこれは予想してたことよ。ここの人たちだんだん険悪になってきていて、それが子供たちを通して現われている。そのくらいわかってしかるべきだったのよ」

「君のせいじゃないよ」吾郎が言った。「もう誰も子供に構ってる暇がないんだ。家族がばらばらになってきている。このごろ毎日、僕が何人の不良少年を相手にしなきゃいけないと思う？ここに閉じこめられる前、不品行な日本人の子供なんていたかい？」

「とにかくビリーを犠牲にする気はないわ。必要とあらば私、学校の外に野宿するわよ」

「無茶言わないでよ、みっちゃん」好子が言った。「ここではみんな何かしなくちゃいけないのよ。吾郎は警備の仕事があるし、私は教会で忙しい。二人とも前と同じに日曜学校もある。あんたにも何か必要なのよ。仕事を始めてからあんた、ほんとに元気だったじゃない。じゃたとえば、毎日学校が終わったらあたしが絶対間違いなくビリーを迎えに行くって約束したら？」

「それがいい」吾郎も言った。「僕も手伝うよ。僕たち二人でビリー・モートン警備隊だ」

　一日ずっとビリーを待っていたら頭がおかしくなることは光子もわかっている。フランクのせいで新聞を辞めるとしても、ほかの仕事を探さないといけないのだ。「わかったわ」彼女はようやく言った。「とにかく遅くまで仕事しないようにするしかないわね。だけどそれでも、姉さんには学校に来てほしいの。二人一緒にビリーを連れて帰るのよ」

　好子は「それってやり過ぎだと思うけど、じゃあまあ学校で待ち合わせましょ」と言った。

＊

　その朝フランクは光子とビリーを迎えに来なかった。一人で出勤したのだろうと光子は思ったが、ビリーは何度もフランクはどうしたのと訊ね、雪道を光子ととぼとぼ歩きながら「いじめっ子」たちがいないか何度も心細そうにあたりを見回した。編集局へ向かう途中、病院の煙突が見えて、病人や老人を世話する仕事のことを光子は思い出したが、結局どうしたらいいかわからないまま編集局に着いてしまった。フランクが忙しく働いているのを見て、ビリーが無事なかぎりやっぱり何も変えなくてもいいのかもしれないと思った。

次の一週間を、光子は自分の気持ちを整理することに費やしたが、成果はほとんどなかった。気持ちを「整理」することが、怒りの対象に順位をつけることだと悟って、なんとも腹立たしい気持ちになった。一番上位を占めるべきなのは誰か？　トム？　神？　白人アメリカ人？　東條大将？　天皇？　デウィット将軍？　ローズヴェルト大統領？　子供たちに憎むことを教える日系アメリカ人両親？　日本にいる光子の友人や家族はどうなのか？　真珠湾の報道に小躍りしているのか？　聖なる帝国軍隊がこの国を抹殺しその領土内に住む白い悪魔どもを一人残らず抹殺するよう祈っているのか、それとも牢獄や拷問を脅《おど》かされてそういう祈りを口にするよう強いられているのか？

週の終わり近くに、光子が自分の立場を見きわめる機会が訪れた。収容所内の日本国籍の者たちに対し、日本政府からの使者との会合に出席するよう呼び出しがかかったのである。土曜日の会合に行くつもりだと光子は好子と吾郎に告げた。

「自殺行為だよ」吾郎が警告した。「日本政府なんかと関わりを持たない方がいい。当局はこっちの忠誠心を試そうとしてるだけさ。それにほかの住民たちに知られたら、君、何されるかわからないぜ」

「私はまだ、自分を日本と切り離してしまう気になれないの」と光子は言い張り、吾郎たちが何を言っても気持ちは変わらなかった。

＊

一月十六日の晩、日本の役人を目にするものと予想して、光子は収容所中央近くのブロック23の食堂に出かけていった。収容所長のスタフォード氏とともにテーブルの向こう側に座っていたのは、砂色の髪に口ひげの、見慣れぬ軍服を着た男だった。会合が始まったころには、おそらく百人くらいの収容所住民が集まっていた。

いつものグレーのビジネススーツを着て、例によって小心そうなニタニタ笑いを浮かべた、縁なし眼鏡の奥に左右大きく離れた目が見えているスタフォード氏は、国務省のバーナード・ギャフラーなる人物を紹介した。そしてギャフラー氏が、見慣れぬ軍服の、アントニオ・R・マルティン大尉を紹介した。合衆国における帝国日本政府の利益を公式に代表する人物として、ワシントンDCのスペイン大使館からやって来たという。

マルティン大尉が立ち上がると、食堂の照明を浴びて肩章がかすかに光った。口ひげはオリーブ色の顔を横切る一本の黒い棒だった。華奢な体つきで、背は吾郎と大して変わらない。大尉はまず、敵国領土内に拘留されているすべての日本国籍所有者への帝国議会からの公式の挨拶を伝えたが、自らの使命の内容を大尉が発表すると、顔が熱くなるのを光子は感じた。

「私はある名簿を携えてここへ送り出されました。これは日本政府が、現在日本国内に拘留されている合衆国国籍所有者と交換可能な人物として個別に指定した方々の名前を記した名簿です。これらの方々に加えて、今お集まりの方々のなかで本国送還を申しこまれた方は、今後数か月のうちに本国へ帰ることができます」

参会者たちは座席に座ったままうなり声を漏らし、そわそわ体を動かした。光子は何かを挑まれたような気分だった。大尉の物言いは、汽船の切符を買ってトランクに荷物を詰めるだけと言わんばかりだ。

「昨年六月に」マルティン大尉は続けた。「およそ千五百人の日本人が、中立国スウェーデンの船グリップスホルム号に乗ってニューヨークを発ち、日本と合衆国の中間地点であるポルトガル領東アフリカのロウレンソ・マルケス〔現モザンビークの首都マプト〕に着きました。ここでグリップスホルム号はアメリカ人たちを乗せた日本の船に出迎えられ、両船のあいだで乗客が交換されました。交換対象として審査されることを望むミニドカ住民はいま私に知らせてください。私は今年中にもう一度こちらに伺い、最終的な手配をいたします。何か質問はありますか？」

会場の人々は顔を見合わせた。誰も口を開きそうにないことが明らかになると、光子はゆっくり立ち上がって手を上げた。「今はっきり決めないといけないんでしょうか？」

「いいえ、全然」マルティン大尉は言った。「今のところは私も、おおよその数が日本政府にわかるよう、関心のある方々の名前を集めているだけです。ここでお名前を私にお伝えになっても、本国送還を望むという言質《げんち》を与えたことにはなりません」

「お持ちになった名簿というのは？」光子は訊ねた。

名簿とミニドカ住民の一覧表とを照合しましたが該当者は二人しかいらっしゃいませんでしたし、そのお二人とはすでに連絡を取りましたと大尉は言った。テーブルの上に載った小さな紙束を彼は掲げた。「このあとどうぞご自由に閲覧ください」

光子が腰を下ろすと、年老いた女性が立ち上がり、日本までずいぶん回り道をするようですがどれくらいかかるんでしょうかと訊いた。全部で三か月かかりますとマルティン大尉が答えると、老女をはじめ何人かが大きな溜息をついた。もうそれきり質問はなかった。マルティン大尉はテーブルの上の申込表を指さし、スタフォード氏が閉会の辞を述べた。

光子はどうしたらいいかわからなかった。日本行きの船に彼女を乗せる権限を持つ男と同じ部屋に立っているうちに、故郷の面影が浮かんできた。藁《わら》葺《ぶ》き屋根、杉林、川に沿って曲がりくねって海へ至る狭い山道、母の優しい丸顔。まるでこのスペイン将校が、光子がほとんど忘れかけていた、心の奥のどこかに貯えた宝の箱の鍵を開けたみたいだ。可愛いビリーと一緒に船に乗って、自分の大好きな山や川へ連れていってやれたらどんなにいいだろう！

いまサインしてもなんら言質を与えたことにはならないとマルティン大尉は言ったが、その仮の一歩を踏み出すだけでも、自ら選んだ新たな故郷に、そしてもしかしたら自分の子になるかもしれぬ幼い息子に、そして多くの悲しみを分かちあってきた姉に背を向けることになる。それにもし、吾郎が言ったように、彼女がこの国を裏切ったという噂が収容所内に広がったら？　自分たちの忠誠を示したくてうずうずしている二世たちにはきっと責められる。ビリーの身に何が降りかかるだろう？　好子と吾郎には？　そして光子は、フランクが聞いたらどう受けとめるだろう、と考えた。

光子は前のテーブルに近づいていった。十人あまりがサインしている。列に並ぶ代わりに、優先交換者の名簿を手にとり、ざっと目を通すと、「深井光子」の名が目に飛びこんできた。一瞬めまいがした。そうなのだ、日本の外務省にとって自分はいまだシアトル領事館職員なのだ。日本政府は不純な血を有する男との彼女の結婚を認めていないに等しい。彼らにとって、彼女の名はいつまでも深井なのだ。結局彼女を拒んだ男との結婚を拒んだ政府に光子は憤りを感じた。どっちを向いても、前に見えるのは不幸ばかり。ビリーを連れて砂漠の只中に入っていく覚悟でもないかぎり、確実に待ちうけている悪のうちまだましな方を選ぶしかない。どきどき胸を高鳴らせ、彼女はテーブルに歩み出て、"Mitsuko Fukai Morton"とサインした。

好子と吾郎は愕然とした。光子は何も語ろうとせず寝床に入った。だが故郷の面影は次々と湧いてきて、いっこうに眠れなかった。するすると川を上っていって、川の曲がり目を一つまた一つ越え、どんどん山の奥へ入っていく。村と外界との唯一のつながりである華奢な吊り橋に乗ると橋がぐらぐら揺れた。そうやって闇の中、大きく見開いた目の前にさまざまな像が見えるさなかにも、そばの藁ベッドに横たわるビリーの髪のほのかに白い光はつねに意識にあった。

彼女は祈りたかった。闇の中の何かに手を伸ばしたかった。だが神は、トムの神は、彼女の心から消えていた。かつてトムの神は彼女の神でもあった。そして今も好子と吾郎の神、花森牧師とあの愛情深き信徒たち全員の神である。でも彼女にビリーを与えてくれるだけの優しさがあった神が、彼を奪い去るほど残酷であるはずがない。

目を開けると、和らいできた灰色の中に夜が溶けていくのが見えた。すでに人の声がざわめきはじめている。じきに砂漠の広大な空っぽさ全体が、人間たちの動きに息づくだろう。極力音を立てぬよう光子は起き上がり、服を着て、厳寒の夜明けに歩み出た。黒い、高くそびえる塀の前を過ぎて雪の中を抜け、ブロックの裏側に出た。収容所の東の端がここで尽きて、あとは何もない空間が広がっている。

砂漠の地面は光ほのめく空に向かって開かれていた。眠っている子供のように穏やかに、信頼しきって。太陽の赤い円盤の鋭い刃が、地平線を切り進んでのぼって来るのを光子は眺めた。光の条《すじ》が一本、雪に包まれてゆるやかにうねる砂丘の向こうから彼女の方にやって来た。彼女の手が合わさったが、重たい冬着に包まれているせいで今日は何の音も立たなかった。光と命の唯一確かな源に向けて、光子は頭を下げた。

23

「質問27『あなたはどこで命令されても合衆国軍隊の戦闘任務を務める気がありますか？』」

フランクの声は怒りに震えていた。

「そしてこれはどうだ。質問28『あなたはアメリカ合衆国に無条件の忠誠を誓い、合衆国を国内外の兵力によるいかなる攻撃からも忠実に護り——』」

「よせってフランク、それって何も悪いところないじゃないか」と『イリゲータ』の漫画家ジェリー山口がさえぎった。「俺は日本が攻撃してきたらアメリカを護るよ」

「待て。最悪の部分はまだこれからだ。『あなたは日本の天皇、もしくはその他の外国政府、権力、組織に対するいかなる忠誠および服従も放棄しますか？』」

「天皇なんて地獄に堕《お》ちても俺の知ったこっちゃないね」ジェリーは言った。「もちろんサインするさ」

「じゃあ君、今は天皇に忠誠心を持ってるのか？」

「聞いてなかったのか？　いったい何言ってんだ？」

「もし君が日本の天皇に対する忠誠を『放棄《フォースエア》』するなら、今までは忠誠心を持っていたがこれからは背を向けることに同意するっていう意味さ。わからないか、こいつらが俺たちに何をしようとしてるのか？　自分たちがはじめから正しかったってことを俺たちに証明させようとしてるんだよ――いま現在俺たちが天皇に忠実であって、俺たちみんな天皇崇拝のジャップだってことを」

「ちょっと待てよ」ジェリーが言った。

「フランクの言うとおりだ」編集長のケニー河内が口をはさんだ。「俺たちの両親はどうなると思う？　親たちがどうして日本への忠誠を放棄できる？　何年もずっと、お前たちはアメリカの市民権を得る資格はないと言われてきて、今度は日本の市民権を捨てろと言われてるわけだ。どの国の国民でもなくなってしまうんだよ！」

「で、どうしてこれが『休暇許可申請書』と名がついているかわかるか？」フランクが言った。「要するに俺たちを軍隊に入れて、白人の楽園を『忠実に護』らせようってわけさ。誰が『休暇』に行くのか、わかるだろう？　俺たちさ、俺たちがさっさとどっかの特別人種部隊に入れられるんだよ。俺の友だちのダンクス大島の言うとおりさ――あいつら俺たちのこと底なしの阿呆だと思ってるんだ。まずは俺たちを4－C〔外国人であることを理由にした兵役義務免除区分〕に分類してライフルも任せられない外国人扱いしておいて、次に町から追い出して監禁して、今度は連中の自殺部隊に志願させて奴らの民主主義とやらを護らせに戦いに行かせて死なせてくれるってわけだ。どいつもこいつも、大した金玉の持ち主だよ！（失礼、ご婦人方）。でも本当さ。ローズヴェルトも『すべての忠実な国民が有する、先祖に関係なく国家の戦闘において武器を取る権利』がどうこうと言ってる。どういうことか、俺たちみんな知ってるさ――これでジャップの連中も戦場に行って撃ち殺される権利を与えられたってことさ」

『イリゲータ』編集局がこれほど大騒ぎになったのを光子は見たことがなかった。そしてどこへ行っても騒然とした状態は続いた。食堂では親子が人目もはばからずどなり合った。息子は合衆国に対する忠誠を証すと言って聞かず、両親は両親で米国政府は日本人家族をばらばらにしようとしているだけだと信じて疑わない。ひとたび息子たちがいなくなったら、自分たちは政府に生活の糧を奪われた末にシカゴかニューヨークの街頭に捨てられるのだ。涙に頬を濡らした母親たちがひざまずき、私たちを福祉にすがる身にしないでおくれと頼みこみ、お前たちが軍隊に入って私ら親の世代がこの国で尽くしてきたものすべてを破壊した上に自分も死んでしまうなんてあんまりだ、お願いだから考え直しておくれと泣きついた。

「神が僕たちに子供を下さらなかったことが今は有難いね」吾郎がその晩みんなでストーブを囲んだときに言った。「今まで僕は、この件に関する神の叡智をひそかに疑っていたけど、なぜ神がそうなさったのかやっとわかったよ。どこの家族も、きっとさぞ辛い思いをしているだろうなあ」

「でもあたしたち、どうするの?」好子が言った。

「ここにとどまるためにできるだけのことをするさ。僕はこの国で自分の人生を築いたんだ、日本になんか帰ってたまるか。二人とも『イエス』と答えるさ」

「みっちゃん、あんたはどうする? 言ったでしょう、本国送還なんて申しこんじゃいけないって」

「わからないわ……」

＊

ビターブラッシュを彫って過ごす静かな時間はだんだん、収容所を包む混乱、次第に政治的になっていく『イリゲータ』の仕事からの逃避になっていった。二月の終わり近くに、シアトルのボーイング・フィールド近辺の精肉加工場に謎の実験機が墜落して従業員が二十人以上死亡したという噂を報道すべきかどうかをめぐって編集部員のあいだで激しい議論が生じた。結局、収容所当局の反応を懸念する声が勝ち、なんの記事も出さなかった。

二月の残りから三月にかけて、ミニドカの人々が党派に分かれて争うなか、日本的な思いやりと協力の精神は失われていった。もはや夜一人で歩くのは安全ではないという噂が広がった。棒きれやバットを抱えたごろつきたちがブロックをうろついているという。シャワー室や作業場で次々喧嘩が起きた。若者たちはたがいを「裏切り者」「臆病者」と呼んであざけり合った。レクリエーション・ホールでは碁、ポーカー、シャッフルボードといった友好的なゲームが血まみれの取っ組み合いと化した。若者の人口は徐々に減っていった。国に仕えることに誇りを抱き二世の忠誠心をぜひとも証そうとする者たちは、騒々しい歓送の声を浴びながらミシシッピのキャンプ・シェルビーに発っていった。もう少し複雑な気持ちで入隊する者たちはこっそり去っていった。「日系米人部隊」に属す者たちが猛訓練を受けているという報せがじきミニドカにも届いた。

光子にとって最大の驚きは、ある朝フランクが『イリゲータ』編集局に、血のように赤い朝日を描いた白い鉢巻きを額につけて現われたことだった。今や自分は「ノー＝ノー・ボーイ」なのだ、友人たちと黒龍会《ブラック・ドラゴン・ソサエティ》を名のって鉢巻きを締めているのだと彼は解説した。彼らは皆、質問27と28の両方に「ノー」と答えることを選んだのであり、そのことを誇示してはばからないのだという。ノー、僕はこんなひどい、自分と両親を牢獄に入れた最低の国を護ろうとは思わない。ノー、僕は天皇に対する忠誠を放棄しない、この黄色い顔を見てくれ、日本への忠誠を証しているだろう?

「でも国外追放になったらどうするの?」光子は訊いた。「アメリカの市民権を捨てる気なの? 日本に行くの? あなた日本語なんて全然話せないでしょう。どうやって生きていくの?」

「そこまではまだ考えてません。大事なのは、自国の国民にどんな仕打ちをしてるのか、政府にわからせることなんです」

下院から新たな抗議の声が上がったのを受けて、政府は、自国の国民に対してまだ尽くし足りないと判断した。その結果、職人たちがやって来てミニドカの柵に電気を通していき、監視塔の建設に取りかかった――今までは監視塔がないことで被収容者たちの気持ちもいくぶん慰められていたというのに。政治観を超え荒くれ者たちが結束して作業を妨害し、夜のあいだに材木や工具を盗んだため、建築現場に一日二十四時間武装した見張りがつくようになった。やがて五月、砂漠で無駄に過ごした一年を陰鬱に祝うかのように、八十歳の一世が夢から覚め柵の方にさまよい出て、ずっと昔に死んだ妻の名を呼び、塔の上の見張り兵に射殺された。

これによって、光子の中の何かがぷつんと切れたように思えた。老いた木彫り匠阿部氏の死に関してずっと感じてきた疚しさを、ささやかながら贖《あがな》う道がここにあると思った。その日彼女は新聞の編集局を辞職し、病院に行って、ここで働かせてほしいと願い出た。

三十代前半、金髪の看護婦長マクサリン・エヴァンズは、疑わしげな目で彼女を見て「病院に勤めた経験は?」と訊いた。

「いいえ。でもここなら自分が一番役に立てると思うんです。皆さんの世話をしたいんです、争うんじゃなくて」

エヴァンズ夫人の態度がやや軟化した。「仕事の大半はあまり気持ちいいものじゃありませんよ」と彼女は言った。

「特に年配の方のお世話をしたいんです」と光子は言った。「私、祖母の臨終を看取りました。仕事の見当はつきます」

ミセス・エヴァンズは侘しげに微笑んで、「わかったわ、あなたができると思うんなら」と言い、光子を第十二棟のナースステーションに連れていった。ステーションにはこの病院で唯一もう一人看護婦免許を持つ鈴木夫人がいて、この人が光子を指導してくれることになった。光子は白いブラウスと、巨大なポケットのついた縦縞のエプロンを与えられた。「これは看護助手の制服よ」鈴木夫人は言った。「大半は女子高生だけど、まああなたも同じサイズのを着られそうね」

言われてみればそのとおりだった。シアトルを出たとき以来、きっと何キロか痩せている。

病院の廊下や病室は明るい白に塗ってあった。くすんだ色のバラックばかり見ていた目には有難い変化だった。そして、えんえん無数のおまるの中身を処理しつづける作業にもかかわらず、光子は仕事の時間を楽しみに待つようになった。

＊

まもなくアイダホの苛酷な冬はアイダホの苛酷な夏に変わった。砂漠で一年暮らしたことでミニドカの人々も鍛えられ、もはや太陽の猛襲にも屈しなかった。ボランティアの住民たちが石ころなどを取り除き、倉庫区域後方、運河から自然に出来た入江に砂浜を作った。幅六メートル、長さ約六十メートルのビーチである。

病院の仕事が休みで、砂嵐もないとき、光子はビリーを泳ぎに連れていった。水は場所によっては三メートル近い深さがあり、運河には危険な底流が隠れていたが、「ミニドカ救命員」のTシャツを着た住民がビーチを巡回している。フランク佐野もその一人で、額に白い鉢巻きをしてビーチを回る彼の厳めしいハンサムぶりに光子は惚れぼれせずにいられなかった。

六月末に、ビーチでビリーに新しい遊び友だちが出来た。ブルックス・アンドルーズ、あのエメリー・アンドルーズ牧師の幼い息子である。結婚式や葬式を執り行ない、シアトルまで頻繁に出向いて頼まれた用事を片付ける等々、信徒たちのさまざまな必要に応じられるよう、アンドルーズ牧師は一家で近隣のトウィン・フォールズに引越してきたのだった。週末にはブルックスを収容所に連れてきて、日系バプテスト教会の友だちと一緒に遊ばせる。ビリーとブルックスは背丈も年齢もほぼ同じで、金髪の小さな男の子二人が一緒にいる姿は、日本人ばかりの中で異色の光景だった。

二人が一緒に遊べるよう、光子は木のボートをいくつか彫ってやった。彼らが浅瀬で水をばしゃばしゃ撥ね上げ、モーターボートの音を口で立ててレースをするのを見守りながらブルックスの姉とお喋りするのは光子としても楽しかった。あるときブルックスの姉がふと光子の背後を見てハッと黙ったのでふり向いてみると、流れが男の子二人をゆっくり岸から引き離していた。二人とも遊びに夢中になっていて、何が起きているのかまったく気づいていない。光子は飛び上がって水の方に駆けだしたが、フランクがすでに事態を見てとっていた。水泳選手の力強いストロークでたちまち流れを横切り、男の子二人をすくい上げた。子供たちは自分が危ない目に遭っていることに気づく間もなかった。

その日のあとになって、ブロック24に住む十一歳の男の子がビーチで最初の犠牲者になったと聞いて、光子のフランクに対する感謝の念はますます強まった。礼を言おうと夕食のあとに道路を渡って佐野家に出向いたが、在宅しているのは両親だけだった。息子にきちんと伝えますと佐野夫人は言ったが、その口ぶりはいつになく素っ気なかった。自分は何かこの人たちの気分を害するようなことをしただろうか？

寝支度をしながらも、佐野夫妻の不可解なふるまいが依然気になっていた。と、ノックの音が夜の静けさを破った。吾郎は見回りに出ている。光子と好子は不安な思いで顔を見合わせた。

「どなた?」好子が声を上げた。

「僕です――フランク佐野です」

吾郎がドアに据えつけた木の閂《かんぬき》を好子が外した。

「お入りなさい、フランク」好子が言ったが、相手は敷居のところに立って、気まずそうに好子、光子の顔を代わるがわる見ている。

「いえ、ありがとうございます」とフランクは答え、光子を見た。「ミツコさんと少しお話しできればと思いまして。外で」

光子はためらったが、あまり迷った様子を見せたら好子に怪しまれてしまうだろう。だいいち、一月のあの晩からもう半年近く経ったのだ。

「すぐ戻ってくる」光子は姉に言った。砂漠の夜の冷気を避けようと、ショールを肩に羽織った。

「気をつけてね、みっちゃん」好子は言った。

「大丈夫」と光子は答え、外に出てドア板を引いて閉めた。

好子がごとんと大きな音を立てて門を差した。

二人はバラックの端まで歩いていった。「鉢巻き、してないのね」と光子がフランクを見て言った。

地面の砂はまだ昼の熱を放っていたが、涼しい風も吹いてきていた。

「年じゅう怒ってもいられません」しぶしぶという感じにフランクは微笑んだ。「来てくださったと母から聞きました」

「伝えてくださるかどうか、わからなかったわ。なんだかすこしよそよそしかったから」

フランクは何も言わずに、手振りで右側の、道路が野球場と給水塔を越え住民農園まで続いている方を指した。

「僕らが話してるのを聞かれたのかもしれません」と、しばらくしてからフランクは言った。

「僕ら?」

「黒龍会です。けっこう荒っぽい集団ですから」軽くくくっと笑った。

「純血主義とかそういうこと?」

「お聞きになったんですか?　その、いろいろ言われてましてて……」

「……白人の男と結婚した女たちについて?」

「ええ」

バラックと街灯から離れた今、空の巨大な黒い天蓋を見えにくくするものは何ひとつなく、足許の温かい砂が一握り、はるか頭上に撒き散らされて輝いているように見えた。

「あなたが国粋主義の集団に入ったのを見てがっかりしたわ。ああいうの見てると、日本の嫌な記憶が戻ってくるの」

「僕のことでがっかりした？　僕が何をするかを、あなたが気にするなんて。僕はてっきり、あの冬の夜以来……」

「ずっとあなたに好意を持っていたわ。それはわかってるでしょう。私……私、あなたに抱きしめてほしいと思った」

「じゃあなぜ逃げたんです？」

「まずビリーのことが心配だったのよ。それに私はあなたよりずっと年上だし。私たちが一緒になっても未来はないわ」

「あなたの結婚のことは何もおっしゃらないんですね」

「あの結婚、まだ何か残ってると思う？　もし夫が望んだなら、私を収容所から出してくれたはずなのよ。白色人種と結婚しているほかの女たちは解放されたわ」

敷地の端に彼らは立っていて、夜の静けさを背景に狭い小川のせせらぎが響いていた。二人はたがいにとって、ほとんど影にしか見えなかった。

「あなたが欲しくてたまらない」とフランクは言った。

何も言わずに、光子はフランクの方を向き、闇の中で顔を上げて彼の顔に近づけた。それから彼女の両腕がフランクの首に巻きつき、フランクは彼女にキスしようとかがみ込んだ。彼の唇が光子の唇の中に押し入った。がっしりした両腕が光子を逞しい胸に惹き寄せ、彼女は押しつぶされて息も詰まりそうだった。

フランクは光子の手をとって、道路から野原に入っていった。そしてすぐさま裸になって、彼女が横たわれるよう服を地面に広げ、気がつけば二人は一体になっていて、星々の冷たい丸天井の下で無我夢中にあがいていた。

あとになって、二人は背を丸めて一緒に横たわった。光子のスカートとショールがしがみつき合った体の上に掛かっている。

「ご主人のことをお訊ねしたら嫌でしょうね」フランクがためらいがちに切り出した。

「もう今は気にならないわ」

「僕には信じられません、あなたのような人を手放すなんて」

光子は軽く笑った。「ありがとう。そう言ってもらえて嬉しいわ」

「もしあなたが僕のものだったら……」。フランクは彼女をいっそう近くに惹き寄せた。「そもそもなぜその人と結婚したんです？」

光子は答えを探した。

「ごめんなさい」フランクはささやいた。「思い出すのが辛いんだったら……」

「いいえ。私も同じことを考えてたの。はじめはとても優しかったのよ。あの人、私の最初の夫じゃないんです、知ってるでしょうけど」

「いいえ、知りませんでした」

「私の最初の夫は日本陸軍の将校だったの。その人に私はひどい扱いを受けました。忘れるためにアメリカへ来たんだけど、まだ気持ちも傷ついていて寂しかったときにトムに出会ったのよ――パスター・トムに。あんな人は初めてだった。優しくて、自分の仕事に強い信念を持っていて。あの人の熱さに私も巻きこまれたのよ。それにあの人はビリーの父親だった。私は日本で子供を一人、男の子を亡くしていたから、まるでその子の代わりにビリーが送られてきたみたいな気がしたの。もしビリーがいなかったら、トムと結婚していたかどうかもわからない。姉は私に警告しようとしたんだけど、私は聞く耳を持たなかった」

「お姉さんとはとても仲よしなんですね」

「故郷ではそんなに親しくなかったのよ。姉の方が十も年上だし。でもこの何年かは一緒にいろいろ辛いことに耐えてきたから」

「でも教会には一緒に行かないんですね」

「不思議よね。私だって日本で宗教のせいで迫害されたときは、信仰を守ろうと戦ったのに。アメリカは唯一真の神に祈る国だと思ったし、神の僕《しもべ》の妻になれて本当に嬉しかった。今はすべてが空しく思えるわ」

「じゃあ完璧ですよ」フランクは言った。「僕たち同じ宗教のメンバーです」

「あなたは無神論者だと思ってたわ」と光子は異を唱えた。

「だから、そういうことですよ」フランクは笑った。

「違うわ、フランク。私は無神論者じゃないわ。私はまだ何かを信じているもの。人生を……」

「無神論者だって人生を信じます」とフランクは言い放ち、光子を引き寄せた。「無神論者は愛を信じます。無神論者は信頼と高貴さと名誉と美を信じます。正しくふるまうために罰の脅しが必要なのは子供だけです。善と悪を区別することに僕はなんの困難も感じません。でもいかなる形であれ神が僕の人生に干渉することは拒否します。超自然なるものを敬う上で、かりに指一本宙につき上げればいいだけだとしても、僕は拒否します。気づいてますか、聖書の天地創造の物語を書いた人間が誰であれ、その人物は世界が平らだと思っていたんですよ。自分が創ったことになってる世界の実際の形も知らない神なんて、僕は用がありませんね」

「こんなに暗くなくて、あなたのことがもっとはっきり見えたらいいのに」光子は言った。「編集局でサンタクロースの話をした日、あなた本当にハンサムだったわ」

フランクは笑って、彼女の喉にキスした。「いま言ったことは本気です」彼はささやいた。「僕は本当に愛を信じているんです」

24

光子が空地でフランクと夜を過ごしたすぐ翌日、あたかも悪意あるテレパシーでも働いたかのようにトムから手紙が届いた。同封された書類は法律用語で書かれていたが、手紙自体の意味は誤解の余地がなかった。それはトムが作成した離婚申請書類であり、光子が異議を申し立てないかぎり九月一日に離婚が成立する。その日に息子を迎えに来るので、ビリーに出発の支度をさせて収容所長に預けておくようにとの指示だった。トムは光子に会う気はない。今や「新しい家庭を築く」所存なので邪魔をしないでほしい、と手紙にはあった。

「異議、申し立てるの?」バラックで二人だけになると好子が訊いた。

「望みなしよ」光子は答えた。「味方してくれるアメリカ人裁判官なんていないわ。私はビリーを失うのよ。それに尽きるわ。裁判で争ってもビリーが傷つくだけよ」

「気の毒に、みっちゃん。あたしが何かしてあげられたら」

「誰にも何もできないわ。あと二か月よ」

その夜、好子の目を避けて、バラックの東の端で光子はフランクと会った。空地に歩いていく途中、フランクに打ちあけた。

「あなたはあの子を本当に愛していますよね」フランクは言った。「僕もあの子のことが本当に可愛いです。でもこれが一番いいのかもしれない。いずれこうなるしかなかったんです」

毎晩「散歩」に出るのが光子の習慣になった。内緒の行動を恥じるというより、好子の気持ちを傷つけるのが怖かった。

「僕からも知らせがあります」七月二十四日の夜にフランクが言った。「ついさっき発表されたんですが、カリフォルニアのトゥーリーレイク収容所が、再配置センターから『不忠実者《ディスロイヤルズ》』隔離収容所に変えられるそうです——僕のようなノー＝ノー・ボーイを入れるところに」

光子はハッと息を呑んだ。まずはビリー、今度はフランク。

「僕と一緒に来てください」大空の下、一緒に横たわっているさなかにフランクは訴えた。「僕らは九月か十月にあっちへ移されます。それまでにはビリーもいなくなっていますよね。二人でずっと一緒にいられますよ」

「ずいぶん簡単に言うのね」。でもそのとおりかもしれない。これだけ辛い思いをしてきたのだ、このひたむきな若者を恋人にする権利が自分にはあるのかもしれない。彼の腕に抱かれて横たわっていれば、痛みも残酷なことも忘れられる。もうじきビリーを奪われる辛さすら、二人の体が完璧に溶けあうつかのまの瞬間が消し去ってくれる。

「簡単ですよ」フランクは言った。「イエスと言ってくれればいいんです」

＊

ビリーと過ごす時間はこれまで以上にかけがえないものになったが、そうした時間はまた、来《きた》るべき空虚を予告しているようにも思えた。ビリーに作ってやったビターブラッシュの小さなおもちゃや像を見ながら、息子を取り戻したらトムはこれもみな捨ててしまうだろうか、と光子は考えた。いま彫っているのは小さな手鏡の枠で、灼熱の太陽の下でビリーと過ごした月日の形見に自分で持っていくつもりだった。硬い、砂漠に鍛えられたビターブラッシュの木目から、光子のナイフと鑿に応えて、丸い、暗い色の縁から炎が流れ出る太陽が生まれてきた。裏側は一ドル銀貨大の丸い鏡が収まるようにくり抜いた。

「ガチョウ入れてよ」と、隣で硬い木の床に寝そべり頬づえをついて光子が彫るのを眺めていたビリーが言った。

「どこに？　お日様の真ん中？」

「うん！　翼、ぴんと伸ばしてね」

たしかに、何か飾りがないと、太陽の円盤だけでは地味すぎる。光子にはその丸い素朴さが好ましかったが、舞い上がる自由の鳥をその上に重ねる案はもっと好ましかった。

数日後、枠もほぼ完成し、あとはぴかぴかの鏡をはめ込むだけになったところで、これ僕にちょうだい、とビリーは言って光子を驚かせた。

「でもビリー、ママこれ自分のために作ったのよ。ガチョウを見るたびにあんたのこと考えるのよ」

ビリーは戸惑った顔をした。「僕のこと考えたかったら、僕を見ればいいじゃない」

ここは言うとおりにした方がいいかもしれない。もしかしたらトムも、光子が作ってやったものをビリーに持たせてくれるかもしれない。

「いいわ」結局光子は言った。「じゃあママ二つ作る。一つはあんたに、一つはママに」

「わーい！」ビリーが手をぱんと叩いた。

鏡に映った自分の姿を見ながら、いま自分が感じている思いの嵐をビリーは感じとれるのだろうか、と光子は考えた。この嵐のせいで、自分はずっと老けて見える。

でもそれは光子だけではなかった。この数か月の激動が、ミニドカの住民全員を肉体的に消耗させていた。吾郎の活力は見るからに衰えてきている。一番こたえているのは、大きくなった子供たちが軍隊に奪われるか東部の都市に惹かれて出ていくかしてしまった一世たちだった。病棟はぎっしり満員で、光子の仕事時間もじわじわ長くなっていった。病院は建物もしっかりしていて、夏の太陽を避けるには収容所内で最適だったが、砂嵐のあいだ窓を閉めると、中の悪臭も充満することになった。

仕事が長引くせいで、陽もすでに沈み涼しい夕ぐれの風が砂の上を漂いはじめたころに光子は外を歩くようになった。ある晩、近道をしようと倉庫の脇を通り、運河の曲がり目に面した空地を抜けていった。空の最後の光を映す暗い水のきらめきが見え、風は思っていたほど吹いていなかったが、すくなくとも運河の穏やかなせせらぎで、気持ちだけでも涼しくなる気がした。

曲がり目のすぐ向こう、ブロック32と水辺とのあいだの広がりに、藪だか丸石だかが半円状に並んでいるのが見えた。あんなもの今まであっただろうかと思ったが、そのまま歩きつづけた。突然、盛り上がりのひとつが動いた。それは一人の男だった。今やその額に巻かれた明るい色の帯が光子にも見えた。きっとフランクの黒龍会の仲間だろう。ひょっとしたらフランク本人かもしれない。

「誰だ、あれ？」光子と男とのあいだに残った数メートルの隔たりの向こうから、聞き慣れないうなり声が響いた。光子は立ちどまった。ほかの男たちが立ち上がった。

「近道をしようと思いまして。ブロック39に住んでいます。帰る途中なんです」

「嘘つきやがれ」声が言った。「俺たちの話、盗み聞きしてたんだろ。お前、なんて名前だ」

「きっとご存じないと思います。モートン光子といいます」

「モートン？　白人の売女《ばいた》か。やっぱりそうだ、スパイだな」

ほかの男たちも威嚇の声を上げた。

「管理当局のスパイだろ。お前きっと、あの白人の奴ら全員と寝てるんだな」

フランクはいないかと、光子は闇の向こうを見通そうと目を凝らした。フランクの名前を呼びたかったが、男たちの敵意が彼に向けられないかと心配だった。

男が一歩光子の方に足を踏み出し、ほかの男たちもじりじり迫ってきた。

「寄らないで！」甲高い叫び声はほとんど自分の声に聞こえなかった。

「お前にぴったりのやつ、俺持ってるよ」男は言った。「股のあいだにさ」

「もうよせ、チャーリー。行かせてやれ」

フランクの声だ、と光子は確信した。

「行かせる？　何言ってんだ、まだスカートもめくってねえぞ」

「聞こえただろう、チャーリー、やめるんだ」

光子は身を翻し、運河の曲がり目の方へ戻ろうと駆けだしたが、荒々しいいくつもの手に首や腰を摑まれた。

「放して！」と彼女は叫んだが、体が砂漠の地面からいったん持ち上げられ、ふたたび砂に叩きつけられるのを感じた。鋭い痛みが脇腹を刺した。いくつもの手に引っぱられ、引っかかれ、服を破られた。男たちは彼女の周りでハアハア喘ぎ、鼻で荒く息をした。彼らの熱い息が彼女の顔を焦がし、汗と唾の臭いが鼻孔に満ちた。

「フランク、助けて！」

突然、すべてがぴたっと止まった。一瞬のあいだ、聞こえるのは荒い息遣いだけだった。誰かが「裏切り者！　この野郎、ぶっ殺してやれ！」とわめくのが聞こえた。花火がいくつか炸裂し、何かが光子の頭を強く打った。

＊

ぎらつく白い光の下で光子は目を覚ました。痛みに体がこわばっていた。まるで空に浮かんでいる気がしたが、じきに、自分がいつも一世たちを世話している脚の長いパイプ枠のベッドに寝かされているのだとわかった。目を開けるのも一苦労だった。

「よかった」好子の声が聞こえた。「目を覚ましかけてるわ」

光子はうめき声を上げた。

「みっちゃん、あんた殺されたかと思ったわ！」

ベッドがかすかに揺れて、好子のくぐもったすすり泣きが聞こえた。

「フランクはどうなった？」光子は訊いた。「フランクは大丈夫？」

「第七棟でネイアー先生が診てくれている」と、枕許に立った、やつれて顔色も悪い吾郎が言った。

「第七棟？」光子は息を呑んだ。「それって手術棟じゃない」

「内出血があるんだ」吾郎が言った。

「私の命を救ってくれたのよ。どうしてるか見てきてちょうだい」

吾郎が足を引きひき出ていった。好子が溜息をついて妹の方を向いた。

「ああ、みっちゃん……あそこなの……あんたとフランク、あそこで……?」

「知ってたの? 知ってたのに姉さん、止めなかったの?」

「神様もわかってくださると思ったのよ。あんた、すごく寂しい暮らしに耐えていたんだもの」

光子は手を伸ばして姉の手を握り、二人は長いあいだ喋らなかった。

「何があったの?」光子がやっと口を開いた。

「あんた、殴られたのよ」好子は言った。「もう少しで……」

「知ってる。でも結局どうなったの? あいつら花火に怯えて逃げていったの?」

「花火? あれ花火なんかじゃないわよ。見張りの兵隊たちが騒ぎを聞きつけて発砲したのよ。あんた、下手すれば撃ち殺されるところだったのよ。誰かに当たったにちがいないわ。砂に血があったもの」

「あいつら、つかまった?」

「つかまってないわ。誰だったか、あんた、わかるの?」

「わからない。でもフランクにもしものことがあったら……」

歩いてきたせいで息を切らしている吾郎が、フランクの出血は止まったが先のことはまだわからないとネイアー医師は言っていると伝えた。「ご両親もいたけど、僕とは口を利こうとしなかった」と吾郎は首を振りふり言い足した。

肋骨に一本ひびが入り、すり傷、打ち傷などもあったものの、光子はもう翌日にはベッドを離れることができた。一方フランクはどうにか手術を持ちこたえ、第十棟で静養していた。動きすぎたら背中も脇腹も崩れ落ちる気がしたが、光子はこっそり爪先立ちで廊下を歩き、細長い病棟へ入っていった。

左側奥のベッドのかたわらに、佐野夫人の見慣れた白髪混じりの縮れ毛が見えたが、光子がベッドに近づいていくと、相手は視界をさえぎろうとするかのように立ちはだかり、さっさと帰ってくれと言った。

「いいんだよ、母さん」この断固たる番兵の陰からフランクがうめくように言った。「通してあげてよ」。収縮した管を無理に通しているみたいに、こわばって聞こえる声だった。

佐野夫人は脇へのき、ぼさぼさのほつれ毛を撫でながら、怒った目で光子を睨みつけた。フランクは母親を手で追い払ったが、彼女は病室の端の、彼の視界からわずかに外れたところまでしか行かなかった。

鉢巻きの代わりに、フランクの頭には包帯が巻かれ、右目は腫れ上がった紫の果物だった。白い包帯を背景に、鼻の鋭い曲線がくっきり浮かび上がっていた。

「フランク、ごめんなさい！」

「あなたのせいじゃありません。僕はどうすればよかったというんです？　ぼさっとつっ立って、あなたが奴らにめちゃくちゃにされるのを見ていろとでも？」

＊

光子は翌朝退院を許され、一日休むと、もう仕事に戻る気になっていた。無理しないでちょうだい、と好子が訴えた。「みっちゃん、あんた血の気もないし、すごくやつれて見えるわよ。母さんに知られたらあたし叱られるわ、お前がちゃんと面倒見ないからだって」

「大丈夫よ」光子は言った。フランクは病院にいるのだ。彼のそばにいたかった。治るとしても恢復の遅い一世たちとは違って、フランクは見るみるよくなっていった。「僕と一緒にトゥーリーレイクに来てください」と彼は光子に迫った。

「私怖いのよ、フランク。黒龍会員がいるわ。ほかのいろんな収容所の黒龍会員もきっといるだろうし。私たち、年じゅう怯えて暮らすことになるわ」

「そこまでひどくないですよ。僕たちは一緒にいるんだから。それが一番大事なことじゃないですか?」

「よくわからないわ」光子は容赦ない正直さで言った。

「よくわからない? ミツコさん、僕はあなたを愛してるんです。あなたと結婚したいんです。何がなんでも僕と来てくれないと」

「どうかしら。考えさせてちょうだい」

*

発表があったことを光子はフランクには黙っていた。今夕八月十日、スペイン公使マルティン大尉がふたたびミニドカを訪れる。詳細は知らされなかったが、今夜きっと、本国送還を求めるか否か、最終的決断を求められるにちがいない。

行かないでくれと好子に泣きつかれたが、夕食が済むとふたたび23食堂に向かった。テーブルと椅子が一月のときと同じように並べてあったが、集まった人の数はたぶん半減していた。テーブルの上席には違う国務省担当者がマルティン大尉と一緒に座っていた。こちらはラルフ・ブレイク氏ですとスタフォード収容所長が紹介し、ブレイクがマルティン大尉を紹介した。

前回と同じく、スペイン人将校はまず帝国議会からの挨拶を伝えた。一連の敵国において拘束された日本国籍保有者に遺憾の意を表明する決議文を議会は通過させたという。だが今回、彼の使命に予備的、試験的なところはいっさいなかった。大尉が言うには、グリップスホルム号は九月一日にニューヨークを出航する。乗船したい収容所住人全員の名が今夜必要だと大尉は言った。ミニドカを八月二十九日に発ち、ショショーンから列車に乗る。

動かしようのない日程を聞いて、光子は息もできなくなった。ビリーが彼女の人生から奪われるまであと十九日しか――三週間足らずしか――ない。そう、どのみちこうなるしかなかったのだ。が、それがこの陰気なスペイン人大尉によって確定されるのは耐えがたかった。とはいえ、自分にどんな道がある？　トムは九月一日にやって来る、彼の国の政府のあらゆる権力を後ろ盾にして。

そしてフランクのこともある。「愛しています」と彼は言った。「結婚したい」と。でも、光子が彼のことを愛しているか、一度でも訊いてくれたことがあるか？　結婚するにせよしないにせよ、彼と一緒に行くことはひどく魅力的だ。けれどトゥーリーレイクで何が待っているのか？　政府は自らがつくり出した鬱積した怨念をそこへ集積しようとしている。自分にとっては、どんな未来が控えていようがどうでもいい。でも、心の底から愛してはいない男に苦しみを――下手をすれば死も――負わせる権利が自分にあるか？　病院で彼女を睨みつけた佐野夫人の目を光子は思い出した。あれは、息子を傷つけた女に対する、憎悪に満ちた母親の目だった。誰かがビリーを脅《おびや》かしたら、自分も同じ憎悪を抱くだろう。

自分の体の動きを半分しか意識せぬまま、光子はふらふらとテーブルまで行き、日本への渡航を公式に申請する書類にサインした。かつて母国を去ったとき、まさかそこに戻るという決断がこれほどの苦渋を伴うことになるとは夢にも思わなかった。これからは、ここで過ごす一瞬一瞬が、最後の瞬間のように感じられることだろう。

*

その夜シャワー室で、光子はビリーの体をいつにも増して念入りに洗い、ビリーの喜ぶ石鹸泡を体じゅうたっぷり塗ってやった。タオルがビリーの肌のあらゆる襞や皺を探し出す。右耳のてっぺんの、軟骨がひょっこり凹んだ滑稽な窪み。完璧に丸くて滑らかで、中に内臓や胃腸があるなんて想像もつかない白いゴムまりのようなお腹。それ自身の命を持った、盲目のトカゲみたいに左右に物憂げに弾んで揺れる小さなペニス。さんざんなだめすかした末にやっと自分で制御できるようになった、引き締まった小さな尻のあいだのすきま。

手をつないでゆっくりバラックまで歩いていく帰り道、月の光を浴びて、二人の揃いの浴衣が夜の闇にほんのり光った。

「おどま、歌ってよ」ビリーが言った。「このごろおどま、歌ってくれないよね」

そのとおりだった。最近は好子に預けていくことが多くなって、ビリーは毎晩、子守歌なしで寝床に入っていたのだ。

ビリーの手を光子はぎゅっと握って、月を見上げながら、低い、憂いを帯びた声で歌った。

「おどま盆ぎり盆ぎり、盆から先ゃおらんど……」

「やめないで、ママ」

だが光子は続けられなかった。歌詞が真実であることに彼女は思いあたったのだ。私は盆までここにいて、盆が過ぎたらいなくなる……。盆踊りの祭りは八月二十一日に設定されている。それまであと一週間ちょっとしかない。その八日後、彼女はいなくなる。まるでこれまで四年間、毎晩最後の別れの準備としてこの子守歌を歌ってきたみたいではないか。彼女の涙に月も溶け、こみ上げてくるものに喉は引きつった。

「どうしたの、ママ? なんで泣いてるの? 怪我でもしたの?」

光子は膝をついて、ビリーをきつく胸に引き寄せた。「ううん、なんでもないの」と彼女はやっとのことで言った。「ただね……なんて言うか……あんたのことどれだけ愛してるか、考えたの。ときどきね……誰かをすごく愛すると……胸が痛くなるのよ。あまりに気持ちがよくて、痛いのよ」

「ママったら変なの。おどま歌ってよ」

光子は袖で涙を拭き、鼻をすすりながら立ち上がった。震える、ほとんどささやきのような声で彼女は歌った。「おどんが死んだちゅうて、誰《だい》が泣《にゃ》あてくりょうか、裏の松山　蟬が鳴く」

「違うよ!」ビリーが抗議した。「ほんとの言葉歌ってよ」

「ビリー、これがほんとの言葉なのよ。いままでここまで歌ってあげたことがなかったの。新しい言葉、覚えられると思う?」

「嫌《や》だ!　おどまが歌いたい」

「わかったわ。行きましょ、寝床で歌ってあげる」

あと十九回、この子に歌ってやれる。十九日したら、自分はいなくなる。十九日したら、それから何が?

25

「何にサインしたって?」フランクが声を張り上げた。「信じられない!」

病棟じゅう、眠っていた体がもぞもぞ動き、目が彼の方に向けられた。

「こうするしかなかったのよ、フランク。私はもうこの国にいられないわ」光子は静かに、だがきっぱり言った。

佐野夫人が敢然と驀進《ばくしん》してきた。フランクが手を振って追い払うと、ぴたっと立ちどまった。

「フランク、声を低くしてくれないと、私出ていくしかないわよ」

「それで何が違うっていうんです?」押し殺した声だった。「どうせ僕を見捨てて行ってしまうんじゃないか」

「あなたのためを思ってなのよ」

フランクがふたたび母親にしぐさで合図し、母はうしろに下がった。

「僕のためになるのはあなただけです」と彼は言った。

「あなたにもうひとつ言うことがあるわ」光子は言った。「あなた、トゥーリーレイクに行っちゃいけない。殺されるわ」

「殺したきゃ殺すがいい」

「子供みたいなこと言わないで。『ノー＝ノー』を『イエス＝イエス』に変えればここにいられるのよ。トゥーリーレイクに行きたくない男たちが何人か、答えを変えているところなのよ」

「それでどうなる？　二世戦闘部隊に送られるだけさ」

「そうと決まったわけじゃないわ。志願しなくてもいいのよ」

突然、フランクは腕を伸ばして彼女の手首を摑んだ。「志願、しますよ」声はうなり声で、目には怒りがみなぎっていた。

「何言ってるの？」

「あなたが一緒に来てくれないんなら、四四二連隊に入ります。自殺分隊って言われてるんです。申し分ないですよ」

「やめて、子供みたいな話は」フランクの腕を振り払いながら光子は言った。

「お願いです、光子さん、僕が欲しいのはあなただけなんです。僕と来てください！」

「私だってどれだけそうしたいか。でも二人どちらにとってもうまく行かないわ。そのことがわからないの？」これ以上言えることはなかった。フランクが呼びとめる声を聞きながら、両側にベッドが並ぶ長い通路を彼女は早足で下っていった。

「申し訳ありません」髪をふり乱し服をなびかせどすどす歩いてくる半狂乱の母親とすれ違いざま、光子は佐野夫人に囁いた。

＊

十日後の盆踊りの夜、フランクはまだ入院していた。

「フランクに肩車してほしい！」とビリーが、太鼓や鉦《かね》が響きわたりスピーカーを通し甲高いキーキー声ががなり立てるのに負けじと声をはり上げた。

無数の腕が周りで持ち上がり、音楽の脈動に合わせて左右に揺れるなか、光子にはほとんど何も見えなかった。管理棟の後ろの広場一面で浴衣姿の踊り手がひしめき、高さ三メートルの櫓《やぐら》の周りをぐるぐる回っていた。アメリカの砂漠に集ったこれらの人々は、日本各地の盆踊りの型を持ち寄ってきていて、その動きに光子がかつて知っていたような統一性は望むべくもなかったが、活力ははっきりそこにあった。地面を踏む無数の足に埃の雲が舞い上がり、広場の周囲に吊された数百のちょうちんの明かりに照らされて黄色に光った。踊り手たちの、催眠術のような拍子に嬉々として身を委ねている、見慣れたうつろさに包まれた表情を見ていると、自分がビリーと一緒に日本に渡って戦争も終わったのだという狂おしい妄想に光子は囚われた。

ビリーをずっと抱き上げていたせいで、両腕が痛くなってきた。「フランクもここにいてくれたらねえ」と光子は言った。「でもまだ治ってないものね」

「あそこに上がりたい！」広場の隅にある給水塔をビリーが指さした。男が何十人か、塔の枠組みをよじ昇り、危なっかしくぶら下がってにぎやかな情景を眺め渡していた。ここから見ても、枠組みに頼りなくしがみついている様子からして、どうやら何人かは収容所の規則を破って酒を買うか作るかしたらしい。そうでなければ、あそこまで本物のお祭り気分に浸れはしない。黒龍会の白い鉢巻きを着けている者も数人いた。あの何人かが塔から降りてきてビリーに目をとめたら、と思うと光子はぞっとした。

「もう寝る時間よ」彼女はビリーに言った。

ビリーが口を尖らせた。「もっと踊りたい」

けれどもう、この人波に入っていくと思っただけで光子は少々恐ろしくなってきた。「あんたにプレゼントがあるのよ」と彼女はじらすように言った。

「ちょうだい！」ビリーが叫んだ。「何なの？」

光子は両手を後ろで組んで、プレゼントを隠すふりをしながら、じりじりと足下の厚い砂埃の上を後ずさりし、次第に人波から離れていった。ビリーが追いかけてきて、隠された宝物を奪おうと摑みかかったが、彼の手がさっと飛んでくるたびに光子は身をよじらせて逃れた。

とうとう、広場の端まで来て、光子はビリーに空っぽの両手を見せて白状した。「ここにはないの。部屋にあるのよ」

「行こう！」。ビリーは光子の浴衣の袖を摑んで駆けだした。

「待って。もっとゆっくり行きましょ。走ることないのよ」

何分かのあいだ、二人で手をつなぎ、金属的な歌声が背後に遠のいていくのを聞きながら黙って歩いた。大太鼓の太い響きが依然として砂漠の空気を揺るがし、光子はそれが自分の心臓を貫いていく気がした。

「ビリー。ママはあんたにお別れのプレゼントをあげるのよ」もうそれ以上待つことに耐えられなくなって光子は言った。

「僕たち、みんなにお別れするの？」

「ママがまずお別れするのよ。次にパパが来てあんたをシアトルに連れて帰るの」

「それからママも来るの？」

「いいえビリー、ママは遠くへ行くのよ」

「僕も行く」ビリーの声が動揺していた。「それから僕たち二人でシアトルに帰って、パパと一緒になればいいよ」

「そうなったら素敵でしょうね」

「そうしなきゃ駄目だよ」とビリーは不安げに、光子の手を握る力を強めながら言った。

光子はもう声が出なかった。二人は道路の曲がり目まで来た。

「あんたにママの形見になるものをあげたいのよ」彼女はやっと言った。

「嫌《や》だ！　僕ママと行く。そんなプレゼント欲しくない！」

ビリーは手を引き抜き、後ろに下がった。「そんなの要らない！」と彼はまた叫んだ。それからくるっと回れ右して、踊り手たちのいる広場の方へ駆けていった。

「ビリー、戻ってらっしゃい！」サンダルがかかとをぱたぱた打つのに抗して光子は追いかけようとしたが、サンダルの先に砂が引っかかって思うように走れず、もどかしさにサンダルを脱ぎ捨てて裸足で駆けだした。

彼女のすぐ目の前でビリーが揺れる人波に飛びこんでいき、手や肱の下をくぐり抜け、浴衣と帯に包まれてひしめく腰のあいだを押し分けていった。光子にとって人波は壁のように通り抜けがたく、無理に通ろうとする自分に悪態が浴びせられるのが聞こえた。まるで早瀬を泳いで渡ろうとしているみたいで、流れはつねに彼女を右側に流し去ろうとしている。人混みをつき抜け、巨大な車輪のような肉体の集まりの中軸部に達した光子は、ビリーが櫓の下にもぐり込んで向こう側に抜けていくのを間一髪見届けた。ビリーはふたたび人波の中に飛びこんでいき、光子ももはや浴衣がどうしようもなく乱れた姿で飛びこみ、追いかけていった。目下のところ、車輪のてっぺんの部分は左に回っていた。光子は踊り手たちの中にビリーを見失った。人波の向こう側に出たとき、人の群れと、収容所の向こう端のバラックとのあいだに彼の姿はどこにもなかった。

ブロック10のバラックとバラックのあいだに、白く光る影がさっと消えていった。光子が突進し、ブロックを通り抜けると、ちょうどビリーが、前方の無人地帯の闇に呑まれるのが辛うじて見えた。まっしぐらに柵の方へ向かっている。

「ビリー、駄目！　そっち行っちゃいけない！　ビリー！」

だが手遅れだった。監視塔からの光がさっと回転し、柵めがけて突進していく小さな姿を捉え、銃声が鳴り響いた。サーチライトのまぶしい光の中、ビリーはばったり倒れた。

「やめて！　やめて！」光子は悲鳴を上げた。「撃たないで！　ただの子供です！」――だがその言葉は喉から引きちぎられ闇に吸いこまれていく気がした。ぎらぎらした青っぽい白色光の下、ビリーの浴衣に赤い染みが見えた。裾を舞い上がらせながら光子は懸命に彼の許へ、見張り兵が自分も殺してくれればと念じながら走った。

ビリーのところへたどり着く前に、カーキ色の人影が光の中に飛びこんできて、彼女とビリーのあいだに立ちはだかった。遮断機のように、ライフルが行く手を塞いでいた。でも止まるなんて論外だった。狂おしい目をした兵士に光子は激突し、兵士は地面に倒れた。

＊

弾はビリーの太腿、膝から十センチばかり上をきれいに貫通したと光子はネイアー医師に言われた。後ろから入って、骨にはいっさい触れずに前から出ていったのだ。筋肉に損傷が残ることはおそらくないが、何日かは感染症が生じないよう気をつけていないといけない。

「何日か、ですか？」

「合併症が出なければ、まあ十日もしないうちに峠は越すでしょう」

「私、十日もいられません！」

ミニドカで残った時間の大半を光子は病院で過ごし、ビリーのおでこを湿してやり、彼の居心地を精一杯よくしてやった。はじめは、意識が戻ってきても光子を見ようとも口を利こうともしなかったが、じきにうっかり微笑むようになった。四日目に、訳知り顔の悪戯っぽい表情を浮かべて、「ほんとに行っちゃうんじゃないよね？　からかってただけだよね」と言った。

「心配しないで、あんたはとにかくよくなることよ。ママもすぐには行かないから」

病院のベッドの上でビリーは暴れだした。体をばたつかせ、両腕を振り回し、げんこつでマットレスを叩き、力一杯シーツを蹴った。

「ビリー、駄目！　また血が出ちゃうわ」

光子は立ち上がってビリーの両肩を押さえつけたが、彼はなおも暴れつづけた。

「わかったわ、ビリー。ママは行かない。行かないわよ」

ばたつきが止んだ。光子の手の下でビリーの心臓がどきどき脈打ち、息は怯えた動物のせわしない喘ぎだった。ビリーは光子を見た。鼻孔が膨らんでいた。心安まる嘘をもう一度言ってくれるのを彼が待っているのが光子にはわかった。これまで光子はつねに、ビリーに真実しか伝えてこなかった。そしていま、いつにも増してビリーに寄り添いたいときに、偽ることの必要が自分たちを引き離してしまうように思えた。

「つまり、こういうことなの」と彼女は一語一語ゆっくり慎重に選んで話しながら、真実と虚偽の隔たりを埋めるすべを懸命に探った。「からかってたんじゃないけど、今はもう、いられるようになったの」。そう、自分はここにいられる。本国送還を拒むのだ。二十九日にみんな、彼女抜きで発てばいい。一日にビリーは父親と一緒に出ていく。だから三日余分に、治る時間を与えてやれる。その値打ちはある。自分が日本にいつ着くかなんて、どうでもいい。大事なのはビリーが治ること、それだけだ。

その日の午後、ビリーが昼寝しているあいだに、本国送還の事務を担当している収容所長補佐のリチャード・ドーソンのところへ光子は出かけていった。気が変わったと彼女が言うと、相手の顔が真っ赤になった。

「いまさら行かないなんて、できるわけないだろ！」ドーソンは立ち上がり、光子にのしかかるように見下ろした。「日本政府とスペイン大使館相手に、もう何もかも手はずを整えたんだ」

あと三日間どうしても収容所にいたいのだと説明したが、かえって火に油を注ぐことになった。

「気でも狂ったのか？　お前がたった三日いたいからって、我々の顔に泥を塗るなんて冗談じゃない。書類にサインしたんだから、もうやりとおしてもらうしかない」

「ミスタ・スタフォードとお話しさせてください」

「誰とでも話すがいい。なんの足しにもなるもんか。日本へ帰りたいといったん言ったんだ、雨が降ろうが槍が降ろうが帰るしかないんだよ」

相手の言うとおりだった。自分は頭がおかしい、そうとしか言いようがない。この国にとどまることで、いったいどんな苦しみを己に課す気なのか？　ここにいたいと思うのは、本当にビリーのためなのか？　避けようのない事態を、単にあと数日延ばすための方便ではないのか？　今こそ強くあるべきとき、起きることに直面しビリーもそれに直面するのを助けてやるべきときなのに。

その晩、好子が病院に訪ねてきた。今日トパーズから二十二人が連れてこられたという。家族六組と、単身者五人。これが本国送還を選んだミニドカの四十人と一緒になるのだ。

「お願いよみっちゃん、あの人たちと一緒に行かないで」

「もう遅いわ」光子は言った。「今日やってみたの。行かなきゃ駄目だって」

「やってみた？　じゃあ行きたくないのね？　そう思ってたのよ！　明日吾郎とあたしも一緒に行くわ。あんたが行かなくていいように談判するわ」

「もういいわ」光子は溜息をついた。「私もう、戦う力が残ってない」

好子は泣きながら帰っていった。

八月二十九日の朝、光子が荷造りをするのに一時間とかからなかった。送還される者はスーツケースを二つ持つことを許されたが、一つを満たすだけの持ち物も彼女にはなかった。

手鏡を入れるよう縫った金襴織《ブロケード》の袋から光子は鏡を出して、その小さな光の円を磨き、目の前にかざしてみた。両目ともなんと沈んで、黒ずんでしまったことか。自分の中に、病院のベッドで死んでいった一世たちの顔が見えた。私にも早く死が迎えにきてほしい、なかばそう願った。

ドアのかたわらにスーツケースを置いて、もう一度だけビリーの顔を見ようと、焼けた砂漠の上をとぼとぼ歩いていった。太陽がブラウスの肩を貫いて燃え、光子は何度か額の汗を拭った。

「どうしたの？」目に涙をためた光子がベッドに近づいてきたとたんにビリーは言った。本当のことを言う勇気が彼女にはなかった。トムが水曜日に迎えに来るまで適当に言いつくろう、と好子も約束してくれていた。

「べつに」と光子は言って、にっこり笑おうとした。「風邪ひきかけてるみたい」

「あ、そう」とビリーは答えたが、笑みを返しはしなかった。

「あげるものがあるのよ」ベッドの縁に腰かけながら彼女は言った。両足が床の上でぶらぶら揺れた。

「それってお別れのプレゼントじゃないよね？」

「ええ、ただのプレゼントよ」

袋に入った手鏡をワンピースのポケットから出して、ビリーに渡した。ビリーは手を出さなかった。

「なあに、それ？」

「あんたがきっと気に入るものよ。自分で見てごらんなさいな」

やっと片手が伸びて、ビリーは袋を受けとり、細い帯の下から垂れ蓋を引き出した。鏡は小さな手にすんなり収まった。

「鏡？」それを持った腕をまっすぐ伸ばしながら彼は言った。

「そうよ。自分を見てごらんなさい」

ビリーは鏡を顔に近づけた。

「今度は裏を見てごらん」

「お日様だ」と彼は呟き、彫られた形に触った。

「それにニルスのガチョウも。あんたに頼まれたとおりよ」

ビリーは答えず、手に持った鏡を回し、木の上に指を滑らせ、小さな円に映った自分の像をしげしげ眺めた。

「ママ持ってなよ」ビリーはやっと言った。「僕これ、好きじゃない」

彼は鏡を光子の手の中に押しこもうとした。

「ううん。これはあんたに持っていてほしいの。ママも同じのを自分用に作ったから。二人ともひとつずつあるのよ」

「持ってってよ」ビリーは涙声で言った。「ママに行ってほしくない」

光子がふたたび嘘をつく間もなく、ビリーは通路の向こうに手鏡を力一杯投げた。向かいのベッドのパイプ枠に鏡は音を立てて命中し、木の床に落ちてがしゃんとガラスが割れる音が響いた。

「行かないで、ママ。お願いだから行かないで」ビリーは泣き叫び、両腕を光子の首に巻きつけた。

光子はビリーをきつく抱きしめ、精一杯祈った。お日様が爆発しますように。炎の抱擁で地上を包んでしまいますように。憎しみに満ちたこの地球を融かして、一個の融けたかたまりにして、戦争と別れと苦しみを永久に終わらせてくれますように。

PART FIVE:

1959

JAPAN
SCALE OF MILES
0 50 100 200 300
Railroads
SEA OF JAPAN
HOKKAIDO
HONDO
SHIKOKU
RUSSIAN TERRITORY
Vladivostok
Hakodate
Sangar Str.
Aomori
Morioka
Sendai
Niigata
Fukushima
Tokyo
Yokohama
Kyoto
Osaka
Kobe
Nagoya
Kanazawa
Hiroshima
Shimonoseki
Kagoshima
Nagasaki
Fusan
Korea Strait
Van Diemen Str.
SADO
OKISHIMA
TANEGASHIMA
YAKUSHIMA
BRADLEY & POATES ENGR'S N.Y.
Greenwich

第五部　一九五九年

26

普段、二人はビルのレストランの仕事が終わってから深夜に落ち合った。静かなところへ行き、そこでフランクが思い出すままに年月を行き来する。彼の黒く深い目はいつも外に広がる夜にじっと注がれていた。現在は一九五九年でなくなり、フランクがピュアラップでミツコと出会う一九四二年、あるいはミニドカで退院した彼が、ミツコが送還船で日本に帰国したことを知らされる一九四三年になった。

フランクに過去の暗い路を誘われながら、ビルはミツコが歌ってくれた声がもうすこしのところで聞こえそうな気がしたが、まるで自分とミツコが濁流をはさんで両岸に立っているような感じだった。彼女の唇は動いている。歌は自分に向けて歌われている。だがそのメロディはけっして彼に届かない。

フランクもその声を蘇らせる助けにはならなかった。「俺たちはミニドカのちっぽけな真空の中で生きてた。彼女を捜そうと決めて初めて、自分が彼女のことをほとんど何も知らないことに気づいたんだ」

「いつ頃から捜しはじめたの？」ビルはさらに訊ねる。

「何年も経ってからだ。俺は怒りを感じていた。彼女に対して、何もかもに対して。四四二に入隊したのもそのせいだ。それでとっとと殺されちまえば全部すっきりすると思った。フランスのブリュイエールに送られたよ。そこでこうなった」空の袖をポンと叩く。「戦争が終わって、政府が大学卒業までの学費を出してくれた。この腕の補償もな。しばらくは金に困らなかったよ。とびっきりいい車を買ったりな」

「あのデソート？」

「あのデソートだ」フランクは頬を緩めた。「車を買う奴は大勢いたけど、結局みんな食いつぶしちまうんだ。ものすごく大きな怒りがあった。政府は家族を閉じこめておきながら俺たちを死なせにやったけど、ぜんぶ終わって戻ってきてみりゃ昔と何も変わらん——ジャップに仕事《ジョブ》無し。だから大学に戻った。ＵＷで経済を専攻した。それからボーイングでしばらく働いたが、技術者としての心得はないから出世は見込めなかった。そもそもボーイングが軍事に絡んでるのは好きになれなかったしな。だから独力で投資を始めた。そこそこ儲かった。美人の奥さんも貰えたし」

「結婚してるの？」

「いや、今はしてない」

「そうか……残念だったね」

「ああ、残念だった。結婚生活がこじれたとき、自分がまだミツコのことから立ち直れていなかったことに気づいて、彼女を捜しはじめた。もう一九五三年になっちまってて、その十年間、彼女についての噂なんてひとつも入ってこなかった」

「一九五三年」ビルは復唱した。「僕が十五歳の頃だ。バス停でフランクを見たの、そのときでしょ?」

フランクがうなずく。「手がかりなんてほとんどなかった。ミツコの姉と義兄は知ってたけど――」

「お姉さんがいたの?」

「ヨシコっていった。旦那はゴロー・ノムラ」

「思い出せない」

「きっとシアトルに戻ってるだろうと思ったが電話帳には載ってなかった。二人ともミニドカのプロテスタント教会で熱心に活動していたのは覚えてたけど、そこはいろいろな宗派合同の教会だったから、シアトルでどの教会に所属してるかなんてわからなかった。何か所か問い合わせてみても駄目だった。いくつかの日系人教会は戦争のあと、もう一度軌道に乗ることができずに消えていった。わかるだろ、みんな東部に行っちまったり、イッセイの信徒がほとんど亡くなったりして」

「イッセイ?」

「アメリカに移住した日本人の第一世代のことだ。俺はニセイ、第二世代だけどこの国で生まれた世代としちゃ第一だな。牧師もほとんど高齢だったし、砂漠の夏や冬を生き抜けなかったイッセイもいた。それが日系キリスト教会の顚末だ。ノムラ夫妻が通っていたのもまずまちがいなくここだったと思う。いまもテラス通りに建ってるよ、すっかり板が打ちつけられて」

「不幸なことだね――その人たちにとっても、僕たちにとっても」

「俺に言わせりゃ、教会なんてどんどん潰れればいいんだ」フランクはペッと唾を吐いた。「信じられないね、こんな戦争を経験してまだ何かの神に見守られてると思える奴がいるなんて」

「ずっと心に抱えて生きてきたものを、そう簡単には捨てられないよ」ビルは言う。

「素直にありのままを見てみればいいんだよ。十秒とかからず、それがどれだけ無意味かわかる」

「そうだけど……」ビルは議論を戦わせようにも、そもそもの自分の立ち位置がわからなかった。父親のことで信仰心はひどく揺らいでいたし、フランクの話はそれに追い討ちをかけた。それでも、日本で伝道活動をすること自体はいい考えだと思えた。ミツコが帰国したことがわかった今ではなおさらだ。「ミツコ捜しの話の途中だったよね」

フランクは顔を上げてくっくっと笑った。「ああ、済まん。宗教のことになるとつい熱くなっちまう。でもそれもまったく無関係なわけじゃない。というのも、俺が次に会いに行ったのは君の父親だったからだ」

ビルは思わず目をそらしたが、フランクはそれに気づかない様子で話を続けた。

「君のお父さんにはなるべくなら頼りたくなかった。けどせめて昔の信徒団の名前がわかればそっちの人たちと連絡が取れると思ったんだ。名前は電話帳ですぐ見つかったから、マグノリアまで会いに行った。何も教えてくれなかったよ。文字どおり、放り出された」

「べつに驚かないね」ビルは顔を顰める。「自分が昔やったことを思い出したくなかったんだ」

「せっかくマグノリアにいるんだから、君に一目会えたらすこしは慰めになるかと考えた。君は素敵なチビだったよ。俺はいつも可愛がってた。だからあそこに車で行って二、三時間待ってたんだ。しばらくして、君はもうチビじゃなくなっていて、登下校以外で会うチャンスはないってことに気づいた。翌朝早くにもう一度行ってみた。曇っていて視界が悪かったんで君の目の前に乗りつけちまった。済まなかったな。きっとずいぶん怖がらせちまったろう」

＊

フランクはまる一晩かけて、シアトルで何も見つからなかったあと、東京に二週間滞在してまったくなんの収穫も得られなかったことを話した。

「なんで行こうなんて思ったのかな。きっと感傷旅行みたいなものだったんだろうよ。彼女の苗字さえ知らなかった。俺の知るかぎり彼女はミツコ・モートンだったが、外国人名を日本でもそのまま使ってるとは考えにくい。アメリカ大使館も試したが無駄だった。ほぼ唯一の手がかりは姉と義兄の名前だけだったけど、俺は日本語は読めないし喋る方も壊滅的だったから、女の子を雇って東京の電話帳に載っているノムラ全員に電話してもらった。きっと驚くぜ、東京にどれだけノムラがいるか見たら。しかもまだ日本では電話があまり普及していない時期だったのにな。ゴローやヨシコを知る人はいなかった。もちろん、そもそも東京にいない可能性だってある。干し草の山から針を探す、ってやつさ」

フランクがミニドカ時代から持ち帰った数少ない思い出の品のひとつは黄ばんだボロボロの収容所新聞だった。ミツコ自身が日本語ページを担当した『イリゲータ』。今にも破けそうな紙を手に持つと、ビルはこの優美な文字を刻んだ女性の手にもうすこしで触れられそうな気がした。

「題字のデザインも彼女だ」フランクは言った。「すごく才能のある人だったんだ。君によくおもちゃの船やら何やらを作ってやってた。たぶんもう持っていないだろうが」

ビルはうなずいた。日本語の題字はちょっとした木版画のようだった。曲がりくねった川と蒲《がま》、給水塔と低い建物数棟の絵の上に縦書きで「ミネドカ」、「イリゲータ」と書かれている。なぜか収容所名が「ミニドカ」でなく「ミネドカ」となっているが、きっと日本語ではその方が自然に聞こえるのだろう。

ビルは英語ページに戻っていった。「ギャラップ調査の記事だ」そこにある数字は信じがたいものだった。「戦後すべての日系アメリカ人が自宅に戻ることに反対が31パーセント！　嘘でしょ！」

「今でも思い出すとはらわたが煮えくり返る」

「どれだけ憎しみがあふれていたんだろう。でもすくなくとも、再配置収容所はナチスの強制収容所ほどひどくはなかったわけだよね？」せめてもの希望を込めておずおずと訊く。

「どうしてお前にわかる？」フランクは即座に言い返した。鋭い鉤鼻の奥の黒い目が燃えるようにぎらつく。

「でもガス室送りにはされなかったし」

「されなかったが、当時の俺たちにそんなことはわからなかった。そしてユダヤたちだってガスで殺されるとは思ってなかった。俺たちもユダヤとまったく同じだったんだ——従順で協力的な、いい子ちゃんのジャップ。デウィット将軍がトップじゃなかったのは本当にラッキーだったよ。あいつが独断で決められる地位にいたら、今ごろきっと俺たちみんな、あの砂漠に埋められていただろうよ」

＊

フランクから話を聞くほどに、ビルは日本に行きたい気持ちを抑えられなくなった。今では福音を広めることなどではない、そこに行くべき本当の目的が出来た。

「そんなに焦るな」フランクが言った。「本気で捜しに行こうっていうなら、俺なんかよりずっと日本語を勉強しなくちゃいけない。俺は手も足も出なかった」

「日本語なら『マネキ』で働いてずいぶん覚えたよ」

「笑わせちゃいけない。決まりきったやり取りだけじゃ不十分だ。読み書きだって習う必要がある。ヒラガナとカタカナはそこそこ読めるみたいだけど、日本語を読もうとしたら何千もあるカンジを暗記しなきゃならない。死ぬほど大変だぞ。俺は帰国してから日本語を磨いて読み書きを覚えようとした。UWで受講したけど数か月であきらめた。食っていくためには働かなくちゃいけない。暗記カードなんてやってる時間はなかった。それに言葉を十分習得したとしても、向こうに何か月も滞在することはできない。一、二週間で見つけるなんて不可能だ」

「でも僕は待てない。卒業なんてどうでもいいから今すぐ学校をやめて日本に行きたい」

「で、その金はどうするんだ？　お父さんに無心する？　それともどこかに基金でも貯めてあるのか？」

「向こうで仕事を見つければいい」

「そうだな、英語教師とか。でも一日中、それしかできないぜ。日本語を勉強する暇も人捜しをする暇もない。いいか、悪いことは言わない。道はひとつだ。こっちで言葉を学んで、向こうで生活するための奨学金を受けるんだ」

「それってどのくらいかかる？　一年じゃ足りないよね」

「一年どころじゃない。四、五年は下らないだろう」

「四、五年？　僕は今すぐ行きたいんだ！」

27

それまでのビルにとってワシントン大学は、どうしようもなく広くてどうしようもなく世俗にまみれた場所だった。そこでは科学者が神の言葉の反証に精を出し、共産党員が秘密の会合を開き、ビールをあおる社交クラブの男子学生が新参者をなぶり、誘惑し、不道徳の巣窟の中へ引きこもうとしている。一度だけ父の運転する車に乗ってとりとめなく広がる構内を通ったことがあるが、ずっと窓を閉めていなくてはならなかったことを思い出す。

以来、ビルがそこを訪れる機会はなかった。彼は当然カスケード＝パシフィック・カレッジに行くという前提になっていて、前提どおりそちらへ行ったのである。思い返せば彼の人生はこれまですべて自宅から歩いていける距離で完結していたのかもしれない。ときどきバラード橋を渡ってクレア家がある辺りまで足を伸ばしたが、そんなのは物の数に入らない。四十五番通りに面した校門から広い並木道に車を入れたとき、自分の閉じた狭い世界とこの未知の領域を隔てていたのが車でたった十分の距離だったという事実に気づかされた。大学のキャンパスは緑の多い、涼しい公園のような場所で、あちこちに下がり松が植えられていた。

教務課で初級者向け日本語コースの短期受講を申しこもうとしたが、その第二期――新年明けから始まる冬学期――の受講が認められるには、まずテストを受ける必要があると教えられた。何とかタツミという教授の研究室にたどり着き、来訪の理由を告げると教授はその場でビルに日本語で質問してきた。

タツミ教授は穏やかな口調の、六十をすこし過ぎたくらいの人物で、数筋ばかり残った髪を眩しく光る頭部にまっすぐ撫でつけている。鼈甲縁の眼鏡がその平べったい鼻の上でたえずずり落ちそうになっていた。まずは日本語で「君の名前は?」と訊かれた。

ビルが名前を告げた段階では教授は控えめにくすりとしただけだったが、さらに二、三の問いに答えると腹を抱えて笑いだした。

「日本語はどこで覚えたんだい?」と今度は英語で訊かれる。

「そんなにおかしいですか?」

「いや、むしろ文法が非常にしっかりしている。おまけに発音もかなりいい。今学期の授業で主に取り組んでいたのが発音なんだ。授業について行けそうだと君が思うなら、私としては歓迎するよ。教科書を購入して冬休みに勉強しておきなさい。来学期からみっちりやろう。だがあとひとつだけ訊かせてほしい。君はどうして日本語を学びたいのかな?」

ビルは率直に「日本で母を捜すんです」と答えたかったが、そこから生じるであろうさまざまな質問に答える覚悟はなかった。「カスケード＝パシフィックで聖職を目指して勉強中で、日本で伝道活動をしたいと考えていまして」

「いいんじゃないかな、たぶん」教授は言った。

「たぶん?」

「いや、君はたいへんやる気がありそうだから、大学院に進んでもいい線行くだろうと思ってね。まあ、まずは来学期だ。うちの文学カリキュラムはなかなか質が高いから、もし日本語を専門分野で活かしたくなったらお勧めだよ」

*

大学四年次が過ぎていくなかで、ビルはまるで自分がポール・バニヤン〔米国民話に出てくる巨人の木こり〕のように思えてきた。市内の二つの場所に同時に足を乗せようとしている。カレッジ側の足は固い地面にしっかりと根付いているが、ワシントン大学側の足は、一瞬も流れを緩めない言葉の奔流に浮かぶ丸太の上を器用に渡り次いでいく。

カレッジでは、自分の立ち位置がはっきりしていた。むしろその小さなキャンパスでクレアやその友人と出くわしたときなど、はっきりしすぎだと思うことも多い。次第に、必要がないときでもUWの匿名集団に紛れて過ごすことが多くなっていった。そこでの勉強はどれだけやっても刺激的だった。やがてどうしても時間の折り合いがつかなくなり、カレッジの学部長に毎日の礼拝への出席を免除してもらう申請を出さねばならなくなった。そうした特例が認められることはきわめて稀だった。

冬学期も折り返しに差しかかる頃、日本語の成績がすこし落ちて、どうしてもそれに歯止めをかけることができなかった。それでタツミ教授に相談しに行った。

「たいていの学生は君くらいの成績だったら十分満足すると思うがね」

「成績だけが目的なんじゃありません。僕は日本語を隅から隅まで学びたいんです」

「そいつはとても感心だが、君は大きな勘違いをしているんじゃないかな?」

「どういうことですか?　この授業はまるで化物です。カスケード＝パシフィックの授業に充てないといけない時間までこっちに取られて、それでもまだ足りない」

「だが君を悩ませているのは言語とはまた別の問題ではないかな?」教授は指摘した。「君と同じ誤解を抱えた学生がしょっちゅうここにやって来る。『言語を学ぶ』ことをまるでそれ自体で独立した理論的技術の習得みたいに考えているんだな、代数の勉強みたいに。だが言語はそういうふうには行かないんだ。言語は文化にどっぷり組みこまれているものだ。君にはまだ日本という国とその文化に関する知識が不足しているだけだ。その中で暮らす人間なら、みんながいに自明とみなしていいような背景知識がね。本当に日本語を『隅々まで』学びたいというなら、日本文化を隅々まで学ばないとな」

「でも――」

「待ちたまえ、ここからが本題だ」教授はにっこりと笑い、鼈甲縁眼鏡がぺしゃんこの鼻柱からずれる。「君は私がここ数年見てきた中でも指折りの学生だ。どうだろう、うちの院に進む気はないか?」

「前にもそう言っていただきましたが、僕は聖職に就くつもりなんです」

「覚えているとも。だが君ならきっと一流の研究者になれる」

「嬉しいです、先生。考えさせてください」

　誉められることでこんな大きな悩みができるとは考えてもみなかった。自分の使命をあまりに長いこと信じて疑わずにきたので、いざ別の道が開けてみると、神に仕えることが最優先事項でなくなってしまった今でもなぜ自分は聖職に進もうとしているのかという問いを突きつけられることになった。ビルにとってもっとも大切なことは自分の過去の探求であり、今はそのことに一番力を注いでいた。まだ目に見える成果はなかったが、それでも学べば学ぶほど、ミツの思い出に近づいている気になれた。

*

四月の終わりに学部長室に呼び出された。とうぜん、カレッジの授業に身を入れていないのを咎《とが》められるものとビルは覚悟した。ところが、咎められるどころか、優れた学業成績とかねてより公言している将来の伝道活動への熱意に鑑み、六月の卒業式でロバート・L・ヒューストン記念式辞を述べる代表に選ばれたとフォスター学部長に告げられ、ビルは信じられない面持ちで相手の天使のようにふくよかな丸顔をまじまじと見返した。

「ありがとうございます……光栄なお話です。でも、お引き受けできません」。自分の言葉に込められた率直さと決意の固さに、我ながら驚いた。

学部長の顔色がさっと紅潮した。「なあいいかい、モートン君、これはたいへん栄誉なことなんだ。もう君のご両親にもお伝えしたが、たいそう喜んでおられたぞ」

「どう申し上げたらいいか……思ってもみなかったことなので」

「それでこそ、いっそうこの栄誉にふさわしい。真の謙虚さの証しだ」

「本当に、けっして謙遜ではありません。考えを改めたんです。おそらく伝道の仕事には就かないと思います」

「おそらく？　では確かなことではないんだね？」

「いいえ、確かです。就きません、そう決めました」。ビルの顔には笑みさえ浮かんでいた。自分の心臓が高鳴っているのがわかる。

「これは非常に重大な問題だよ、モートン君。もっと早く教えてほしかったね」

「無理だったんです。たったいま決めたことですから」

「理由だけでも聞かせてくれないか？　てっきり君は伝道準備にワシントン大学で日本語を勉強しているのだとばかり思っていたが」

「そのつもりでした」

「もし一時の気まぐれか何かで……」

「むしろ瞬時に訪れた直観です。この一年間で私の信仰に変化が起こりました。それがまだ解決できていません。ただ申し上げられるのは、不信の徒から信仰者を作るんだという信念を私がなくしてしまったということです」

「つまり、君はこれまで授業料の二十五パーセントという聖職免除を受けておいて、いざ卒業する段になって――」

「信じてください、フォスター学部長。断じてそういった打算的な話じゃありません。ただもう自分が何をしたいのか、わからなくなったんです」

＊

翌日、ビルはワシントン大学大学院の極東スラヴ言語文学科に志願書を提出した。そのことを廊下で会ったタツミ教授に知らせると、教授は大声で「よしっ！」と叫び、それがトムソン・ホールの大理石の廊下にこだまして周りから驚いた目が向けられた。

「もうすこし決断が早ければな」とあとになって言われた。「奨学金を取ってあげられたのに」

＊

六月九日、ビルが聖書神学の期末試験を受けている頃、バンダー・ホールの前で土曜日の卒業式に向けた天幕の骨組みの設営が始まった。何人かの学生たちが公共の場で踊っているところを作業員たちに目撃され、あやうく学則違反に処されそうになった。

「マネキ」では、店長夫人のクミコが口を開けばビルを待ちうける「輝ける未来」の話をした。

卒業式当日、朝日に照らされた赤白キャンディ縞の天幕も、ビルにとってはその中にいる自分の家族とあと何時間か一緒に過ごさなくてはならないということしか意味していなかった。父親がフォスター学部長と握手を交わし、妻ルーシーとそのあいだの息子、ケヴィンとマークを紹介するのをただ眺める。この二人はどちらもルーシーの鮮やかな赤毛を受け継いでいた。クレアが友人たちとお喋りをしているのを見つけた。彼女はこちらを一瞥すらしなかった。

十時ちょうどに行進曲に合わせて教師たちが入場してきた。中央の列を進む番が巡ってきたとき、ビルは参列者の中に黒髪の小柄な女の姿を認めた。さらに一、二歩前進するあいだにもう一度ふり返って確かめる。まちがいない、クミコだ。目を輝かせて彼の方を見て、この場にいる母親の誰よりも誇らしげな顔をしている。そのとき初めて、周りの卒業生たちが抱いていたであろう達成感が、ビルの胸にも湧き上がってきた。

シェルトン学長が演壇に上る。「晴天に恵まれました本日、一九六〇年六月十一日、第六十六回学位授与式にようこそお出でくださいました。本年もまた、当学の歴史にとって実りある一年でした。学術面では、教職員と学生が手を取り合ってカリキュラムを充実させ、学問、研究、国際活動への関心を高めてきた年であったと言えるでしょう。こうした発展と並び、キリスト教組織としても同様の進展がありました」

そのとき、とつぜん大気がごろごろと震え、学長は上を見あげて弱々しく笑った。プロペラのない巨大な銀色の飛行機が轟音を響かせながら空を横切っていく。ボーイングの新型ジェット機のテスト飛行だった。聴衆は音が止んで演説が再開するのを辛抱強く待った。

「社会はあらゆるところで、聖別されたキリスト教徒たちの魂の浸透を必要としています。卒業生諸君、神はあなた方一人ひとりのために計画を定めてくださいます。そのお召しにどのように応じるかであなた方の生涯が形作られるのです。国旗への忠誠の誓いに『神の下で』の文言が加えられた今、我々は北西部唯一の福音派教養大学として、キリスト教指導者を求める世界の声に応えてゆかねばなりません。さあ、精神と知性と活力をあらためて奮い立たせ、カスケード＝パシフィックが今後の年月もずっと、これから何千と増えてゆく若者たちの人生にとって力強い影響源となるよう、神の下で尽くそうではありませんか。そして彼らもまたいつか神の御心を果たせますようにと。皆さんの活躍を祈ります」

もし卒業が一年前だったなら、学長の言葉はビルが聞いて育ち、そこに一生浸っていたかもしれない慈愛の言葉遣いの中にぴったり収まっていただろう。だが今の彼はそうしたものの外側に立っていて、その言葉の意味が、自分にとってそれが本当のところどのような真実を持つのかがわからなくなっていた。それまでは彼の父親が、この世界の確かな現実を体現していた。こうした心慰む言葉にすべてを捧げてきた人間があのような恐ろしい秘密を抱えていられるのなら、そんな言葉になんの意味があるだろう？

コリン・アシュウッドがヒューストン式辞を読むのを聞いているときも同じ疑念に囚われた。あの場に立って「聖書の教え」や「贖罪の恩恵」や「主イエス・キリストの再臨」と口にしていたのが自分だったかもしれないということがとうてい信じられない。

式が終わって、モートン家の男たち——トム、ビル、十四歳のケヴィン、十二歳のマーク——は初夏の陽光の下に並んで立ち、そこにルーシーがカメラを向けた。トムがぶつぶつとビルにこぼす——「本来ならあそこに立つのはお前のはずだったんだろう。フォスター学部長から聞いたぞ」

それに答える間もなく、ひどく聞きなじみのある声がした。「私が撮りますよ。さあ、モートンさんも中に入って」赤、黒、金、白のアカデミック・ドレスに身を包み、角帽から金髪を解放したクレアが、ほとんど奪うようにしてルーシーの手からブローニー・ホークアイを取る。

箱型カメラのファインダーを覗きこみながら「行きますよ、ハイ、チーズ！」。

「チーズ！」とみな素直に従ったが、クレアはまだ撮らなかった。

「さあ、ビルも笑って！　日本人ガールフレンドもあなたの卒業を見に来てるわよ！」カメラをクミコの方に向ける。「ほら、あそこ！」カチリと大きな音を立てて彼女の親指がシャッターを押す。

モートン家の面々にいっせいに見つめられたクミコはびくりと固まった。そそくさとニオイヒバの木立の後ろに逃げこんだ。

ビルは飛び出していって、満足顔のクレアから黒い箱を引ったくった。「君を傷つけるつもりじゃなかったんだ。こんなひどいことしなくても」

そしてそのままふり返らずに人混みをかき分けてクミコを探したが、すでに姿はなかった。

「いったいなんだったんだ」カメラを手に戻ってきたビルに父が詰問した。

「なんでもないよ。もう行こう」

「写真は？」マークが甲高い声を上げる。

「いいよ、どうでも」ビルは言ったがルーシーとマークがせがむので渋々もう一度ポーズを採った。

「うちに帰ったらぜんぶ説明してもらうからな」横に並んだトムが小声で言う。

「説明することなんてないさ」

「ほらほら！　笑顔はどうしたの？」とルーシー。

二台の車でマグノリアに帰った。ビルは自分で運転したかったのでルーシーが彼の車に同乗した。

前部席で二人だけになると、ルーシーが言った。「私ね、今日こそあなたとお父さんがこの一年にあったことをぜんぶ水に流してくれたら、って祈ってるの」

ビルはちらりと横を向いた。最近何度か会ったときは大きなカーラーを巻いていたが、今日の彼女の顔はゆったりとウェーブした赤い髪に包まれて愛らしく、しかしすこし寂しげだった。

「僕もいろんな問題を解決したいとは思ってるんです。期待薄ですけど」

「とても残念な態度ね」

「今はこれ以外は無理なんです」視界の端にルーシーの視線を感じたがビルは前方の道から目をそらさなかった。

「で、あの金髪の子は誰?」

「あの子は……僕たち付き合ってたんです。年度始めに別れたんですけど、あんまりうまく納得してもらえなくて」

「どうして別れちゃったの? とっても可愛いお嬢さんじゃない。もしかしてあの……あの日本人の女性のせい?」

「間接的には。でもほとんど関係ありません」

「まるっきり嫉妬だったわ。あの人をあなたの『日本人ガールフレンド』って言ってたこと、深い意味がなければいいんだけど」

ビルはすぐに返事ができなかった。「込みいった話なんです」とだけ答える。

「ビルったら! 私、あなたのお母さんになろうとずっと頑張ってきたのに、絶対にそうさせてくれないのね!」彼女は声をうわずらせ、話を止めた。ほどなくして岬の家に到着した。

わが家を見るのがひどく久しぶりのことのように思えた。家の中に入り、自分が実際にその黒ずんだ壁の内側で暮らしていたことがほとんど信じられなかった。ルーシーがダイニングルームのテーブルに並べてあった大皿からパラフィン紙の覆いを剝がしていく。出てきた料理は彼の卒業を祝うためにしては豪勢すぎた。おまけにみんな初めのうちは彼がそこにいないかのようにふるまった。どこかの集会で見知らぬ同士がオードブルの周りをうろつき、たがいの頰張った口許から目をそらしているような具合だ。

弟たちはまっさきにチョコチップ・クッキーを鷲摑みにし、ルーシーは冷蔵庫からさらに料理を運んできてテーブルの隙間を埋めた。ビルは皿にデビルドエッグと少量のツナサラダを取り、立ったままガラス戸の向こうの庭を眺めた。父がセロリスティックをポリポリと齧る音が聞こえていたが、二人とも何も喋らなかった。

ルーシーがこの陰気な集会に加わる。「乾杯しましょう！」

テーブルに並べられたグラスにレモネードを注ぎ、ひとつをビルに、ひとつを父に差し出した。

それを受けとるために父子もやむなく歩み寄る。ルーシーが自分のグラスを掲げた。

「卒業おめでとう、ビル。私たち誇りに思うわ」

三人はカチンとグラスを合わせた。男二人は不安げな様子の赤毛女を見下ろし、それからようやく顔を見合わせる。このときビルは初めて、父を老いたと感じた。革のような肌はくたびれ、皺も多かった。ビルはどうしても笑顔を作ることができなかったが、トムはどうにか「ああ。おめでとう」と言った。

「二人ともありがとう」と言ってビルはレモネードを一口飲んだ。両親は次の言葉を待って彼を見ている。誰にもばれずにこっそり出て行けたら、と彼は思った。やたらと長引いた教会行事を途中で抜け出すように。だがあいにく彼は今日の主賓で、この場で義母の話にずっと相槌を打っていなければならなかった――記念の日にお天気に恵まれて本当によかったわね。飾ってあったお花がとても綺麗だった。女の子たちは可愛かったし男の子たちはハンサムだったわね、ガウン姿で心を込めて歌を歌っていて。式が終わったあとで抱き合って泣いてる女の子たちがいたけど、あれ見て私が高校を卒業したときのことを思い出しちゃった。

話題をとにかく卒業式やカレッジの思い出話に限っていれば自分の将来の話を遠ざけておけることに気がつき、ビルは中世史のスウィーニー教授を持ち出した。今日の式で、ローブを羽織り、頰髭をそよ風にはためかせていた愛すべき老先生の姿がとても感動的だったということ。「いつも頑固爺さんのふりをしてるけど、今日は目が潤んでたね」

喋りながら、ビルは部屋の反対側からケヴィンがこちらをじっと見ていることに気づいた。十四歳になったケヴィンの背丈は母親を追い越していて、細いが引き締まった体つきをしている。

「君たちもこっちへ来いよ」ビルは弟たちに声をかけた。この二人にも話題を提供してもらって時間を潰し、自分は適当なところでお暇《いとま》しよう。十二歳のマークだって、今度小学校を卒業するのだから何か言えることがあるんじゃないのか。

「来年からのマクルーア中学、楽しみ？」いかにも興味があるふうを装って訊ねる。

「まあね」とマークは鼻を掻いた。

ケヴィンにはどう話しかけたらいいかわからなかった。このそばかすの赤毛少年は異母兄がいるといつも不機嫌になった。右目の上に傷跡がある。通りの向こうの岬の崖に落ちたときに出来たものだ。落ちる瞬間ビルは彼を摑もうとしたが、その行為はかえって落下に勢いをつけてしまっただけだった。わざとではなかったことをケヴィンはどうしても納得してくれなかった。

ルーシーがペストリーを温めに席を外したのを見計らってトムがビルに向き直り、言った。

「書斎に来なさい」

弟たちが顔を見合わせ、マークが首をすくめて「お、来たぞ」と呟く。ビルは父についてリビングルームを抜け、いつも避けてきた焦げ茶色のドアの前まで来た。

「キャンパスでの騒ぎのことを訊こうと思っていたが、考えれば考えるほど知りたくなくなった」ビルの背後でドアが閉まると同時にトムが口を開いた。

「そのことは悪かったと――」

トムが手を伸ばして話をさえぎる。「お前にカレッジを卒業させるために今年だけで千ドル以上も払ったんだ。私の出した金がどういう実を結んだのか知りたい。お前は将来の計画を黙ったままじゃないか。今日こそ聞かせてもらうぞ」

　ビルは父の書棚に並んだ聖書に、次に壁に掛けられた聖画に視線を泳がせたが、それ以上は避けられないと観念して父の燃えるように青い目と向き合った。

「秋からUWの大学院に行く。日本語を勉強するんだ」

「時間の無駄だと言ったはずだ。日本での伝道はかならず失敗する」

「伝道に行くんじゃない」

「どういうことだ」

「まだ聖職に人生を捧げる決心がつかないんだ」

「つまり、四年も勉強しておいて聖職者になりすらしないと言うつもりか？」一語ずつ声が大きくなる。

「今はね。僕の人生にはまだ答えを出さなきゃいけない疑問が多すぎる」。ビルは必死に冷静を保とうとするが手の震えが収まらなかった。

「疑問？　お前もわかっているだろう、すべての疑問に対する答えがどこに書かれているか」

「いいや」ビルは渇ききった喉から絞るように声を出した。「聖書にはミツコという人のことは一言も書かれてない」

　トムが後ずさり、高い本棚に背をぶつける。

「父さんの妻だったんでしょう？」

「嘘だ！」

「嘘をつく理由なんてない」ビルは言った。「ただ本当のことを教えてほしい。僕が父さんにずっと求めてるのはそれだけだ」

ドアをためらいがちにノックする音がして、ルーシーが顔を覗かせた。ぎこちない笑顔を浮かべている。「ちょっと失礼よ、食事の途中でいなく――」

「入ってくるな！」トムが叱りつけて追い払う。

「僕の知ってることを話そうか？」ビルが言う。

「よその連中に吹き込まれた汚らわしい話など聞く気にならん」

「僕は父さんの口から本当の話を聞きたいんだ！」

「こんな邪悪な話に付き合ってわが身を貶《おと》めるつもりはない」

ルーシーが部屋に駆けこんできた。「二人ともどうしたの！」

「ルーシー、お前は出ていなさい！」トムが怒鳴るが彼女は一歩も引かなかった。

「卑怯者！」ビルの声も大きくなる。「真実が怖いんだろ！　父さんには『贖罪』ってなんの意味も持たないの？　よくそれで堂々と生きていられるね！」

とつぜんビルは壁に叩きつけられ、息が止まった。床に倒れ、胸の上にケヴィンがまたがってくる。「取り消せ！　取り消せよ！」ケヴィンはわめきながら骨張ったこぶしでビルの顔や体を打《ぶ》った。ビルは顔面を守ろうとするが、狂ったように振り回されるげんこつがずきりと痛かった。ルーシーが後ろから息子を押さえようとし、ビルは彼の両手首を摑んだ。ケヴィンの右目上の傷跡は真っ赤だった。「お前なんか嫌いだ！　僕らのうちから出てけ！」

ビルはルーシーに助けられて、暴れるケヴィンの下からなんとか体を引き出した。ふらふらと書斎のドアを抜け、そこに棒立ちになっていたマークを肱で軽く押しやり、リビングルームを通り抜ける。そして玄関のドアを思いきり開け、暖かい初夏の陽光に飛び出した。

28

一九六二年十一月十五日

JAPAN
東京都杉並区荻窪一－一二四
新山方

親愛なるフランクへ
　ひょっとするといまごろ君は、僕がシアトルを出発してからの約二か月のあいだに、地面にぱっくり割れた裂け目に呑み込まれでもしたんだろうかと心配しているかもしれない。安心してくれ、いまのところはすべて順調だ。飛行機一杯に積まれた僕らは羽田空港でフルブライトの人たちに迎えられ、まずは「ニュージャパン」という豪華ホテルに連れていかれた。その完全に密閉された環境で丸三日間、東洋《オリエント》で暮らすためのオリエンテーションを受けた。違う国に来たと認識できた唯一の出来事は、入国初日に建物全体が揺れているのに気づいたことだ。初めて体験する地震はけっこう衝撃的《ショック》だったな（洒落はたまたま）。地震はその後も何度かあって、もうだいぶ慣れたけど。
　もう一点だけ、このオリエンテーション期間に味わったちょっとしたショックについて書いておこう。二日目、ゼミやホテルの食事にもいい加減飽きてきて、僕はひとりで外出することにした。占領軍刊の古い東京地図を握りしめ、ホテルを出て細い道を抜け、大通りに出た。(でもその地図は何の役にも立たなかった。東京でどこかに行こうとするときに頼りになるのは日本で売っている、東京各区の地図が見開きで載っている冊子だけだ。) ホテル周辺の人工的な静けさとうってかわり、大通りには路面電車がキーキーと往来し、スクーターや超小型車が砂埃と轟音をたてて通りすぎていく。その通り沿いにちっぽけなレストランがあって、薄汚れたウィンドウにプラスチックの料理模型が飾られていた。そこに「マネキ」にあったカツ丼があったので、僕は店に入ってそれを注文した。さいわいシアトルで覚えた僕の日本語はちゃんと通じたけど、「本場物」はやっぱりすこしショックだった。(さっきから「ショック」と言ってばかりだけど、これでもまだ使い足りないくらいだ。書こうとしていたショックはまた別のことだ。次にその話をしよう。)

ともかく、そうしてレストランを出たとき、やっと自分が日本に来た実感が湧いてきた。その気持ちがいっそう強まったのは、ホテルの近所の細い道と並行する、緑の多い土手に上ってみたときだ。砂利の土手道に沿って生えている小ぶりの松がそれぞれ面白い形に曲がっていて、まるで現実サイズの盆栽か、フレミング先生の美術史の講義で見た雪舟の風景画の中を歩いているようだった。その道のいちばん向こうに、まるで明治時代からそこにいたと感じさせる男が立っていた。上下とも十九世紀の日本の服装だった。つまり袴《スカート》をはいて羽織《ケープ》を肩に掛けていたんだ。すこし腰曲がりで杖にもたれかかっていて、さらに近づくとそのフェルト帽はみすぼらしくこそないものの、年季が入ってくたびれていた。ナガイ・カフウとか、一度西洋に出たけどやがて日本人としてのルーツを求めて故郷に戻った明治の文豪の趣だ。ああ、ここはまちがいなく日本なんだと思えてきて、僕はこの男に話しかけたい、そうして日本の過去と心を通わせたいという気持ちを抑えられなくなった。占領軍地図を手にしたまま彼に近づき、自分の能力を総動員してなるべく洗練された丁寧な日本語で訊いた。「失礼いたします、申し訳ございませんが、この土手の下にあるあちらの通りの名前をお教えいただけませんでしょうか？」

男は古風なワイヤーフレームの丸眼鏡の奥からこちらを見上げて、僕に負けないくらい洗練されたアメリカ語で答えた。「ヘイ、ミスター。あんた合衆国《ステーツ》から来たの？　俺むかし、コニー・アイランドでピーナツ売りやってたんだよ」。そして何十年も東海岸を行き来して、海岸や遊園地でピーナツやポップコーンを売っていた話をしてくれた。愛すべきお爺ちゃんだったけど、きっとカフウなんて聞いたこともないだろうな。けっきょく通りの名前もわからずじまいだった。

フルブライトの仲介で、いまは東京大学で僕の専攻である十五世紀の能のゼミを受講している。生の能を知るために舞台に足を運ぶことも多い。とはいえ能というのは厳かで抑制のきいたものだから「生」とも言いがたいけど。正直言って、UWにいたとき僕はマクラッケン先生の能に対する博識と情熱に圧倒されて、きっと自分が学びたいこともこれだろうと思ったんだ。大学院での二年間は十五世紀に生きていたようなものだったから、二十世紀の東京に適応するまでもうすこし時間がかかりそうだ。あのピーナツ売りのようなショックがあと二、三回もあればすぐにでも変身完了しそうだけど！

トーダイ（東京大学の略）では優秀な院生二人に面倒を見てもらっている。学者肌のニシノ・ハルオは能の演目がほとんど全部頭に入っていて、ちょっとでも刺激、というか酒が入るとすぐ吟唱しだす。（そう、僕はいまでは飲みに行くようになったんだ。信じられる？　今度、君と行くときにはオレンジジジュースより強い物を頼むかもね。保証はできないけど。）もう一人はタシロ・ケイイチロー。僕が出会った人の中でたぶんいちばん穏和で優しい人物だ——ただアルコールが入ると話は別。二人とも大学ではすごく奥ゆかしいのに、飲んでいるときはいがみ合う船乗りに一変する。でも僕はどちらも好きだし、僕らはいつも三人一緒に行動する。僕の日本語も飛躍的に上達しているよ。

実を言うと、僕はこうした物事全部をずいぶん楽しんでしまっている。この国は東洋の楽園でもなければ、完全に西洋化されてもいない。（実のところ、まだ国の話なんてできない。僕はまだ東京の外に出たことがないし、もっと日本の伝統を色濃く残す地域もたくさんあるらしいから。）シアトルの都心と錯覚しそうな場所で（いや、言い過ぎた。都心だろうと郊外だろうと、東京をシアトルと見間違えるのは不可能だ。そっちにこんな人混みはないからね。この人の数そのものが一番ショックなことかもしれない。あと、正直言ってひどく見苦しい。最新の機械設備を屋外に剝き出しにして置いているんだ。ニュージャパンのような高い建物や高架鉄道の上から見ると、まるで自動車のボンネットの中みたいにホースやコードやタンクやナットやボルトだらけ。とはいえ、このカッコで脱線する前に話を戻すと）、ふいにショーグンやサムライの時代から生き延びた文化に出くわすこともある。

ただしそれもいつまで残っているかはわからない。いまは東京中が一九六四年のオリンピックの準備で熱狂していて、「外国人が押し寄せてくるまであと二年しかない」からあれを片づけろだの覆ってしまえだの処分しろだのという声を四六時中、耳にする。地下鉄の新しい路線も敷設中で、その工事が考古学的新発見でしょっちゅう中断される。（「考古学」といっても一九四五年までしかさかのぼらないケースもある。埋もれていた防空壕が見つかって、人々がずっと前に亡くなった親族と「再会」を果たすんだ。）息を呑むほどどこもかしこも建設《コンストラクション》中で、それに伴ってどこもかしこも解体《ディストラクション》中だ。街全体を同時に建てながら壊しているように思えるときがあるよ。

日本政府はオリンピック開会前に国民のある種の慣習をやめさせようというキャンペーンも張っている。日本人が潔癖症なのは知っているだろうけど、じつは彼らは驚くべきポイ捨て魔でもある。読み終わった新聞はどこにでも捨てていくし、弁当の包みや用済みの箸、空の使い捨てティーポットは電車の席に置きっぱなし、地面には痰を吐く（そりゃ屋内で靴を脱ぎたくもなるよ）。なかでもひどいのは、夜の通勤電車の座席で大の字になって寝ていたり、催したら所構わず――駅のホームの縁から、ホーム上に、往々にして車内でも――吐いている酔っ払いだ。みんなよそを向いて見ないふりをしている。酔っていることは様々な反社会的行動の有効な口実とみなされているようだ。また別の男性特有の下品行為はその口実すらなしに（飲酒で助長される面は確実にあるけれど）容認される。公共の場での小用。日本人はとてもエネルギッシュだと言われるよね。それは正しいイメージだけど、そこにはひとつの原則がある（「モートンの法則」とでも名づけようか）――昼夜を問わず、もしじっと直立している日本人男性を見かけたら、それは膀胱を空にしている最中ということだ。これが伝統だって言うなら僕はその廃止に大賛成さ！

さいわい、日本文化との出会いのほとんどはいい意味で驚くものばかりだ。すっかり現代化された近所を歩いていて、タタミ屋の前で主人がTシャツに乗馬服っぽい作業ズボンであぐらをかき、分厚いタタミ・マットを太い針で縫っているところに出くわしたりするといまだに感激するよ。

タタミと言えば、いま僕が住んでいるのは日本風の部屋と西洋風の部屋が一室ずつある物件だ。家主はこの二階の二室を板張りに改装したんだけど、お金を余分に払って大きい方の部屋にタタミ六枚を敷きつめてもらった。まだフトンで床に寝るまでは行かないけどね。寝るのは板張りの狭い洋室の方に置いたベッドで、隣に洗面台と鏡がある。二階はそれで全部だからこの家の小ささも想像がつくと思う。家にいるときはほとんどタタミ部屋で過ごしている。

ニイヤマ夫妻はいい人たちだけど、どちらもフルブライト奨学生としてアメリカに留学した経験があって見事な英語を喋るので（もちろん夫妻を紹介してくれたのもフルブライトの人たちだし）、ちょっと日本語の練習相手にならない。だからこの二人と過ごすことはあまり多くない。むしろ外食が多いかな。すごく贅沢に聞こえるかもしれないけど、この辺のレストランはとてつもなく安いから痛い出費じゃない。というより、一ドル三六〇円では痛い出費なんてありえない。アメリカの平均的な学生の懐事情でもここでは裕福に暮らせるんだ。比較的郊外のここまで来る国有鉄道の列車はひと乗り十円。たった三セントちょっと！　最高に美しい造りの書物だって一ドルで買える。僕の蔵書は劇的に膨らんだよ。都内にはジンボチョーという、延々と本屋ばかりが並ぶ素晴らしい地区があるんだ。僕はそこに何日も迷い込んでいることがある。

ひとつ、少額だけど予定外だった出費は入浴だ。生活時間を家主たちに合わせずに済むので、僕は一般の日本人と同じように公衆浴場に通っている。高台に座って男女両方の側を見下ろしている老婦人に十九円払い、板張りの脱衣所で服を脱ぎ、ガラス戸を引き開けて湯気の立ちこめる大洞窟に入る。そこでは裸の男たち、少年たちが小さなスツールにまたがって、皮膚の第三層、第四層にたどり着くぞという勢いでゴシゴシ体をこすっている。それから泡をすすぎ落とし、火傷しそうに熱いバスタブに全身真っ赤になるまで浸かるんだ。うちの近くの浴場に来る人たちもようやく、自分たちと同じふうに風呂に入るこの金髪の大男に慣れてきてくれて、思い返せば僕が交わした最高に楽しい会話のいくつかはバスタブに浸かりながらのものだった。たまに背中を洗ってやろうと言われたときはすこしうろたえたけど、どうやらそれは友好のしるしらしく、風呂場ではそんな光景をしじゅう見かける。

こんなふうに書くと、僕がずっと日本人と過ごしていて英語を話す人間を避けてすらいるような印象を与えるかもしれない。じっさいこの国には、いっさい日本人に会わず日本語の一語すら覚えないアメリカ人もいて、たしかにそういった人たちとの出会いは遠慮願うけど、さいわい彼らは会社や軍隊の狭い飛び地から出ようとしないからまず顔を合わせることはない。でもニイヤマ夫妻に家を借りている隣のアメリカ人一家とはとても仲良くなった。デイヴィッド・グリーン、マーサ・グリーン夫妻と幼いピーター。就労ビザで日本に来て三年らしい（もちろんここで生まれたピーターは別）。デイヴィッドはＥＬＥＣという英会話学校（イングリッシュ・ランゲージ・ナントカカントカ。この国にはそんな名前の学校がごまんとある）で教えていて、いまや押しも押されもせぬ国民的有名人だ。日本では英語学習が大ブームになっていて、ＮＨＫ（日本放送協会）はあらゆるレベルに対応した英語番組を流し、発音のお手本として外国人を出演させている。彼の名前はテレビ欄にまで載っているくらいだから、一緒に出歩くとテキストにサインをせがまれることがある。僕と同じ六フィート一インチの彼はここではかなり背が高く、とどめにふさふさのセイウチ髭まで生やしているからものすごく見つけやすい。毎回同じ顔ぶれだと視聴者も飽きるから君も出演してみないかと誘われたけど、いまのところは辞退している。

また食べ物の話。日本食にはシアトルにいた頃に詳しくなったつもりでいたけど、ここで食べられる料理の種類の多さ、豊かさは圧倒的だよ。もう僕は立派な生魚中毒だ。都への配送・販売に卸される魚を見るため朝の四時にハルオやケイイチローと築地の魚市場に行ったことだってある。ブリキ屋根に覆われた広いコンクリートの床をきらきらしたマグロが覆っているところは壮観だった。ハルオとケイイチローにはあるレストランにも連れて行ってもらったけど、そこでは僕の日本食通としての限界を思い知らされた。そこの魚は生ではなかったけど、むしろ生の方が有難かったくらいだ。店の名前は「コマガタ」。アサクサという活気溢れる伝統的商人街にあって、江戸時代までさかのぼる由緒ある店だ。（もちろん建物自体はそんなに古くない。東京のこの一帯は戦争の際、焼夷弾で大部分が破壊されたから。）名物は「ドジョウ」というミノウと大して変わらない小さい魚。あとで調べたら英語ではloachと言って泥の中に棲んでいるとあったけど、納得だね。テーブル上の車輪形の鉄製ガスコンロでそれが煮られるときの見た目は泥みたいで、そのあと醬油にたっぷり浸して食べても泥みたいな味がする。とりわけ身の毛のよだつ調理法がある。この小さな生き物が、生きたまま客に提供されるんだ。陶器の鍋に張った冷たい水の中、豆腐の塊の周りを泳いでいるとその鍋が火にかけられる。水温が上がっていき、ドジョウは必死になってまだ冷たい豆腐の内側に潜りこんで助かろうとする。そうして哀れなドジョウが埋もれたまましっかり茹でられた豆腐を頂くわけだ。これは「ドジョウ地獄」という料理だ。こいつを出されたらきっと僕は食べるのを拒んだだろうが、さいわいさすがのコマガタもこの料理だけは出していなかった。

この街で出会った最高の食事には日本食以外も含まれる。東京は古い日本と新しい日本が見事に融け合った土地でもあるけど、世界中の文化が集まっている点でも特筆に値する。僕が食べている中国、フランス、ロシア、ドイツ、ハンガリー、イタリアの料理はシアトルでは聞いたこともないようなものばかりだ。極東の地まで来て自分がどれだけ西洋に無知か思い知らされたよ。たぶん平均的東京人の方が平均的アメリカ人より西洋の高級文化に触れているんじゃないかな。クラシック音楽やヨーロッパの歴史に疎すぎて自分がまったくの田舎っぺに感じられるときがある。

きっと君はこうした話に苛々して、さっさと本題に取りかかれと思うかもしれない。信じてほしい、僕だって同じくらいもどかしいんだ。本物の日本を知るようになって初めて、自分があんなふうに研究に没頭した理由がわかってきた。能といった中世日本の芸術はとても現実離れしているんだ。ありのままのリアリズムではなく、示唆や婉曲や神秘に依拠している。日常の「現実」こそ非現実的とみなす仏教観に根差しているからだ。現実や真実は理解を超えたところにあると仄めかす。こうした考え方はあきらかに（今だからそう言えるけど、一九六〇年に大学院で学びだしたときは全然あきらかじゃなかった）、僕が当時失いかけていた信仰心に代わりうるものとして魅力的に映った。父についての真実がわかってきた時期、僕の霊的生活は根幹から揺るがされ、いまだにそこから立ち直れるか僕は自信が持てないでいる。教会にはまず足を運ばなくなったし、行く場合も観光が主な目的だ。カトリック教会、ギリシャ正教会、レイナンザカの歴史あるプロテスタント教会などに行っても、たいていはただ座って見学するだけ。でもこうして真実が見えてきた経緯は僕にとってきついものだった。ようやくわかったけど、僕は研究を目的を果たすための手段としていたと同時に、自分のすべきことからの逃避先として利用してもいたんだ。

要するに、僕は怖いんだ。この国について知り、ここの勝手がわかってくるほど、人捜しを先延ばしにする口実がなくなっていく。だからといって僕に何ができる？　君は教えられることをぜんぶ教えてくれたけど、それでも少なすぎる！　しかもあれは君の記憶だ。どの程度まで僕自身の記憶にできるかはわからない。

手がかりがほとんどないという実際的な問題もある。捜しているのはミツコという女性と、その姉のノムラ・ヨシコだ。取っかかりとしてこれより平凡な名前はないよ！　地方を捜し回る自信がついたとして、そこからどう進めたらいい？　もちろん手がかり不足を何もしない言い訳にするのは簡単だけど、それは絶対にないから安心してくれ。いざそのときが来れば、僕は立ちどまりはしない。

フランク、それまではどうか焦らず待っていてほしい。君が空港まで見送りに来てくれたことはすごく心強かったし、けっして君のことや、僕らの人捜しのことを忘れたわけじゃない。（「マネキ」のことももちろん忘れてないよ。クミコやボスーサンやノーマン・ミキ、ほかのみんなによろしく。）二か月経って、やっと自分の状況が見えてきたところだ。すこしでも進展があったらかならず知らせるよ。それと嫌じゃなければ、折に触れてただ僕の新しい経験を君に伝えたいと思う。君も時間があるときに手紙をくれたら嬉しい。

ビルより

29

日本人の流れはたえずして、道をすきまなく覆い、その足許で砂利がザクザク鳴る。ビルとグリーン一家は元旦の人だかりに運ばれ、明治神宮の広い並木道を進んでいった。この神道の聖堂の門が高くそびえる下で、流れは鋭く左に折れている。はるか前方で今度は右に鋭く曲がっていて、その辺りに主聖堂があるのだろうとビルは見当をつけた。人々の秩序正しさは驚異的だ。もっともこの状況でパニックになれば大惨事だろうから、それは不可欠なことでもあった。

「日本最大の木造トリイだ」頭上五十フィートに架かる巨大な横木の下をくぐるとき、デイヴィッド・グリーンが指さして言った。群衆をまたいで立つ二本の大柱は一人で、いや二人がかりでも腕を回せそうにないほど太かった。

「だろうね」ビルが答えるが、デイヴィッドは目を丸くしてこちらを見ている女性にセイウチ髭をぴんと張って笑いかけていた。例によってテレビ番組を観ているファンだろう。

二人のあいだを歩いていたマーサは、だんだん肩に乗せたピーターが重荷になってきているようだった。彼女自身も六フィート近く身長があり、息子を高く掲げて人混みから守っている。砂色の髪のピーターはネクタイにウールのベスト、その上に金ボタンのネイビーブルーのブレザーという装いで、まるで小公子のようだ。

「おいで、ピート！」ビルはピーターに両手を伸ばした。この子が必死にしがみついている母親の顔にかかった黒縁眼鏡がいまにも落下して、容赦ない人波に踏み潰されそうだった。ピーターははじめ母の許を離れたがらなかったが、マーサがビルの方に体を傾け、彼はその子の両脇を抱えて肩車してやった。今度はビルが小さな腕に頭をぎゅっと抱かれながら先に進む。

「助かったわ」マーサがふうっと息を洩らす。「ありがと」

「東京の人口の半分が来てるんじゃないかな」ビルは言った。

「一千万人全員だ！」デイヴィッドが笑う。「明日訊いてごらん、みんな来てたって言うぜ」

「でもどうして？　明治天皇崇拝がまだ強く残ってるの？　誰も明治天皇のことは考えてない」

「そんなわけない、ただのしきたりさ。誰も明治天皇のことは考えてない」

「信じられないな」。これだけの人間を動かすには「しきたり」以上の理由があるはずだ。それにもし明治天皇のことを考えていないなら、いったいなんのことを考えているんだ？　主聖堂に近づくとその謎は深まるばかりだった。人々は奉献箱の木格子の中に小銭を投げ入れ、パチパチと両手を叩いて短く一礼するのだが、その前にある質朴とした木造の建物に偶像の類は置かれておらず、奥を覗きこんでも薄暗い空間が広がっているだけだった。明治神宮は日本有数の神聖な巡礼地と聞いていたが、ここでの「巡礼」はあまりにあっさり済まされていて、ビルが「祈り」とみなしてきたものを行なうには時間が短すぎた。なんであれ、ここの人たちが経験していることは言葉を伴わない。それでいて、まちがいなくその一挙一動は聖イグナチオ教会やニコライ堂で彼が見た入念なミサと同じくらい、心がこもっていた。畏敬の瞬間――それが何に対する、なんのための畏敬かは重要ではないようだった。幼いピーターを肩に乗せたまま、ビルも一歩前に出て頭を下げ、掌を合わせ目を閉じた。

　そこに立っていた数秒のうちに、肩に担いでいる小さな人間がとてつもなく重くなったように感じられた。あたかも重力がとつぜん増加したか、この子の肉体の密度が急に二、三倍になってのしかかってきたかのようだった。その肉体の重荷を支えるために、彼はもっとしっかり大地を踏みしめなければならなかった。そして理解した。命に代えても自分はこの無限に尊い重荷を――自分に託された、手で触れることのできる聖なる子供を――支えつづけなくてはならないのだと。

そしてすべてが元に戻る。もう一度だけ空の建物に目をやってから、ビルは手すりを離れ、デイヴィッドとマーサのあとについて石敷きの中庭に出た。そこは混雑も緩み、人々は少数で固まって写真を撮り合ったり、あてもなくぶらぶらしたりしていた。

「おりる！」ぺしゃんこに潰される恐れがなくなって大人たちの周りを駆けずり回るほかの子供が見えたのか、ピーターが彼に言いつけた。

「待った、パパが写真を撮ろう」

そわそわと落ちつかないピーターを肩に乗せたまま、ビルはシャッターが下りるのを待った。

「よし」とデイヴィッドが言ったので地面に置いてやる。

「今度は僕があなたたちを撮るよ」。パチリと家族写真をカメラに収めると、ビルはグリーン一家に歩み寄り、デイヴィッドとマーサを両腕で大きく抱きしめたので、あやうく三人とも倒れそうになった。「今日ここに連れてきてくれたこと、いくら感謝してもしきれないよ」とビルは笑顔ではっきり告げた。六本の長い脚に閉じこめられたピーターが脱出しようともぞもぞして、三人は笑いながら一歩下がった。

ビルは今まで感じたことのない強い幸福感を覚え、それをなんとしてもこの一家と分かち合いたくて言葉を探した。「今日初めて『いと安き聖なる幼子《ホーリー・インファント・ソー・テンダー・アンド・マイルド》』〔「きよしこの夜」の歌詞〕の意味がわかったよ」とにっこり微笑む。「ピーターみたいな子のことだ」

「あ、ああ。そうだな」デイヴィッドが口髭をいじりながら答えた。

「いや、僕は真剣にそう思うんだ。本当に素晴らしいよ」

「今度この子のおしめを取り替えてみるといい。『くそったれ《ホーリー・シット》』って聞いたことあるだろう？」

マーサが「キャッ！」と夫をハンドバッグの裏で叩いた。それから「矢を買いましょう」と小さな売場を指さす。そこでは職員が白く長い「悪魔を鎮める」矢を次から次へと客に渡しつつ、伸ばされた手から代金を受けとっていた。

ビルは一家の後ろを歩きながら、どんな言葉を使えば大馬鹿のように聞こえることなく今の気持ちをこの人たちに伝えられるだろうと考えていた。だが本当に、ピーターは聖なる幼子《おさなご》だ。いま明治神宮にどっと押し寄せている何千何万という人――一度でも太陽の温もりを感じたことのあるすべての人たち――はみなかつて聖なる幼子だったのだ。物を食べ、小便し、排泄し、死ななければならない人々。人間は愚かすぎて、このことの奇跡に何世紀も気づかなかった。そして処女降誕やら「人となられた神」たちやら天上と地上の往来といったお伽話をみずからに言い聞かせて、もともと神聖なものをさらに神聖に見せようと無意味な努力をし、それは結果的にこの世界にある奇跡をかえって見えなくしただけだった。今日、彼は見た――正真正銘の聖なる幼子を肩に乗せ、人々の流れに身を任せながら、大勢の人間の息子たち娘たちが聖なるものの源を賛美しに訪れるさまを。その源とは、人々自身の中で脈打つ生命だ。

「これは神道じゃない」自分の言い回しの拙《つたな》さがあいかわらずもどかしい。

「そのとおり」とデイヴィッド。「これはサン・ピエトロ大聖堂のミサだし、あそこで矢を売ってるのはローマ法王だ」

「それで？」

「そうじゃなくて、ここにいる人たちはみんな明治天皇とか太陽神アマテラスとか、イザナギとイザナミが大地を創ったとか、そういうことを全然考えてないってことなんだ」

「そしてその他の宗教もここに来ることとはなんの関係もない」

「誰もあるなんて言ってないぞ。ビル、今日はどうかしたのか？」

「大丈夫。大丈夫だよ」

「僕は周りの人たちと同じように、単に観光と新年のお祝いをしに来ただけだ」デイヴィッドが言う。「君はここに来ることがキリスト教徒としての信仰を曲げることにならないかと心配してるようだが、日本人は大昔に神道をほかの宗教と衝突なく共存させることを学んだ。そもそもそれは宗教ですらない。すくなくとも、戦争が終わって軍国主義者どもの手から取り上げられたあとはな。連中はこれを国家カルトに仕立て上げたけど、今はだいぶ本来の形に戻ってる。人生の素敵なもの全般への感謝さ。死とか罪とかいった問題はすべて仏教徒や、数少ないキリスト教徒に任せてる。でもその彼らだって地元の神社に赤ん坊を連れて行くし、結婚式は大なり小なり神道式だ。神社で手を叩いて礼をしたからって神道信者にもクエーカー教徒にもなりゃしないのさ。西洋人の悪いところは、あるものを信じたら別のものを信じちゃいかんと考えがちなところだな」

「僕もそれが言いたかった」

「そうか？　まったくそんなふうには見えなかったぞ。今にもこの場にいる全員に向けて『きよしこの夜』を歌いだすかと思ったよ」

ビルは体をのけぞらせ、腹の底から大笑いした。

＊

それまでビルは混雑する時間帯に電車に乗るのをなるべく避けていたが、元日の明治神宮での体験以来、ラッシュアワーの乗車をむしろ歓迎するようになった。ときおり、温かい体がひしめく中で息もできないくらいに押し潰されながら、自分がいま間接的に日本の母親と触れていると想像する。ひょっとして自分が触れている誰かがミツコに触れている誰かに触れているかもしれない。五十歳前後の女性を見かけるとその目を引こうとした。ミツコが二十年経った彼のことに気づき、この腕の中に飛びこんできてくれることを期待して。もっともたいていの場合、それはパーマのご婦人方を不安にさせただけだった。

しかし偶然の再会を妄想していても始まらない。そもそも、東京の電車ではあらゆる年代の女性に不安になる理由があった。ビルは一度ならずチカン――車内のぎゅうぎゅう詰めの状況を利用して女性の体に手を走らせること――の現場を目撃したことがある。フランクへの手紙にもまだ書く気になれないショックのひとつだ。初めてそれに遭遇したとき、彼はじっと立ちつくしたまま、平凡な容姿の眼鏡の男が二十歳そこそこの女の子のコートの下に両手を差しこんでいるところを見ていた。男は息を荒くし、人混みの圧迫に支えられながら白目を剝いている。ビルは割って入ろうかと考えたが、周囲の誰も気づいていない様子だった。ひょっとすると、相手をちらりとも見ない女の子の方も楽しんでいるのだろうかという疑いが頭をもたげる。だが東京駅で乗客がどっと吐き出されて両者が離れたあとに見てみると、彼女はコートの前についた汚れを拭いながら目に涙を溜めていた。数日後、同じような状況に出くわしたときは人混みをかきわけて手を伸ばし、男の側頭部をぶん殴った。当然乗客たちの賞賛を浴び、悩める乙女からあふれんばかりの感謝を受けるものと思ったが、その場の誰もが――女の子と加害者を含めて――まるで何も起こらなかったかのようにふるまった。

地下鉄での偶然の出会いを夢見るのと五十歩百歩とはいえ、やはり東京の電話帳に載っているノムラに片っ端から電話するしか道はないようだった。フランクは日本に電話があまり普及していない時期に試したのだ。今ならまだすこしは見込みがあるかもしれない。

ノムラ姓は極小活字で十二頁に及んだが、ゴローやヨシコは何人もいなかった。それが尽きるとまた最初に戻り、機械的に一日十件ずつ電話をかけ、精一杯丁寧な日本語でまったく同じ言葉を伝える――「失礼いたします。わたくし、アメリカ人のウィリアム・モートンと申します。昭和二十年か二十一年頃までアメリカのワシントン州シアトル市に在住しておられたノムラ・ゴロー様、ヨシコ様ご夫妻を捜しております」

ほとんどの場合は前置きを最後まで聞いてくれたうえで、お役に立てなくて申し訳ないと謝られた。また「アメリカ人」という単語を聞いた瞬間に切られることもあり、むしろそういった強い反応をする人の中にこそ、捜している相手がいるのではないかと不安に駆られた。衝動的に電話を切ったあと、向こう側にいるその人物が軽率な行動を悔いつつも、ひとたび断ってしまった回線をつなぎ直すすべなく立っているところを思い浮かべた。

より時間を取られるのは、相手が謎の電話に興味をかき立てられてとにかくその数奇な物語を聞きたがるものの、結局何の参考にもならない場合だった。ほとんど理解できない野卑な通り言葉を使う男に、目的のノムラ夫妻宅へ有料で案内してやろうと言われたときはビルの方から電話を切った。また、ヨシコに近い年齢と思われるしゃがれ声の女と巣鴨の喫茶店で待ち合わせたこともあった。期待と恐れを抱いて待っていたが、現れたのは病気を患った二十代の娼婦でひどく落胆させられた。もっとも胸が張り裂けそうだったのは、感情を剝き出しにして「私の夫」や「俺の家族全員」を殺したとアメリカ人全体を非難されて終わったときだ。いまも膿んでいる戦争の傷を癒すために、自分に何かできればいいのにと思った。

もっとわかりやすい障害もあった。家主の新山夫人は（電話代として一回につき十円払い、その日の分が終わるとしっかり電話帳を元の位置に戻してはいたものの）彼に、捜しているノムラさんたちはそもそも東京にいないかもしれないとしつこく忠告した。

格別気が滅入ったある日、彼は能楽堂での、桜の精や悩める宮廷婦人の優雅な嘆きの抒情に逃げ場を求めて、友人の慶一郎や春雄と「姨捨《おばすて》」を観劇しに出かけた。最古の演目の中でもとりわけ高遠なこの作品は、銀色の冷たい月のイメージと山に捨てられて命を落とした老婆の霊が、超脱と抽象的美を厳めしく表現している。クライマックスで旅人が舞台から消えていくとき、白いものをまとった霊は、生きていた彼女をかつて置き去りにした者と同じに死んだ彼女をいま置き去りにしていく男の歩みと合わせて、体を少しずつ、少しずつ回していく。

返せや返せ
昔の秋を
思ひ出でたる
妄執《まうしふ》の心
やる方もなき
今宵《こよひ》の秋風
身にしみじみと
恋しきは昔

ひとり捨てられて老女が
昔こそあらめ

今も又姨捨山とぞなりにける
姨捨山となりにけり

ビルは悲しみに胸を締めつけられた。彼の捜す女性もどこか見捨てられた土地、都会から遠く離れた鉄道や電話もない山の中で恨めしく老いているのだろうか？

観客たちは列をなして無言で能楽堂を後にした。ただし歩道に出たとたん、ライトで闇を照らし、けたたましい音を立てるトラックが鼻先をかすめて角を曲がって行くのにも構わず、慶一郎と春雄は風吹きすさぶなか激しい身振りを交え、先ほどの舞台の神秘的静寂を誰が一番うまく説明できるか張り合いだした。

「決着をつける方法はただひとつ」黒縁眼鏡の厚いレンズの奥で宣言する春雄の目が光る。「ビールだ！」

「そのとおり！」慶一郎が骨張ったこぶしで掌をポンと叩く。

またバーに連れて行く気だ。ビルたちは大曲《おおまがり》から水道橋の駅まで歩いた。彼はこの二人と付き合ううちにキリンやサッポロ、そして日本の米酒の味を好むようになっていた。とりわけ冬の夜にはほどよく温まった日本酒が確実に慰めてくれる。突き刺す風が車道からも歩道からも砂を巻き上げている今夜はまさにそんな時間だ。歯に砂がついているのをビルは感じた。春雄は歩きながら一、二度道端の溝に唾を吐いた。

第一の論争は、中央線で西の新宿に行くか、東の神田に行くかだった。ビルが自分の下宿のある荻窪に近い前者を選んだことでこの問題は決着した。だが新宿のどの店にするかという段になると彼は役に立てなかった。春雄はジャズバーの「クラブ・ファンキー」を推したが、慶一郎は能を観たあとでそんな場所に行くのは冒瀆だと主張した——向かうべきはむろん、日本の伝統的民謡だけを流す店「ふるさと」だ。

　春雄が譲歩し、三人は腕を組んで昂揚した顔に赤や黄のどぎついネオンを浴びながら、歌舞伎町の小暗い迷宮の中を一歩一歩進んでいった。この陶酔空間に入ったとたん、まだ一滴のアルコールも入っていないのに足取りがおぼつかなくなり、組んだ肱でたがいに前に後ろに引っぱりあう。

「ふるさと」の奥の壁には五フィートはありそうな巨大なわらじが掛かっていた。その反対側に土色をしたさまざまな伝統的陶器や、箕《み》、殻竿《からざお》といった名札のついた昔の木製農具が飾られている。天井は農家の藁《わら》葺《ぶ》き屋根の裏側を模していて、左手には古風な囲炉裏《いろり》の上に鉄瓶が黒い鉤で吊されている。この暖かく暗い部屋の隅に隠れたスピーカーから音楽が流れていた。

　カウンターが満席だったのでわずかに空いていたテーブル席についたが、卓の下に男三人の脚を入れるのがやっとだった。狭い天板には青灰色のタイルが四枚敷きつめられている（ように薄暗い照明の下では見える）。農民風の白いバンダナと青白斑のモンペの女が注文を取りに来た。慶一郎と春雄は生ビールを、ビルは日本酒を頼んだ。

「これはいい歌だぞ」慶一郎が言う。

　ソロの細い歌声が三味線の伴奏つきで流れていた。そうした歌はビルの耳にはたいていの場合、まさに三味線の皮にされるべく生皮を剝がれようとしている猫が歌っているように聞こえるのだが、スピーカーから洩れてくる声は甘く儚《はかな》げで、美しかった。

　席につき、ウェイトレスがつまみのピーナツと小さな煎餅《ライス・クラッカー》を持ってくると、さっそく慶一郎が自説を披露しはじめた。なぜ「姨捨」は老婆、しかも庶民を描いているのにかくも高邁なる作品とみなされるのか。春雄は能の中で、いやあらゆる演劇の中でこれがもっとも好きな作品だと述べた。

ビルは議論の流れに集中しようとしたが、絶えず音楽がそこに割りこんできた。いま流れている曲では、叱られて使用人として送られた子供の悲嘆を女性の声が歌っていて、笛のすこし濁った音色がそれを完璧に引き立てている。酒が回って体が温まってくるにつれて卓上の文学談義がどうでもよく思えてきたが、連れ二人はビールが効いてきたのか、いっそう声を張り上げてたがいの深遠なる解釈をぶつけ合っていた。

レコードの終わりの溝に針がブチッと当たる音が聞こえて、ビルは残念に思った。次に始まったLPは豪華なストリングスと、電気的に増幅したドラムスや三味線の音《ね》という期待外れの出しだった。

「聞いてみろよ、ひどいもんだ」怒った声で言う慶一郎の顔は酔って真っ赤だった。「民族音楽を『現代化』するのは許せない。西洋楽器なんかでメタクソにしやがって」

「黙れ」呂律の回らない口で春雄が言い返す。「いいじゃんか。マントヴァーニみたいで」

「お前の趣味なんぞ糞喰らえだ」

「そういうお前こそどうなんだよ?」

「これ、なんの曲?」ビルはまだ興味を惹かれていた。

「九州民謡」慶一郎が答える。「九州のフォークソングだ。うんざりするだろ?」

「九州に恨みでもあるのか?」春雄が吹っかける。

「馬鹿言うな。曲自体は好きさ。演奏が問題なんだ。日本の音楽じゃなくなっちまってる」

「急に純粋主義者になるんだな」

ビルはどちらの意見にも味方できなかった。歌手の声は猫系の最たるものだったが、西洋由来のずしりと響くベースと甲高いヴァイオリンの音色が混じるせいで、おそらく本来の曲以上に不快な代物になっている。

「やっと終わってくれた」一曲目が鳴り止んで慶一郎が舌打ちした。しかし次に始まった曲も同じスタイルだった。自分の顔をごしごし拭って独りごちる。「もう勘弁ならん！」。席から体を引き上げ、よろよろとレコードプレーヤーの置かれた小ブースに向かう。

春雄がびっくりした顔でビルを見た。「レコードを替えさせるつもりだぜ」とゲラゲラ笑う。

しかしビルはもう慶一郎の方を見ていなかった。代わりにその目は音楽の響いてくる暗い一角に釘づけになっていた。うなるサックスと風切るシンバルに幾重にも覆い隠されて、何かひどく懐かしいものがスピーカーから聞こえてきた。耳をつんざくような粗い声の女性が歌う――「オドマボンギリボンギリ、ボンカラサキャオランド、ボンガハヨクリャ、ハヨモドル」。ビルには一語もわからない方言だったが、それでもその歌には聞き覚えがあった。いや、聞き覚えどころではない。彼はそのメロディを完全に知っていた。

と、レコードの針をむりやり溝から剝がしたときの増幅された引っかき音が店内を震わせる。ふり返って見ると、慶一郎がレコードブースを囲む低い仕切りに危なっかしく覆いかぶさってトーンアームをいじっていた。店の主人が大慌てでそちらに駆け寄り、天井の灯りがその禿げ頭に反射する。「お客様！　店内の備品に触るのはご遠慮ください」

「だったらこんなインチキのゴミで客の耳を汚すな！」

歓声と笑い声が店内に満ちる。

客たちのはみ出した脚につまずきながらビルはなんとか人混みを抜け、慶一郎の腰を後ろから摑んだ。「やめろ慶一郎！　僕はこれを聞かなきゃいけないんだ！」

「俺はこんなクソ聞きたくない！」

店主にも手伝ってもらい、前のめりになった慶一郎をプレーヤーから引き離した。店主に精一杯詫びてから、もう一度そのレコードをかけてほしいと頭を下げる。

「ほら、駄目になっちまった」店主は傷の入った表面を彼に見せた。

「お願いします。その一曲だけでいいんです。どうしても僕はそれを通して聞きたいんです」

店主は奇異な目で彼を見て「変な外人」というようなことを呟いた。それから「傷物をかけるわけには行かないよ。ほかのお客様の気に障る」

「ただとは言いません」ビルはポケットから束になった札を取り出した。

「二千円したんだけどな、これ」

「わかりましたよ」千円札を三枚抜く。「一回かけてもらえれば、あとはこちらで引きとりますから」

慶一郎は仕切りの上に座りこみ、口をぽかんと開けてこの不可解な交渉を見守っていた。ビルは彼を席まで連れ帰り、店主はレコードをターンテーブルに載せた。

「いったいなんの騒ぎ?」ふらふらと戻ってきた二人に春雄が訊く。

「いいから黙って聞くんだ」ビルは酔いつぶれた慶一郎を椅子に座らせる。慶一郎はだらりとテーブルの上につっ伏してうめいていた。

紫煙立ちこめる店内にふたたび大仰なオーケストラの前奏が流れだし、スピーカーからキーキーと意味の取れない言葉が聞こえてきた。この歌を知っているという確信はさらに強まり、レコードの一回転ごとにボツッと雑音が入ってもまったく揺るがなかった。

「これ、なんて曲?」とつぜん頭がいかれたかという目で彼のことを見ている春雄に質問した。

「さあ、ただの民謡だよ。子守唄だ」

「どこの?」

「九州のどこかだろ」

「この無教養野郎が」うつ伏せのまま慶一郎がもぐもぐ呟く。「本当に物を知らないな。これは五木の子守唄だ」

「えっ、なんだって?」と訊き返すが、慶一郎は卓上のタイルに頰を載せて口からだらしなくよだれを垂らしている。

ビルはそれをむりやり揺り起こした。「ウーン……五木の子守唄さ、有名な」

「それは聞いたよ。ほかには?」

「あとでな」またばたりと倒れてしまう。

そのときちょうど曲が終わった。しかめ面の店主がレコードをターンテーブルから外し、ジャケットに入れて三人の席まで持ってきた。ビルは慶一郎をテーブルに放り出し、しきりに礼と謝罪を口にしながらレコードを受けとった。

「九州民謡集」と緑地に大きな赤い文字で書かれている。ジャケットの残り部分は金の牙と金のぎょろ目をした赤鬼の面の写真だった。中に冊子が入っていて、小さな字の日本語で詳しい解説が載っている。ビルはまっさきに「五木の子守唄」の説明を読んだ。

その歌は五木の方言で歌われていた。冊子によると、五木というのは人吉市《ひとよし》という昔の城下町から川辺川《かわべ》をさかのぼったところにある村らしい。その人吉市は八代市《やつしろ》に流れる球磨川《くま》の上流にあり、その八代市は――とビルは考える――きっと東京の何百マイルも南西に位置する島たる九州のどこかにあるのだろう。孤立した村は言い伝えによると、十二世紀の源平合戦で落ち延びた者によって造られた。この歌は日本人ならほぼ誰もが知っている。

　ビルは落胆した。日本人がみんな知っている歌なら、ミツコがどこで覚えたとしてもおかしくない。だが解説は一縷《いちる》の望みを与えてくれた。この歌は第二次世界大戦後に急に流行したというのだ。ミツコがビルにそれを歌ってくれたのは戦争の前、または一緒に収容所にいた時期のはずだ。ならば誰も真珠湾攻撃なんて想像もしていなかった頃の日本で覚えてきたにちがいない。何度も何度も歌ってくれたのはそれがたまたま聞いたものではなく、ミツコの中に深く根差したものだったからだ。彼女はきっと、五木村の出身なのだ。

「わかったぞ！」ビルは春雄にむかって叫んだ。「五木に僕の知っている人がいるんだ。その人に会いに行く。明日だ」

「明日？　ゼミはどうするんだ？」

「ゼミなんて知ったことか！　僕はうちに帰るんだ！」

30

　列車は現実離れした風景を抜けて、ビルを深まる闇の中へ運んで行った。「はやぶさ」が東京駅を出たのは予定時刻ぴったりの午後四時四十五分。多摩川をガタゴトと越え、そこから速度を上げてこの都会を後にする。昨日から太陽を覆っていた風吹きすさぶ灰色が、たちまち黒に変わった。

六時三十分、はやぶさは沼津駅を過ぎて富士市を通った。それまで東京でビルが富士山を見たのはたった一度、ある真冬の、工場の吐く煙の少ない日曜日に高架鉄道に乗っていて、線路沿いにひしめくくすんだ建物のあいだに奇跡的に残っていた開けた土地に差しかかったときだ。だが日がすっかり落ちて雲が低く垂れ込めている今、疾走する列車から伝説的巨峰を眺められる望みはまずなかった。

ビルは腹が減っても、狭い寝台車の個室から出なかった。静岡駅で、車窓越しに売り子から弁当を買って間に合わせた。食堂車に行けばかならず英語の練習台として、あるいはただの好奇心から話しかけられるだろう。今は会話を楽しむ心境ではなかった。まだこれから八百マイルも旅しなくてはならない。孤独な思索に入りこんでこられるのはごめんだった。

十一時三十分過ぎに京都に着いたときはまだ目が冴えていた。ここはビルがいつか訪れてみたいともっとも強く願っていた日本の都市だ。天皇家の揺り籠、寺院や博物館の宝庫であり、それらが千年以上も前に造られた格子状の街路に並んでいる。街の灯が一基の仏塔《パゴダ》の輪郭と一軒の寺院の屋根の曲線を黒く浮かび上がらせたが、車窓からは、天皇や宮廷婦人が竹のカーテンのついた牛車で通りを往来していた時代を思い起こさせるものは何も見つからなかった。いつか――きっとそう遠くないうちに――ミツコとまたここに戻ってこよう、と心に誓った。二人を引き裂いた憎悪から数千マイル、そして二十年隔たった彼女の祖国のこの中心地で、かつての絆を結び直すのだ。

零時近くなってようやくうとうとしはじめ、大阪で列車ががくんと停車したときに一瞬目が覚めたのを除けば、穏やかな運行のなか、しばらく熟睡できた。しかし「広島《ヒロシマ》！」という大きな声にぞっとして飛び起き、ブラインドを上げてかすかに明けてきた空を眺めた。街はまだすっぽりと闇に包まれていた。何も見えないことを有難いとさえビルは思った。

眠ったり起きたりをくり返しながら八時に下関に到着し、ようやく体を起こした。どうして二十世紀にもなってまだ下関なんて名の場所が残っているんだ？　それは日本の本島の西の果て、八百年近く昔に平家と源氏の大軍が最終決戦を戦った地だ。矢が飛び交い、槍がふるわれ、命運尽きた平家の船隊は壇ノ浦の渦巻く水の中に、幼子だった安徳天皇とともに沈んでいった。いま列車はまさにその渦の下に潜り、九州で再浮上する。死を逃れた数少ない平家の人々が逃げこんだ島。ビルも彼らの足跡をたどって、この海に浮かぶ起伏に富み火山だらけの地の隠れた奥に向かうのだ。

門司《もじ》で明るい地上に戻ってくると、工業地帯の醜い残骸がぬっと現われる。日本の神々が初めて降り立った聖なる島の面影はもうどこにも残されていないのか？　しかし八代で降りるまでの三時間半のあいだに、九州の美しい自然の多くが今も手つかずにあるのを見ることができた。とはいえ、本島全土を覆っていた厚い灰色の雲はこちらの空にもかかっていて、なだらかに続く山並を覆っていた。

予定到着時刻から数秒の狂いもなく長い青い車両が駅に到着し、ビルは窮屈な個室を出て、八代駅の何もないホームに降り立った。風がヒューヒューと、藁や紙屑や肌に刺さる砂埃を乗せて構内を吹き抜ける。

列車が去ってから、ほかの乗客十人ばかりと一緒に線路を渡った。特急券を改札で渡し、塗装の剝げかけたガラス戸を中腰でくぐって待合室に入る。ドアも窓もガタガタ鳴っていたが、とりあえず強風もここまでは入ってこなかった。薪ストーブがこの冷気にほっと一息つけるくらいの暖をもたらしてくれた。

ビルは小さめのショルダーバッグを手近のベンチに置き、腰を下ろして壁の時刻表を検討した。はやぶさがこの駅に到着した十一時四十二分の二十分前に人吉行きの最後の準急が出てしまっていて、次の鈍行列車が来るまではあと一時間半ある。

ちょうどいい。心を落ちつかせる時間が必要だった。

だがそれでも一時間半は長すぎた。ビルはうろうろと歩き回り、洗面所で顔を洗ってさっぱりし、弁当を食べて黄土色の小さなポットから茶をゆっくり啜《すす》ったが、それでも時間は余った。

ようやく機関車の黒い巨体が地面を揺らし、シューシュー、モクモクと白い蒸気と黒煙を吐き出しながらホームに到着した。その後ろに引かれて、煤けた赤と黄の客車三両ものっそり入ってくる。彼は乗客四人のあとについて改札に並び、乗車券に鋏《はさみ》を入れてもらった。

三両目の客車に乗りこみ、四人掛けの座席に一人で座った。年季の入った床板はあちこちたわんで穴が開き、長年のあいだに何度も油を塗られて黒茶に変色していた。彼のすぐあとに泥だらけのゴム長靴に深緑のレインコートという格好の、大きな風呂敷包みを抱えた五十代の男が入ってきて、無表情にこちらをちらっと見てから車両の奥の方に向かった。空席だらけだからこそ選択には細心の注意を要するとでもいうようにしばしためらったあと、通路をはさんで彼の反対側の席に座り、荷物を膝に載せて目を閉じた。

車輪を大きく軋らせ、咳き込むような音を立てながら汽車がよろよろと発車した。山間にくねくねと切りこんだ激流に沿ってその車体を引きずっていく。駅に停まるたびに車両の客が一人か二人入れ替わった。レインコートの男はもう一度だけビルに目をやってから、渡《わたり》という早瀬沿いの小さな駅で下車した。

一時間以上乗ったあとで、汽車はガクンと震えて人吉に着いた。駅構内でも外でも鍋屋という宿屋の派手な広告板を見かける。地元に湧く天然温泉で体を癒してくれるらしい。ろくに眠れないまま二十二時間も旅したビルはすぐにでもそこに泊まって熱い湯に浸かりたかったが、その前に五木村までのバスを確認することにした。しかし一本も出ていない。制服の駅員が、五木はひとつの村ではなく、山奥にまばらに散った小集落から成る区域なのだと教えてくれた。行政上の中心は頭地《とうじ》という、ほかの集落から離れた場所らしい。

「そこまでどのくらいですか?」

「ちょうど三十キロですね」

三十キロ……十八マイル。一時間もかからない。「次の頭地行きのバスはいつ出ますか?」

「さあ」駅員は頭を掻く。「一時間は来ませんね」

「じゃあタクシーは?」

駅員はにっこりと銀歯を見せて笑い、駅の隅を指す。タクシーが六台、冷たい空気中に排ガスを吐き出していた。先頭の運転手は駅員がちらっと目を向けただけで事を把握する。エンジンを轟かせて駅前の階段下に車がキキーッと停まり、乗客側のドアが自動的に開いた。

砂利道は川のねじれ曲がりに並走していて、ときどき川に迫り出した崖の縁ぎりぎりをかすめる。ビルはカーブで倒れないよう後部座席の真ん中に座って両ドアのアームレストをしっかり摑み、ずっと運転手の首の後ろに刻まれた皺を眺めていた。

乗車して三十分は二人とも無言だったが、ビルは運転手がバックミラーで自分の方をちらちら見ていることに気づいた。ふいにぶつぶつと聞きとれない音節が口から洩れる。要約すると「頭地のどこまで行くのか」ということらしい。

「よくわかりません」ビルは答える。

相手はまたビルに何度か目をやりつつ首を小さく傾げ、独り言を呟いた。どうやら東京弁を引き出そうと苦労しているようだ。「ここらで外人の方は初めてです。進駐軍も人吉までしか来ませんでしたから」

直線では砂煙をできるかぎり巻き上げて進むもの、とこの運転手は固く決意しているようだった。牛を引いたりしている農夫を通り過ぎる際にビルは何度かふり返ってみたが、砂煙が引く頃にはもう姿が見えなかった。道の両側の斜面はいずれも険しく、この付近に農業のできる場所があるとは信じがたかった。左手上方の丘に、まるでつい最近、巨大な櫛で梳《す》いたように見える緑の繁みがびっしりと生えていた。きれいに刈りこんだ列で何かを育てているようだ。

「どちらで降りられます?」

「村役場までどれくらいですか?」

運転手はフロントガラス越しにすぐ前の分かれ道を指さし、地元訛りの霞を通して火事のことらしき話を付け加えた。東京の言葉で言い直してもらえないかと頼む。今度は、すこし前に起きた火災で役場も村の記録も焼けてしまったということが聞きとれた。

そのとき、左手二十ヤードくらい前方に「五木荘」という宿屋の看板が見えた。

「あそこで降ろしてください」。運転手はブレーキを踏みこみ、ハンドルを大きく切って宿の前に入り、砂煙を巻き上げて車を停めた。

妊娠中で腹の膨らんだ女主人が彼を小さな畳部屋に案内し、茶を運んできた。部屋の真ん中に置かれた小卓に腰を下ろしたビルの前に膝をついて座った。そばに置かれた石油ストーブの蒸気が室内に立ちこめていた。たしかに村の役場は燃えてしまった、とこちらは聞きとりやすい東京弁で教えてくれる。新しい役場はまだ建設中らしい。

「こちらにはお仕事でいらしたんですか？」

「いいえ、人を捜しているんです。そうだ、ひとつ伺っても構いませんか？　手がかりがほとんどないんです。ミツコという女性を捜しているのですが」

五木荘の女主人は快活に笑い、口許を手で覆っても頬が染まるのがわかった。

「私もミツコなんですよ」

ビルも笑顔になる。「僕の捜しているミツコは五十代です」

女主人は首を傾げ、上を見てすこし考えこむ。「そのくらいの歳のミツコさんは存じませんね。義弟の姉のところの娘もミツコちゃんですけど。私、義弟の姉の下の名前さえ知らないんです。日本ではふつう苗字で呼び合いますから」

「このミツコにはノムラ・ヨシコというすこし歳上の姉がいます。その夫はゴローという名前です。三人とも戦争の前、アメリカに住んでいました」

「この近くにアメリカに住んでいた方はいらっしゃらないんじゃないでしょうか。ただ、あそこの分かれ道にあるガソリンスタンドの持ち主は野村さんですね。学校が一緒だったんです。そのお母様はもしかするとヨシコさんだったかもしれませんが、お父様の名前までは……」

「あまり期待できそうにありませんね」

女は残念そうにうなずいた。「お夕食をまもなくご用意いたします。お疲れでしょう。お風呂はいかがですか？」

「いいですね」

風呂から上がり、丈が脛までしかない宿備えつけの青と白のユカタに着替えると、もう卓に食事が並べられていた。十代の女の子が彼について部屋に入ってきて、食べているあいだ脇に座って茶を注いだり米を盛ったりしてくれる。目にかからないよう細く艶のない髪をピンクのプラスチックの蝶型バレッタで留めていたが、視線はずっと卓に落としたままだった。会話しようとしても短い答えが返ってくるばかりだった。

食事が済んで、セーターとコートを着込んだ。風は弱まっていたが、吐く息が冷たい夜気に白くなった。左側の分かれ道をのんびり歩いて、ゴボゴボと流れる渓流に架かった短いコンクリート橋に差しかかる。ビルはイサクア川の小さな橋と、そこから鮭の川上りを見たことを思い出した。きっとこれは川辺川だろう。人吉からここまでずっと道の横を流れていた川だ。手すり際に立って真下の暗闇を覗きこみながら、かつてミツコやヨシコもこの場所で同じように下を覗いたことがあるだろうかと想像した。もし来る日も来る日も待っていれば、いつかここを通りかかって彼に気づいてくれるかもしれない。あるいは何もかもがまったくの徒労で、二人ともここから何千マイルも離れた別の場所で生きているのか。

ガソリンスタンドは一見すると無人のようだったが、ビルの足音を聞いて建物の奥から三十過ぎの男が出てきた。何かをクチャクチャ嚙みながらサンダルを突っかけてこちらへ歩いてきたが、ビルと目が合うとぴたっと立ちどまった。ビルがノムラ・ヨシコという人を捜していると告げると、母の名前はサワだが何か役に立てるかもしれないと言い、母親を呼びに家に戻った。

出てきた女もやはり口をクチャクチャさせていた。家の中に招かれたがビルは遠慮して、スタンドと家をつなぐ玄関口で話をさせてもらった。ええ、もちろん同い歳くらいのヨシコさんは何人も知ってますけど、どなたも苗字が野村ではありませんね。どうしてその方をお捜しなんですか？

「小さい頃、世話をしてもらっていたんです」

「まあ！　長く日本にお住まいだったんですか？　日本語がとてもお上手」

「いえ、アメリカでの話です」

「とおっしゃると、その方はアメリカにいらしたの？」

「そうです」

「じゃあまちがいないわ。この辺りの人はみんな顔見知りですが、海外にいらした方はいません。残念ですけど」

これで捜索も行き詰まったように思えた。ビルは息子の方を見て肩をすくめた。

「母さん、モミギはどう？」

「あそこは遠すぎやしないかい。それにもう五木の外だし」

「けどさ、女の人だか一家ごとだか忘れたけど、戦争が終わってアメリカから戻ってきたような話があったじゃないか」

親子は長い議論に突入し、それにつれて方言もきつくなっていってビルにはほとんど聞きとれなかった。

しばらくして、息子が樅木《もみぎ》という小さな村のことを教えてくれた。ここからさらに二十七キロ北の山奥にあり、村の入口は樅木谷に架かる吊り橋だけだという。アメリカの件が確かかどうかは親子のどちらも断言できなかったが、野村氏はビルがそこに行けるようスズキの古いピックアップ・トラックを貸してくれた。返してくれるときに減った分のガソリンを入れてくれれば好きに使って構わない。明日の朝行ってみます、とビルは二人に礼を言った。

＊

夜のうちに雨が降り、砂利道の両側の峡谷に厚い霞がかかっていた。日本での運転は初めてなので、左側を走ることを忘れないよう神経を尖らせていなければならなかった。とくに大きな材木トラックがカーブの死角から突進してきたときは崖っぷちまで車を寄せる必要があった。

野村氏に教わった道順ではまず椎原《しいばる》という場所を通過してから数キロ先の吐合《はきあい》で右折するという話だったが、そのどちらの標識も存在しないか、濃霧のせいで見えないかだった。下屋敷《しもやしき》という場所で剃髪《ていはつ》の僧侶に出会い、分かれ道を見逃してしまっているから三キロほど引き返しなさいと言われた。

太古の木々が霞に包まれその巨大な幹だけを晒して、樅木までの隘路《あいろ》に覆いかぶさっていた。視界の途切れたすぐ向こうが川なのはまちがいなかったが、落ちる心配はない。道の真ん中の、草の茂った盛り上がりとその両側の轍《わだち》がある限り、こっちがハンドルを切らなくてもトラックは勝手に進んでくれるだろう。トランスミッションの悲鳴を聞きながら車をローギアでゆっくり走らせていると、突然道が開けてでこぼこした広場に出た。不思議な取り合わせの乗り物が並んでいる——トラック二台、手押車いくつか、そして埃まみれの乗用車が三台。ビルは両トラックのあいだに自分の車を停め、霧の中に踏み出した。コートのボタンを襟までかける。頭上高くの枝から冷たい雫が落ちてきて頬をかすった。

一本の道が鬱蒼とした巨木のあいだから右手に伸びていた。坂をすこし下ると、錆びついたケーブルが二本、地面に打ちこまれていた。細い橋の橋板は手前の数枚しか見えず、それが乳白色の虚空に続いていた。右のケーブルを摑み、恐るおそるその一枚目に乗って力一杯揺らしてみた。ぴくりともしない。昔は木の蔓《つる》が橋を支えていたのだと野村氏は言っていたが、今の鋼鉄製のケーブルでさえあまり安心できなかった。だいいち左右のケーブルの手すりは日本人基準では十分な高さかもしれないが、彼の身長ではろくに転落を防ぐ助けになりそうになかった。

いくぶん屈んで重心を低くしながら、両側のケーブルを摑んで橋に全体重をかけた。小さく一歩進むごとに揺れたが、崩れ落ちる心配はなさそうだ。霞で下が見えずに済むことも手伝って、ビルはすこしずつ大胆に橋を渡っていった。

立ちどまり、どれくらいまで来たか確かめようと慎重に周囲を見回したが、驚いたことにもう橋の始まりも終わりも見えなかった。自分はもう、完全に宙に吊されている。縦木川の水音だけがはるか下から聞こえた。

前方に、霧が濃くなっている部分があった。そこへ向かいながら、きっとその辺りで橋が一番低くなっているのだろうとビルは推測した。だが近づくほどに霧はくっきりとした形をとっていき、ビルがほかの解釈を思いつく間もなくそれは橋の上で動いて、彼の足許の板が震えた。生きている、そしてはっきりと人間の形をしている。彼はもう一歩だけ進み、そして止まった。

橋が伝達したその振動に反応するように人影はこちらを向いた。霧と同じ褪せた灰色の着物を着た老女だった。角張った小顔に真っ白い髪がかぶさっている。その黒い目が霞を通してビルに焦点を合わせた。心底驚いた顔をしていた。

ビルは何か言おうとしたが、喉から声が出てこなかった。これがミツコだろうか？　それにしては老いすぎている。しばらくの沈黙のあと、老女は英語で話しかけてきた。「はい《イエス?》、どうなさ《キャナイ・》いました《ヘルプ・ユー》か？」

「私はビル・モートンという者で《マイ・ネーム・イズ・ビル・モートン、アンド》――」

老女が膝からがくりと崩れ、しがみついてきたので、彼はあやうくケーブルを越えて谷底に落ちてしまうところだった。

31

ビルはケーブルを摑んだ。衝撃が橋の両端に伝わっていった。

「ビリー！」彼の胸に顔を押しあてて泣く老女の声がくぐもった。

ビルは自分にすがりついているその肩にそっと手を触れた。かける言葉が見つからぬまま、彼女とともに橋の上で揺れていた。

ビルの腰を締めつけていた力が緩み、老女は彼の胸元に埋めた顔を上げた。「こんなに……立派になって！」

フランクの話ではヨシコは六十をすこし過ぎているということだったが、この人はそれよりずっと老いて見えた。張り出した頰骨を覆う皮膚には深い皺が刻まれ、まっすぐ下ろした白髪は八十代でもおかしくなかった。

「わかる？」目に涙を溜めている。「好子伯母ちゃんよ」

好子は手を差し出した。それを取り一緒に橋を渡って、棚田の縁の細道を通っていった。高い藁葺き屋根の、小さく古びた農家が集まっている先に畑があり、刈りこんだ低木がいくつも長い列を成していて、巨大な緑の芋虫が横に並んでいるように見えた。通り過ぎる際、列のあいだに屈んでいた青い農作業ズボンの女二人が体を上げてこちらを見た。

　小さな杉林を抜けると、これまでの家々よりずっと大きな屋敷が建っていた。藁葺き屋根はあちこち落ちくぼみ、日晒しの壁板は腐りかけているようだ。雨戸を大半閉じた家は誰も住んでいないかのように、打ち捨てられているようにさえ見えた。ここにミツコはいない、とビルは直感した。

　好子が風雨に傷んだ框戸《かまちど》を開けるのを手伝って、暗い土間に入った。ビルが戸を閉めるあいだに好子はサンダルを脱ぎ、磨きこんだ板張りの床に上がった。彼に向き直って軽く頭を下げる。よれよれの着物の下に、裸足の爪先が覗いていた。

「お待ちください」と好子は言って薄暗がりに消えた。ガタガタ雨戸を開ける音が聞こえ、家の中が明るさを増した。じきに火を入れた灯油ランプを持って戻ってきた好子は、上がりなさいと手で合図した。

　床は滑らかで冷たかった。好子の後ろについて廊下を渡り、開いた引き戸から六畳の部屋に入る。部屋の中心には正方形の低いテーブルがあり、上掛けが床まで垂れていた。彼が東京で暖を取っていたコタツと同じように、テーブルの下に熱源があるのだろう。

「どうぞ」と好子は日本語で言い、床に座って上掛けの下に脚を伸ばすよう手ぶりで促した。めくってみると炭火の香りが漏れてくる。テーブル裏に備えつけられた赤外線ランプの代わりに、木炭の熱が床下の窪みに収めた彼の脚を暖めた。

　テーブル脇の青い磁器の火鉢の中では赤々と燃える石炭の上に五徳が置かれ、そこに鋳鉄の薬罐がかけてあった。湯が沸くと蒸気が口から細くのぼり、鈴のような音が小さく響く。奥の壁にはマホガニーの衣装簞笥が陣取っていた。好子はビルに背を向けてその前にしゃがみ、一番上の引き出しをぐいと引っぱって、その一杯の中身をがさごそと探った。そして引き出しを閉めてこちらを向く。礼儀正しく膝をつき、テーブルに手を伸ばして金襴織《ブロケード》の袋をビルの前に置いた。袋は色褪せ、角からほつれた糸が垂れていた。好子は手を膝に置いて彼と小袋を交互に見た。

「開けてごらんなさい」

それは思っていたよりずっと軽かった。垂れ蓋を開けるりと中身がするりと彼の掌《てのひら》に落ちた。油を塗った木の円板だった。黒く磨かれた表面が手の中で艶やかに光った。とても丁寧に彫られた、太陽を横切る鳥の図案だ。太陽自体は円板の中に収まったもうひとつの円板であり、炎に縁取られていた。裏返してみたが、そちらは円《まる》くくり抜かれているだけで表面の仕上げも粗く、縁だけが油で磨かれていた。

「あなたが鏡を割っちゃったの。ほんと、聞き分けがなくて。覚えてる？」

「わかりません。覚えてないと思います」

「あの子があなたに渡してくれって」

ビルはごくんと唾を飲みこみ、ふたたび鳥と太陽の彫り物に視線を落とした。「いまどこにいるんですか？　ここで伯母さんと暮らしてるんですか？」

「いいえ……」と好子は言葉を濁した。

「日本にいる？　まさかアメリカに戻っちゃいないですよね」

好子は首を振り、長い白髪が揺れた。「いいえ、向こうには戻っていないわ。みっちゃんは私たちの両親や弟の一郎と暮らしていたんだけど……」

「暮らしていた……？」

「長崎でね」

これで、彼の旅は本当に終わってしまった。もう二度と、あの人には会えない。

「本当はこんなこと、伝えたくなかったんだけど」

彼は深くうなだれた。自分がこれまでしてきたこと――「マネキ」での接客仕事、フランク佐野との会話、はてしなく続く言葉の勉強、日本の文学や歴史や社会の講義、フルブライトの申請、飛行機での太平洋横断、東京から始まった暗い旅路を八代、人吉、頭地、そしてとうとう樅木までたどり着いたこと――そのすべてが、持ったかもしれない意味を失ってしまった気がした。

「あの子はあなたのことを本当に愛していたのよ」好子は言った。「いまのあなたを見たらどんなに喜んだか」

「伯母さんに会えて……やっと見つかったと思ったのに……」

「かわいそうに。それしか言葉がないわ」

「ゴロー伯父さんは？　一緒じゃないんですか？」

「あの人は再配置収容所で亡くなったわ。今は私ひとり」

好子はまた箪笥の前に行き、今度は下の引き出しを開けた。そこにもやはり中身が詰まっていた。その一番上にあった大きなアルバムを取り上げ、テーブルに置いた。朽ちかけた革のアルバムを開くと、最初の頁に貼られていたのは格式張った結婚式の記念写真だった。詰め襟の立った若い男と、典型的な神道の装いの女。女の方は「嫉妬の角」を隠すためとされるツノカクシという頭飾りをしている。

「私の両親の、深井常二郎とそめよ」

捜す相手の名前がフカイ・ミツコだったらすこしは簡単だったろうか、とビルは考えた。

次の写真は好子の弟たちだった。彼女の一歳下の一郎は生後七日目、神社で上品な産着にくるまれ、母親の腕に抱かれている。六歳下の二郎さえ彼女より先にアルバムに登場していた。好子の最初の写真は七歳のときのものだった。両親に連れられて地元の神社で「七五三」を祝っていた。その日、人生の節目となる年齢まで無事に育ったことに感謝して、親は子を神々にお見せするために参拝するのだ。「初めてオビを締めたの」嬉しそうな着物姿の少女の腰に巻かれた太い帯を好子は指で示した。

「これ、何年のことですか?」

「明治四十一……一九〇八年。もちろん西洋の数え方ではまだ六歳だけど」

一九〇八年に六歳なら一九〇二年生まれということになる。つまりまだ六十一歳。それほど辛い人生だったのか。

光子の登場も一九一四年の、最初の七五三だった。三歳、西洋的には二歳だ。ぽっちゃりした愛らしい姿は、ビルが明治神宮で見た着飾った女の子たちの一人であってもおかしくなかった。目の前で頁がめくられるたびに、深井家の子供たちも成長していった。幼児期の丸みが抜けた光子はひどく痩せ細っていたが、ぱっちりした目で笑顔も楽しげだった。まちがいなく家族でいちばん器量がよかった。

二冊目のアルバムは好子と眼鏡姿の吾郎の結婚式から始まっていた。家族写真に写った光子はここでもまだ少女だった。

場面がシアトルに替わる。好子と吾郎の姿はほとんどの頁で、日系キリスト教会で撮られた大判の集合写真に小さく埋もれていた。

「教会の住所まで覚えてるわ。東テラス通り九〇九番。私と吾郎は日曜学校を任されていたの」

ビルはふと、この家には宗教に関連した物がひとつもないことに気づいた。十字架も、神道の神を祀《まつ》る棚も、仏教の祭壇も見あたらない。「教会の活動、すごく熱心になさってたんですね」

「ええ、あの頃はね」好子は思い出に浸るように微笑む。「でも今はまったく」

「へえ。どうして?」

「ここに戻ってきて、キリスト教の神様はいないことがわかったの」好子は淡々と答えた。

「わかった? どうやって?」

「あそこで声を聞いたのよ」手振りでだいたい橋の方角を示す。「この世にいる神はお日様の神々だけだということを。毎日新しくのぼって来る神様たちね」

この重要な事柄を、好子はまるで米の炊き方や風呂の湯の張り方でも説明するように語った。

また別の集合写真で、金髪の若きトマス・モートンを発見した。「日系キリスト日曜学校」と読める横断幕の脇に立ち、日本人が並ぶ中で一人だけ抜きん出て背が高い。こんなに心から幸せそうに、屈託なく笑う父をビルは見たことがなかった。顎を上げ、襟のボタンが誇らしさで弾けそうになっていた。この頃の父に会いたかったと彼は思った。

さらに頁をめくって、ビルはハッと息を呑んだ。まだ二歳にも満たない自分が、芝生に敷かれた毛布の上で、二十代の日本人女性の膝に抱かれている。彼の口や指は米粒だらけだった。女性の顔にあの痩せっぽちだった光子の活きいきとした目を見つけたが、ここに写っているのは美しい大人の女性であり、長い髪を後ろで丸く束ねている。彼女の顔はカメラではなく膝に乗った子供の方を向いていて、男の子に注いでいるその笑顔は成長したビリーの心をとろけさせた。この人が死んでしまったと思うと耐えきれないくらいだった。もう二度と会えない、二度と抱きしめられないのだ。

彼がじっとその写真を見ている何分かのあいだ、好子は頁をめくるのを待ってくれた。ワシントン州の観光地で撮られた光子と好子の写真がそのあとに続く。レーニア山、コロンビア峡谷、ハリケーン・リッジ。しかしこれらに写った光子はどこか物憂げだった。オリンピック山脈の写真では「ブラザーズ」の二つの峰がはっきり見えていた。この画が撮れる場所はひとつしかない。ビルが育ったマグノリアの家の前、通りの向こうの切り立った岬だ。すると自分は少年時代、まさにあの人が立っていた地面の上を歩いていたのか。

光子が彼の父と写っている写真は一枚もなかった。このあたりの頁はところどころ傷んでいて、写真を固定する「コーナー」をいったん剝がしてまた貼り直した形跡があった。この辺の写真のビルはもうすこし大きく、おそらく三、四歳だろう。最後の数頁には何も貼られていなかった。

「これで全部よ」好子が言った。

そのとき、建てつけの悪い表の戸を誰かが引いたらしく、家に震動が走った。ビルが窓の方に体を伸ばして障子を開けると、ちょうど青いモンペの人影が足早に遠ざかっていくのが見えた。すこし前にすれ違った農家の女の一人のようだ。

「ちょっと待っててね」好子がすっといなくなる。すぐに湯気の立つヌードル二杯を盆に載せて戻ってきて、テーブルに置いた。

「これは嬉しいね」

「手を洗うのはこっちよ」好子が暗い洗面所に案内してくれた。石板の流しにつながった錆びついたポンプから氷のように冷たい水を出してもらい、ビルはそれで手と顔を洗った。

二人とも無言でヌードルを食べた。火鉢にかけた鉄の薬罐が鳴る小さな音だけが響く。好子はヌードルを箸でさっと引っかけ、由緒ある日本式の食べ方でズルズルと啜った。その湯気とピリッとした味つけのおかげでビルの体も温まり、ようやくコートを脱いだ。

「美味しかった」スープを最後の一滴まで飲み干して彼は言った。「誰が作ってくれたんですか？」

「次子さん。うちの小作人よ。これもお役目なの」

この頃には霞も晴れ、日の光が障子越しに室内に差していた。ビルは眠気を催してきた。

「家の中を片づけるから、散歩でもしてきたら？」

「じゃあ、ちょっと外の空気を吸ってきます」

さっき通ってきた杉林の道をたどり、巨大な芋虫のような生け垣の並んだ畑に出る。太陽に照らされて何もかもが青々としていた。

「こんにちは」野良仕事をしている女に日本語で話しかけた。

女はちらっと彼を見上げ、戸惑った様子で軽く頭を下げた。

ビルは長い生け垣のあいだを下ってそこに近寄った。「次子さんでしょうか？」

はにかんだうなずきが返ってきたので、先ほどはご馳走様でしたと礼を述べた。どうやら相手は外国人に会うのが初めてのようで、ビルは自分の東京弁が通じているか自信が持てなかった。試しにこれはなんの作物ですかと訊ねると、はっきり聞きとれる言葉でお茶だと答えてくれた。

「好子伯母さんの小作人の方だそうですね」彼は言った。

すると次子はけらけらと笑いだし、手で口許を隠した。「そうおっしゃったんですか？　日本にはもう小作人なんていませんよ。マッカーサー将軍がそうしたことは終わらせたんです。ここはもう私たちの畑です」

「じゃあ、いつもの癖でそう言ってしまったのかな」

「いえ、好子さんだってよくご存じのはずですけど、きっとまだそうお思いになりたいんでしょうね。あの方の弟さんが毎月うちに仕送りをしてくださって、それでお世話を頼まれているんです」

「もうひとり弟さんがいらしたんですか。一郎さんは長崎で亡くなったんでしょう？」

「ええ。ご存命なのは二郎さんだけ。東京にお住まいですよ」

＊

朝日に照らされて金色に輝く富士山が、車窓に高くそびえている。雪のかかった頂は想像をはるかに超えて優雅で完璧だった。だが今のビルにとって、それはフレミング先生の美術史の講義で見たスライドのひとつであっても同じことだった。はやぶさは十時五分に東京に到着する。だがそのあとは？　能のゼミに出席する？　「兼平」の道行《みちゆき》の意味を議論する？　今さら何の意味があるんだ？　光子は死んだ。そして、実際より何歳も老けこんだ不幸な好子。今もあの橋の上で、日々の神と心を通わせているのだろうか？

自分の魂のもっとも奥深くに生きていた二人の姉妹を捜して四千マイルも旅をして、結局わかったのは、二人のどちらもが彼の国と彼の父親によって破滅させられたということだけだった。二人は裁判もなしに監禁された。その一人は夫を砂漠に埋葬した。もう一人は夫に裏切られ、ほかの何万もの人間とともに原子まで粉々に吹き飛ばされた。一発目の投下でではなく——それも十分にひどいことだったが——、この兵器が何をもたらすか、そのおぞましい真実を知ったあとに行なわれた二発目の投下で。

アメリカ、アメリカ、神の恵みが汝に注ぎますよう〔愛国歌「美しきアメリカ」の歌詞〕。すべてはキリスト教文明の名の下になされたのだ。真実の、我らの真実の名の下に。「彼を信じる者は、さばかれない。信じない者は、すでにさばかれている。神のひとり子の名を信じることをしないからである。そのさばきというのは、光がこの世にきたのに、人々はそのおこないが悪いために、光よりもやみの方を愛したことである〔日本聖書協会『口語訳聖書』ヨハネによる福音書第三章より〕」。日本は信じなかった。日本は悪だった。その女子供は焼き尽くさなければならなかった。キリスト教がこの世界にどんな善をもたらしたにせよ、悪魔を造り出したことで解き放たれた悪の総量はそれを凌駕している。人々が正義を掲げて殺すことをやめないかぎり、この世界に安らぎはない。

五木を発つとき、最初は島原湾を渡って長崎に巡礼することを考えた。が、まったく知らない街をあてもなくさまようことに意味があるとはどうしても思えなかった。自分のすべきことはもう東京にしか残っていない。好子の「小作人」次子から、好子の扶養費を送っている深井二郎の住所を教わった。今のこの喪失感がいくらかでも落ちついたら、その人を訪ねて光子の最期について知っていることを聞かせてもらおう。

32

JAPAN

一九六三年四月十七日

東京都杉並区荻窪一－一二四
新山方

親愛なるフランクへ

この手紙は本来なら一か月以上前に出さないといけなかったのだけど、ずっと書くべき言葉が見つからなかった。というよりも、このことを君に伝える勇気が見つからなかったと言うべきかもしれない。ミツコは死んだ、と僕は彼女の姉のヨシコから聞かされた。

もっとやんわりと知らせる方法があるんじゃないか、時間さえ経てば何か思いつくんじゃないかと願っていたけど、何週間待っても僕の胸の痛手は和らいでくれなかった。どうすれば君を傷つけずに済むか、僕にはどうしてもわからない。

僕は九州の山奥のとても小さな村に住んでいるノムラ・ヨシコを捜し出した。ミツコがよく歌ってくれた子守歌をたまたま耳にして、その歌の生まれた土地がミツコの故郷だったんだ。ヨシコ伯母さんは六十一歳よりずいぶん老いて見えた。彼女の体験してきたことを考えれば無理もない。ミツコを含めて自分の家族をほぼ全員、長崎に落とされた原爆で亡くしたんだ。

ヨシコの夫のゴローは、おそらく君がミニドカを去ったあとにそこで亡くなったようだ。ヨシコは大きな古い家に暮らしているけれど、むしろ彼女だけの小さな世界の中に生きていると言った方が正確だろう。彼女は古いアルバムを手元に置いていて、それで僕もミツコの写真を見ることができた。ピクニックのような行事で撮られた、二歳の僕がミツコの膝に抱かれている写真もあったよ。それを見たとき僕は泣きそうになった。ミツコは本当に美しかった！

ミツコから渡してほしいと頼まれたという、小さな手鏡の裏板をヨシコがくれた。まるで昨日預かったみたいに、仕舞った場所をきっちり把握していたよ。鏡そのものは僕が割ってしまったらしいんだけど、どういう経緯でそんなことをしたのかは教えてもらえなかった。東京に戻ったあとで鏡は入れ直したものの、いまもクローゼットの奥に眠らせたままだ。美しい細工だけど、まだそれを形見として使う心の準備が僕にはできていない。

　ヨシコにはもう一人、彼女のために仕送りをしているジローという弟がいる。（ちなみに一家の姓はフカイ。そう言えば、僕は昔の実家に戻ったヨシコがノムラ姓とフカイ姓のどちらで暮らしているのかさえ知らない。）東京の郊外に住んでいるので今度訪ねてみるつもりだ。たぶん明日、その近所にある桜の名所に行ったあとにでも。僕はここ何日か、桜の美しさにずいぶん救われている気がする。

　日本の大学の年度は僕が東京を旅立ったすこしあとに終了し、いまは新年度が始まったばかりだから、ここ数週間は気分を紛らせてくれるような課題もない。ただひとつ、友達のデイヴィッド・グリーンが有難い気分転換を持ってきてくれた。テレビの英語番組に出演するようとうとう僕を説得したんだ。短いスキットを暗記し、早めにスタジオに入ってメイクをしてもらい、番組進行役の日本人講師に指導を受け、その人と終わり際に対話して……と申し分なく時間を食う体験だった。タムラ先生《センセイ》の評価は上々だったようで、そのあとでまたお声がかかったよ。三度目の登場も検討してくれているところだ。出演料はまずまずだったけど定期的に出るのは在留資格に引っかかりそうだし、大学のゼミが始まればこういうことをする時間の余裕もなくなると思う。

　ゼミについて。とても楽しみだ、と言いたいところだけど。知っての通り僕は文学が大好きだけど、それは僕が日本に来た第一の動機ではないし、本来の目的が消えてしまったいま、この研究を続けていくだけの熱意が自分の中にきちんとあるのかいまひとつわからない。おかしいよね。数年前まではミツコと天国で再会できれば、と考えて自分を慰めていただろうに。自分がこうも現実本位の人間だったとは想像もしていなかったよ。僕は人間中心主義《ヒューマニズム》を非難するように育てられてきたけど、そういう価値観を僕に教えた人たちの方がよっぽど人間中心的だった。まるで全宇宙が僕らちっぽけな人類の救済を唯一の目的として設計されたと考えているんだ。残念だけど、土星に環をかけた神様はミツコとその家族やほかの犠牲者たちが長崎で消されたときに気づきもしなかったんじゃないかな。せめて僕らにできることはおたがいを愛し、憶えていることだけだ。このことを胸に刻んで僕はフカイ・ジローに会いに行こうと思う。僕にこんな大きな愛を与えてくれた女性のことをもっとよく知って、もっと懐かしめるように。

明日行ってみて、伝えるべき話があったらまた手紙を書く。君からの便りも待っているよ。「マネキ」のみんなのニュース、毎回楽しませてもらってるんだ。そして忘れないでほしい。ミツコの思い出を抱えているのは君ひとりじゃないってことを。

ビルより

*

武蔵小金井はビルの住む荻窪から中央線に乗ってたったの六駅だった。駅の半マイル北に、東京でいちばん有名な桜並木が玉川上水に沿って四マイルほど伸びている。南にやはり半マイル行けば深井二郎の家のある前原町《まえはらちょう》だ。桜は文句なく美しいが、きっと何も語らないだろう。二郎の方は何か教えてくれるかもしれない。

ビルは南に向かった。大通りの小さな店で高級な煎餅の缶を買った。この必須の手土産と両面印刷の名刺（片面に英語、もう片面に日本語）を持って、中流の新興住宅がぽつぽつと建つ、街路樹のない町を歩いた。

都内の古い地区と同じように、住所の数字は個々の家でなく丁目《トラクト》や番地《ブロック》に割り振られていたが、それは位置関係ではなく開発の順番で決まっている。そのため持参した地図はある程度までしか役に立たず、彼は一丁目十一番地までの道を人に訊ねようと考えた。だが家と家のあいだに剝き出しの地面が広がっているような町に人はほとんど通らなかった。細い砂利道を何本か進んでいくと行き止まりになり、その向こうで自動車学校の、フェンスに囲まれた広い教習用舗装路を車がぐるぐる回っていた。

道を引き返して、まず買物籠を提げた主婦に、次に犬の散歩をしていた老女に道を訊き、後者の案内でやっと茶色い家にたどり着いた。高さ六フィートのブロック塀に囲まれ、ちっぽけな前庭に小さな桜の木が植わっている。塀に「深井《ディープ・ウェル》」の表札がはめ込まれていた。門を開けると桜の花が満開だった。板石の敷かれた小道と苔に覆われた地面を、丸いピンクの花びらがぽつぽつと彩っている。ビルの選択は正しかった。こちらなら桜も見られるし深井二郎にも会える。

他人の家の戸を勝手に開けて、中に入る断りを叫ぶという日本のやり方にいまだなじめず、彼は呼び鈴を押して土産を持ったままそこで待った。

家の中からは物音ひとつしなかった。

もう一回呼び鈴を鳴らして待つ。いまごろ思いあたったが、もし深井氏が平均的日本人男性の暮らしをしているとすれば、遅くまで会社で働いたあとに同僚との義務的交流があるから、夜の十時か十一時頃まで帰宅しないはずだ。だがそれにしてもまったく誰もいないというのは稀だ。

普通は妻、女中、近所の人など誰かしらが「ルスバン」をしていて、来客の名刺を預かって主人がいつなら在宅か教えてくれるものだ。彼は煎餅の缶と名刺を玄関口に置いていこうと考えてガラス戸を開けようとしたが、しっかり鍵が閉まっていた。

背後で砂利を踏む足音が聞こえ、ふり返ると若い女がブロック塀の角を曲がるのが見えた。女は開いた門の前で立ちどまった。

頭上の桜の雲から一枚の花びらが散った。無風の空中をゆっくりとしなやかな線を描いてゆく。そのピンクのひとひらが浮かんでいるあいだ、何も動いてはならない。まるで儚い薄片が大地の引力に屈するまで彼とその前に立つ若い女はいっさいの動作を保留せよ、と太古からの不文律が命じたかのようだった。

女は美しかった。卵形の顔が長い艶やかな黒に縁取られている。髪は真ん中で分けられ、喉の窪みにそっとかかっている。丸みのある愛らしい頬骨は疑いなく深井家の特徴だったが、鼻の優美な曲線は好子とも光子とも似ておらず、口も痛みと無縁に生きてきたことを物語っていた。下唇はすこしふっくらしていて、今にも笑みがこぼれそうだ。

厚地のブルーグレーのブレザーを淡いピンクのセーターの上に着て、グレーのタイトスカートをはいている。ヒールですこし底上げされているにしても日本人女性としては非常に背が高い。薄いブリーフケースの持ち手を右手に持ち、左肱に茶色い革のハンドバッグを提げていた。

花びらが二人の足許の苔にふわりと舞い下り、ビルは礼儀正しく腰からお辞儀をした。彼女も一瞬ためらってからお辞儀を返す。

「失礼いたします」彼はなるべく丁寧な日本語で訊ねた。「こちらは深井様のお宅でしょうか？」

表札は確認していたが、ほかに言葉が思い浮かばなかった。

「はい。何かご用でしょうか？」柔らかいがしっかりした声だ。

「深井二郎様にお会いしたかったのですが、どうもお留守のようですね」

「父は仕事で、母は銀座に買物に出かけていると思います。もしかしてモオトンさんじゃありませんか？　ＮＨＫの田村先生の番組、いつも見てるんです」

　ビルは笑顔になり、英語で言った。「だったら英語でお話しした方がいいですね」

「いいえ、そんな《オー・ノー》」彼女はそう答えてすぐに日本語に戻す。「私の英語なんてひどいものです。でもモオトンさんの日本語はとてもお上手」

「学生さんでいらっしゃるんですね」ビルはブリーフケースを見て言った。

「ええ、でも何を勉強なさっているか、お訊きにならないでくださいね」

「何を勉強なさっているんですか？」満面の笑顔で訊く。

「英文学です」彼女はくすっと笑って日本語で答えた。「津田塾大学に通っています。とてもいい英文科なんですが、私、会話の方はまだ初心者で。モオトンさんは日本文学を勉強しているんでしょう？　たしか田村先生に紹介されたとき、そうおっしゃってました」

「そのとおりです。東京大学で能のゼミを取っています」

「能のことはまったくわからないわ」それから笑顔で付け足す。「フィッツジェラルドの小説なら全部読んでますけど」

「『ギャツビー』しか読んでません」彼は白状した。

「よかった。これで能のことに負い目を感じなくて済みます」

「お名前を伺っても構いませんか？」

「ミネコです」と答えが即座に返ってきた。

「ミネコ。素敵ですね。『山の頂の子供』だ」

「そう、かもしれませんね。『峰』はたしかに山の頂です」

「漢字で『ミネ』はどうお書きになるんですか?」

「それはお訊きにならないでほしかったわ。ちょっとお恥ずかしい話なんです。両親がそこは漢字を使わないことにして。代わりにカタカナにしたんです。そうすれば外国の言葉みたいでエキゾチックだからって。すごく気取ってますよね」

「大丈夫。あなたはぜんぜん気取ってない」

彼女はすこし赤くなった。

ビルはできることならこうして一日中おたがいの話をしていたかったが、やがてミネ子が言った。「父にご用がおありなんですよね?」

「ええ、数週間前に五木へ行って、ここの住所を深井様のお姉様に教えていただいたんです」。厳密にはすこし違うが、まあそう外れてもいないだろう。

「まあ、好子伯母さんに? 私はまだ会ったことないんです。五木に連れて行ってって何年も前から頼んでるのに。どうしてそちらまで行かれたんですか?」

ビルはすこし迷った。どこから話せばいいか、何を言うべきか、何を言わないでおくべきか。

「長い話になります。僕は子供の頃、好子さんの妹の光子さんに世話をしてもらっていたんですが、光子さんは戦争中に日本に送還されてしまって。僕が日本に来た目的のひとつが彼女を捜してみることでした。好子さんは見つかりましたが、そこで光子さんが長崎で亡くなったと教わりました」

「ええ、本当に恐ろしいこと。私が知っているのは光子叔母さんと好子伯母さんが戦時中、強制収容所みたいな場所に行かされたということだけです。祖父母や一郎伯父さんにも会ったことはありません。すごいわ、そんなに小さい頃に世話をしてくれた人をずっと覚えていて、そしてあんな小さな村に住んでいる好子伯母さんを見つけ出せたなんて」

「お父様から光子さんのことをもっと詳しく伺えないかと思ったのですが」

「たぶん日曜にまたいらしていただくことになってしまいますね。仕事がない日が日曜だけですから。でも父がお話をお受けするかどうかわかりません。父は……とても申し上げにくいんですが、アメリカの人を憎んでいます。奴らのせいであんなことになったって」

「わかります。それでもやはりお会いしたいです。またお邪魔します。お手数ですがお父様にこちらをお渡しいただけますか?」ビルは煎餅の包みを、結び目に名刺をはさんで差し出した。

「ありがとうございます」ミネ子が頭を下げる。

彼は深井家の桜の木を見上げた。「これで桜を見に行く時間が出来たな」

「あら! 小金井の桜ってご存じですか?」

「聞いたことはあるんですが、具体的な場所は知りません」

「お待ちください」ミネ子は笑顔で彼の横を抜けて戸の鍵を開け、玄関にブリーフケースと缶を置いてからまた施錠した。

「ご案内します」

ビルの胸は高鳴った。どうぞお構いなく、と断るのが日本の礼儀作法だとわかっていたが、そう言って彼女が額面通りに受けとってしまうのが怖かった。「お時間が大丈夫でしたら、願ってもないことです」

二人並んで歩きだすと、彼は何を喋ったらいいかまったくわからなかった。しばらくして「英語の勉強を始めて長いんですか?」と訊いてから、その質問の馬鹿らしさに気づいた。日本ではみんな中学校から英語を学ぶのだ。

「中学校から」ミネ子が答えた。当然だ。「モオトンさんは日本に来てどれくらいですか?」

「九月からです」

「いつまでいらっしゃるの?」

「フルブライトが六月に切れます。でも更新してあと九か月延長できるかも」

「私もフルブライトでアメリカに行ってみたいわ」

「たいへん不躾《ぶしつけ》なことを伺いますが」と言いかけたが、相手が明らかに笑うのをこらえているのに気づいて途中でやめた。「どうなさいましたか?」

「だってすごく礼儀正しいんだもの。モオトンさんの歳の男性なら私くらいの女子にそこまで丁寧になさらなくていいのに」

「じゃあ年齢の話題が出たところで、君はいくつなのかな?」

「十九です。昨日が誕生日」

「おめでとう! 十九は素敵な年齢だよ。残念だな、知ってたらプレゼントを持ってきたのに」

ミネ子は微笑み、初めて目を伏せた。ちょっとわざとらしすぎただろうか。「モオトンさんはおいくつ?」顔を上げてミネ子が訊いた。

「二十五。十二月十九日が誕生日だった」

「二十五歳も素敵な年齢ね」ミネ子がにっこり笑った。日本人女性がよくやるように口許を隠したりせず、そのことに彼は好感を持った。

線路を渡り、銀行や商店が並ぶ人通りの多い往来を北へ向かった。歩行者の流れに乗ってはいたがゆっくり歩いたので、人々はどんどん二人を追い越していった。

「私が止めてしまったけど、何か言いかけましたよね」

「僕が丁寧すぎたときだ」

「ごめんなさい。もっと自分を抑えなさいって母にいつも言われてるのに」

「いいえ、むしろ有難いな。日本の人はあまり批判や反論をしたがらないから。できればこれからも……」

「え？」

「いや、なんでもありません。君の年齢を訊こうと思ったんだけど、その話はさっきしたね」

「そろそろ小金井橋。お花見には最高の場所よ」

ビルには橋は見えなかった。ただ大量の人がいるだけだ。それと一緒になって移動していると、狭い運河に架かる短い橋の中央に来た。

ほんのりとピンク色の差した、淡く白い桜が橋の両側にぎっしり途切れず続いていた。枝が花で厚く覆われて空が見えない。ビルとミネ子はしばらく立ちどまってそれを見上げてから、向こう側に渡った。

ビルが前を歩いて桜の下の緑の土手を二人でどんどん進み、往来の喧騒から遠ざかると、人混みも次第にまばらになった。ときどきそよ風がさっと通り過ぎていき、二人は舞い散る花びらのヴェールを通して笑顔を交わした。無言で長い距離を歩き、運河の穏やかな流れが立てるコポコポという音だけが聞こえた。

「なんだか変わった水路だね」ビルは言った。

「上水道よ。徳川の将軍様が何百年も昔に掘ったの。太宰治が愛人と心中した場所としても有名よ」

今この瞬間、ビルは死にたくなるということがまったく想像できなかった。

33

ビルは自室の床の間に置かれた煎餅の缶をぼんやり眺めた。駅まで帰る途中にミネ子は不安に駆られ、やはり父は彼に会おうとしないかもしれないと言ったのだった。きっと一番いい方法は、不意をつくことね。昼近く、たとえば十一時頃にいきなり訪ねて来ればお父さんは確実に家にいて、裏で庭いじりでもしているだろうから、あなたを追い返す口実を思いつく間もないわ。

提案そのものより、ミネ子がわざわざそこまで考えてくれたことに感激した。彼女の家まで一緒に戻って玄関に置いた土産を回収し、荻窪に帰宅した。唯一残していった彼の断片は名刺だけであり、彼女はそれをしっかり隠しておくと約束した。むろん、ビルが日曜に再訪したときは二人とも初対面のふりをする。

金曜にデイヴィッドがやって来て、来週か再来週にまた出演する気になったかと訊かれた。ミネ子が番組を見ているとわかったので、引き受けることにした。こちらからもテレビカメラを覗いて、彼女を見返せればいいのに、と思った。

彼女を見ることを想像したことで、逆に相手から自分はどう見えているのだろうという疑念が湧いた。十六世紀にこの国に来たポルトガルの修道士やオランダ貿易商を描いた日本画や、百年前に開国を要求しにやって来たアメリカ人を描いた版画をビルは見たことがあった。日本人の目を通して見た彼らの姿はどれもグロテスクだった。死人のような灰色の肌、猿のような髪と歯、飛び出した目、鼻はやたら大きな嘴だった。以前、クレアはビルのことを美しいと言ってくれたが、ミネ子から見ればこの赤みがかったブロンドのウェーブは無法な炎のように、まったく普通の鼻はぽっかり穴が開いた通風管のように映っているかもしれない。

日曜の朝、土産の煎餅の缶を持って家を出た。ぴっちりしていた包装紙にすこし皺が入ってしまっていた。何かもっと別の、ミネ子に合うものを買い足そうかと思ったが、自分は彼女の存在すら知らないことになっている。プレゼントを持参するなんて以ての外だ。

小金井の深井宅に到着し、呼び鈴を鳴らしたのは十時五十分だった。

「はーい!」スリッパの足音がパタパタ近づいてきた。ビルは磨りガラスの戸を引いて、ミネ子と顔を合わせた。白のブラウスに、膝丈のあっさりしたグレーのフランネルスカート。彼女は一瞬だけ微笑んでから、よく通る大きな声で言った。「どちら様でございましょうか?」

彼も調子を合わせて名刺を出し、東京大学の院生だと言うところで声を強めた。夫妻にいい印象を与えるはずだ。「深井二郎様にお会いしたくて参りました」とミネ子のトーンに合わせて言った。

ミネ子は数歩下がり、角をすっと曲がって右手の薄暗い廊下に消えた。玄関は石床で、片側の壁に履き物を収納するための大きな下駄箱がある。隅の金属製の傘立てに三本の傘がでたらめな角度で突き刺してあり、ラックには客用スリッパが数足掛かっていた。その一足がこのぴかぴかの木の床に置かれて自分が中に通されることをビルは願った。

しかし白髪交じりで太い眉の、腕まくりをした細身の男がビルの名刺を握りしめて廊下の角から姿を現わすと、胸の高鳴りも消えた。その不機嫌な表情はお芝居の終了をはっきり告げていた。

「何か？」深井氏が無愛想に訊いた。

「ウィリアム・モートンと申します」ビルは笑顔を作ろうとした。

「知ってるさ。妹を死なせたあのアメリカ人牧師の息子だろう。うちの敷居をまたぐとはずいぶん神経が太いじゃないか」

ミネ子が廊下の陰から出てきた。顔が青ざめ、震えている。

靴下をはいた脚を父親はくるりとそちらに向けた。「ミネ子！　部屋に戻ってなさい」

「お父さん、私——」

「聞こえただろう！」

どうしたらいいのかわからず、彼女はビルに怯えた視線を向けた。

「この男を知っているな！」深井氏が怒鳴る。「こいつに何を吹き込まれた！」

「何もよ。ただ——」

「さっさと部屋に戻れ！」

ミネ子はみるみるしょげかえり、背を向けて奥へ消えていった。廊下の陰から女が出てきてそのあとに続いた。家のどこかでドアを乱暴に閉める音がしてから、二郎はビルの方に向き直った。

「お前は私の家族を殺したアメリカの悪魔どもの仲間だ」

「それは誤解です、深井さん。僕は光子さんを母親のように愛していたし、まちがいなく光子さんだって僕のことを誰より——」

「愛だと、よくも言えるな！　お前も、光子を愛しているとぬかしたお前の父親とまったく変わらん偽善者だ。顔もそっくりだしな」

「父に会ったことがあるんですか?」

「ああ、会ったさ。あの神に仕える男に。お前だって見たことがあるぞ。シアトルとかいう、爆撃機を造る素晴らしい町に私は行ったからな」

「あなたのおっしゃるとおりです。このことの非は僕の父にあります。僕はただその痛みの償いをすこしでもさせていただきたいのです」

「お前に痛みの何がわかる? お前は空一面を覆うアメリカの爆撃機から死に物狂いで逃げたことがあるか? 地面に積もった黒い灰の山を見て、それが自分の家族全員かもしれないと考えたことがあるか?」

「いいえ、僕自身はそうした痛みを味わったことはありません。ですが好子伯母さんに会ってその姿を見たとき、心がはり裂けそうになりました」

「五木まで行ったのか?」。深井氏の顔が怒りで歪み、全身がわなないた。艶やかな木の床を大股でドシドシと踏んで奥へ引っこんだかと思うとすぐに戻ってきて、まだ包みも開けられていない煎餅の缶をビルの足許に叩きつけ、それからくしゃくしゃに丸めた名刺を放り投げた。

ビルは屈んでそれを片づけ、踵を返してその家をあとにした。

表に出てから、ミネ子が追ってきてくれることを期待してゆっくり歩いた。駅までの道のりを、角を曲がるたびに立ちどまってふり返ったが、誰もいない。彼は台なしになった土産と名刺をごみ箱に捨てた。

駅のホームで上りの列車を二本見送って、ようやく自分が独りであることを受け容れた。だがミネ子の手許には彼の名刺がある。この嵐が収まれば、連絡できるようになるかもしれない。

家に帰って部屋で待機した。電話は来ない。新山夫人に夕食を一緒にと誘われ、ミネ子からの連絡があったときに家を空けていたくなかったのでそれを受けた。

だが電話はなかった。その晩も、その次の日も。

ビルはふたたび講義を休んだ。具合でも悪いのか、と慶一郎が電話をよこした。心配してくれたことに礼を言って手短に切り上げた。夫人が電話で喋るたび、檻に閉じこめられた獣のように自室をぐるぐる歩き回った。

＊

火曜日の朝、ビルは荻窪の住宅街から染み出してくるサラリーマンの流れに乗った。いくつもの流れがどんどん太くなっていき、やがて駅において合流し一本の奔流となる。早瀬に呑まれて都心に連れて行かれる前にそこを抜け出して、反対方面の小金井へ向かう、それほど混んでいない列車に乗った。ミネ子の家の最寄り駅、武蔵小金井のひとつ先で西武国分寺線に乗り換え、おんぼろの短い列車で二駅揺られて、大勢の女学生と一緒に鷹の台で降りた。人だかりより先に改札口へ急いで切符を渡し、立ちどまって通り過ぎる顔を一人ひとり確かめていった。

予定通り八時前に着いたものの、ミネ子がそのずっと前にここを過ぎてしまったということは十分にありうる。同じ列車に乗っていた学生がみな行ってしまってから、ビルは多少は目立たない柱の裏に移動した。

人波は次々と押し寄せたが、その中にミネ子はいなかった。波が引いているとき、制服姿の改札係は鼻歌を歌いながらぼおっと宙を見つめている。その隣の男は鋏をカチカチ調子よく鳴らしていて、まれに定期券を持たない乗客がその付近に小さな四角い厚紙を差し出したときだけその仕種を中断した。

朝のラッシュが落ちつくと改札係はスツールから降り、煉瓦壁の駅舎のドアの中にトコトコと入っていった。水を出す音が聞こえたかと思うと、じょうろを手にしてまた現われた。改札の内側に水を撒き、じょうろが空になると床全体をデッキブラシで手際よく擦っていく。湿った埃を小さな黒山にしてそれをちりとりで掬《すく》う様子を、ビルはただ眺めていた。そのあいだずっと、もう一人の制服係員はスツールに座ったまま、ロボットのような手捌《てさば》きで鋏を鳴らしていた。

列車が来る間隔が長くなり、吐き出される客の数も減っていった。十時三十分、その合間を見計らって急いで手洗いに行く。用を済ませて出てくると、警官が近づいてきた。

「こちらへは何のご用で?」。帽子の縁に隠れて警官の目はほとんど見えない。

「友人を待っているんです」

「パスポートを拝見します」

「観光じゃありません」

「では外国人登録証を」

ビルはスポーツジャケットやズボンのポケットを探るふりをしたが、入国して何か月かは律儀に携帯していたその青い小冊子が見つかるはずもなかった。外国人は肌身離さず持っていなければいけないことになっていたが、それはまったくなんの役にも立たないどころか財布に入れるには大きすぎるし、ポケットに入れておくとすぐ紛れてしまうくらい小さい。知り合いの外国人はみな安全な自宅に置きっぱなしにしていた。紛失すればいろいろ厄介なことになるからだ。

「すみません、お巡りさん。家に忘れてきてしまったみたいです」間を置いてから答えた。

「では仕方ない、署までご同行願おうか」

「ほかの物ならあります」とりあえずそう口にして財布に手を伸ばしかけたとき、駅の階段を下りてくる足音が聞こえた。黄色いワンピースを着た女の何歩か後ろにミネ子がいた。

「これ、僕の名刺です」財布と改札口に代わるがわる目をやりながらビルは言った。

「それじゃ不十分だ。そんな物は誰にだって作れる」

ミネ子は改札を抜けるところだった。うつむいて歩いていたが、顔を上げていたとしてもすこし離れた柱の陰にいた彼には気づかなかったかもしれない。

ビルは東京大学の学生証と、国有鉄道の通学定期を取り出した。

警官はそれを見ながらぶつぶつとぼやく。ビルは首を伸ばして柱の向こう側から歩道に進むミネ子を目で追いかけた。

「ミネ子さん！」

一瞬、呆気に取られた警官が怖い顔になった。

「彼女がその友人です。きっと保証してくれると思います」

だがミネ子は彼を目にすると通りに降りて走り出した。

「ミネ子さん！　待って！」

彼女は道を渡りきってから急に立ちどまり、くるりとこちらを向いて激しく首を振り、それから広い芝生をずんずん横切っていった。ビルも同じ方向に駆け出した。

「止まれ！」追ってきた警察官が怒鳴る。ちょうど彼が歩道にたどり着いたとき、肩に警官の手がかけられた。「君を逮捕する」

ミネ子がふり返り、歩道と車道の境に立って両手を高く挙げているビルの姿を見、身を守るようにブリーフケースを抱きかかえた。

ビルは駅前の派出所に引っぱっていかれた。ミネ子もおずおずと一、二歩踏み出してから、急ぎ足でそちらに向かった。

二人とも一時間近く拘束されて学生証をあらためられ、ビルの方はあれこれ問い質《ただ》された。彼がくり返し、今後は二度と警官から逃げたり、大事な大事な外国人登録証を置いて外出したりしないと誓わされたあとで、ようやく解放された。二人はしばらく黙ったまま歩き、公園の真ん中に出た。

「どうして僕から逃げたりしたの？」

「わからないの？　日曜にあんなことがあって？　私に嘘をついてたのね。お父さんが話してたこと、聞こえたわ。お父さん、あなたが誰なのかはっきり知ってた。光子叔母さんに『世話をしてもらっていた』どころじゃなかったんじゃない。あなたのお父さんは叔母さんにひどいことをしたのよ」

「知らなかったの？　お父さんから聞いてなかった？」

「何も聞かされてなかったわ。私が知っているのは、部屋に追い返される前に聞こえたことだけ。あなたにはがっかりしたわ！」。ミネ子の目には涙が溜まり、声はうわずっていた。

「嘘をついたんじゃないんだ。つい、いつも人に話すときと同じように説明してしまった。本当のことはあんまり胸を張って言えることじゃないからね」

通り過ぎていく学生の集団がじろじろと二人のことを見た。

「もっと静かな場所、ないかな？」

ミネ子は腕時計に目をやった。「シェイクスピアの講義、もう間に合わないわね。十一時からなの」

「悪いことをしたね。今日、ほかに講義はある?」

「イギリス史が三時から」

「八時十五分前からずっと君のことを待ってたから、もう腹が減って死にそうだよ」

ミネ子は彼を近くの喫茶店へ連れて行った。店内には木彫りの熊と鮭といった、北海道のアイヌ民族による工芸品が所狭しと飾られていた。変わったメニューがないか期待したが、サンドイッチなどのごくありふれた料理しかなかった。彼はカツカレーを注文し、ミネ子はキュウリのサンドイッチを頼んだ。

ビルが口を開いた。「君の叔母さんのことをきちんと説明しなかったことは悪かったと思ってる。君のお父さんの言うとおりかもしれない。ある意味で、彼女が亡くなったのは僕の父のせいだ。僕も最近になってようやく、本当は何があったのかわかりかけてきたんだ」

ビルは自分がどんなに光子に会いたかったか、父や自分の国が光子とその姉にした仕打ちをどんなに恥じているかをミネ子に語った。

「きっとお父さんはそういったこと全部から私を守りたかったんだわ。あんなに怒ったところを初めて見たもの。戦争のことでお父さんとお母さんがずっと話さないで心にしまってること、すごくたくさんあると思う。私が生きているのが本当に幸運だったことは知ってるけど。私が七か月のときに家が空襲を受けたの。生まれたときも、医療品なんてほとんどなかったんだって。それにすごい難産だったみたい。お母さん、私のあとは二度と子供が産めなかった」

「それもあって君に関してすごく心配性なのかな」

「そうね。とてもいい両親で幸せだと思うけど、ときどき二人に、もっと落ちついてよ、自立させてよって言いたくなることもある。でもこれだけは確かだわ」ミネ子は真顔でビルを見つめた。

「私は何があっても、お父さんとお母さんを傷つけたくない」

34

両親の心痛をなんとしても避けたいというミネ子の決意は、ビルが彼女に会うことをいっそう困難にした。夜のデートは論外だし、彼女が大学のスケジュールから外れることもたやすいことではない。せいぜいアイヌ喫茶で週一回昼食を共にしたり、週末に映画や公園の散歩に出かけるくらいが限度だった。彼の方から手紙を出すことはできず、電話もいつも彼女からかけてくるのを待たねばならなかった。

六月中旬に雨期がやって来た。ビルの部屋の上の薄いトタン屋根を、天が毎日コツコツと叩く。静かになるのは土砂降りが濃い霞に変わるときだけだった。玄関に置いた革靴に緑のふわふわした黴《かび》がつく、と彼は新山夫人にぼやいた。夫人は笑って、この例年の試練も七月の中旬か下旬には終わると慰めてくれた。ひとつ大きな雷が鳴って空が晴れたら、猛暑より雨の方がずっとましだったと思うわよ。

講義がなくて暇が増えると、ミネ子を待つ時間はなおさら耐えがたかった。一週間雨が降りつづいたあとの金曜日にミネ子から電話を受けたときも、すこし素っ気ない調子になってしまう。池袋でキャサリン・ヘプバーンの『旅情』のリバイバル上映を観ようという誘いだった。

映画のあと、喫茶店で二人ともアイスコーヒーのトールグラスを頼んだ。「ベニスの群集シーンがすごくよかったわ。丸眼鏡のアメリカ人兵士が一人画面を横切ったの、気づいた？」

ビルは主要な登場人物の動きさえまともに追えていなかったので、そんな細部を覚えているはずもない。コーヒーを飲むあいだ、彼はほとんど無言だった。武蔵小金井の駅の隅の、雨が滴る暗い軒下にまた二人して立ったとき、ミネ子を強い力で抱きしめた。

「ミネ子、愛してる」彼の声は激しい雨音にかき消されそうだった。「君のことしか考えられない。僕とずっと一緒にいてほしい。結婚してほしいんだ」

「お願い、それは口にしないで。周りの人たちのことも考えなきゃ。私たち、自分の気持ちを抑えないといけないわ」

「君は今日、そうしてたの？　自分の気持ちを抑えてたの？」

「わざわざ言わせる気？」

「これだけ教えてくれ。君は僕のことを愛してるかい？」

「ええ。わかってるでしょ」ミネ子は彼に体を押しつけ、辛そうな声を出した。「でも怖いの。お父さんたちは絶対、アメリカ人と結婚するなんて許してくれないわ。せめて大学を出すまでは愛娘《まなむすめ》を手許に置いておけると思っているし。私もこんなことになるなんて想像もしてなかった。そんなに急いで大人になりたくないわ」

「ほかに道はない。君もそう感じてるだろう？」

ミネ子は顔を上げて、周囲の闇よりも濃い黒さの目で彼の顔を見た。雨は地面に激しく叩きつけ、二人を世界から隔絶する。ふたたび唇が合わさり、蒸し暑い夜の湿気が、彼らの体をぴったり接合させた。

「今夜、両親に伝える」唇を離してから彼女がささやいた。

「いや、僕もその場に一緒にいたい」

「そんなことしたらますます話がこじれるわ」

「お父さんが君をどうするかが心配なんだ」

「私は大丈夫だけど、むしろあの二人のことが心配。きっとひどく打ちのめされてしまうと思う」

「それなら、できるかぎり正しいやり方で行こう。僕も君を親御さんから引き離したくはないけど、その覚悟もしておかないと」

ミネ子はうなだれ、ビルの体に回した腕に力が入る。

「最初のときみたいに、日曜の朝に君の家へ行くよ。一緒にお父さんに頭を下げよう。僕らが愛し合っていて、一緒になりたいんだってことをわかってもらうためにどんなことでもしよう」

「絶対に承知してくれないわ。大学卒業まで待てって言うと思う」

「それが必要なことなら、僕は喜んで待つよ」

「私のためにあと三年待ってくれる?」

「そうしたいわけじゃないけど、できるさ。この国に住んで働く方法を探す。でも今その心配はよそう。大事なのは日曜に備えることだ。君はそれまでに荷物をまとめて、すぐ出せる場所に隠しておかなきゃならない。もしこれが裏目に出たら、君はその場で僕と一緒に出て行くことになるんだから」

自分の傘にミネ子を入れて間近で待機しているタクシーに乗せると、ビルは土砂降りの中じっと立ったまま、車のテールランプが見えなくなるのを眺めた。

ミネ子が自分のものだということの純粋な喜びが彼の中に湧き起こった。看板にエキゾチックな文字が書かれたバーや、熱いヌードルや冷たい寿司を出す店の建ち並ぶ日本の狭い通りに雨のなか傘を片手に立っている彼は、極東の間抜けなジーン・ケリー〔映画『雨に唄えば』の主演俳優〕にでもなった気分だった。今ならきらきら光る水溜まりの中を跳ね回って、警官や仰天した野次馬のあいだをタップダンスで通り抜けてやる！　その場面を空想するだけでビルの中から狂おしい笑い声があふれてきて、通りを囲むしみだらけの漆喰の壁に反響した。

＊

ミネ子、ミネ子、ミネ子。開け放しの窓に近い、ベッドの隅の暗がりに座るビルの耳の奥で、彼女の名前がくり返し奏でられた。ひっきりなしの豪雨に家が心許なく震えるなか、薄地の浴衣を着たビルは冷たく湿った夜気を吸いこんだ。この激しい雨音に対して、ただの物理的な音は太刀打ちできない。体の中から来る音楽だけがそれに対抗できるのだ。

窓の下の細い裏通りに降る雨の中を、一台の車のヘッドライトがつっ切った。タクシーの屋根の表示灯が新山家の門前をかすめて通り過ぎる。それから一時停止すると、門の真正面までバックしてきた。新山氏の靴は玄関にあったからもう帰宅しているはずだし、この時間に彼らに来客があるとも思えなかった。タクシーの車内に点った灯りが道路の向かい側の漆喰塗りのブロック塀にこぼれ、それからすこしして後ろのドアが開いた。人が降りたようだが傘が開く様子はなく、ふたたびドアが閉まってタクシーは行ってしまった。乗客は土砂降りの中に踏み出すのを思いとどまったのだろうか。

ビルは門の上の、先ほどタクシーの屋根があった辺りに目を凝らした。何かがそこにある。生き物だとしても、動きはない。人間がつっ立ってじっとこの家を見ているように思えて、気味が悪かった。視線をそこに釘づけにしながら彼は枕許にじりじりと寄って、小さな電気スタンドを手にとった。その丸いシェードを前庭の方に向けてカチッと点灯した。

門の上端を摑む四本の指が見えた。ビルがそちらに手を振ると、指が離れた。次に、窓から放たれたかすかな光線の中、小さな掌が振り返された。「ミネ子?」とビルは声に出して言ったが、相手に聞こえるはずもなかった。

真っ暗な階段を駆け下り、自分の靴を置いた玄関へ。数秒後にはドアを開けて雨の中に飛び出し、水をはね散らしながら門まで急いで門を外した。ミネ子がガタガタ震えながら彼の腕の中に飛びこんできた。

「いったいどうしたんだい?」

ビルは返事を待たずに彼女の肩を抱いて戸口まで連れて行った。ミネ子は駅で別れたときのままの、薄いワンピース一枚という格好だった。

二人で玄関に立って、雨をコンクリートの床に落とした。靴を脱ぐのを手伝ってやり、それから右手の急な階段を、電気スタンドの淡い光をめざして一緒に上がった。

階段の一番上でふり返ってミネ子を見た。髪は相変わらずきれいに真ん中で分けられているもののべったり頰に張りつき、木綿のワンピースが絡みついてびしょ濡れのスカート部分が脚にまとわりついていた。押し入れを開けて、彼女に着せる予備の青白の浴衣、そして自分が着替えるための乾いた服を出した。浴衣と帯を洗面台脇のフックに吊し、彼女にタオルを渡してから階段を下りかけた。

「着替え終わったらそっちに」左手の板張りの寝室を指さした。「布団の中に入るんだ」

一階の脱衣場で自分もびしょ濡れの浴衣を脱いで、新山家の浴槽のかたわらに置かれたすのこの上に放り投げ、使っていないタオルをリネン棚から出して体を拭いた。タオルの粗い生地が股間に当たると、体がうごめくのがわかった。乾いた下着と白いシャツ、チノパンを身につけた。

廊下と階段の板床に垂らした水を、台所にあった雑巾で丁寧に拭いとった。新山夫人は、部屋に女性を連れ込むことは大目に見てくれても、自分が苦労して磨いた床に水の跡をつけられるのはけっして許さないだろう。

二階に戻るとミネ子の姿はなく、襖《ふすま》も閉まっていた。洗面台の中にぐしゃっと丸まったワンピースがあった。戸を開けるとスタンドは点いたままだった。ベッドの端で横になって縮こまっているミネ子はほんの小さな盛り上がりでしかなかった。薄手の布団が彼女の震えに合わせて揺れた。ビルは寝具を仕舞った押し入れを開けて冬用の厚いキルトをかけてやり、枕許に膝をついた。ミネ子は顎まで布団に覆われ、下のシーツをぎゅっと掴んでいた。無理に笑顔を作る彼女の額にビルはキスをした。

「気分はよくなった?」

ミネ子は震えながらこくんとうなずいた。

キルトの端を持ち上げて彼女の隣に体を滑らせたが、二人のあいだには彼女がしっかりくるまっているシーツとタオル地の上掛けがある。向かい合った格好になり、ミネ子の折り曲げた膝が彼の胸に当たった。

「何があったのか話せるかい」ビルは訊いた。

ミネ子はもう一度うなずいたが、またぶるっと震えた。

「焦らなくていい。待つから」

ビルは彼女の肩に腕を回し、その鼻にキスした。小さく滑らかで、優美な曲線を描いている。そこに自分の手をかぶせ、目を閉じてその大きさと形を掌に覚えこませようとした。そのまま今度は掌を自分の鼻に持っていき――ショックで目がパッと開いた。なんて馬鹿でかい骨と軟骨のかたまりだ！

ミネ子がビルの仰天に気づいてくすくす笑った。それから自分も布団の下から手を抜いて、同じ調査を逆順に行なった。二人は笑い合い、キスをした。

「何があったんだい」ビルはキルトをすこし上げて、中に溜まった熱を逃がしながら訊いた。

「家に帰ってから、日曜のことしか考えられなくなったの。何度想像しても、最後はかならずひどい言い争いになった。だから押し入れや引き出しを開けて、何を持っていくか考えはじめたわ。そうやって見ていると、ますますすぐに荷物をまとめたくなった。だからそうしたの」

「まさかそこにお父さんが入ってきたんじゃないだろうね」

「お母さんよ。何やってるのって訊かれたわ。一言も答えられなかった。自分がものすごい馬鹿になった気がして。まったく何も考えられなかった。あなたのことで頭が一杯だったの」

ビルは彼女の両頰にキスした。

「だから私たちの計画を正直に打ちあけた。お母さんにあなたのことを話すのはとてもいい気分だった。嘘がつけなくてよかったわ」

「お母さんはなんて？」

「思ったより悪い反応じゃなかった。冷静に私を諭《さと》そうとしたの。もちろん、そういう手段に出るには私はまだ若すぎるってね。そこは同感だったわ。だってそのとおりでしょ？」

「うん、僕だってわかってる」

「あなたは待ってくれる気だって言ったわ」

「それですこしは理解してもらえた？」

「たぶんすこしはね。それで話がいい方へ向かいかけたときに、お父さんが部屋に飛びこんできたの。さっきから何をひそひそ話してるのか怪しんでいたんだって。『よくも裏切ったな』ってお母さんを責め立てたわ。もちろんお母さんはまだ何も承諾していなかったわけだけど、言い分を聞こうという素振りを見せただけでも許せなかったのね。二人がおたがいを大声で非難しだして、私はそのすきにバッグを持って家を飛び出した。傘さえ忘れて。タクシーに乗るために駅までひたすら走った」

「済まない、君にそんなことをさせてしまって」

「あなただけのせいじゃないわ。今はこうして一緒にいられるわけだし」

「そうだね、でもそのことだってすこし申し訳なく思うよ」

ミネ子の目に悲しみの色が浮かんだ。

「うまく言える自信がないけど、わかってほしい。こうやって君が隣にいることは、たぶん僕が何より望んでいたことだ……でもその一方で、君がここに……こういう形でいることを済まなく思うんだ。何があっても、僕のせいで君が追いやられた状況につけ込むようなことはしたくない」

「私、怖くないわ。そりゃちょっとは怖いけど。こんなに誰かの近くにいるのは初めてだから」

二人の体温が混じり合い、上昇していき、ビルは自分の上からキルトをずらした。ミネ子も抱えていた膝を伸ばした。二人は今やぴったり平行に横になっていた。

「僕の体が君を欲しがっているのがわかるかい？」

「ええ」彼女がささやいた。「そして私の体もあなたを欲しがってる」

「さっきから体を離しておくべき理由はないかって考えてるんだ」

「きっとたくさんあるはずよ」

ビルは重いキルトを押しやってベッドから落とした。立ち上がると、ミネ子も薄い夏用布団を持ち上げる。ぶかぶかの浴衣を着て横たわるミネ子の隣に、ビルも服を着たまま滑りこんだ。二人は固く抱き合い、その唇はたがいを貪るように求め合った。

全身でじっくり長いことキスを交わし、それから同時に体を離して真剣な眼差しで見つめ合った。

二人が口を開くタイミングはまったく同じだった。

「明日」と一緒に声を発した。

それから二人して笑った。

「大変なことになるかもよ」ミネ子が言った。

明日、二人は彼女の両親と対峙する。最悪の事態に備えなければならない。何よりもまず、非難される謂《い》われがないよう、身を潔白に保たなくてはならないのだ。

ビルはスタンドを消した。二人はたがいの腕に抱かれて長いこと横になり、いつの間にか安定したささやきになっている雨音に耳を澄ませた。

しばらくしてビルはベッドから降りてさっき落としたキルトを拾い、襖一枚隔てた隣室の畳にそれを敷いた。今晩はこれがマットレス代わりだ。

もう一度だけキスを交わすと、彼は戸を開けたままこの即席ベッドで木綿の毛布をかぶり、身を横たえた。

＊

ふと気づくと、新山夫人が階下から小声で呼んでいた。「モオトンさん！」

時刻はすでに八時近くで、雨は静かな霧雨に変わっていた。

ミネ子はベッドの上で体を起こしていて、不安そうな顔で彼を見た。足音を忍ばせて階段を降りると下に夫人が待っていた。小さな黒目が厄介事を探っている。

「モートンさん、主人はカンカンですよ」夫人の喋りに合わせてほつれ髪が顔の周りで揺れた。

「ゴルフに出かけるときに玄関の靴を見つけたんです」

ミネ子のパンプスは昨日脱いだ場所に置きっぱなしだった。

「ごめんなさい、奥さん。でも友達が急に困ったことになって。彼女の家でごたごたがあって、泊まる場所が必要だったんです。ここに来るとは思ってもいませんでした」

「ここは個人の家なんですよ。主人も、ホテルならそこらじゅうにあるんだからと――」

「信じてください。そういうのじゃないんです。僕たち、恥じるようなことは何ひとつしてませんし」

「主人は世間体をすごく心配しています。自分が午後に帰ってくるまでに出て行ってほしいそうです」

「今日の午後？」

「そう言っていました」

「それで、奥さんは？」

「私はもちろん、主人の言いつけに従うつもりです」

「奥さん、僕は今まであなたにご迷惑をおかけしたことがありましたか?」

「いいえ。あなたはとてもいい子だと思ってますよ」

「では僕の——僕たちのお願いを聞いてもらえませんか。ミネ子——深井ミネ子さんに会ってほしいんです。友達だと言ったけど、じつを言うと、僕たち結婚するつもりです」

夫人のきつく結んだ小さな唇がニコッとした笑みになり、その手が頭の団子に置かれた。「あらまあ!」

「彼女の親くらいの人の助言が欲しいんです。十五分後、リビングで顔合わせをしていただけませんか?」

夫人はうなずき、スリッパでペタペタと去っていった。

約束の時間に二人がそろそろと降りていくと、夫人はエプロンを外し、髪のほつれも団子の中にたくし込まれていた。ふかふかの椅子に淑《しと》やかに腰掛けて、対面のカウチに座るようビルたちに促し、それから茶を勧めた。

ミネ子はビルの大きめの浴衣をすこしでもきちんと見せようと取りつくろっていたが、顔が真っ赤だった。しかし自己紹介の始めにありがちな気まずさは、夫人がたびたび大げさに差しはさむ「可愛らしいお嬢さん!」という言葉のおかげでだいぶ和らいだ。

ミネ子は二人の直面している問題をきわめて冷静に説明した。

新山夫人も、やはり計画どおり今日二人でミネ子の両親に会いに行った方がいいという以上の助言はできなかった。ただしミネ子が身なりを整えるために、アイロンでもなんでも好きに使って構わないと言ってくれた。ビルは彼女の濡れた服を取りに行かされ、そのあとは夫人とミネ子が旧知の間柄のようにお喋りしながら仕事に取りかかるなか、二階で時間を潰しているよう命じられた。

十一時に家を出るとき、もし両親との話がうまく行かなかったら二人が戻ってこられるよう夫を説得しておくと夫人は請けあってくれた。ミネ子は何度も礼をし、夫人も玄関口でお辞儀を返した。ようやくのことで出発し、二人はビルの大きな黒傘を差して荻窪駅まで歩いた。

ミネ子は武蔵小金井駅から自宅に電話をかけ、今からビルを連れて帰宅することを伝えた。

「お母さん、元気ない声だったけど、とりあえず帰ってくるなとまでは言わなかったわ」

彼女の両親に準備の時間を与えるため、二人は霧雨の中、駅からの道を歩いた。家が近づくにつれてミネ子の緊張がいっそうはっきりと感じられた。ビルは自分の声を呑み込んでしまってもう二度と取り戻せない気がした。

ミネ子が引き戸を開けると、彼女の母はすでに玄関の上がり口に膝をついて座っていた。三人とも厳かにお辞儀を交わす。母親はまったくの無表情で、仏教の彫像のように目は細長く顔全体が整然たる滑らかさをたたえていた。ミネ子は父親似だった。幸いその濃い眉までは受け継がなかったようだ。深井二郎はその一対の濃い繁みの下から、居間に入ってきたビルを睨みつけた。ビルは落ちつかぬ思いで、黒澤明の『七人の侍』の中でもとくに凄腕の宮口精二の目を思い出した。

「私とモートン君だけで話をする」深井氏は娘に膝をつく暇も与えず言った。

ミネ子は躊躇したが、ビルがうなずくのを見て母親と一緒に部屋を出て行った。

深井氏は尻をかかとに乗せる礼儀正しい座り方はせず、低いテーブルの前にあぐらをかいて両腕を組んでいた。この尊大ぶった姿勢は、きっとビルが歓迎されざる客であることをはっきり思い知らせるためだろう。ここは相手の望みどおりにするしかない。彼は畳に膝をつき、かかとに体重を乗せた。日本に来てから何度練習しても、この恭《うやうや》しい姿勢を長く保つのは至難の業だった。

「父親というのは、娘がほかの男に服従するところを見たがらないものだ」ミネ子がいなくなってから深井氏は口を開いた。「とくにその男が、父親の敵の場合はな」

「深井さん、僕はあなたの敵ではありません。どうかそれを信じていただけたら」

「ああ、君の父親も人を信じさせるのがうまい男だったよ。私は騙されなかったがな」

ビルは自分の顔が紅潮するのを感じた。「僕は父のことを深く恥じています。僕が日本に来たのも、父があなたの妹さんに為したひどい仕打ちをなんとかして償いたかったからです。たぶんそのことは妹さんから詳しくお聞きになったのではと思いますが」

「目的を聞くかぎりではたいへん立派だが、いま確かなことは、私の家族がふたたびモートンという人間によって引き裂かれようとしているということだけだ」

「僕はあなたの家族を引き裂くためにここへ来たのではありません」

「うちの娘をたらし込むつもりはなかったと言うのか？」

「うちの娘？　僕はお嬢さんがいることすら知りませんでした」

「それは確かか？」

「深井さん、いったい何をおっしゃりたいのですか？」

「本当にここに来たとき、うちに娘がいることを知らなかったんだな？」

「そのとおりです。深井さんのご家族のことは何も存じあげませんでした。五木に行ったとき、次子さんにあなたのお名前と住所を伺った。それだけです」

「そこまで何も知らなかったくせに、どうやってあの場所にたどり着いた？」

ビルは光子と過ごした日々のこと、彼女が歌ってくれた子守歌のことを話した。そのあいだに両脚の圧迫が我慢の限界を超え、体の重心を脇にずらす。「僕がこちらにお邪魔した目的はたったひとつです」彼は締めくくった。「あなたから僕の母親についてご存じのことを、どんなことであっても伺うことです」

「よくも『僕の母親』などと言えるな」

「僕にとって彼女は母親だったからです。これからもそうです」

「それでこのことをミネ子は全部知っているのか?」

「もちろんです。深井さんにお話ししたことは、全部彼女にも伝えました」

「ほかには何もないな?」

「『ほか』とはどういうことでしょう? 僕はあなたから残りの話をお聞きしたいと思っていたんです」

「モートン君、いまからとても訊き辛い質問をする。本当のことを答えてほしい」深井氏は言葉を止めて、白髪交じりの太い眉の下からビルの顔をまっすぐ見据えた。ふたたび口を開いたときは声が震えていた。「君は娘を穢《けが》したか?」

「いいえ!」ビルは相手の目をまっすぐ見返して断言した。「僕が彼女を、あなたの言うように『穢す』なんてありえません。言葉にできないくらいミネ子さんのことを愛しているんです。結婚したいと考えています」

「アメリカ人は愛が好きだな」深井氏は鼻で笑った。「それも君たちの軍隊が戦後この国の人間に吹きこんだ弱さだ。日本人は白人種に辛抱と我慢をたっぷり教えてやらんといかんな。君の言う『愛』は果たして君の脚よりは強いのかね」

ビルは赤面した。

深井氏は夫人を呼び、夫人はミネ子と一緒に居間に戻ってきて、母娘隣り合って最高に礼儀正しく膝をついて同じテーブルに座った。入ってくる際、ミネ子はビルを一瞥したが、その表情からは何も読みとれなかった。彼女もその母と同じように、謎めいた一日本人になっていた。

「モートン君、妻の話では、君はミネ子の大学卒業まで待つつもりだそうだな」

「そうです」ビルはうなずいた。またミネ子の表情に変化がないか見てみたが、彼女は両手をきちんと膝の上に置き、漆塗りの天板から視線を外そうとしなかった。

「娘がまだ三年間、津田塾に通うことは承知しているね？」

「はい」

「よろしい。もしも君の愛がその言葉どおりに強いのなら、一九六六年の六月にまたここで四人で集まろう。それまで君は娘には会わない。ではごきげんよう、モートン君」これで話はおしまいだという口調で深井氏は言った。

「深井さん、まさか今日ここを出たら三年間ミネ子さんといっさい関わるな、と本気でおっしゃってるわけではありませんよね？」

「まさにそう言って――いや、要求しているんだ」

ビルはミネ子を見た。彼女の目はまるで、テーブルの木材の奥に焦点を合わせているようだった。いったい何を母親に言われるかされるかすれば、こうも従順になってしまうのだろう？

「話になりません。僕は普通の婚約のことを申し上げていたんです」

「アメリカ人にとっての『普通』が日本人にとっても普通とはかぎらない。アメリカ人の言う『我慢』はきっと条件付きで、快適な環境でするものなのだろうな」

「僕はまっとうな話し合いをしようとしているのですが」

「よし、ではリーズナブルに行こうか。それもアメリカ人が弱さを取り繕うための言葉だがな。君は一年間、ミネ子と会ってはならない——一年間の我慢なら君にも可能な範囲かね？　然るのち、もし君が依然『愛』を失っていなければ娘との面会を許可しよう。妻の監督の許この場で、頻度は月に一度——」

深井氏が条件を提示し終える前に、ミネ子の二つのこぶしが一瞬宙に浮いてから、天板に叩きつけられた。「嫌よ！」短い悲鳴が、細い体のどこにそんな力が隠れていたのかというくらい強く居間に反響した。「そんな生き方はまっぴら！」

「黙ってなさい！」父親も怒鳴る。「これはお前が口をはさむ話じゃない」

「これは私の人生なのよ。牢屋に閉じこめられるなんて嫌。お父さんのしようとしてるのはそういうことだわ」

深井氏は手を振り上げて彼女を叩こうとしたが、まったく怯まないのを見て手を下ろした。ビルは畏敬の眼差しでミネ子を眺めた。一瞬でも彼女の気持ちを疑った自分を恥じた。いまこそ行動に移るときだ。彼は無言で立ち上がり、彼女の手首を取った。「行こう、ミネ子。これ以上いても無駄だ」

「愛人と出て行くがいい！」深井氏が怒鳴る。「やはりだ。血は争えん！」

妻が怯えきった顔で夫を見た。「あなた、何をおっしゃるの？」

「その子を追い出せ。もう顔を見るのも耐えられん」

深井氏は壁の方を向いた。夫人がその肩を摑んで揺すった。「あなた、止めて。今すぐ止めてください。でないとこの子、あたしたちの許から永久にいなくなってしまうわ！」

磨き込まれた廊下をビルとミネ子は手に手をとって駆けた。靴に足をつっ込んで玄関を飛び出す。立ちどまったのは、ミネ子が少女時代を送った家を、傘の下からそっと見納めに眺めるためだけだった。

「君、素晴らしかったよ！」二人で傘の柄を持って駅へ急ぎながら、ビルが言った。ミネ子の唇にキスしたが、彼女は身を引いた。

「どうかしたかい？」

「かわいそうなお母さん。まるでお父さんに秘密でも暴露されたみたいだったわ。『血は争えん』。むかし何かあったのかしら……でも信じられない。あのお母さんが？」

しかし今のビルは幸せすぎて、深井夫人の過去についてあれこれ詮索する気分ではなかった。

35

ミネ子のために買ったいろいろな物を抱えて二人で荻窪に帰ると、新山夫人が小雨の中に飛び出してきて、家までの最後の二メートルを自分の傘に入れてくれた。

「どうだった？」初めて訪れる客に接するかのように彼らを玄関口まで案内しながら、目を輝かせ興味津々に訊ねる。

家の中に入ってからミネ子が答えた。「両親とも聞く耳を持ってくれませんでした。選ぶ余地はなかったんです」

「僕たち、すぐにでも結婚します」ビルが宣言した。

「素敵！　おめでとう！」夫人は歓声を上げた。「でもごめんなさい。あなたたちをここに置いてくれるように主人を説得できなかったわ。今夜は泊まってもらっていいし、ほかに住む場所が見つかるまであと一、二日は大丈夫かもしれないけど。それが限界だった」

「ご尽力に感謝します。明日から家探しを始めるつもりです」ビルは言った。

夫人は荷物をビルの部屋に運ぶのを手伝ってから、彼らを二人きりにしてくれた。

ビルはミネ子を抱きしめた。彼女のキスの熱さが、さきほどの懸念がもう去ったことを物語っていた。

＊

夕食を済ませたあと、二人はタオルと手桶、石鹸とシャンプーを持って近所の銭湯へ出かけた。今夜の雨は涼しい霞というほどで、ビルは畳んだ傘の柄を前腕に掛けた。ミネ子が女性側に入るのを見届けてから自分も男性側に入って服を脱ぎ、まるで生まれて初めて風呂に入るように、体の隅から隅までてきぱきと洗った。いまや彼のすることはすべてミネ子のためなのだ。

洗ってから湯ぶねに入り、もう一度洗った。横に並ぶ鏡の中に、生まれ変わった肉体の艶を見る。こちらは準備が整った。そしてきっと彼女も。外で待ち合わせる時間は決めていなかったが、ビルがサンダルをはこうとしたところで女性側の出入口の戸が開き、瑞々しく晴れやかなミネ子が出てきた。ビルは隣に降りてくる彼女の手をとった。雨は止んでいたが、彼は構わず傘の天蓋を自分たちの上に掲げた。二人だけの小さな空気の覆いに包まれて、滑るように進んでいった。

ミネ子に取られた自分の腕に、彼女の胸の温かな膨らみが伝わってきた。

今夜、自分たちのあいだをさえぎるものは何もない。ビルの部屋のスタンドの薄明かりに立って二人はたがいに艶やかな体をさらけ出し、それに手を触れ、探り、撫でた。

ひんやりしたシーツのあいだで彼らの体は絡み合った。最初は限りない優しさとともに、次に彼の今までの人生が目の前を一気に流れていくような切迫感とともに。そのすべてがよきことであり、彼の心は光と命のことごとくに開かれていった。はじめに彼の父があり、その魂が彼の深淵の面《おもて》を動いていった。彼の腕の中には世界があった。ミネ子への愛はあまりにも大きく、彼は何人《なんぴと》に対してもその愛を分け与えずにはいられなかった。すべてがひとつであり、すべてが赦《ゆる》された。

朝の光でビルが目を覚ますと、ミネ子が彼の顔を覗いて微笑んでいた。ふたたび惜しみなくキスをし、その身を触れ合い、分かち合った。そのまま横になっていると、辺りからすこしずつ日常の喧騒が湧き起こってきた。

「僕と結婚してくれる?」

ミネ子は笑顔でうなずいた。

「今日?」

ふたたびうなずく。

ビルは体を起こした。「あのさ、たったいま自分が結婚の仕方をまったく知らないことに気づいたよ」

「私もよ」ミネ子がくすりとする。

「いままでずっと、結婚というのは周囲から押しつけられるものだと思ってた。まったく考えが変わったよ。僕たちがおたがいのものだということをみんなに知ってほしいんだ」

「新山さんなら結婚の仕方、知ってるかもしれないわ」

そのとおりだった。「ややこしいのよ。まず式場を借りて、神主様をお呼びして、お嫁さんのお着物や角隠しや鬘《かつら》を着付けして、招待状を——」

「いいえ、新山さん、そういうのはぜんぶなしで。僕らだけでいいんです」

「だったらこんな簡単なことはないわ。区役所へ行って届けを出せばいいの。受理証明が必要なら四十円」

「それだけ？ 結婚がたったの十一セント？」

「それだけよ。あっ、ひとつ忘れてたわ。戸籍抄本の写しが必要よ」

午前中、二人が最初に向かった先は小金井市役所だった。ミネ子が深井家の戸籍抄本の、紫色をした不鮮明な写しを受けとった。都心に向かう列車に並んで座りながら、二人は書類の古めかしい字体を眺めた。

ビルが言った。「君の名前がこういう堅苦しい字面の中にあると変な気がするね。『昭・和・十・九・年・四・月・十・七・日』」

アメリカ市民のビルは法的には、アメリカ大使館のある港区が住所ということになっていた。区役所での五分のやり取りで二人は夫婦になり、その証拠は四十円支払ったことを示すレシートだけだった。

大使館での署名や宣誓の手続きはもっと煩雑で、ことの実感が多少は強く湧いてきたが、午後一時半には二人は無事結婚し、たらふく寿司を胃に収めていた。

その日の残りは新山夫人に勧められた不動産屋を巡ることに費やされたが、結果は芳しくなかった。どこで訊いても貸し出し中の小さめの家はなく、何軒か回ったアパートはみな線路沿いか大通りに面していた。

夕方、ビルはミネ子を連れて友人のグリーン家を訪れた。夫妻のお祝いの声が眠っていた息子を起こしてしまった。

「怪しいと思ってたのよ！」マーサの目が黒縁眼鏡の奥で輝いた。「最近全然顔を見なかったもの。こういうことだったのね！　ビル、ミネ子さんを明治神宮に連れて行ったらいいんじゃない？　あなたが発見した聖なる幼子――」

「それはいいって！」ビルは急いで話を切り上げた。

＊

翌日の朝早くに中野の不動産屋から、ちょうど貸しに出された家があるという電話がかかってきた。夫がパリ支社に転勤することになった子供のいない夫婦が、家具付きで家を貸したいというのだ。

二人は中野駅でその四十代前半の細身の不動産屋と待ち合わせた。くねくねとした裏道を「桃《ピーチ》・園町《ガーデン》」というところまで案内される。その狭い家は周りと同じように、静かな地域にぎゅうぎゅう詰めに建っていた。一階に西洋風のリビングルームと畳敷きの茶の間と台所と浴室、急な階段を上った二階に畳部屋が二室。二階は日当たりもいい。完璧な物件だったが、不動産屋は契約に気乗りしないようだった。

「何が問題なんですか？」ビルは訊ねたが、男から答えを引き出すことはできなかった。

「私が訊いてみる」とミネ子が言い、小声の日本語でぺらぺらと交渉を開始した。

「本当にこんないい家を借りるお金があるのかって」笑顔でビルの方をふり向く。「若すぎると思ってるのよ」

ビルは笑って名刺を差し出した。「はい、これでフルブライトに問い合わせてみてください。僕に支給している金額を教えてくれますよ。アメリカの学生の平均的収入ですが、こちらではかなりのものになります。しかも結婚したから毎月百ドル上乗せされます。それだけでも家賃を払ってお釣りが来る」

不動産屋は顔を真っ赤にし、日本でも初めて見るくらい低く頭を下げて謝罪した。「ただひとつだけ問題が」男は言った。「その家が空くのは七月一日からなんです」

「なおさら好都合です。僕たち、旅行に行く予定なので」

「そうなの？　どこに？」ミネ子が訊いた。

「あとで教えるよ」

ミネ子はきょとんとした。

その夜、自分が長いあいだ京都の寺院を訪れたいと夢見ていたことをビルは語った。かつて、いにしえの通りを光子と一緒に歩こうと誓ったこともある。そこに光子の姪とハネムーンで行くことは、その潰《つい》えた望みをある程度埋め合わせてくれるだろう。

「素敵ね」ミネ子が言った。「じゃあ、帰りに寄りましょう」

「帰り？　どこからの？」

「ずっと五木に行きたかったって話したでしょ？　あなたと出会えたのもその場所のおかげだから、ますます行きたくなったわ」

「ああ、あそこの山々や樅木の村はすごく綺麗だ。でも、好子伯母さんに会うのはきっと辛いというか、悲しいかもしれないよ」

「覚悟してる。でもあなたが言っていたように伯母さんが過酷な人生を送ってきたのなら、もう会う時間もそんなに残されてないかもしれない」

*

はやぶさでの長旅のあと、二人は八代駅で暑さと湿気のなか鈍行を待った。やがて蒸気機関車が到着した。シューシューとけだるげに川沿いの谷を登っていく。すこしでも風を入れようと窓は全開にされていたが、一緒に煤や灰まで入ってきた。

人吉で一泊して温泉に浸かり、翌日は陽ざしがあまりきつくない早朝のうちに元気よく出発した。ホンダのツーシーターをレンタルして川辺川沿いを頭地、そして樅木へ向かう。

樅木の吊り橋近くの駐車場所に着いたときにはまだ朝の山影が谷にかかっていた。荷物は車に置いていき、森の中を橋まで歩いた。森は物憂げな蟬の声にざわつき、峡谷を川上に向かって吹くそよ風が木々をざわめかせた。春先に谷を覆っていた霞はもうなかった。二人は橋の真ん中で立ちどまり、きらきら下を流れている渓流までの距離をビルは初めて知った。風が橋を優しく揺すった。

「伯母さん、きっとここに立ってると思ったのに」彼はミネ子に言った。「日々の神にお祈りしてさ」

「行きましょ」ミネ子が先に立って歩きだした。

ビルが道順を教えながら、棚田《たなだ》を迂回する小道を進んだ。そよ風に吹かれて稲の太い茎が揺れ、せき止められた水面にさざ波が立つ。道の両側に建つ藁葺き屋根の古民家は人けがなく、遠くに見える茶葉の生け垣も世話される人なく日に晒されていた。ビルが先頭を代わり民家の集落から杉林を抜けて好子の家へ出て、たわんだ表の戸の前まで来るとそれを引き開け、大声で来訪を告げた。

彼の声は古い屋敷に呑み込まれた。ミネ子を見やるが、彼女も訝《いぶか》しげな目を返すばかりだった。

すり減ったとば口をまたいで土間に入った。

しかし彼がもう一度声を上げようとすると、かすかな足音が家の中に響いた。玄関左手の柱の陰から好子がスーッとやって来た。ビルを見てぱっと明るくなった顔が、次に不思議そうな表情に変わった。

「会わせたい人を連れてきたんです」ビルは英語で言った。「伯母さんの姪のミネ子です」

ミネ子はビルの腕に触れ、彼に寄りそった。好子はその顔をじっと無言で覗きこんだ。しばらくしてから日本語で二人にお上がりなさいと告げ、小さな茶の間に案内した。

薄暗い屋敷の廊下はひどく冷たく、低いテーブルには長引く冬の寒さをしのぐための上掛けが掛かったままだった。テーブルの下で炭火を焚いてはいないようだが、青い火鉢に載せた鋳鉄の薬罐は相変わらず小さな鈴のような音を立てている。

好子は大きな衣装簞笥の前にきちんと膝をつき、畳すれすれまで頭を下げた。ミネ子も深々とお辞儀を返し、両者はひとしきり日本式の挨拶を交わした。

「とても綺麗な女性になったわね」好子はすこし首を傾げてミネ子をしげしげと眺めた。「本当にあなたなのね？　昔はあんなにちっちゃくて……まだ二歳にもなってなかったのに……」久しく失われていた記憶を呼び起こそうとするように彼女を見つめる。「あなたのお母さん、あなたのことを本当に誇りにしていた。生まれたときは三十を過ぎていて。二郎は四十近かった。二人とももう子供はすっかりあきらめていたの」

「正直に言って、今の私はあまり誇れる娘ではないかもしれません」ミネ子が言った。

「あら、どうして？」

「僕が彼女を親から引き離してしまったから」ビルが会話に割って入る。「僕たち四日前に結婚したんです」

好子の顔から笑みが消えた。「おめでとう、と言うべきなんでしょうけど」

「けど……？」

「こういう結婚は大きな不幸をもたらすことがあるわ」

「今回のはそうなりません。約束します」ビルは宣言した。

好子はビルを、そしてミネ子を見た。その目が姪の顔にしばらくとどまる。ミネ子は畳に視線を落とした。

「写真でも見ようか？」ビルが言った。「伯母さん、お茶を頂けませんか？　ミネ子にあのアルバムを見せたいんです」

好子は箪笥の引出しを手振りで示してから部屋を出て行った。

ビルは一冊目のアルバムを取り出してめくってやった。ミネ子は幼い父親の写真を見て、声を上げて笑った。「この眉毛、どこにあってもわかるわね！」

ビルが少女時代の光子を指さした。「おかしいわね。光子叔母さんの顔、見たことあるような気がする。小学校のときの友達に似てるのかしら」

あとのアルバムでミネ子が気に入った写真は好子と吾郎の結婚写真だった。「深井家がこんなに熱心なクリスチャンだったなんて初めて知ったわ。うちの家系でそんな話、聞いたことなかったもの」

一生を添い遂げるつもりの女性に今まで信仰を確認しようと考えすらしなかったことに、ビルは強い解放感を覚えた。

シアトルの教会の集合写真をパラパラと流していたミネ子だったが、光子の膝に抱かれたビルの写真で手を止めた。口の周りを米粒だらけにした男の子を笑ってくれるかと思いきや、代わりに光子の姿をまじまじと見つめた。

「やっぱり」ミネ子は呟いた。「子供の頃の写真で見覚えがあると思ったもの。この人だわ、まちがいない。これが光子叔母さん？」

「もちろんそうだよ」

「私、この人を知ってるわ。東京で会ったことがある。私の小金井の学校に来たの」

「そんなはずはない」ビルの背筋が凍った。

「ううん、絶対確かよ。この写真より歳はだいぶ上だったけど、それでも綺麗だった。髪も同じふうに丸く束ねてて。下唇に傷があった。そんな顔を忘れると思う？　親には知らない人と話しちゃいけないって言い聞かされてたけど、その人のことはまったく怖いと思わなかった。すごく優しそうで、私の名前も知ってた。それどころかその日が誕生日だってことまで知ってたのよ。十二歳になったの。プレゼントに美しい小さな鏡をくれたわ」

ビルはミネ子の腕を摑んだ。「どんな鏡だ？」

「やめてビル、痛いったら！」

「鏡のことを教えて」手を緩めつつも彼は食い下がった。

「ふだん使ってるあの鏡。いつも見てるでしょ？　それがどうしたの？」

「お願いだ、それを見せてくれ」

「いいわよ。いつもハンドバッグに入れてるから」

彼女はバッグをテーブルに置いて口金を開けた。片側のポケットから小さな革のケースを取り出してビルに渡す。彼女の言ったとおり、彼はそのケースや中身を大して気にとめることもなく何度もそれを目にしていたが、手に持ったときの軽さで、もうそこから出てくるものがなんなのかわかった。震える指で固い垂れ蓋を外して、掌にするりと収まる、好子から貰ったのとそっくりの鏡を唖然として眺めた。自分の鏡は詳しく見ていたので、縁の彫りに細かい違いがあることに気づいたが、太陽と空飛ぶガチョウの意匠、これは疑いようもなくもう一方の鏡と対を成していた。

「あの人は生きてるんだ」ビルが呟いた。

「光子叔母さんが？　でも長崎で亡くなったって言ってなかった？」

「どうやってかはわからない、でも生きてる」彼は立ち上がってミネ子に手を差し出した。「行こう」。それから台所に声をかけた。「伯母さん、ちょっと外に出る用ができました」

鏡を右手に持ち、ミネ子の腕を摑んで家から引っぱり出し、あたふたと陽ざしの下に出たところでやっと手を離した。彼は思わず駆けだした。無性に体を動かし、大気の中を疾走して、飛び上がる大地を足に感じたかった。

「ビル、待って！」ミネ子が叫んだ。

畑や家のあいだを飛ぶように抜け、橋に差しかかってもほとんど足を緩めなかった。ぐらつく橋板に靴底がバシバシと当たった。波打つ橋の真ん中で立ちどまると、鏡を胸に抱きしめた。

「生きてる！　生きてるんだ！」

雄叫《おたけ》びは峡谷の岩肌に次々とこだまし、彼がこれまでの人生でもっとも強く確信したひとつの真実を無限に増幅し、反響させた。

彼の顔からは汗が滴っていた。その雫が顔から飛び出してはるか下に落ちていき、奔流と一体になって海へ運ばれていくのをビルは眺めた。ふと気づくとミネ子がかたわらに立っていた。走ったせいで息を切らしている。二人は抱き合い、彼女の体の汗が彼の汗と混じった。

橋の手前まで戻って、腕を組んで好子の屋敷まで歩いた。屋敷の脇に、上の丘に続く草の生い茂る小道があった。ビルは無言で藪を分け入り、集落の高い屋根よりもっと高い場所へ登っていった。道は岩のごつごつした小さな高台で途切れていて、そこに静かで透明な池が、まるで天への捧げ物のように陽ざしを受けて揺らめいていた。さらに上の方から細流がいくつか注ぎこんでいて、池はその宝を山腹にゆっくりと放出している。

尾根に着いたミネ子の方をビルはふり返って見た。二人の呼吸はあえぎに変わり、太陽が彼らの体から引き出した汗で服がぐしょぐしょだった。ビルは引き裂かんばかりにシャツを脱ぎ、ミネ子にもそうするよう目で促した。ほどなく、二人は裸の体をきらきら光らせて向き合っていた。汗の玉がミネ子の胸のあいだの谷間をゆっくりと流れ落ちた。彼は膝をついて、自分の汗滴る額をそこに当て、彼女の肉体から滲み出る塩を舐めた。太陽が彼の背中に照りつけ、そこに彼女の手が伸びていって、肌に張りついた液体の膜の上を滑っていく。ビルは彼女を池の畔のなだらかな石の上に下ろし、二人の体は上ってくる太陽の熱に溶け合い、太陽の際限なき力が彼の中に集まり、彼を通して彼女に流れ込んだ——高まって高まって、そして破裂する激しい生命力の大波。

そのあと、ビルの腕はぐったりと岩の上に投げ出され、指先だけが冷たい流水にそっと浸かっていた。その手をミネ子の顔に持っていって閉じた瞼に触れると、かすかに震えてから目が開いた。彼女も水の中に手を入れ、二人は透明な山の池を両手ですくい取り、冷たい液体をたがいの湯気立つ体になでつけ合った。彼がそっと水の中に入り、彼女もそれに続いた。一緒に頭まで潜り、澄んだ目で瑞々しく浮かび上がった。

ビルは岩の上に脱ぎ散らかした服を拾って池に投げこみ、それからまた乾かすために岩の上に広げた。張り出した岩の陰を見つけ、つかのま太陽の暑さを逃れた。降り注ぐ陽ざしの中にミネ子の鏡をかざし、光を水面に反射させる。

「さあ、君にこれをくれた女性の話、続きを聞かせてくれ」

「七年以上前のことよ。会った時間も十分か、せいぜい十五分」

「その人は自分が誰かとか、どこに住んでるとか言わなかったのかい？」

「ええ、何も。私のことをよく知っている雰囲気だったから、訊こうと思いつきもしなかったのね」

「それにもし訊いていたとしても、何も教えてくれなかったかもしれない」

「かもね、とても秘密めいた感じだった。両親には鏡を見せないように、どこで貰ったか教えないようにって言われた。そのとおりにしたわ。自分の宝箱にずっと隠しておいた。貝殻とか綺麗な石とかと一緒に。高校に上がるまで、それを持ってることさえ忘れかけてた。それからはずっと持ち歩いてるけど、お母さんもとくに気にとめてないみたい」

「でもこの革のケースはそのときの物じゃないよね？」

「ええ。どうしてわかるの？」

「僕も君のとそっくりの鏡を持ってるからさ。ただ僕のは金襴織《ブロケード》の小袋に入ってた」

「そうよ！　ブロケード！　私のはボロボロになったから捨ててこれを買ったの。あなたはどこで鏡を手に入れたの？」

「好子伯母さんがくれた。光子が僕に遺したものだって。たぶん、光子がミネドカを去る前に——」

ビルはそこで急に口をつぐみ、自分の発した言葉の響きに愕然とした。日本語で話すとき「ミニドカ」という地名は舌の上で自然に「ミネドカ」になった。彼はフランクが見せてくれた、光子の手書きだという古びて黄ばんだ収容所新聞を思い出した。Minidoka は外国語だから片仮名で書かれていて、表記は「ミネドカ」だった。

「ミネ子——ミネドカの子供」

「ビル、どうしたの？　そんな真剣な顔して——服を着てない人の顔じゃないわよ」

「僕の言ったこと聞いてなかった？」

「『ミネ子——ミネドカの子供』でしょ。でも前はあなた、『山の頂の子供』って言ってたのに」

「ミネドカは片仮名で書かれていた」ビルは言った、「ミネ子と同じように」

ミネ子は笑って彼を引き寄せ、その額にキスした。「日に当たりすぎたのね」

「違うんだ。いいかい、君の誕生日は四月十七日だ。一九四四年の」。そこから九か月逆算した。一九四三年七月。フランクと光子。一緒にミニドカにいた。好子によれば、二郎の妻は子供が出来ることをすっかり諦めていた。

ミネ子は光子の姪ではなく、娘だったのだ。

ずっとそこにあったものを、ビルは初めて理解した。フランク佐野のしなやかで逞しい長身、鼻の滑らかな曲線、くっきりした眉が、美しい女性として生まれ変わった姿。ビルは自分の顔を手で覆った。彼ですらこんなに受け容れがたい事実を、ミネ子はどう受けとめるだろう？　引き返せなくなる前に話をやめるべきかもしれない。

「ビル、教えてよ。いったい何を考えてるの？」

だがこれは喜ばしいことではないか？　ミネ子は彼が思っていたよりさらに彼に近かったのだ。精神的には妹、肉体的には妻。ミネ子の存在自体が、彼の父親の罪を贖っているように思えた。砂漠の子供。戦争の苦痛と人種間憎悪の子供。ミネドカの子供。ビルは彼女の体に腕を回し、引き寄せた。

「ミネ子、僕が君を愛してるのはわかってるよね」彼は言った。「そして何があろうとこれからも愛しつづけるってことも」

ミネ子はうなずき、ビルの目を覗くためにすこし体を離した。

「ひとつ……ひとつ訊かせてほしいことがある。君の両親の言葉やふるまいで、自分が……人と違ってると感じたことはある？」

「違ってる？　どんなふうに？」ミネ子は軽く笑って答えた。「いったい何が言いたいの？」

「つまり、二人とも僕が見たとおりずっと君を愛し、守ってくれてたんだね？」

「むしろ過剰なくらい。知ってるでしょ」

「うん、まあね。でも一番大事なのはご両親の愛情だ、そうじゃないか？」

「はいはい。さあ、本題に入ってくれる？」

「ようやく、君のお父さんが僕と二人だけで話をしたがったわけ、君のうちを初めて訪れる前に僕が君について何を知っていたかしつこく聞き出そうとしたわけがわかったよ」ビルはすこし言葉を止め、それから言った。「君が光子の娘だからだ」

ミネ子の唇の片端がすこし微笑みかけたが、それも彼女の目に浮かんだ悲しみの色を薄めはしなかった。ほとんどわからないくらいかすかに、彼女は首を振った。

「嘘よ、そんなのありえない。だったら気づいたはず。怪しいと思ったはずよ」

「君の育ての親が、実の子と同じように惜しみなく愛を注いだ場合は別だ」

「馬鹿げてるわ。あなた光子叔母さんのことで頭が一杯すぎて、それでどうかしちゃったのよ」。

彼女は体をねじってビルから離れ、額を岩肌につけた。

ビルは彼女の腕に触れた。

「どうしてそんなにはっきりわかるのよ?」彼女は涙で濡れた顔を上げてビルを見た。

「好子伯母さんが言ってただろ。君のお母さん、自分は一生子供が産めないと思ってたって」

「そんなのなんの証拠にもならないわ。高齢で出産する女性だってたくさんいるもの」

「じゃあ、どうして君のあとは子供が出来なかったんだい?」

「言ったでしょう、難産だったって」

「僕は信じない。いや、実際にあったことはこうだ。光子は妊娠してアメリカから帰国して、その赤ん坊を子供のいない兄夫婦に与えた。それから自分の両親のいる長崎へ向かったけど、なぜか両親は死んで彼女だけ生き残った」

「だったらなぜお父さんに生きてることを知らせなかったの? 好子伯母さんにも?」

「わからない。それは君のお父さんが教えてくれるかもしれない。なんて言ってたっけ? 『血は争えん』? お父さんはお母さんのことではなく、自分の妹のことを言ってたんだよ。妹を恥じてたんだ」

「何から何までとても信じられない――それに汚らわしい話だわ。もしそのとおりなら、光子叔母さんのしたことはぜんぜん尊敬できることじゃないじゃない」

彼女の母親を愛し、彼女に生を与えた男がどんなにきちんとした、真面目でハンサムな人物かをビルはミネ子に教えたかったが、今はそのときではない。もし光子が生きていれば――

いいや。光子は生きているのだ。自分の娘が過去について何を学ぶかは、光子が決めることだろう。

36

二人は東京に戻ってからすぐ、丸二日かけてミネ子の両親への手紙を書いた。

一九六三年七月三日(水)
東京都中野区桃園町三十七

お母さんへ
私が結婚したと聞いても、お母さんはあまり驚かれないかもしれません。籍を入れたのは六月二十四日です。私と夫はハネムーンのようなものから帰ってきて、火曜日にこの中野の家に引っ越してきたばかりです。私たち四人が何らかの形で折り合いをつけ、お母さんたちとこの幸せを分かち合いたいと願っておりますが、いまそれを望むのは贅沢かもしれません。本日手紙を差しあげたのは、私が最近知った事実が、私たちを和解させてくれるのではないかと期待してのことです。

私と夫は先週、京都に二、三日滞在していくつかの有名な寺を訪れました。きっと素晴らしかったのでしょうけど、じつは何を見たかほとんど記憶にありません。そのあいだ私たちが考えること、話すことといえばお母さんとお父さんのことだけでした。私はずっとこの手紙を書くための心の準備をしていた、とさえ言えるかもしれません。これがお父さんが会社にいるあいだに届くことを願っています。お父さんは読みもせず捨ててしまいそうだけど、お母さんならせめて封を開けてはくれるでしょうから。

私があのような形で家を出て行ったことをお母さんたちがお怒りなのは当然だと思います。夫と一緒になって幸せですが、もしかしたら私はあの日のことをずっと後悔しつづけるかもしれません。どうかこの言葉をお疑いにならないでください。身勝手なふるまいはしたけれど、それでもお母さんたちがこれまで私にしてくれたことを忘れてはいません。感謝と孝行の念はいまも変わらないし、これからも同じです。たとえ勘当されることになっても私は、お母さんたち二人を親として愛しつづけ、二人との思い出を大切にしてまいります。

こんなことをあえて書くのは、自分はこの世にお母さんたちの娘として生まれてきたのではないのではないか、という疑問を私がいま強く抱いているからです。京都に行く前の旅の目的地は五木で、そこで私は好子伯母さんに会いました。そこからの帰り道、長崎にも立ち寄りました。お母さんが私に生を与えた女性の正体を隠すことにしたのは、ひとえに私を痛みから守るためだったのでしょう。じっさい、その真実はとても辛いものでしたが、このことで私のお母さんへの愛情はすこしも弱まりませんでした。一緒に暮らしてきた十九年間、私が実の子でないと怪しむようなことはたった一度もなかった。それこそがお母さんたち二人の愛情の最大の証拠だと夫は言っています。私もその通りだと思う。

戦争はたくさんの人に傷を残しました。私たちはおたがいに正直になることで、その傷を癒していくことができるかもしれません。私と夫は、お母さんとお父さんにお会いしてこうした事柄についてお話しできることを心から願っております。もしそれが何らかの形で実現可能と思われたら、三八一－五七××までお電話ください。

娘のミネ子より
愛を込めて

＊

その日曜日の午後、ビルとミネ子を居間に通したときに深井夫人は震えていた。夫の方は前回対峙したときと変わらず気難しそうだったがあのときの尊大な態度はなく、きちんと正座して頭を下げ、二人を礼儀正しく迎えた。自分の先のふるまいを謝りはせず、やむをえず犯した「先日の非礼」をミネ子とビルがそれとなく侘びたときも素っ気なくうなずきを返すだけだった。それから、遠くを見やりながら、重く沈んだ声で、深井二郎は長いあいだ秘めていたことを語った。

「光子がアメリカから送還されるという連絡はいっさいなかったから、船が横浜に入港したとき、誰も迎えには行かなかった。一九四三年の十一月下旬か十二月上旬のことだ。もし知っていたら私が行っただろう。一九二七年に大学に入ったときからずっと東京で暮らしていたし、妻と結婚してから何年も経っていた。兄の一郎は私たちの両親や自分の妻、二人の子供と五木に住んでいた。

あとあと母から聞いた話では、光子は特高によって横浜で何日も拘留されたようだ。国家に危害をもたらす恐れがないと結論が下されてから五木へ送られた。樅木の家の戸口から入ってくるまで、両親とも光子が帰ってくることを知らなかった。こうしたことを母は十二月に手紙で私に知らせてきた。次の便りが来たときには、一家はもう全員長崎に移っていた。

戦争の状況は何か月も芳しくなく、何かしら敵と関わりがある者は皆スパイだと思われた。そうした者は『イヌ』と呼ばれた。光子がアメリカで暮らしアメリカ人と結婚したことは誰もが知っていたから、深井家の人間は子供にいたるまでイヌとされた。罵声を浴びせる以外は誰も口を利いてくれない。よその子供は一郎の息子たちをいじめた。キリスト教徒の深井家は以前から快く思われておらず、敵とつながっているというこの新しい証拠はいっそう反感をかき立てた。そうした憎しみに耐えきれず、一家は長崎の浦上天主堂の近くに引っ越した。光子はその頃には棄教していたので皮肉なことだがな。私自身は、宗教のことは妻に一任している。

二月末に、光子がこちらに来るという電報を母から受けとり、その数日後に光子は到着した。実際に来るまで光子の状態については何も知らされていなかった。私たちは衝撃を受けた。東京で出産して私たちに子供を譲るよう、母は光子を説得していた。私たちは何年も子供ができず、母はそのことを不憫《ふびん》がったのだ。

私はどう考えていいのかわからなかった。妻が子供を切実に欲しがっていたのは確かだが、半分白人の赤ん坊を家族に迎えるのは抵抗があった。光子がこの子は純粋な日本人だと請けあい、私はぞっとした。結婚相手ではない男の子供を身籠もった妹のことを強く恥じた。光子は父親の名をけっして言おうとしなかった。

赤ん坊は四月に生まれた。可愛らしい健康な女の子だった。妻の腕に抱かれたその子を見たとき、私の懸念も消し飛んだ。それから私たちは今にいたるまで娘を心から愛してきた。

光子は母親として自分が赤ん坊に名前を付けたいと言った。光子が決めた『みねこ』という名前にこちらも異論はなかったが、光子はそれを外国語のように片仮名にすると頑なに主張した。私も妻もそれは望まなかったが、光子は聞く耳を持たなかった。赤ん坊を私たち夫婦の娘として私が届け出に行ったときも、名前がそのおかしな表記で書かれたか確認するためだけに町役場までついて来た。そうする理由については教えてくれなかった。

光子は授乳も自分がすると言い張った。それは自然なことだし、当時すでに食糧は不足しはじめていた。母乳を無駄にするのは罰当たりだった。私たちはまもなくその打算を後悔した。月を追うごとに光子の赤ん坊への愛情は強まっていった。もともと授乳する期間は最初の三、四か月ということになっていた。それが五か月、六か月と延びた。光子の気が変わって子供を取り戻そうとするのではないかと私たちは心配した。わずかのあいだでも赤ん坊から遠ざけようと妻はあれこれ用事をこしらえては光子に行かせた。それからたえまない諍《いさか》いが始まった。自分はやがて娘を失うことになるのだからそれまではできるかぎり一緒に過ごさせてくれていいはずだと光子は言った。家の中の空気は四六時中ぴりぴりしていた。

一九四四年十一月上旬に、町の上をB‐29が飛ぶようになった。最初の頃は単機でやって来て、高射砲の届かない高々度を飛行した。私たちは光子を追い払う時機を逃したと思うようになった。また東京に家族全員が留まるのは危険かもしれないという不安もあった。自分たちの、とりわけミネ子の命を心配した。長崎の実家も気がかりだった。一家で長崎に行くことも考えた。どうしたらいいのか、どこへ行けばいいのか誰にもわからなかった。爆弾が落とされる場所はまったく予想がつかない。身動きが取れなかった。

十一月二十四日、とうとう事態の方が私たちの代わりに決めてくれた。私が技師として勤めていた中島飛行機の製作所を七十機のB－29が攻撃し、破壊した。製作所はこのうちの近所、町の外れにあって、当時のわが家もその近くだった。私の背後では製作所が燃えていて、そこから走って帰っていく途中、わが家に爆弾が直撃するのが見えた。その日爆撃された三百軒以上のうちの一軒だったが、その瞬間は自分の妻と子供のいる家が目の前で吹き飛ばされるところ以外は何も見えなかった。

家は倒壊したが火事にはならなかった。私は人をかき集め、家の残骸を死に物狂いで掘り返した。人が生きている気配はミネ子の泣き声だけだった。天井の一部を剝がして、座布団の山の横に倒れている、顔が血だらけの光子を発見した。自分の歯で下唇を端から端まで嚙んで深い傷を負っていたが、生きていた。床は抜けてしまって、座布団の下に泥に埋まりかけたミネ子がいた。声を張り上げて泣いていたが、口に土が入ったのとすこし掠《かす》り傷ができただけで無事だった。

妻と女中はそう幸運には行かなかった。女中は梁が落ちてきて即死した。妻も同じ屋根の下敷きになって内出血していた。顔に血が詰まって倍くらいの大きさに腫れあがっていた。引っぱり出したときにほとんど妻だとわからなかったほどだ。

いまでも、あれを生き延びた人間がいたのは奇跡だと思う。もし落とされたのが普通の爆弾でなく焼夷弾だったら、妻も妹も赤ん坊も女中もみな死んでいただろう。女二人は警報を聞いていたが、どちらが赤ん坊を抱いていくかでもめて貴重な時間を無駄にした。表に飛び出て防空壕まで逃げようとしたが、その頃にはもう飛行機が見えたので家の中に引き返した。光子は娘を広い客間に連れて行った。妻と女中は女中部屋に行った。爆弾が落ちる前に、光子は赤ん坊を客用の座布団で覆った。まちがいなくこの行為こそが子供の命を救った。

十日後には、妻も妹も旅ができるほどに恢復した。私はこの二人と赤ん坊を東京から五十キロほど離れた、千葉にある妻の実家に連れていったが、自分は東京に戻って仕事をしなければならなかった。隅田川の三角州地帯にある発動機工場に転勤になった。家族を疎開させたほかの男たちと一緒に寮に入ったが、近所には疎開先を持たない貧しい工員たちの妻や子が大勢いた。もし爆撃があったら彼らはどうなるのだろうと思ったものだ。

そしてそれがいつか来ることは皆わかっていた。十二月、そして一月、二月を通じて東京上空を飛ぶB－29の数は増えていき、日夜爆撃を行なった。狙われたのは軍事目標だが市民も大勢殺された。隅田川の三角州は悲劇を生む条件が揃っていた。あの辺りは運河が縦横に走り、水に囲まれた各区画に人がひしめき合って暮らし、すぐそばにはいくつも兵器工場があったのだ。

三月に入って、十日の陸軍記念日にアメリカは今までで最大規模の空襲を計画しているという噂が流れ、自然までが私たちの恐怖を裏書きしているようだった。九日は凍えるような北風が一日中吹きつけ、空一面濃い雲に覆われていた。数日前の雪が泥まみれで地面に残っている寒さだった。日が落ちてから風はいっそう強くなった。何もすることがないから寝床に入るのは早い。灯火管制のせいで灯りはそうそう点けられなかったし、真夜中に警報に起こされることもしょっちゅうだったから、皆それまでになるべく睡眠を取ろうと努めた。眠るのは空腹をこらえて暖を取るにも最善の方法だったしな。

じっさい警報は十時三十分に鳴ったがそのあと解除され、私たちは布団に戻った。本物がやって来たのは零時を十五分過ぎた頃だ。生きているかぎり、私はその夜のことを忘れられないだろう。きっと自分が死ぬ間際に見るのはあの晩私の脳に焼きついた光景だと思うこともある。あとで読んだところでは襲撃時間は二時間半にも満たなかったらしいが、そのときはそれがいつまでも終わらない、地獄の永遠の業苦《ごうく》のように感じられた。その一度の空襲で九万人近い人間が殺された。

表に出たときにはもう空は燃えるように赤くて、黒い煙があちこちで上がっていた。辺りを見回すと、街灯ひとつ点いていないのに建物に貼られたビラが真昼のようにくっきり読めた。人々は悲鳴を上げながら四方八方に逃げていたが、飛行機の発動機の轟音にかき消されて、間近にいてもその声はほとんど聞こえなかった。爆弾が落とされ、空が裂け、目を閉じていても爆発の閃光が瞼をつき抜け、地面が揺れるのがわかった。冬は一瞬にして焼けつく夏に変わった。空気は澱んで、呼吸するのが痛かった。風がまるで燃える吹雪のように、あらゆる方向に火の粉を吹きつけた。

B－29のおぞましい巨体が屋根すれすれを飛び、地面にすきまなく焼夷弾を落としていった。消防車が何台か群衆を押し分けて進もうとしたが、それもサイレンを鳴らしながら当てどころなくうろついているだけだった。消防団に指名された者たちが竹の手押しポンプで消火しようとしているのを見て気の毒に思ったよ。政府によれば、そのたぐいの物と戦意さえあれば、私たちはB－29に対抗できるはずだった。それでも駄目な場合に備えて防空法があり、空襲があったとき都民は避難せず消火に当たらねばならないと定められていた。

その瞬間、私はお国への務めは十分果たしたと判断して脱出することにした。多くの者はもう逃げられる場所は運河しかないと考えたが、私は水の中に入ったら二度と浮かび上がってこられなくなると思った。川は炎が映って赤く染まり、混雑した晩の銭湯のように人の頭がびっしり水面に浮かんで揺れていた。運河に入った者は大半がその上を覆った炎で窒息するか、あるいは溺れたり水の冷たさにショック死したりしたそうだ。

私が生き延びたのはまったくの運だった。どこへ逃げればいいかなど誰にもわからず、たまたま選んだ逃げ道が比較的炎に破壊されなかっただけだ。後頭部の髪が焦げてなくなり、切り傷や痣《あざ》も出来たが、それ以外は無事に切り抜けた。千葉まで行くのに三日かかったが、そこで家族と再会してからは、戦争が終わるまでそこにいた。

その頃には妻と妹の怪我も癒えていたが、赤ん坊をめぐる状況はかつてなく悪化していた。二人はたがいに口を利こうともせず、妻の母が予定表を作って誰が何時にミネ子のこれこれの世話をする、と細かく決めないといけなかった。光子は赤ん坊を私たちに譲るという約束を反故《ほご》にしようとはしなかったが、爆撃からその子の命を救った経験は子供への愛着をいっそう強くしていた。

数か月はそんな日々が続いた。それから六月の末近くに、長崎に暮らす一郎からの手紙がわが家に届いた。とくに変わったことはなかったが、私たちの父母の具合が優れず、一郎の妻が彼らや子供の世話をするのを光子が手伝ってくれたら、という旨が何気ない調子で書かれていた。帰ってこいというはっきりした要求というより、そうなればきっと助かるという願望のような書き方だった。しかし私はこの話に飛びつき、その日から私は光子を放っておかなかった。親孝行をしつこく言い立て、これはミネ子への未練を断ち切るいい機会だと指摘した。ミネ子はもう一歳三か月になっていた。

家の中で顔を合わせるたびに私はその話を持ち出した。それに正直言って、私は光子が妊娠した事情をいまだに受け容れられずにいた。赤ん坊と過ごす時間が長くなればなるほど、彼女の不品行の罪が子供に伝染してしまうような気がした。大事な宝を頂いたいま、妹は私たちにとって用済みの身だった。むしろ害悪さえもたらしかねない。

徹底的に爆破された国土の一点から別の一点への旅でどんな困難に見舞われるかもわからずに、私は光子を一人で送り出した。七月十七日に出発し、以後光子の消息を聞くことはなかった。あの爆弾が長崎に落ちたのは八月九日だ。十五日の降伏のあと、私は延々と続く死と荒廃の中を旅したが、長崎にたどり着くと、そこには何も残っていなかった。私の家族はこの地上から一掃されていた。家があった場所に小さな灰の山があったが、拾っても意味はなかった。それはほかの人間だったかもしれないし、犬だったかもしれない。木だったかもしれない。

以来、私はずっと自分が妹を死なせたという自覚とともに生きてきた。光子の魂が慰められることを祈って、私たちはありったけの愛情を注いでミネ子を世話し、育ててきた。実の母親が生きていたらきっとそうしたように。そのせいで普通の親以上に過保護になってしまったのかもしれない。わからない。ミネ子、お前にはっきり言えるのは、私たちはいつもお前の幸せを願い、片時も光子に対する責任とその記憶を忘れたことはないということだ。いままでお前にずっと本当のことを隠していたことを、どうか許してほしい。

そうした経験をしてきた私たちにとって、娘が結婚相手にアメリカ人を選んだという事実を受け容れるのはとても難しいことだ。それを心から認めることは一生できないかもしれない。君の言うとおり、光子が君をわが子のように愛したのなら、光子はそんな不安を感じなかっただろうがな。光子が自分のものにできなかった二人の子供を運命が引き合わせたことを、私たちは喜ぶべきなのかもしれない。もしそうならばいつか、私たちが君に心を開けるようになる日も来るだろう」

＊

深井二郎が話を終えたとき、その場の全員が頭を垂れていた。目を閉じた二郎はまるでかつての恐怖と痛みをふたたび体験しているようだった。夫人は大っぴらにしくしく泣き、ミネ子は静かにハンカチに涙を落とした。ビルは深い悲しみを覚え、何か言おうとすればきっとそれが涙となってあふれ出てしまうだろうと思った。彼は近所の広場で遊ぶ子供たちが立てる音をただ聞いていた。

最初に口を開いたのはミネ子だった。自分の出生について本当のことを話してくれた父親に感謝の言葉を述べ、このことで父母への愛は前よりも強まったときっぱり言った。「でも二人に伝えなきゃいけないことがあるの、私たち——いいえ、はっきり確信しているのはビルの方だから彼から話すべきね」

夫人はあまりにも胸が一杯で、ミネ子をちらりと見てからまたすぐに頭を下げた。二郎は目を開けて娘を、それからビルを、どういうことだろうという目で見た。

「あなたの妹さんは生きています」ビルは静かに断言した。「原爆が落とされたとき、彼女が長崎にいたという確かな証拠はありません」

「そう思いたい気持ちはわかる。私も何年ものあいだその考えに取り憑かれていた。夢として、悪夢として。光子が目の前に現われて私たちを許してくれることを祈る一方で、そうなったらきっとミネ子を取り返そうとするのではないかと怖かった。そういう葛藤を抱えて生きていくのは楽じゃなかったよ」

「もうその必要もないかもしれません。妹さんはまちがいなく長崎で死にませんでした」

「そうかもな。もしかしたら六日に広島にいたのかもしれん。神戸が焼夷弾に破壊されたときに、乗っていた列車がちょうどそこを通ったかもしれん。敗戦直後の混乱のさなか、私が長崎に行くのに三日とかからなかった。たしかに爆弾が落ちている最中の運行はもっと混沌としていたが、それでも光子は同じ距離を行くのに三週間以上の時間があったんだ。生きているとは思えない。生きていればなんとかしてここに戻ってきたはずだ」

「夫の言っていることは本当よ」ミネ子が言った。「私、会ったの」

両親とも彼女の顔を見た。どちらの目にも苦痛と驚きの色がありありと浮かんでいる。ミネ子はバッグから自分の鏡とビルの鏡を取り出し、それぞれの由来を説明した。それから好子に譲ってもらった、幼いビルを光子が抱いている写真を見せた。「そして今、家が爆撃されたときの話を聞いて、まだすこし残っていた疑いも晴れたの。私に会いに来た女の人は唇に小さな傷があった。右側に、赤い腫れ物みたいに」

「そうよ」夫人が言った。「爆弾の衝撃で自分の唇を噛んじゃったの。傷はほとんど口の中だったけど。外に見えているのは片端だけだった」

「だが、それなら光子は今までずっとどこにいたんだ?」二郎が異を唱えた。

「わからない」妻が答える。「でもひとつだけはっきりしてるわ。光子さんを探さなきゃ!」

「僕らは長崎で一日過ごしました」ビルは言った。「でも何も出てこなかった。市役所の記録をひととおり調べ、電話帳を確かめて、原爆資料館にも行ってみたんですが」

「資料館、ほんとに怖かった」ミネ子が言い添えて身震いした。

二郎が言った。「生きている光子に会えるならなんだってしよう。だがどうする? 明らかに見つけてほしいとは思っていないようだ」

「あきらめません」ビルは言った。「でもその前に、ミネ子、君はまずパスポートを取らないとね」

37

シアトルの合衆国入国審査カウンターを通してもらうために、ミネ子は日本政府発行のパスポートだけでなく、実物大の胸部レントゲン写真も提出する必要があった。やたら大きな茶封筒を回転式ゲートの向こう側に通しながら、ミネ子は思わずクスッとした。

「君と変わらない大きさだね」ビルはニヤニヤ笑って彼女の体に腕を回した。

しかし最後の扉を押して開け空港ロビーに出たときは二人とも真顔だった。迎えに来た人々の中に、ビルはすぐさまフランク佐野を発見した。フランクは彼をちらりと見てから、ミネ子に視線を釘づけにした。彼女はビルの手を握り、目に強い不安の色を浮かべてフランクを見た。

「心配ない」ビルは言った。「素敵な人だから」

フランクはダークブラウンのスーツと光沢のあるグレーのネクタイをしていた。きっと何を着ていこうか、娘に会ったらなんと言おうか何時間も悩んだのだろう。

二人の歩みが遅くなり、大勢の客がその脇を通り過ぎていった。フランクが二人の方に一歩踏み出して止まる。それからミネ子に手を差し出したが、彼女はより強くビルの手を握った。

ビルはミネ子の手を引いてフランクの方へ一歩進んだ。彼女はうつむいたままフランクの前で立ちどまり、それからまっすぐ相手の顔を見て言った。「娘のミネ子です。どうぞよろしくお願いいたします」

フランクはその日本語をきちんと理解できたようだった。伸ばした手を自分の顔に持っていき、両目に押しあてた。それから手を下ろして言った。「チチデス。アイタカッタ」

「驚いたよ、フランク」ビルが言った。

フランクがにっこりした。「彼女が俺から引き出せる日本語はたぶんこれで全部だ」クックッと笑ってまたミネ子に手を差し出し、今度はミネ子もそれをとった。

「荷物を受けとりに行こう」ビルが言った。「そのあと、どこか話ができる場所に移ろう」

ビーコンヒルに建つ、フランクの広いマンションに行った。ミネ子は暖炉の上に掛かった、フランクと二世の戦友たちの写った四四二連隊戦闘団の額入り写真を眺めた。

「このあとでブリュイエールに行ったんだ。フランスの。ドイツ軍からC高地を奪ったが、また奪い返された。そこでこの腕を失った」

「痛かったですか?」ミネ子が訊いた。

「高地を失ったことの方が痛かったな。でも話すと長くなるよ《ドント・ゲット・ミー・スターテッド》」

ミネ子がビルを見る。「自分を始めさせる《ゲット・ミー・スターテッド》?」

「座って話そうか」ビルが言った。「きっと詳しく教えてくれるから」

ミネ子のためにゆっくりした喋り方で、フランクは若い頃のことや戦時中の再配置、そして光子への愛と失恋の話をした。フランクとミネ子の距離が縮まっていくのを見てビルは感激した。話が自分のよく知っているところに差しかかると、しばらく彼らを二人きりにしてやろうと考えた。

「車を借りていいかな？　ちょっと用があるんだ」

「デソートじゃないぜ」フランクがニヤッと笑う。

「クライスラーで我慢するよ」ビルは言い返した。

フランクが鍵の束を彼に放ってミネ子の方に向き直り、彼女も大丈夫と言うふうにビルに微笑んだ。

車で二ブロックも行かないうちに電話ボックスが見つかった。カレッジ卒業の日以来、父親と口を利いていなかった。三年以上、葉書一枚やり取りしていない。自分がワシントン大学の大学院で学んでいたことや、きつい警告を無視して日本に旅立ったことを父は知っているのだろうか。

こちらの声が聞こえた瞬間に受話器を叩きつけられることをなかば覚悟しながら硬貨をコイン口に投入し、いまも頭に刻み込まれている番号を回した。

呼び出し音が一度、二度、三度と鳴り、自分の心臓がどくどく打つのがわかった。

「もしもし？」懐かしい声だったが、記憶にあるより風化したように感じられた。

「僕。ビルだよ」

ガシャンと切られるなら今だ。だが電話からは沈黙しか聞こえなかった。

「シアトルにいるんだ」

「日本じゃなかったのか」

「知ってたの？」

「もちろん知ってるさ。うちに来るのか？」

「来てほしい？」

「おそらくな」

「僕ひとりで行くよ」

「ああ……そうだろうと思った」

「いやその、僕結婚したんだけど、妻は友達の家に置いていく」

「日本から奥さんを連れてきたのか？　その人は――」

「うん、日本人だよ。ミネコって言うんだ」

「せめてクリスチャンか？」

「違う。それに僕自身にもそうしたものはもうほとんど残っていない」

「恐れていたとおりだな」。ふたたび長い沈黙。それから父が言った。「私は家にいる。こちらもひとりだ」

ビーコンヒルからマグノリア岬までの移動は一瞬で終わってしまった。ピュージェット湾の上にオリンピック山脈がそびえていて、家の玄関前の階段を上がるときビルはふり返って「ブラザーズ」の双子の峰を眺めた。ノックする間もなくドアが開き、厳しい顔つきのトマス・モートンが立っていた。背が縮み、腰が曲がったようだった。まだ五十五歳だったが、何かが彼をひどく老けさせていた。

ビルはショックを隠せなかった。

「体を壊してな」父が言った。「心配するな。お前がいるあいだに倒れたりはせん。さあ入れ」

たとえ病身の自虐であれ、父親の口から冗談を聞くとは思ってもみなかった。父についてダイニングルームを抜ける。最後にそのテーブルを見たときは、ビルの卒業を祝ってキャセロールの鍋やツナサラダ、デビルドエッグ、チョコチップ・クッキーの皿が所狭しと並んでいたが、いまは手紙や新聞が乱雑に積まれていて、かつてぴかぴかだった天板は油っぽい埃に覆われていた。部屋全体が黴臭かった。昔はいつもベーコンや焼きたてパンの匂いがしていたものだ。

リビングルームに行き、ビルは擦り切れた赤いソファに、トムは安楽椅子に座った。二人のあいだに歪んで置かれたコーヒーテーブルの上にはさらに大量の手紙や雑誌が危なっかしく積まれていた。

ビルの考えを見透かしたようにトムが言った。「もうここには私しか住んでいない。ケヴィンは秋からカスケード＝パシフィックの授業が始まる。ルーシーはマークを連れて一年ばかり前に出て行った」

「残念だったね」それは本心だった。ルーシーはビルの母親になろうと精一杯頑張って、いつも家の中を明るくしていた。ずっと愛情を分かち合おうとしてくれたのに応えられなかったのは彼の方だった。

トムが言った。「私は一緒に暮らして楽しい人間じゃなかった。病気のあいだも辛抱強く付き合ってくれたが、私はあまりにもたくさんの幽霊に憑かれていた」

「幽霊？」

「一日中寝たきりですることがないと、人はそういうものを見るようになる」

ビルはその「幽霊」の一人が、自分の捜している女性だろうと推測した。

「結婚したのはいつ頃だ？」トムが訊いた。

「一か月ちょっと前かな」

「おめでとう、と言いたいところだがな」

「ずいぶん正直なんだね」

「歳をとってだいぶ正直になった。よくお前のことを考えていた。お前と――」

「ミツコのこと？」

「そう。ミツコだ」トムは溜息をついた。「ふう、やっと言えたな。二十年間、その名前を口にしたことはなかった。あの戦争がなければ、私たちは今も夫婦だったかもしれん。お前もずいぶん違った家庭で育つことになっただろう。だが私には、あのとき起きていたすべてのことに抵抗する強さが欠けていた。この国は憎しみで満ちていて、私の心も憎しみに囚われた。それが自覚できるようになるまでに長い時間がかかった。今もまだ葛藤している」

父親が昔と同じように独善的にふるまうのを予期してここに来たはずが、今ビルが耳にしているものはほとんど懺悔に近かった。

「死に直面すると、いろいろなことが前とは違って見えるようになる」

「そんなに悪かったの？」

「かなりこたえたが、まあしばらくは大丈夫だ。ただひとつ願うのは……お前にまた私の息子になってほしい」

「僕もそうなりたい」ビルは唾を呑み込んだ。「本当にそう思うよ」

窓の外から、岬の上を飛ぶカモメの鳴く声が届いた。

「もう完全にこっちへ帰ってきたのか？」トムが訊いた。

「いや、まだ日本ですることがたくさんあるんだ。ミツコを捜してる」。自分が結婚したのが光子の娘だということを父に伝える準備はまだ出来ていなかった。「一時はナガサキで亡くなったと思ってたんだけど」

「ナガサキ？　なぜそんなところに？」

「一家全員がそこにいたんだ。兄のジロー以外」

二郎の名前を聞いてトムが顔を上げた。

「うん、あの人に会ったよ。戦争になる前にここへ来たんだってね。僕のことも覚えてた。当時僕は――二歳かな？」

「非常に不愉快な来訪だった」

「そうだったらしいね」

「だがお前、ミツコがナガサキで死んだと思っていたと言ったが、では今は違うのか？」

「今は彼女が戦争を生き延びたことをほぼ確信してる。ただ手がかりが少なすぎるんだ。父さんが何か知らないかと思ったんだけど」

「役に立てなくて悪いな。ここの日系人コミュニティとはずいぶん関わりが深かったが、彼女の日本のルーツや、日本そのものについてはほとんど何も知らなかった。名前はミツコ・フカイで、日本の南部のどこか、たぶん小さな村の出身だ。ミッションスクールを出ていて、結婚生活が破綻したあと、姉のヨシコと暮らすためにやって来た。私が教えられることはそのくらいしかない」

父は自分が役に立てないことを本当に申し訳なく思っているようだった。長いあいだ、頭を垂れて椅子に体を沈めていた。ここまで打ちひしがれている父をビルは見たことがなかった。

顔を上げたとき、トムの目はどこか遠くの場所を見ているようだった。「これだけ言っておこう。お前がもし彼女を見つけられたら――見つけられることを願っているが――こう伝えてほしい……」

ビルは待った。父親が心の奥深くにあるものと闘っているのがはっきりとわかった。

「ただ、済まなかった、と伝えてくれ。それだけだ。済まなかった。それ以外の言葉が見つからない」

「伝えるよ」ビルは言った。「約束する」

トムは大きく息を吐き、遠くの「ブラザーズ」に目をやった。「それから、日本に戻る前に」やっと口を開く。「エメリー・アンドルーズと話してみるといい。日系バプテスト教会のアンドルーズ牧師だ。あの男は戦争のあいだもずっと信徒たちに付き添った。自分の人々に奉仕するためにわざわざアイダホの、あのミニドカ・キャンプの近くに家族で引っ越しさえした。当時の私はあの人のことを軽蔑していたものだ。敵性外国人を援助しているかどで彼がＦＢＩに尋問を受けたと聞いたときはいい気味だと思ったよ。まったく、今それを自分で口にしていても信じられないな。彼は偉大な人だった。真の意味で神に仕えていた。私はそれよりはるかに劣っていたと言わざるをえない。だが彼に会うことを勧めるのは、戦争が終わってから彼がたしか二度ばかり日本に行ったはずだからだ。平和活動家のフロイド・シュモーについてヒロシマ、そしてナガサキの人々の家を建てるためにな」

ビルは帰ろうとして立ち上がり、トムが玄関まで見送った。別れを言おうと向き直ったとき、驚いたことに気がつけば父親の腕に抱かれていた。いままで父が抱きしめてくれたことはなかった。一度だってなかった。

PART SIX:

1963

第六部　一九六三年

38

病棟の患者たちがテレビの周りに集まってくるにつれて、市長の声はスリッパを引きずる音や椅子の軋む音にかき消されていった。患者の一人が「和田さん、音大きくしてもらえますか？」と言った。

和田さんと呼ばれた女性は手を伸ばして音量を調整したが、壇上に立つ男のチカチカ光る像をろくに見もしなかった。

「世界平和」と男は言っていた。「原爆の犠牲者の方々のご冥福をお祈りしましょう」と男は言っていた。

ああ、勘弁してほしい、こういう決まり文句。何か役に立つ仕事はないかと、和田さんは病棟の向こう端へ行った。

毎年八月九日、午前十一時二分に、長崎市長をはじめとするお偉方が、あの筋肉隆々、空を指さしている記念碑の前に立つ。本当にひどいことでしたと彼らは言い、二度とこんなことが起きるのを許してはなりませんと誓う。厳かに花を捧げ、歌があり祈りがあり、ひととおり終わればまたあと一年は何もない。

彼女はテレビから離れて窓辺に立ち、長崎市民病院の前を車が次々過ぎていくのを眺めた。あたかも今までずっと、北からすいすい流れてきたかのように車たちは通り過ぎていく。あたかも浦上天主堂の上にキノコ雲が浮かんだことなどないかのように。あたかも平和公園はこれまでもずっと市民の集う憩いの場であったし、かつてここが煙をくすぶらせる廃墟の山だったことなどなかったかのように。

やがて彼女はふたたび列車に乗っていて、真っ黒な、壊れた、ねじれた東京を愕然として眺めていた。赤ん坊の娘は千葉の緑地に残してきた。もはや都市の建物が線路にぴったり寄りそうように並んではいなかった。代わりに瓦礫の山が、遠くまでずっと、何ものにも妨げられず広がっている。

そうした眺めはじきに、あまりに見慣れたものになっていった。あちこちで線路がぽっかり消滅していて、列車を乗り継ぐにも歩くしかないが、何度かは木炭トラックや荷馬車の荷台に乗せてもらったりもした。道中泊まったみすぼらしい宿屋はどこも、乏しくなっていく彼女自身の蓄えから出した米を炊いてくれるだけだった。黒々と煙る、国の端から端まで切れ目なく続くと思える絨毯に、アメリカの爆撃機に襲われた街々が広がっていた。

彼女が長崎に戻ってきたのは、兄一郎の妻が子供たちと彼女自身の両親の世話をするのを手伝うためだったが、来てみると、すべきことがほかにもどっさりあることは明らかだった。この一年、長崎は何度も空襲に見舞われていて、彼女が着いたほんの二日前の八月一日にも爆撃されたばかりだった。去年の二月にここを去って以来、なんと変わってしまったことか！　港の向こう、日本最強の軍艦を何隻も作ってきた三菱造船所も、巨大な敷地のあちこちが黒焦げになっているのが見てとれる。通りを歩く、くすんだ色の国民服を着た人々の動きはひどく緩慢で、青ざめた顔は空腹と過労を物語っていた。歩く人の数は以前より増えていた。路面電車の本数が減り、やっと来た電車には乗客がぎっしり貼りついて、窓枠から何から出っぱりという出っぱりにその手をしがみつかせていた。

手。いまやあらゆる手を、慣れぬ仕事のために、そして緊急事態のために空けておかねばならない。誰もがぼってり物が入った帆布地《ほぬのじ》の雑嚢《ざつのう》を肩に掛け、全財産の最後の残りとおぼしきものをそれぞれ運んでいた。古い煙草缶に入った炒り大豆、包帯、三角巾、火傷用の薬、銀行通帳。ここに光子は、過去との最後の絆である鏡も入れていた。二郎か二郎の妻に、ミネ子に渡してくれるよう託そうかとも考えたが、きっと捨てられてしまうだろう。二人はもう、彼女となんの縁も保ちたがっていない。自分たちの娘が、本当の母親を思い出す形見になど用はないのだ。

八月九日の朝、彼女は松山町の両親の家を出て、近所の大学病院へ手伝いに行った。看護婦の資格はありませんが病院で働いたことはあるしお役に立ちたいんです、と彼女は伝えた。街じゅう二十八の救護所ではボランティアが求められているがここでは必要ない、という答えが返ってきた。興善町《こうぜん》か勝山町の小学校に作った救護所に行ってごらんなさい、ここから市電ですぐですよ。

「ええ、乗れればすぐですよね」と彼女はムッとして言った。

額の汗を拭きながら、線路脇をとぼとぼ歩いた。綿入りの防空ずきんをかぶるにはおよそ暑すぎた。朝の濃霧はもう引いて、太陽が容赦なく照りつけている。スカートをはけたらどんなにいいだろう。でも今日、質素なモンペをはかない女は非国民呼ばわりされ群衆に吊し上げられかねない。

長崎駅を過ぎて、市電の線路に沿って左へ折れ、なかば無意識に線路沿いを歩きつづけて、やがて勝山町に着いた。こっちの方が興善町より家からは遠いが、もし本当に市電に乗れるとしたら通うのはこちらが楽だ。学校の門の前に立って、腕時計で時間を確かめた。十一時ちょっと過ぎ。松山町からここへ通うとなると、相当時間がかかるだろう。今日はせっかく来たのだから、仕事があるかだけでも訊いてみよう。

肩幅の広い、左のレンズにひびの入った眼鏡をかけた男が、廊下を玄関の方にやって来る。光子が男に会釈し、敷居をまたいだところで、目も眩むような青っぽい白の光が彼女の目の前の建物を消し去った。次の瞬間、足元が揺れて彼女は吹っ飛ばされ、建物がぐらついた。彼女は前向きに、膝から床に落ちた。中からガラスが割れる音が聞こえ、入口と廊下に、壁の土塗りが剝げ落ちるとともに土埃がもうもうと湧き上がった。建物自体は立ったままだったが、土煙ごしにあちこちのドアがめちゃめちゃな角度に傾いているのが見えた。つい今しがた彼女の方へ歩きだしていた男は仰向けに倒れ、頭のてっぺんから血を流している。

爆弾だ！

でも爆弾のはずはない。飛行機の音も、爆弾が落下してくる音もしなかったのだ。すくなくとも、このそばに落ちたということはありえない。とはいえ、こんなに激しく地面が揺れたからには、遠くに落ちたということもありえない。

彼女が起き上がるより前に、土に汚れた制服を着た看護婦が土煙の向こうから現われて、血を流している男のかたわらにひざまずいた。

光子は立ち上がり、よろよろと後ろ向きに校舎から出た。目が屋根の方を向いた。一部が陥没していた。近所の建物もみな屋根が壊され、瓦がいくつか剝がれたり、屋根のてっぺんが内側に沈んでしまっていたりしている。ある建物は二階がまるごと切り落とされたみたいに見えた。すべてが奇妙に静かだった。そばで火事になった気配もない。爆弾はどこに落ちたのだろう？　どう見てもここが爆心なのに、なぜ消防車も警察も来ないのか？

と、雲が見えた。空高く、北の立山丘陵の上空、街を二つに切り分けている金比羅山《こんぴらさん》の緑の盛り上がりよりもっと高くに。渦巻く白い雲の、核が赤く燃えている。雲の中で何かが何度も何度も閃光を発し、そのたびに光は違う色だった。黄、赤、紫。こんなに巨大で、力強い、奇妙に美しいものを光子は見たことがなかった。魅入られたように立ちつくす彼女の前で、雲は渦を巻いてぐんぐんのぼって行き、てっぺんから流れ落ちるようにしてまた下る。球根のような冠が、太い灰色の茎の上にそびえている――山の北側から巨大なキノコが生えてきたみたいに。

山の北側！　松山町！　家族があそこにいる！　彼女は来た道を戻っていき、大きな魚の鱗みたいに路上そこらじゅうに転がっている瓦の山をよけて通った。駅に近づくほど建物の被害はひどくなっていき、燃えている建物も増えていった。切り傷、擦り傷のある人が多くなり、やがてみんなもっと重傷になっていって、どくどく血を流している人も大勢いた。

駅まで来て、北に折れて松山町へ向かい、火ぶくれになりそうな灼熱の中を精一杯速く歩いた。今やキノコ雲は汚れた木炭色に変わり、東の方に広がっていた。依然として煙を上げ、沸き立ち、ますます厚く、黒くなっていく。ぞっとする思いが彼女の胸を苛みはじめた。丘陵はもはや北側の眺めをさえぎっていない。立ちのぼる黒い煙から見るかぎり、あそこは明らかに、よそよりもっとずっと恐ろしいことになっている。北の浦上地区全体を巨大な炎が包み、天主堂を覆い、そのすぐ下の、彼女が両親と住んでいる松山町のあたりを覆っている。

北へ行けば行くほど、出会う負傷者は増えていった。何人かは生きた針差しだった。針の代わりに、ガラスの破片が体じゅうに突き刺さっている。担架で運ばれている人がいて、担架代わりの戸板に乗せられた人がいる。じきに、人々の傷は光子が今まで見たこともないものになっていった。ある老人は顔、頭、ぴんと伸ばした両手の甲の皮膚が灰色と化し、すっかりしぼんでいた。目も見えなくなって、妻にしては若すぎると思える女性に手を引かれている。すれ違いざま光子がふり向いてみると、後頭部の髪は黒かった——老人ではないのだ。

今や出会うほとんど誰もが、両手を前につき出して歩き、皮膚は無残に焼け焦げ、じくじく体液が漏れていた。何人かの皮膚はきれいに剝がれて、生々しく光る肉をあらわにし、ずたずたに裂けた布きれのように腕の下に垂れていた。ある男の子は両手の指先からゴム手袋を垂らしているように見えたが、光子がよく見ると「手袋」はその子の皮膚なのだった。

負傷した人の大半は物も言わず呆然としていた。何人かは「水、水」と呟いていた。よろよろ歩く幽霊たちの行進は今やぎっしり密になり、彼らに触れないよう光子は細かく左に右によけねばならなかった。

片腕に大きな切り傷があるものの、ほかは無傷と見える若い男がいたので、彼女は男に駆け寄り、「何があったんです？　この人たちみんなどうしてこんな傷を負ったんです？」と訊いた。

「わかりません」男は言った。「ピカッと光って、気がついたら何もなくなってたんです」

「どこに落ちたの？」

「わからない。三菱の兵器工場かな。何も残ってない」

「松山町は？」

「消えました。何もない坂があるだけ。天主堂は瓦礫の山です。大学はもっとひどいかもしれない。何も残ってません」

「そんなはずはないわ。飛行機の編隊、どこを飛んでたの？　爆弾はどことどこに落ちたの？」

「わかりません。ただこうなったんです。もしかしたら広島に落ちたのと同じ新型爆弾かもしれない。飛行機を一機見たって言う人もいます」

「一機だけ？」

「わかりません」

若い男は行進と一緒に離れていった。光子は脇によけ、体が損なわれた人間たちの無限に続くと思える流れがその前を通っていった。突然、ぬるっとした手が彼女の肩に置かれ、盲目になった女が目の前に現われて光子はハッと息を吞んだ。女の顔と髪の半分が、じくじく体液の流れ出る球と化している。女は素っ裸で、妊娠した巨大な腹は細かい赤い切り傷にびっしり覆われていた。「お医者さんに連れてってください」女はうめき声を上げた。「お願いです、助けて」

光子は吐きたかったが、女の怪我していない右手をとって、人波が進んでいる方向に女を導いていった。女が切れぎれに言うには、岩川町の自宅で庭仕事をしていたら、次の瞬間には地面に倒れていて、裸になって目も見えなくなっていた。あんたの家は崩れ落ちて燃えてる、息子さんが中に閉じ込められてる、と近所の人に言われ、その人に手を引いてもらって通りまで出たが、その人も自分の奥さんを探しに行ったので、一人で手探りで歩いてここまで来たのだという。ワダエイコといいます、と女は名のり、妊娠八か月目に入ったところだと言った。夫は三菱造船所で働いていたが八月一日の空襲で勤務中に死んだとのことだった。

二人は駅を過ぎ、左に折れて勝山町の方角へ向かった。興善町の救護所の方が近いだろうから、さっきのように市電の線路沿いを歩く代わりに、女を連れて金屋《かなや》町の裏通りを抜け、戦争の熱狂のなかで国民学校と改名された新興善小学校に行った。

「陣痛が始まったみたい」と和田夫人は言った。

「確かですか?」光子は訊いた。「ひょっとしたらただ――」

「いいえ、確かです!」

「あと二、三百メートルよ」と、ますます重く寄りかかってくる女を励ましたが、角を曲がると光子は胸がはり裂けそうになった。校舎入口に集まった負傷者の群れが、道路まであふれ出ている。立てない者、あきらめた者は埃っぽい校庭に横たわり、爆風で飛ばされた瓦の山のあいだにわが身を押しこんでいる。乾いた土のあちこちが血で黒ずんだ赤に染まっていた。地面に横たわった人々の何人かはぴくりとも動かない。一人の男が間違いなく死んでいることを光子は見てとった。

「どうなってるんです?」光子とともに立ちどまると和田夫人が訊いた。

「長い列なんです」光子は精一杯穏やかに言った。

「ああ、大変! 陣痛がひどくなってきた」

「ここで待ってて」光子は言った。人に触れないよう気をつけながら人波をじわじわ抜けていった。ミニドカの病院でもぞっとするような症例はいくつか見ていたけれど、これは全然違う。人混みの臭いも、今まで経験したのとはまったく異なっていた。獣を大量に殺したらきっとこんなふうに臭うだろう。

　前へ進むために時おりやむをえず人を押しのけるので、罵声を浴びせられるのを光子は覚悟したが、誰も何も言わなかった。みんなただつっ立って、まだ目がある者たちは呆然と前を向き口をだらんと開けていた。

入口で人を整理している看護婦に、光子は「あそこに妊娠している人がいるんです、大火傷していて陣痛が始まってるんです」と言った。

「ほかの方々と同じにお待ちいただくしかありません」。見れば看護婦自身も片腕に包帯を巻いていて、白衣の片側に長い茶色の血の染みがあった。

「わかってませんね。もう赤ちゃんが生まれるんです」

「いいえ、わかってないのはあなたです。ここはすでに満員なんです、なのにこんなに大勢入ろうと待ってるんです。二人いる医師の片方は本棚の下敷きになってしまったし、もう一人はこの人たちみんなをなんとかしてあげようと必死なんです」

言い争っても始まらない。人波をかき分け和田夫人を引っぱっていき、このわからず屋の女に見せつけるしかあるまい。だが、人混みを抜けて戻っていくと、和田夫人は腹を押さえてうんうんうなっていた。太腿は濡れて、両の足先のあいだの土は泥に変わっている。

「生まれる！」彼女は叫んだ。「生まれるぅ！」

光子は雑嚢から三角巾を出して、地面に広げた。それから精一杯そうっと和田夫人をしゃがみ込ませ、臀部《でんぶ》が布に載るようにした。剝がれた皮膚が肉の上をするっと滑っていくのがわかった。女は剝き出しの地面の上に仰向けになり、土をかきむしって、新たに陣痛が訪れるたびに全身を痙攣させ、うめき声は泣きわめく声に変わり、ついには耳をつんざく絶叫となった。

硬い、乾いた地面を引っかく和田夫人の指からじきに血がだらだら流れ出たが、赤ん坊はまだ出てこなかった。「出して！　出して！」——絶叫の合間からその言葉だけが聞きとれた。

突然陣痛が止み、女の喘ぎ以外何も聞こえなくなった。と、驚くほど落着いた声で和田夫人が「男の子だったら夫の名をとってツヨシと名づけてください。女の子だったらトモコにしてください」と言った。

「それはあなたのすることよ」と光子は言った。

「馬鹿言わないで。私、生き延びられるわけないわ」

相手を励ます言葉を光子が思いつく間もなく、陣痛がふたたび始まった。何度も何度も和田夫人は悲鳴を上げ、やがてとうとう、どっと大量の血がほとばしり出るとともに、力ない肉の塊が、女の両脚のあいだからみずからを押し出すように出てきて光子の両手に収まった。それとほぼ同時に、和田夫人がひいっと長い息を漏らし、痛みに苛まれた体が、風船が針につつかれたように一気にすぼんだ。ひとつの死体がもうひとつの死体を生んだのだ。ちっぽけな死んだ体は、生きていれば女の子だった。

小さな体を光子は建物の脇まで運んでいき、日蔭に落ちた瓦の上に横たえた。待っている負傷者の中に、母親を運ぶのを手伝ってくれる元気がありそうな人を探したが、大半は立っているだけで精一杯のようだった。すでにぐっしょり濡れた布で、血とぬるぬるを体からできるだけ拭きとってやると、すっかり縮んだその亡骸を光子は持ち上げ、トモコという名の、息もせずに終わった女の子を横たえた場所までよたよた抱えていった。二つの体をまともに覆ってやれるものがあったら、と思ったが、気がつけばこの校庭に着いてからの短い時間にまた何体かの死体が仲間入りしていた。光子はそれらを精一杯、直接陽が当たらないところに引きずっていったあと、ひしめく人波を通り抜けて、戸口に立つ看護婦のところに行った。

「私、手伝えます」光子は息を切らせて言った。「病院で働いたこと、あります」

「そっち」と看護婦はぞんざいにあごで指した。

光子はその後二日間「そっち」にとどまり、一睡もせず、ときおりトイレ休憩をはさむだけで、医師が傷口に油を塗り目からガラスの破片を引き抜くのを手伝った。とはいえ、救護所に流れこんでくる、ずたずたに引き裂かれた、人間の残存物とも言うべき人たちの大半は、もう医者としても手の施しようがなかった。一日目につかのま、いきなり吹いてきた突風で近隣のもろもろの火事がこっちに広がったらここを退去するしかないといった話も出たが、午後六時には風も向きを変え、火事の危険はその後もう口にされなかった。

話すことのできる患者たちのあいだの話題は、日没後も燃えていた空、駅近辺の新しい火事、校庭で眠ろうとしている負傷者たちの化膿した皮膚を襲う蚊のおぞましい群れなどだった。松山町近辺は壊滅状態だという知らせが何度もくり返し届いた。三菱の兵器工場は破壊され、中で働いていた女学生が全員死亡した。浦上天主堂は完全に崩壊した。医科大学の構内に日蔭を作っていた美しい古いクスノキは、根こそぎにされるか骨格のごとき切り株と化したかで、大学の建物はどれも煙を上げる瓦礫と化した。いくつかの地域では死体が地面をびっしり覆い、生者がまっすぐ歩くこともままならないという。またいくつかの地域では何もかもすっかり破壊され尽くし、死体さえも残っていない。松山町はそういう地域のひとつだという話だった。

敵機が上空を通過すると警報が鳴らされたが、誰も気にとめないみたいだった。一晩じゅう飛行機はやって来て、ある時点ではあまりの多さにエンジンの轟音で建物が揺れたが、少なくとももう爆弾は落ちてこなかった。

翌日、光子が相変わらず自動人形のように働いていると、佐世保海軍病院から医師たちの先発隊が到着した。彼女がもう一晩ぶっ通しで働くなか、学校は続々街にやって来る医療団の宿泊施設に仕立てられていった。とうとう、爆弾投下から四十八時間近く経って、光子は「共同寝室」の一室の隅で一時間うとうとしたのち、歩いて松山町へ向かった。

噂はいろいろ聞いていたが、自分の家族が住んでいた場所が、まさかここまですさまじく破壊されたとは思っていなかった。道路がどこをどう走っていたかも見きわめようがなかった。石ころがちらほら散らばっている以外、坂は巨大なブルドーザーに上から下まで掘り返されたかのように何も残っていなかった。光子にはそれがほとんど有難かった。建物の下に閉じこめられて、じわじわ窒息したり焼け死んでいったりした人々はもっとずっと辛かっただろう。ここには反応しうるものは何もない。ある日ここに彼女の家族がいた。今日彼らはもう存在しない。それだけだ。彼女が出かけたときは、みんな家にいた。一郎さえも家にいた。長崎に来てからは、菜園の手入れくらいしかすることがなかったのだ。もしかしたらみんな苦しみすらしなかったかもしれない。

街のカトリック共同体の中心だった浦上天主堂の残骸を見に行こうと、光子はよたよたと坂をのぼった。忠実な信者一万二千人のうち、何人が死んだだろう？　巨大な赤い建物の、千人あまりを収容する信徒席に、破壊の瞬間、何人が座っていただろう？　生き残った人たちは今、自分たちの神のことをどう思っているだろう？　わずかに残った彫刻の聖人たちは、無差別の殺戮と破壊の説明を求めるかのようにいまだ天を仰いでいた。だがそこには、天には、神など住んでいない。空にあるのはシアトルから来た飛行機、ボーイング、B－29だけであり、憎しみの贈り物をそれらが送り届けるのだ――あたかもトムが光子自身に送ってきたかのように。もしかしたら、白人の聖人たちと白人の神とのあいだでは、いかなる説明も必要ないのかもしれない。ここで死んだ連中はカトリックでもキリスト教徒でもなく、人間でさえないのだ。ただのジャップだ。

その日、光子は松山町に背を向け、この地域に二度と足を踏み入れまいと誓った。救護所に戻って、長い時間ずっと働き、この世界で唯一残った自分の務めと思える営みに励んだ。もし自分が、生き残った家族のためになりたいと思ったら、この世を去った者たちに仲間入りするのが一番だろう。自分が存在したことを、ミネ子が知ってはならない。好子はアメリカでの暮らしを続け、光子はそこにも加われはしない。ならば彼女の「家族」とは、名誉と正義の石臼に粉々にされた、病める、盲《めし》いた者たちなのだ。

誰も気づかぬうちに、彼女はいつしか医療団の恒久的な一員になっていた。最初の数日の緊張も薄れて、皆が自分たちのことを一人ひとりの人間と考える余裕が出来た頃、ある医者が煙草を喫いながら彼女に名前を訊いた。ほんの一瞬ためらったのち、彼女は「和田友子です」と答えていた。自分を通して、死んだ子供が生を得る。

新興善小学校が大学病院の別院として接収されたときも、彼女は和田友子としてそこにとどまった。いまだ数百人の患者が切実に助けを必要としていたが、十月に入り、政府は政府としての見識を発揮して、そこを救護所として支援することを打ちきったのである。四つ角をいくつか行った常盤町にある旧日本陸軍病院に占領軍が新たに設備を導入して長崎市に寄贈し、十二月に人員と設備の両方を小学校からそこへ移したときも、彼女はなお和田友子でありつづけた。近所に部屋を見つけて、新しい長崎市民病院の病棟で毎日の大半を過ごした。

自分から進んで選んだであろう暮らしではない。人が「幸福」と呼ぶような日々ではおよそない。けれども、恐ろしい情景を思い起こすたび、自分の怒りは少なくともまだそこにあることが嬉しくて、自然と笑みが浮かんだ。その怒りに、爆弾によって肉体を破壊された男女や子供一人ひとりに対する怒れる愛に、彼女はしがみついた。何人かは体のあまりに奥が損なわれたために、十八年経ったいまやっとその損傷が表面化している。

けれど今日、この男たちはテレビカメラの前に立ち、気休めの言葉を、本物の人間の肉体に為された屈辱とはなんの関係もない言葉を口にしている。一度だけ、真実をほぼ捉えかけた言葉に彼女は接したことがあった。意外でもなんでもないことに、その言葉を発したのは医師だった。負傷者を何百人と治療し、自分も重傷患者となりながら、たじろぐことなく惨状を見据えた一人の医師。その真実にアメリカの占領軍は怯え、永井医師の言葉を隠蔽しようと彼らは図り、一九四九年まで刊行を許可しなかった。

「そう、まさにこうだった」と光子は『長崎の鐘』を読みながら胸の内で言った。ところが、最後まで読み進むと、怒りが煮えたぎった。なぜなら医師は、人が人に対して為した最大級の悪をかくも英雄的に見届けた末に、自分自身の怒りを裏切ってしまっていたのだ。あれほど多くの血が流され、あれだけ多くが燃やされ人々が苦しんだというのに、医師はその締めくくりに、神が戦争を終えるための生贄《いけにえ》の羊として自分たちの街をお選びになったことに長崎は感謝すべきだ、と書いていたのである。宗教的な人間だけに与えられる偉ぶった尊大さとともに、長崎は日本で唯一の聖地であり、浦上天主堂に爆弾が落ちるよう誘導したのはアメリカ軍のパイロットではなくほかならぬ神だったのだと医師は結んでいた。これまで同じように破壊されてきた世界中のいかなる都市も、この血に飢えた神にとって十分大きな生贄ではなかった。だが聖なる長崎が苦痛の悲鳴を上げたとき、神はまっすぐ天皇の許へ赴き、降伏するよう彼に天啓を垂れ給うた。長崎はその天主堂ゆえに、神への気高い、壮麗な、聖火に焼かれた捧げ物であった。八千人のカトリック信者と司祭が汚《けが》れなき煙に包まれて燃え、永遠の生に入っていったとき、それは美しい、崇高なる出来事であった。これらの信者こそ、日本で唯一罪とは無縁の者たちだったのであり、唯一神に捧げるに値する者たちだったのだ。

これぞ神の最高の面。神のみが無実の者たちの焼き殺しを正当化できる。神のみがあそこまで明晰に見た者の心を惑わせることができる。神がいなかったら、大量殺戮者たちはどれだけの責め苦を味わい、どれだけ良心の呵責に苛まれることか。光子は確信した。いつの日か、戦争を起こす者たちは、道を示してくださったドクター・ナガイを感謝の目で仰ぐことだろう。

違う。皮膚が剝がれ落ちた盲目の女は傷ついた人間であって神の羊なんかじゃない。彼女をそれ以上の、より崇高な、気高い、純粋な、神聖なものに変えたらもはや人間ではなくなってしまう。抽象物に、感情も痛みもないただの象徴になってしまう。永井医師の狂おしい想像力の中、純粋なる煙に包まれて燃える八千人のカトリック信者は、もちろん痛みなど感じない。けれど八千の人間一人ひとりにとって、そして死において彼らに仲間入りした七万の不信心者にとって、わが身に起きたことには何の美しさも純粋さも崇高さもありはしない。むろんそのことについて彼らに問うすべはない。もう死んでいるのだから。そしてもしかしたら、今この病棟に横たわっている損なわれた人間たちも、いっそ死んでしまいたいと思っているのではないか。我々生者、罪深い者たちが死者のためにできることはひとつしかない。怒りに包まれて彼らを悼むこと。怒りに包まれてたがいに愛しあうこと。自らの子らをばらばらに切り裂き、それを感謝せよと命じる悪しき神の誘惑に抗うこと。

長年にわたって、光子にとっての誘惑は自分の子供たちだった。一人は彼女の体の子、もう一人は心の子。犠牲者たちに対する愛だけでは自分を支えきれない気がする日は、千葉に残してきた赤ん坊のことを想った。今あの子はどんな姿をしているか、どれくらい大きくなったか、どんな人間になりつつあるか。

これまで一度だけ、誘惑に屈したことがあった。ミネ子の十二歳の誕生日が近づいてきたことを想って、もうひとつの鏡をプレゼントしようと、東京まで出かけていったのだ。もっと幼かったら、ひたすら両親に可愛がられる女の子でしかなかっただろう。もっと大きかったら、あまりに多くの説明が必要だっただろう。今しかない。ミネ子の美しさは光子を戦慄させ、フランクの記憶を呼び起こした。怒りから生まれた愛、それがあったからこそ今まで苦しみにも耐えられたわけだが、そうした愛を初めて味わった相手がフランクだったのかもしれない。

ビリーには、とにかく物理的に離れているせいで、さほど心の平静を脅《おびや》かされることはなかった。海の向こう、トマス・モートン牧師の家に住んでいる今、ビリーもほかのアメリカ人同様に、すべてのジャップを憎み神の更なる栄光をたたえるようになっただろうか。きっと今ごろはもう、光子のいっさいが彼の中から消えてしまっているだろう。けれどときどき、好子がビリーを探し出して鏡を返してくれたのではないか、と想像してみたりもした。もしそうだったら、ビリーに対する光子の苦い愛の、その名残りのような残響が、彫られた木から彼の手を通って、彼の心まで届いているかもしれない。

ビリーに関しても誘惑は一度だけ生じていた。一九五一年、アメリカ人の平和活動家、人道主義者の一団が病院を訪れ、光子は通訳を頼まれた。彼女が英語を使いこなせることを病院側は知っていて、院内を案内してやってくれと頼んできたのである。原爆犠牲者のホームを設立する目的で長崎に来ているという。誰に送り出されてきたのですか、そう光子は訊きたかった。アメリカの罪を減じるよう合衆国大統領に送り出されてきたのですか。だが彼女は口をつぐんで一同を案内し、一番グロテスクに体が損なわれた患者たちを彼らがしっかり目にするよう気を配った。

上着なしのワイシャツ姿の、とりわけ長身で骨ばった男が、聞こえてくる言葉を片っ端からメモしていた。肩にカメラを掛けていて、ときおり撮影の許可を求めてきた。グループの何人かは光子を会話に引き入れようとしたが、彼女は礼儀正しいうわべを取りつくろうので精一杯で、ろくに彼らの顔を見もしなかった。彼らが帰る段になって、長身の痩せた男が光子の親切に感謝し、彼女の名前を訊いた。そこで初めて相手の目をまともに見て、彼女は息を呑んだ。シアトル日系バプテスト教会のエメリー・アンドルーズ牧師だった。バスに乗せられピュアラップへ向かう人々を見送る善意の人々の群れに混じっていた彼の姿が光子には見えた。そしてこの人はブルックスの父親、ミニドカの遊泳場でフランクが溺死から救ったもう一人の少年の父親なのだ。

ほんの一瞬、本当の名前を言おうかと思った。この人ならトムを知っていて、ビリーの消息を聞かせてくれるかもしれない。トムを経由せずにビリーに伝言を伝えてくれるかもしれない。だが結局、「トモコ・ワダと申します」と言っただけだった。

「トモコ・ワダ」と相手はくり返し、ノートにその名を書き込んだ。「どこでそんなに立派な英語を覚えたのですか?」

ふたたび光子はためらい、相手はまっすぐ彼女を見た。「私たち、本当にどこかでお会いしていませんかね?」と牧師は訊いた。「シアトルで? それともキャンプ・ハーモニー? ミニドカ? どうも前にお見かけした気がするのです」

「シアトル」の一言をどうして言えるだろう? 彼女を裏切り、この人がこんなに誠実に仕えているコミュニティを裏切った男の妻だったなどと、どうして言えるだろう?

「気にしないでください」と彼女は言った。「私の英語、よくないです」

「とにかくありがとう、トモコ・ワダ」相手は言った。「ご親切にしていただいて、本当に助かりました」。ノートを閉じる前に、彼女の名の後ろに牧師が大きなクエスチョンマークを書き足すのを光子は見た。

*

祈念式典が終わって何時間も経ってから、院内放送で和田友子の名前が呼ばれるのを光子は訊いた。お客さまが入口受付でお待ちです、との知らせ。そんなはずはない。この病院の外の誰ひとり「和田友子」を知らないのだ。ほとんどここに住んでいるも同然であり、記録が焼失したおかげで、過去十八年ずっと無名でいられたのだ。警察だろうか？　死産の赤ん坊の身元を自分のものにしたのは違法行為なのか？

エレベータで下に降り、右へ曲がって細長い陰気な廊下に入っていった。前方奥に見える、長方形のぎらつきの方へ歩いていくと、三つのシルエットが受付デスクから離れ、彼女の方を向いた。両端に立つ二つの影は男のもので、一人は非常な長身で一人はもう少し低く、真ん中は光子と同じくらいの体格の女性だった。さらに近づいていき、目が光に慣れてくると、今や美しい大人の女性となった自分の娘ミネ子の姿を光子は認めた。ハッと立ちどまって、ほかの二人を見ようと目を凝らした。左側の男は明らかに日本人ではない。金髪で、若き日のトマス・モートンに似ている。ビリーなのだろうか、いま目の前に立っているのは？　では右側の日本人は？　左腕はなくなっていたが、そのひたむきなまなざしに、彼女はフランク佐野を見てとった。自分の過去が目の前に並んでいるのを見た衝撃から彼女が立ち直る間もなく、金髪の男が寄ってきて、両腕を差し出した。

おたがい何が言えよう、今さらおたがいにとって何になれよう？

だが彼の両腕に抱きすくめられた瞬間、光子の疑念は消え去った。

「お母さん！」とビリーは言った。「ああ、お母さん！」

了

出典について

この本は小説であり、主要な人物や出来事は全面的に虚構だが、物語の設定はほぼ史実どおりである。登場人物たちが置かれた状況はしばしば実際に起きた状況であり、当時実際に生きていた人々に彼らは出会う。事実に関する情報は、当時の新聞（『シアトル・ポスト゠インテリジェンサー』『シアトル・スター』『シアトル・デイリー・タイムズ』）、再配置収容所新聞『ミネドカ・イリゲータ』（*The Minidoka Irrigator*）、アイダホ州ハント・ミニドカ再配置センター住民による一九四三年刊『ミニドカの空白──一九四二年九月から一九四三年十月まで』（*Minidoka Interlude: September 1942 - October 1943*）、および以下の書物に多くを負っている。

〔＊日本語版情報は、現在入手可能な版を優先した〕

Audrie Girdner and Anne Loftis, *The Great Betrayal: The Evacuation of the Japanese-Americans During World War II* (New York: The Macmillan Company, 1969).

広島市・長崎市原爆災害誌編集委員会編『広島・長崎の原爆災害』岩波書店、一九七九年。Hiroshima-shi, Nagasaki-shi Gembaku Saigaishi Henshū Iinkai, *Hiroshima and Nagasaki: the Physical, Medical and Social Effects of the Atomic Bombing* (New York: Basic Books, 1981).

Kazuo Ito, *Issei* (Seattle: Executive Committee for the Publication of *Issei*, 1973).

Richard H. Mitchell, *Thought Control in Prewar Japan* (Ithaca: Cornell University Press, 1976). リチャード・H・ミッチェル『戦前日本の思想統制』奥平康弘・江橋崇訳、日本評論社、一九八〇年。

Shotaro Frank Miyamoto, *Social Solidarity Among the Japanese in Seattle* (Seattle: University of Washington Press, 1981).

永井隆『長崎の鐘』アルバ文庫、一九九五年。Takashi Nagai, *The Bells of Nagasaki*, translated by William Johnston (Tokyo: Kodansha International, 1984).

Personal Justice Denied: Report of the Commission on Wartime Relocation and Internment of Civilians (Washington, D. C.: U. S. G. P. O., 1982).

早乙女勝元『東京大空襲』岩波新書、一九七一年。

Monica Sone, *Nisei Daughter* (Seattle: University of Washington Press, 1979).

Yoshiko Uchida, *Desert Exile: The Uprooting of a Japanese-American Family* (Seattle: University of Washington Press, 1982). ヨシコ・ウチダ『荒野に追われた人々——戦時下日系米人家族の記録』波多野和夫訳、岩波書店、一九八五年。

Jeanne Wakatsuki Houston and James D. Houston, *Farewell to Manzanar* (Boston: Houghton Mifflin, 1973).

Michi Weglyn, *Years of Infamy: The Untold Story of America's Concentration Camps* (New York: William Morrow and Company, 1976). ミチコ・ウェグリン『アメリカ強制収容所——屈辱に耐えた日系人』山岡清二訳、政治広報センター、一九七三年。

右に挙げた出典以外にも、近年に現われたおびただしい数のフィクション・ノンフィクションが参考になるだろう。とりわけ豊かな情報源として、www.densho.org を挙げておく。「第二次世界大戦中に不当に幽閉された日系アメリカ人の証言を、彼らの記憶が消えてしまう前に保存する」ことをこのウェブサイトは使命としている。この本の売上げの一部は Densho、シアトルのウィング・ルーク・アジア博物館（the Wing Luke Museum of the Asian Pacific American Experience）、ワシントン州アメリカ自由人権協会（the American Civil Liberties Union of Washington State）、長崎原爆資料館に寄付される。

この本が出来上がるには、多くの友人、家族、同僚の協力があった。なかでも、トッド下田、ブルース・ラトレッジ、リック・サイモンソン、ハナ・ルービン、ダヴィンダー・ボウミック、テッド・ウルジー、セアラ・ウルジー、テッド・マック、スコット・パック、柴田元幸、ブルックス・アンドルーズ、ジム・ピーターソン、テッド・グーセン、テス・ギャラガーの名を挙げておく。誰よりもはるかに大きな貢献をしてくれたのは妻の良久子《らくこ》である。彼女の知性、想像力、信念、愛情がなかったらいかなる本も生まれなかった。終始一貫、彼女は私の共著者でありつづけてくれた。

ジェイ・ルービン

二〇一五年　六月

訳者あとがき

柴田元幸

ジェイ・ルービンは日本では、そして本国アメリカでも、まずは日本文学の研究者・英訳者として、夏目漱石、芥川龍之介、村上春樹のすぐれた訳業をもって知られる人物である。村上春樹には何人か翻訳者がいるがルービンはそのなかで最重要翻訳者と言ってよいし、また彼が編纂・翻訳して英米で出版した芥川龍之介作品集（*Rashōmon and Seventeen Other Stories*）はその作品選択の斬新さが買われて日本でもジェイ・ルービン編『芥川龍之介短篇集』として新潮社から刊行された。村上春樹についての著書もあるし（『ハルキ・ムラカミと言葉の音楽』）、よりアカデミックな仕事としては明治の検閲問題を論じた研究書『風俗壊乱』があり、教師としては長年ワシントン大学とハーバード大学で日本文学を教えた。能にも造詣が深く、二〇〇〇年〜二〇〇一年に京都の日文研の研究員だったときは能楽研究会を主催していた。

本書はそういう翻訳者・研究者ルービンによる、初めての小説である。実は、以前に筆名で経済小説の共著者となったこともあるのだが、小説作者としての本格的な仕事は今回が最初である。長年「読む」側にいた人物が七十代に入ってから「書く」側に「進化」した珍しい例として、好奇の目で見られることもありそうである。

本書『日々の光』は、しかし、ルービンが翻訳者・研究者としてさまざまな業績を挙げた「末に」書いた作品ではない。実をいえば、この小説の元バージョンは、一九八七年末にすでに出来上がっていた。そして実をいえば、作者はそれをいくつかの出版社やエージェントに持ち込みさえした。だが当時、この作品の主要なテーマである、第二次世界大戦中にアメリカ西海岸に住んでいた日本人・日系アメリカ人が家も財産もあらかた奪われて「再配置《リロケーション》キャンプ」と婉曲に呼ばれた収容所に——合衆国大統領の公式の大統領令に基づいて——強制収容されたという史実は、アメリカ全体にはまだそれほど知られていなかった。作家としてはまったくの未知数であり、翻訳者としての実績を築くのもまだこれからだったルービンが出版社の人びとを説得するのが容易でなかったことは想像に難くない。

もちろん、一九七〇年代から、日系アメリカ人議員や日系アメリカ人団体による、戦時中の不正を正そうとする運動が本格化してはいた。書物の世界に目を向けても、アメリカへの忠誠を拒否して投獄された日系人青年の苦悩を描いたジョン・オカダの小説『ノー・ノー・ボーイ』(一九五六、原題 *No-No Boy*)や、本書の参考文献として巻末でも言及されているモニカ・ソネの回想録 *Nisei Daughter*(一九五二、邦訳なし)といった収容所体験者(オカダもソネもこの小説の主要な舞台であるミニドカの収容所に入れられた)による先駆的著作が七〇年代後半に復刊されてもいる。日本でも山崎豊子の『二つの祖国』が一九八〇年から八三年にかけて『週刊新潮』に連載された。

だが、そうした一連の流れが社会的・政治的に実を結びはじめるのは、ルービンが『日々の光』を書き終えたあとの、一九八八年八月にレーガン大統領が強制収容された日系アメリカ人に対して謝罪し、現存者に対して補償金の支払いが開始されてからである。こうした転換が生じるまでは、まず日本人・日系人たち自身が、アジア系移民ゆえにアメリカ国籍を取得できなかった一世も、自分はアメリカ人としての権利を憲法上保障されていると信じていた二世も、苛酷にして不条理な収容所体験について多くを語りたがらなかったし、むしろ隠そうとすることも少なくなかった。そうした空気のなかで、本書はいささか早く書かれすぎたと言ってよいだろう。

二十一世紀に入ると、こうした歴史の悲劇に関する研究書やドキュメンタリー映画も数多く作られるようになったし、ベストセラーもいくつか生まれた。なかでも、デイヴィッド・グターソンの『殺人容疑』(一九九四、原題 *Snow Falling on Cedars*)やジェイミー・フォードの『あの日、パナマホテルで』(二〇〇九、原題 *Hotel on the Corner of Bitter and Sweet*)は、そのドラマチックな物語で非常に多くの読者にアピールした。

こうした作品が脚光を浴びるたび、それぞれの価値は認めつつも、そしていまやハーバード大教授かつ超一流翻訳者として忙しい日々を送りつつも、自分の作品に独自の価値があるのではないかという思いをルービンは捨てなかった。そして二〇一三年、終戦七十周年に向けて、彼はふたたび出版社との交渉に取りかかった。今度はあっという間に出版が決まった。ルービンの地元シアトルの、小さいながらアジア関係の著作を中心に良質の本を出版していることで訳者もかねてから知っていた Chin Music Press が名のりを上げた。時代は『日々の光』に追いついたのである。*The Sun Gods* はアメリカで二〇一五年五月に刊行され、目下、各紙に肯定的な書評が次々現われているところである。

では、実はいち早く書かれていたとはいえ、定評ある収容所小説、収容所映画がすでにいくつもあるなかで、なおこの小説が独自の魅力を有しているのは、どういう点においてか。まずは、シアトルでの何不自由ない暮らしから収容所に強制的に送り込まれた人びとの生活の激変ぶりが細部までリアルに描かれ、物語の器を通して読み手の体にしみ込むような形で書かれていること。これは間違いなく大きい。小説による歴史の再現が成功するには、周到なリサーチだけでは不十分だし、優れた物語的想像力だけでも足りない。この小説のように、両者が合体することでそれは初めて機能する。

そして、収容所生活の記述にとどまらず、第二次世界大戦前夜のシアトルの空気はむろん、アメリカ人留学生の目を通して見た東京オリンピック（二〇二〇年ではなく一九六四年の）前夜の東京の情景や、さらには、彼が行きつく「五木の子守唄」のふるさとであるほとんど異界のような村が描かれることで、小説の時空が大きく広がっていることも重要である。さらには原爆投下直後の長崎市街の生々しい描写も取り込まれ、それらすべてが、読みごたえある物語のなかで巧みにつながれ、織りあわされている。その結果、読者はいつしか、日本人・日系人の強制収容という一九四〇年代前半のアメリカでの出来事をきわめて広い文脈のなかで捉えられるようになっている。収容所を描くことに徹底しないことによって、『日々の光』はすぐれた収容所小説になりえている。

著者ルービンは、この小説を書いた動機として、第二次世界大戦中にアメリカ政府が憲法を捨てたことへの怒りがまずあったと述べている。だからこの本は、怒りの書である。だがそれと同時に、あるいはそれ以上に赦しの書、祈りの書でもある。これについては、実際に読んでいただいて体感していただければと思う。愛という言葉をこの小説の鍵言葉として挙げることも十分可能である。いや、むしろ挙げるべきだろう。

ところで、この『日々の光』の著者名はひとまずジェイ・ルービンと記されているが、著作権保有者はジェイ・ルービンとその妻良久子《らくこ》ルービンである。というのもこの本は、当人たちの述べるところによれば、夫妻が毎朝の散歩において物語をめぐって徹底的に話しあう作業のなかから生まれてきたからである。その意味で、ほとんど夫妻の共著と言ってもよい。

翻訳の方も二人の訳者による共訳である。プロローグ、第一・三・五部は平塚が、第二・四・六部は柴田が担当した。文章の統一はおおむね柴田が行なったが、一・三・五部と二・四・六部はそれぞれ独自の物語の糸でつながっているので、統一のためにさほど大きな修正を加えてはいないし、また細部の整合性を達成する上ではむしろ平塚の方がより大きく貢献している。

出版前に本書の原稿を読む機会を与えてくださり、翻訳開始後もたびたびの煩雑な質問に丹念に答えてくださった著者に感謝する。そして、この本の可能性を当初から見抜いてくださり、企画段階から編集作業まで一貫して実に強力にサポートをしてくださった新潮社の寺島哲也さん、斎藤暁子さんにはいくら感謝してもしきれない。あつくお礼を申し上げます。

訳者としては、この本を、第二次世界大戦中にアメリカに住んでいた日本人・日系人に何が起きたかに関心をお持ちの読者にお読みいただきたいことは言うまでもないが、それと同時に、そういう問題にまったく関心がなくても、とにかくよい物語が読みたいと思われる読者にもぜひお読みいただければと思う。僕自身、これを初めて読んだ二〇一四年の夏、第二部に入ったあたりから読みの勢いがぐんぐんついてきて、まさに巻《かん》を措《お》く能《あた》わずという思いでバスのなかでも読み食事の最中も読み、最後まで一気に読みとおした。「次はどうなるのだろう？　この人の身に何が起きるのだろう？」という、物語がかき立てる一番根本的な興味が終始持続する一冊である。訳者の幸福な体験を多くの方が共有してくださいますように。

二〇一五年六月

訳者略歴

柴田元幸（しばた・もとゆき）
1954年生まれ。米文学者・東京大学特任教授、翻訳家。
ポール・オースター、スティーヴ・エリクソン、レベッカ・ブラウン、バリー・ユアグロー、トマス・ピンチョン、マーク・トウェイン、ジャック・ロンドンなど翻訳多数。自著『生半可な學者』で講談社エッセイ賞、『アメリカン・ナルシス』でサントリー学芸賞、訳書『メイスン＆ディクスン』で日本翻訳文化賞を受賞。

平塚隼介（ひらつか・しゅんすけ）
1982年生まれ。東京大学文学部卒、翻訳家。
訳書に、デイヴィッド・ダムロッシュ『世界文学とは何か？』共訳（国書刊行会）、ウィンザー・マッケイ他著『［原寸版］初期アメリカ新聞コミック傑作選 1903-1944』柴田元幸監訳・共訳（創元社）ほかがある。

日々《ひび》の光《ひかり》

著　者　ジェイ・ルービン

訳　者　柴田元幸《しばたもとゆき》　平塚隼介《ひらつかしゅんすけ》

発　行　2015年7月30日

発行者　佐藤隆信
発行所　株式会社新潮社
郵便番号　〒162-8711　東京都新宿区矢来町71
電話　編集部　03-3266-5411
　　　読者係　03-3266-5111
http://www.shinchosha.co.jp

印刷所／錦明印刷株式会社
製本所／大口製本印刷株式会社

乱丁・落丁本は、ご面倒ですが小社読者係宛お送り下さい。
送料小社負担にてお取替えいたします。
価格はカバーに表示してあります。

Printed in Japan　ISBN978-4-10-505372-7　C0097